DIOGENES TASCHENBUCH 130/XIII

detebe

Die Menschliche Komödie

Honoré de Balzac

Ursula Mirouet

Roman

Deutsch von Walter Benjamin

Diogenes

TITEL DER FRANZÖSISCHEN ORIGINALAUSGABE:
›URSULE MIROUËT‹

MIT FREUNDLICHER GENEHMIGUNG DER
ROWOHLT VERLAG GMBH, REINBEK BEI HAMBURG
VERÖFFENTLICHT ALS DIOGENES TASCHENBUCH, 1977

100/77/E/I
ISBN 3 257 20453 1

Ursula Mirouet

DIE ANGST UM DIE ERBSCHAFT

☆

WENN MAN VON PARIS HER NACH NEMOURS hereinkommt, paſſiert man den Kanal des Loing. Seine Abhänge, eine Art ländlicher Raſenwälle, geben für die Bürger der niedlichen kleinen Stadt pittoreske Promenaden ab. Leider hat man ſchon 1830 begonnen, Häuſer diesſeits der Brücke zu bauen. Wenn dieſe Vorſtadt — um ſie ſo zu nennen — um ſich greift, wird die Phyſiognomie der Stadt ihren urſprünglichen Charme darüber verlieren. Da aber 1829 die Straße zu beiden Seiten noch frei lag, ſo hatte der Poſthalter, ein großer korpulenter Sechziger, der auf dem höchſten Punkte des Brückengeländers ſaß, an einem ſchönen Morgen einen ungehemmten Blick auf das, was man in ſeiner Gewerbsſprache eine gehörige Strippe Wegs nennt. Der September entfaltete ſeine Herrlichkeit, die Atmoſphäre zitterte über Gräſern und Steinen, keine Wolke trübte die Bläue des Äthers, deſſen Glanz gegen den Horizont hin die beſondere Reinheit der Luft erkennen ließ. So war denn auch Minoret-Levrault — dies war der Name des Poſthalters — genötigt, die Hand als Schutzdach gegen die Blendung zu gebrauchen. Wie einer, dem das Warten lang wird, blickte er bald auf die lockenden Wieſen, die rechts von der Straße lagen und auf denen ſein Grummet wuchs, bald auf den waldigen Hügelzug, der ſich zur Linken von Nemours nach Bouron erſtreckt. Er hörte aus dem Tal des Loing, wo die

Weggeräuſche vom Hügel zurückgeworfen werden, den Trab der Pferde, die ihm gehörten, und den Peitſchenknall ſeiner Poſtillione.

In der Tat, man muß wohl Poſthalter ſein, um vor einer Wieſe, auf der Tiere weiden, wie Potter ſie malt, unter einem Himmel von Raffael, vor einem baumbeſchatteten Kanal in der Art des Hobbema ſich zu langweilen. Wer Nemours kennt, weiß, daß die Natur dort ebenſo ſchön iſt wie die Kunſt, deren Sache es iſt, jene zu vergeiſtigen. Dort hat die Landſchaft Ideen, und ſie ſtimmt zum Nachdenken. Aber beim Anblick von Minoret-Levrault hätte ein Künſtler ſich von der Landſchaft abgewandt, um dieſen Bourgeois zu ſkizzieren. So zwingend wirkte er in all ſeiner Durchſchnittlichkeit. Vereinige alle Grundzüge des Tieriſchen, und Caliban, der gewiß etwas Impoſantes iſt, wird herauskommen. Das Gefühl verſchwindet, wo die Form herrſcht. Als ein lebendiges Belegſtück dieſes Satzes zeigte der Poſthalter eine jener Phyſiognomien, in denen der Denker nur mit Mühe die Spur einer Seele unter dem brennenden Hochrot bemerkt, wie ein Wuchern des Fleiſches es mit ſich bringt. Seine Tuchmütze aus blauem geripptem Stoff mit ihrem kleinen Viſier ſaß auf einem Kopf, deſſen gewaltige Maße daran gemahnten, daß die Gallſche Phrenologie das Kapitel der Abnormitäten noch nicht angeſchnitten hat. Die grauen und gleichſam geglätteten Haare, die unter der Mütze hervorkamen, konnten einem jeden zeigen, wie auch anderes als Geiſtesarbeit oder Kummer ſie bleicht. Zu beiden Seiten des Kopfes blickten die großen Ohren hervor, die vom Erguß des allzu reichlichen Blutes, daß herausſchießen zu wollen ſchien, an den Rändern faſt narbig ausſahen. Der

Teint zeigte unter brauner Deckſchicht, einer Folge des gewohnheitsmäßigen Aufenthalts in der grellen Sonne, violette Töne. Die lebhaften grauen Augen, welche tief und wie verſteckt unter zwei ſchwarzen Buſchen ſaßen, ähnelten denen der Kalmücken, die 1815 nach Frankreich gekommen ſind. Wenn ſie einmal aufblitzten, ſo konnte es nur unter einer habgierigen Einflüſterung ſein. Das Ende der in der Wurzel breitgedrückten Naſe ſprang unvermittelt vor wie der Fuß eines Kochtopfs. Wulſtigen Lippen, die gut zu dem faſt abſtoßenden Doppelkinn paßten, entſproßte der Bart, der kaum zweimal wöchentlich gepflegt zu werden ſchien. Ein ſchlechter Foulard, der ausſah wie ein abgenutzter Strick, hob ihn. Ein fleiſchiger Hals, ſehr kurz, mit Fettfalten, und gedunſene Wangen taten ein übriges, jenen Eindruck ſtupider Kraft zu erwecken, den Bildhauer oft mit den Karyatiden hervorrufen. Dieſen Naturen ähnelte Minoret-Levrault, nur tragen jene ein Gebäude, während er genug Mühe hatte, ſich ſelbſt auf den Beinen zu halten. Man findet mancherlei Leute von der Sippe dieſes Atlas ohne Welt. Der Rumpf des Mannes war ein Block; ſo ſähe ein Stier aus, der ſich auf die Hinterbeine geſtellt hat. An den kräftigen Armen ſaßen dicke harte Hände, breit und ſtark waren ſie geſchaffen und gewohnt, mit Peitſche, Zügel und Heugabel zu hantieren, und kein Poſtillion, der ſie nicht ernſt genommen hätte. Den ungeheuren Bauch dieſes Koloſſes trugen Schenkel von der Dicke eines ausgewachſenen Burſchen und die Füße eines Elefanten. Zorn mochte nicht oft bei dieſem Manne vorkommen, aber fürchterlich und wie ein Schlaganfall losbrechen. So jäh und ſo unfähig zum Denken er war, niemals hatte

dieſer Mann irgend etwas getan, was die düſtere Prognoſe ſeiner Phyſiognomie beſtätigt hätte. Wenn jemand beim Anblick dieſes Giganten zitterte, dann ſagten die Poſtillione: Gott! Der iſt nicht gefährlich. Der Meiſter von Nemours, um die in vielen Gegenden übliche Abkürzung zu gebrauchen, trug eine Jagdjacke aus flaſchengrünem Samt, eine grün auf Grün geſtreifte Zwilchhoſe und eine bequeme Weſte aus gelbem Ziegenfell. Darin zeichnete ſich durch einen ſchwarzen Kreis eine enorme Tabaksdoſe ab. Wo die Stumpfnaſe iſt, da wird die Tabaksdoſe nicht fehlen — von dieſem Geſetz gibt es kaum eine Ausnahme.
Minoret-Levrault war ein Sohn der Revolution, der das Kaiſerreich hatte großwerden ſehen. Mit Politik hatte er ſich niemals befaßt; was ſeine chriſtlichen Überzeugungen anging, ſo hatte er, vom Tag ſeiner Trauung abgeſehen, keinen Fuß in die Kirche geſetzt; was ſeine Privatmeinungen anging, ſo beſtanden ſie im Code civil: alles was das Geſetz nicht verbot oder nicht beſtrafen konnte, hielt er für tunlich. Außer dem Departementsblatt und einigen poſtaliſchen Inſtruktionen hatte er nie etwas geleſen. Er ſtand zwar als geſchickter Landwirt in Geltung, aber ſeine Kenntniſſe waren rein praktiſcher Art. Bei Minoret-Levrault verleugnete alſo die geiſtige Konſtitution nicht ſeine phyſiſche. So ſprach er denn auch ſelten, und bevor er das Wort ergriff, nahm er immer eine Priſe, nicht zwar um die Gedanken, jedoch um die Worte zu ſuchen. Schwatzhaftigkeit hätte die ganze Erſcheinung verdorben. Bedenkt man, daß dieſe Spielart eines Elefanten ohne Verſtand und Rüſſel ſich Minoret-Levrault nannte, ſo muß man wohl oder übel mit Sterne anerkennen,

daß der Name eine geheime Kraft beſitzt, die den Charakter oft verhöhnt, aber auch oft vorherſagt. Trotz dieſer ſichtlichen Defekte hatte er es bereits mit ſechunddreißig Jahren, mit Hilfe der Revolution, auf dreißigtauſend Livres Rente aus Weide, Ackerland und Waldungen gebracht. Wenn Minoret noch arbeitete, trotzdem er an den Poſtlinien von Nemours und von Sologne nach Paris beteiligt war, ſo geſchah das weniger aus Gewohnheit, denn im Intereſſe des einzigen Sohnes, dem er eine ſchöne Zukunft ſichern wollte. Dieſer Sohn war, wie die Bauern zu ſagen pflegen, ein Herr geworden, hatte ſoeben ſeine juriſtiſchen Examina beendet und ſollte nach ſeiner Rückkehr als Advokat vereidigt werden. Herr und Frau Minoret-Levrault — denn wem wäre hinter dieſem Koloß die Frau entgangen, ohne deren Hilfe ein ſo ſchönes Vermögen ſich niemals hätte bilden können — ſtellten ihrem Sohn die Wahl einer Karriere anheim: Pariſer Notar, eine Staatsanwaltſchaft im Reich, Steuereinnehmer an irgendeinem Platz, Bankier oder Poſthalter. Welche Laune hätte der Sohn des Mannes ſich verſagen, auf welchen Poſten verzichten ſollen, von dem es von Montargis bis Eſſone nur hieß: „Der alte Minoret weiß ſelbſt nicht, wieviel er hat." Dieſes Wort hatte neue Bewährung vor vier Jahren erhalten, als Minoret nach dem Verkauf ſeiner Schenke ſich Stallungen und ein prachtvolles Haus gebaut und die Poſt von der Landſtraße an den Hafen gebracht hatte. Die Koſten dieſes Neubaus hatten zweihunderttauſend Franken betragen, und auf dreißig Meilen im Umkreiſe wurden ſie vom Klatſch noch verdoppelt. Die Poſt von Nemours braucht viele Pferde; ſie geht in der Richtung auf Paris bis Fontainebleau und bedient außerdem die Routen von Montargis und Montereau; in allen Richtungen ſind es lange Strecken, und die ſandige Straße nach Montargis rechtfertigt ein fabelhaftes drittes Pferd, das immer in Rechnung geſtellt wird, ohne ſich je zu zeigen. Ein Mann vom Schlage des Minoret, reich wie Minoret und Vorſteher eines derartigen Unternehmens, durfte ſich wohl ohne Widerſpruch den Meiſter von Nemours nennen. Minoret-Levrault hatte ſich nicht an Gott noch Teufel gekehrt, er war praktiſcher Materialiſt, wie er praktiſcher Landwirt war, praktiſcher Egoiſt und praktiſcher Geizkragen, und dennoch hatte er bisher ein ungetrübtes Glück genoſſen, ſofern man ein nur materielles Leben als Glück anſehen darf. Ein Phyſiognomiker, der den ſich häutenden Fleiſchklumpen am letzten Halswirbel ins Auge gefaßt und geſehen hätte, wie er das kleine Gehirn einpreßte, der vor allem die ſpröde, ſchrille Stimme gehört hätte, die ſo lächerlich mit der Geſtalt kontraſtierte — kein Zweifel, daß er verſtanden hätte, warum dieſer plumpe ſchwerfällige Bauer ſeinen einzigen Sohn verehrte, und warum er vielleicht unermüdlich auf ihn gewartet hatte, wie der Name Désiré das bekannte. Kurz, wenn die Liebe für den Fall, daß in ihr eine begnadete Natur zum Vorſchein kommt, ein Verſprechen des Herrlichſten ſein kann, ſo würde ein Philoſoph die Urſache der Unfähigkeit Minorets ohne weiteres einſehen. Die Mutter, welcher der Sohn zu ſeinem Glück ähnelte, wetteiferte in ſeiner Verwöhnung mit dem Vater. Kein Kind hätte dieſer Idolatrie widerſtehen können. Und Désiré, der die Größe ſeines Einfluſſes kannte, wußte die mütterliche Kaſſe zu ſchröpfen und an den väterlichen Geldbeutel ſich heranzumachen, indem er bei jedem der Urheber ſeiner Tage den Anſchein zu erwecken wußte, er wende ſich nur an ihn. Désiré, der in Nemours eine ungleich größere Rolle ſpielte als ein Kronprinz in der Reſidenz ſeines Vaters, hatte allen ſeinen Neigungen in Paris in gleicher Weiſe nachgehen wollen, wie er es in ſeinem Städtchen zu tun pflegte, und jedes Jahr hatte er über zwölftauſend Franken ausgegeben. Dafür hatte er ſich nun auch Anſchauungen zugeeignet, wie ſie ihm in Nemours niemals gekommen wären, er hatte das Provinzielle abgelegt, die Macht des Geldes begriffen und im Beamtentum ein Mittel zum Aufſtieg kennengelernt. Im verfloſſenen Jahre hatte er im Umgang mit Künſtlern, Journaliſten und deren Maitreſſen noch zehntauſend Franken mehr ausgegeben.

Ein vertraulicher und etwas beunruhigender Brief, in dem der Sohn die Unterſtützung des Vaters für eine Heirat erbat, hätte das Wacheſtehen des Poſtmeiſters zur Not erklärt; aber es war die Mutter Minoret-Levrault, welche ſelbſt dabei war, zur Feier des Erfolges und der Heimkehr des Lizentiaten der Rechte ein üppiges Frühſtück anzurichten, die ihren Mann auf die Straße geſchickt hatte mit der Weiſung, wenn er die Diligence nicht ſehen ſollte, ſich aufs Pferd zu ſetzen. Die Diligence, mit der dieſer einzige Sohn eintreffen ſollte, hatte plangemäß gegen fünf Uhr früh in Nemours zu ſein, und es ſchlug neun! Woran konnte eine derartige Verſpätung liegen? Hatte man umgeworfen? Lebte Désiré noch? Oder hatte er nur das Bein gebrochen?

Drei Peitſchenſalven werden laut und zerreißen die Luft wie Musketenfeuer. Die roten Weſten der Po-

ſtillione tauchen auf, zehn Pferde wiehern! Der Meiſter nimmt ſeine Mütze und ſchwenkt ſie; man hat ihn bemerkt. Der beſtberittene Poſtillion, der zwei Kutſchpferde, Apfelſchimmel, heimlenkt, gibt dem, das ihn trägt, die Sporen, überholt fünf dicke Poſtpferde, die Minorets dieſer Stallungen, drei Chaiſenpferde und fährt beim Meiſter vor.
„Haſt du in den Ducler geſchaut?"
Man gibt auf den Landſtraßen den Diligencen einigermaßen phantaſtiſche Namen: man ſagt der Caillard, der Ducler (der Wagen von Nemours nach Paris), das Grandbureau. Jedes neue Unternehmen iſt „die Konkurrenz". Zur Zeit des Unternehmens der Lecomte hießen ihre Wagen „die Komteſſe".
„Caillard hat die Komteſſe nicht erwiſcht, aber das Grandbureau hat ihr eingeheizt — Caillard und das Grandbureau haben die Franzoſen (die offiziellen franzöſiſchen Poſten) hereingelegt."
Wenn einer den Poſtillion auf Gedeih und Verderb jagen und ſogar ein Glas Wein ausſchlagen ſieht, ſo ſoll er den Kondukteur fragen; er wird ihm, mit vorgerecktem Kopf und ſpähenden Blicken, antworten: „Die Konkurrenz iſt voraus!"
„Und wir ſehn ſie nicht mal", ſagt der Poſtillion.
„Das Luder wird ſeine Leute nicht haben eſſen laſſen."
„Hat er denn welche?" erwidert der Kondukteur.
„Gib's dem Polignac!"
Alle ſchlechten Pferde heißen Polignac. Derart ſind die Späße und der Geſprächsſtoff zwiſchen Poſtillion und Kondukteur auf dem Bock. Soviel Berufe in Frankreich, ſoviel Geheimſprachen.
„Haſt du in den Ducler geſchaut?"
„Herr Désiré?" unterbrach der Poſtillon mit ſeiner

Antwort den Meiſter. „Gott, Sie mußten uns doch hören, unſere Peitſchen haben ihn gehörig angekündigt. Wir dachten uns ja, daß Sie auf der Straße ſtehen. Er iſt im Wagen."

„Warum hat denn die Diligence vier Stunden Verſpätung?"

„Zwiſchen Eſſone und Ponthicory hat ſich der Reifen von einem Hinterrad gelöſt. Aber es iſt nichts paſſiert, zum Glück hat Cabirolle es beim Aufſitzen bemerkt."

In dieſem Augenblick trat eine Frau im Sonntagsſtaat — denn die Klänge der Glocke von Nemours luden die Bewohner zur Sonntagsmeſſe — eine Frau von ungefähr fünfzig Jahren auf den Poſthalter zu. „Nun lieber Vetter," ſagte ſie: „Sie wollten mir's nicht glauben. Unſer Onkel iſt mit Urſula in der Hauptſtraße, und ſie gehen in die Meſſe."

Allen Vorſchriften der modernen Poetik über das Lokalkolorit zum Trotz iſt es unmöglich, die Naturwahrheit ſo weit zu treiben, die gräßliche Beleidigung mit ihrer Eskorte von Flüchen zu wiederholen, welche jene ſcheinbar ſo wenig dramatiſche Mitteilung aus Minoret-Levraults breitem Munde hervorgehen ließ. Seine ſchrille Stimme wurde pfeifend, und ſein Geſicht ſah aus, als hätte ihn, wie man im Volksmund ſagt, der Sonnenſtich getroffen.

„Beſtimmt?" fragte er nach dem erſten Ausbruch ſeines Zornes.

Drei Poſtillione gingen mit ihren Pferden vorbei und grüßten den Herrn, der ſie weder geſehen noch gehört zu haben ſchien. Statt ſeinen Sohn zu erwarten, ging Minoret-Levrault mit ſeiner Couſine die Hauptſtraße zurück.

Diese begann von neuem: „Habe ich's Ihnen nicht immer gesagt? Wenn der Doktor Minoret um seinen gesunden Verstand kommt, wird dieser kleine Unschuldsengel ihn bekehren. Und sie wird unsere Erbschaft kriegen, denn wer den Kopf beherrscht, beherrscht den Beutel."

„Aber Frau Massin . . .", sagte der Posthalter bestürzt.

„Ja, natürlich," unterbrach Frau Massin ihren Cousin, „auch Sie werden mir sagen wie Massin: Kann ein kleines Mädchen von fünfzehn Jahren so etwas aushecken und zustandebringen? Kann es von seinen Überzeugungen einen dreiundachtzigjährigen Mann abbringen, der nie einen Fuß in die Kirche gesetzt hat, außer um zu heiraten, der die Priester dermaßen verabscheut, daß er nicht einmal zur Einsegnung das Kind in die Kirche begleitet hat? Nun bitte, wenn der Doktor Minoret die Priester verabscheut, warum ist er dann seit fünfzehn Jahren beinah allabendlich mit dem Abbé Chaperon zusammen? Der alte Heuchler hat nie versäumt, Ursula seine zwanzig Franken für den Opferstock zu geben, wenn sie die Hostie nimmt. Und erinnern Sie sich nicht mehr des Geschenks, das Ursula der Kirche gemacht hat, um dem Pfarrer, der sie zur ersten Kommunion vorbereitet hatte, zu danken? Ihr ganzes Geld hatte sie daran gewendet, und ihr Pate hat es ihr ersetzt, aber verdoppelt! Männer achten aber auf nichts. Als ich das hörte, habe ich mir gesagt: Mahlzeit. Ein Erbonkel handelt nicht ohne Absichten so gegen ein Rotznäschen, das er auf der Straße aufgelesen hat."

„Aber liebe Cousine," gab der Posthalter zur Antwort, „der gute Mann begleitet vielleicht aus Zufall Urſula zur Kirche. Das Wetter iſt ſchön, der Onkel macht einen Ausgang."

„Lieber Vetter, der Onkel hält ein Gebetbuch. Und wie ſcheinheilig ſieht er aus! Nun, Sie werden's ja ſehen."

„Gut haben ſie ihr Spiel verheimlicht," erwiderte der dicke Poſthalter, „denn die Bougival hat mir geſagt, von der Religion ſei zwiſchen Abbé Chaperon und dem Doktor nie die Rede geweſen. Außerdem iſt der Pfarrer von Nemours der anſtändigſte Mann von der Welt, er würde ſein letztes Hemd den Armen geben. Eine Schlechtigkeit kann man ihm nicht zumuten, und eine Erbſchaft an ſich zu bringen . . ."

„Das wäre ja Diebſtahl!" ſagte Frau Maſſin.

„Was Schlimmeres!" rief Minoret-Levrault, den die Bemerkung ſeiner ſchwatzhaften Baſe außer ſich brachte.

„Ich weiß," erwiderte Frau Maſſin, „daß der Abbé Chaperon ein anſtändiger Mann iſt, trotzdem er Prieſter iſt. Aber für die Armen iſt er zu allem imſtande. Er wird heimlich in unſerm Onkel gewühlt haben – gewühlt und gewühlt, und zuletzt iſt der Doktor bigott geworden. Wir waren ruhig, und ſieh' da, er iſt umgefallen. Ein Mann, der an nichts geglaubt hat und der Grundſätze hatte! Um uns iſt's geſchehn. Mein Mann weiß nicht, wo ihm der Kopf ſteht."

Die Sätze der Frau Maſſin waren ebenſo viele Pfeile, die ihren dicken Vetter trafen. Sie ließ ihn unter dieſen Reden, ungeachtet ſeiner Beleibtheit neben ſich herlaufen ſo ſchnell ſie ſelber ging, zum großen Erſtaunen der Leute, die zur Meſſe gingen. Sie wollte ihren gemeinſamen Onkel einholen und ihn dem Poſtmeiſter zeigen.

Nach der Gegend der Brie und Sologne hin ist Nemours von einem Hügelzug überragt, an dem die Straße von Montargis und der Loing sich entlang ziehen. Die Kirche, über deren Mauern die Zeit ihren schweren schwarzen Mantel gebreitet hat — denn sie wurde zweifellos im Laufe des fünfzehnten Jahrhunderts durch die Guisen, für welche Nemours zum Herzogtum erhoben wurde, neu erbaut — steht am Ende der kleinen Stadt, am Fuße einer Brücke, deren großer Bogen sie einrahmt. Für Bauten wie für Menschen macht die Lage alles. Wie sie durch einige Bäume beschattet und von einem gepflegten Platz gehoben daliegt, wirkt diese einsame Kirche großartig. Wie er auf den Platz hinaustrat, konnte der Posthalter von Nemours seinen Onkel gewahren, welcher dem jungen Mädchen, namens Ursula, den Arm gab. Jedes hielt sein Gebetbuch, und sie traten in die Kirche. Unter dem Portal nahm der Greis seinen Hut ab, und sein Haupt, das ganz weiß wie ein Schneegipfel war, glänzte in dem sanften Schatten der Fassade auf.

„Nun, Minoret, was sagen Sie zur Bekehrung Ihres Onkels?" rief der Steuereinnehmer von Nemours, namens Crémière.

„Was soll ich sagen?" gab der Posthalter ihm zur Antwort, und er bot ihm eine Prise.

„Wohl gesprochen, Papa Levrault, Sie können nicht sagen, was Sie denken, wenn nämlich ein berühmter Autor mit Recht schreibt, daß der Mensch bedenken muß, was er redet, ehe er redet, was er denkt", rief boshaft ein junger Mann, der eben dazukam. In Nemours spielte er die Rolle des Mephisto im Faust.

Dieses mauvais sujet namens Goupil war erster

Schreiber des Herrn Crémière Dionis, Notars von Nemours. Trotz ſeiner Belaſtung durch ein beinah niederträchtiges Vorleben war Goupil von Dionis ins Bureau genommen worden, nachdem ſein längeres Verweilen in Paris, wo er die Erbſchaft ſeines Vaters vergeudet hatte, eines wohlhabenden Pächters, der ihn zur Notariatskarriere beſtimmt hatte, durch gänzliche Mittelloſigkeit unmöglich geworden war. Wer Goupil ſah, mußte verſtehen, daß er Eile hatte, das Leben zu genießen; denn ſeine Genüſſe mußte er ſich mit ſchwerem Geld erkaufen.
Trotz ſeiner kleinen Figur beſaß der Schreiber mit ſiebenundzwanzig Jahren einen ſo entwickelten Oberkörper, wie ihn nur ein Mann in den Vierzigern haben kann. Die kurzen gebrechlichen Beine und ſein langes Geſicht, deſſen unreiner Teint die Farbe des Gewitterhimmels hatte, dazu die kahle Stirn, ließen dieſe bizarre Körperform noch mehr hervortreten. Dazu ſchien ſein Geſicht das eines Verwachſenen, der den Buckel im Innern trägt. Ein auffallender Zug des ſcharfen bleichen Geſichts beſtätigte das Vorhandenſein dieſes unſichtbaren Makels. Die Naſe nämlich, kurz und gekrümmt wie bei vielen Buckligen, ging, anſtatt das Geſicht gerade zu teilen, von rechts nach links. Um den Mund, der in den Winkeln ſardoniſch zuſammengezogen war, lag ſtändig die Ironie auf der Lauer. Das ſpärliche rötliche Haar lag in flachen Strähnen und ließ hie und da den nackten Schädel zum Vorſchein kommen. Die Hände traten am Ende der überlangen Arme weit aus den Ärmeln; ſie waren feiſt, ſelten geſäubert und bogen ſich nach innen. Goupil trug Schuhe, die gerade gut zum Fortwerfen

waren, und Zwirnſtrümpfe von rötlich ſchimmerndem Schwarz; ſeine Hoſe und ſein ſchwarzer Rock waren bis auf den Faden vertragen und fettig vor Schmutz; die jämmerliche Weſte, von deren Knöpfen mehrere keine Form mehr beſaßen, das alte Halstuch, das die Krawatte darſtellte, kurz, ſeine ganze Kleidung verriet das zyniſche Elend, zu dem ſeine Paſſionen ihn verdammten. Über alle dem ſtanden zwei Augen wie die einer Ziege; ein gelber Kreis umgab ihren Augapfel, und ihr Blick war laſziv und feige zugleich. In Nemours wurde niemand mehr gefürchtet und geachtet als Goupil. Anmaßend, wie ſeine Häßlichkeit das mit ſich brachte, hatte er den unausſtehlichen Witz derer, die ſich alles herausnehmen, und er legte ihn an den Tag, wenn er Rache für die Enttäuſchungen eines unausgeſetzten Neides nahm. Er verfaßte ſatiriſche Couplets, die beim Karneval geſungen wurden, organiſierte Katzenmuſiken, führte für ſich ſelbſt eine kleine Chronik der Stadt. Dionis, ein gewiegter und heimtückiſcher, aber deshalb auch ziemlich vorſichtiger Mann, behielt Goupil ebenſowohl aus Furcht bei ſich als wegen ſeines hervorragenden Verſtandes und ſeiner vorzüglichen Informiertheit über die Intereſſen im Lande. Aber der Chef mißtraute ſeinem Schreiber ſo ſehr, daß er die Kaſſe ſelbſt führte, ihn nicht bei ſich wohnen ließ, ihn kurz hielt und ihm Vertrauliches oder Heikles nicht mitteilte. Der Schreiber aber ſchmeichelte dem Chef, verbarg die Rankünе, die deſſen Verhalten in ihm weckte, und beobachtete Frau Dionis mit boshaften Hintergedanken. Da er eine lebhafte Auffaſſung hatte, fiel ihm die Arbeit leicht.

„Ja, du lachſt natürlich ſchon über unſer Unglück“,

ſagte der Poſthalter zu dem Schreiber, der sich die Hände rieb.
Goupil ſchmeichelte allen Paſſionen von Désiré, der ſeit fünf Jahren mit ihm umging; daher behandelte der Poſthalter ihn verhältnismäßig höflich, ohne zu ahnen, welch furchtbares Übelwollen bei jeder neuen Kränkung in Goupil wuchs. Nachdem er einmal erkannt hatte, daß für ihn Geld notwendiger als für jeden andern war, hatte der Schreiber, der jener ganzen Bourgeoſie von Nemours ſich über wußte, bei ſich beſchloſſen, ein Vermögen zu machen, und er zählte auf die Freundſchaft Désirés, um eines der drei ſtädtiſchen Ämter zu kaufen: die Kanzlei des Friedensrichters, das Bureau eines der beiden Gerichtsvollzieher oder das von Dionis ſelbſt. So nahm er geduldig die Ausfälle des Poſthalters hin, die Nichtachtung der Frau Minoret-Levrault und ſpielte ſeine infame Rolle bei Désiré, der ſeit zwei Jahren gewohnt war, die Opfer der Ferienſchlüſſe durch ihn tröſten zu laſſen. Goupil verſchlang die Abfälle der Freudenmähler, die er angerichtet hatte.
„Wenn ich der Neffe des Herrn geweſen wäre, er hätte mich nicht mit Gott teilen laſſen!“ erwiderte der Schreiber mit einem häßlichen Gekicher, bei dem die wenigen, ſchwarzen, drohenden Zähne zum Vorſchein kamen.
In dieſem Augenblick trat Massin-Levrault junior, Sekretär beim Friedensgericht, zu ſeiner Frau; mit ſich brachte er Frau Crémière, die Gattin des Steuereinnehmers von Nemours. Dieſer Mann, einer der widrigſten Bürger der Kleinſtadt, hatte ein Tartarengeſicht: unter einer niedrigen Stirn kleine runde Augen, wollige Haare, öligen Teint, große Ohren

ohne Rand, einen Mund, dem die Lippen beinahe fehlten, und einen dünnen Bart. Sein Gehaben hatte die unerſchütterliche Sanftmut des Wucherers, deſſen Vorgehen ſich auf Grundſätze ſtützt. Er ſprach mit ſchwacher heiſerer Stimme. Und um ihn mit einem abſchließenden Zuge zu ſchildern: ſeine älteſte Tochter und ſeine Frau mußten Urteilsurkunden für ihn austragen.

Frau Crémière war eine dicke Frau von etwas zweifelhaftem Blond; ihr Teint war mit roten Flecken durchſetzt. Sie ſteckte ein wenig zu eingeſchnürt in ihren Röcken, war mit Frau Dionis befreundet und galt für gebildet, weil ſie Romane las. Dieſe Dame der untergeordnetſten Finanzkreiſe, voll von Anſprüchen auf Schick und Schöngeiſtigkeit, wie ſie war, erwartete die Erbſchaft ihres Onkels, um „ein gewiſſes Etwas“ anzunehmen, ihren Salon zu renovieren und dann die Leute bei ſich zu ſehen; denn ihr Mann verweigerte ihr Carcel-Lampen und ſonſtige Kleinigkeiten, die ſie bei der Gattin des Notars ſah. Sie fürchtete Goupil ſehr, der auf ihre ‚Capselinge‘ aufpaßte und ſie weitergab — ſo überſetzte ſie nämlich das Wort Lapsus linguae.

Fast alle Seitenverwandten des alten Doktor Minoret waren nun auf dem Platze verſammelt, und die Tragweite des Ereigniſſes, das ſie aufbrachte, wurde ſo ſehr von allen gefühlt, daß Gruppen von Landleuten — Bauern und Bäuerinnen mit ihren roten Schirmen und gekleidet in die farbigen Stoffe, die an Feiertagen, wenn ſie über Land gehen, ſie ſo maleriſch erſcheinen laſſen — daſtanden und zu den Minoretſchen Erben hinüberſahen. In den Kleinſtädten, welche zwiſchen den großen Flecken und den Städten die Mitte bilden, bleiben die, die nicht

zur Meſſe gehen, auf dem Platz. Man ſpricht von Geſchäften. In Nemours iſt die Zeit des Gottesdienſtes zugleich die einer allwöchentlichen Börſe, zu der oft die Beſitzer aus den Gehöften im Umkreiſe einer halben Meile kommen. Daher die Einigkeit der Bauern gegenüber den Städtern in den Preiſen der Lebensmittel und in den Arbeitslöhnen.
„Und was hätteſt du denn gemacht?" ſagte der Meiſter von Nemours zu Goupil.
„Ich hätte mich in ſeinem Leben ebenſo unentbehrlich gemacht wie die Luft, die er atmet. Und Sie haben das nicht verſtanden? Eine Erbſchaft will ſo gut umworben ſein wie eine ſchöne Frau, und wenn man ſie vernachläſſigt, entwiſchen ſie beide. Wenn meine Herrin hier wäre," fuhr er fort, „würde ſie Ihnen ſagen, wie ſehr dieſer Vergleich ſtimmt."
„Aber Herr Bongrand ſagt mir ſoeben, wir brauchten uns nicht zu beunruhigen," erwidert Maſſin, der Sekretär des Friedensgerichts.
„Oh, es gibt mancherlei Weiſen, das zu ſagen", gab Goupil zur Antwort und lachte. „Ich hätte gern Ihren Schlauberger von Friedensrichter gehört. Wenn nichts mehr zu machen wäre; wenn ich, wie er, der bei Ihrem Onkel lebt, alles verloren wüßte, dann würde ich allerdings ſagen: Beunruhigen Sie ſich nicht."
Bei dieſem letzten Satz hatte Goupil ein ſo komiſches Lächeln und gab ihm damit einen ſo offenkundigen Sinn, daß den Erben der Verdacht kam, der Sekretär habe ſich von dem Friedensrichter hereinlegen laſſen. Der Steuereinnehmer, ein kleiner dicker Mann, ſo unbedeutend wie ein Steuereinnehmer ſein muß und ſo harmlos, wie ſeine Frau

ihn ſich nur wünſchen konnte, ſchmetterte ſeinen Miterben Massin mit einem: „Was habe ich Ihnen geſagt?“ nieder.

Da hinterhältige Leute immer andere im Verdacht der Hinterhältigkeit haben, ſah Massin heimlich nach dem Friedensrichter hinüber, der in dieſem Augenblick an der Kirche mit dem Marquis du Rouvre ſprach, einem ſeiner früheren Klienten.

„Wenn ich das wüßte“, ſagte er.

„So würden Sie die Protektion zunichte machen, die er dem Marquis du Rouvre gewährt. Gegen den iſt ein Haftbefehl erlaſſen, und augenblicklich überſchüttet er ihn mit ſeinen Ratſchlägen.“ So ſagte Goupil und gab ihm den Gedanken der Rache ein. „Aber ſeien Sie vorſichtig mit Ihrem Chef. Der gute Mann iſt nicht dumm; er muß Einfluß auf Ihren Onkel haben und kann ihn noch hindern, alles der Kirche zu hinterlaſſen.“

„Bah, wir werden davon nicht umkommen“, ſagte Minoret-Levrault und öffnete ſeine rieſige Tabaksdoſe.

„Sie werden aber davon auch nicht leben“, erwiderte Goupil. Und er ließ die beiden Frauen erzittern, die ſchneller als ihre Männer im Geiſte den Verluſt dieſer ſo oft dem Wohlleben zugedachten Erbſchaft in Entbehrungen umſetzten. „Aber wir werden den kleinen Ärger zur Feier von Désirés Rückkehr in Champagner ertränken, nicht wahr, dicker Papa?“ fügte er hinzu, indem er dem Koloß auf den Bauch ſchlug und, aus Angſt, man möchte ihn vergeſſen, ſelber ſich einlud.

☆

GENAUE LESER WÜNSCHEN SICH HIER VIELleicht, bevor wir weiter erzählen, eine Art von Inventur — wie es übrigens in der Tat ziemlich unerläßlich ist —, um die Verwandtschaftsgrade kennenzulernen, welche diese drei Familienväter oder ihre Frauen mit dem so plötzlich bekehrten alten Mann verbinden. Solche Verschlingungen der Sippen im Innern der Provinz können den Anlaß für mehr als eine belehrende Anmerkung abgeben.
In Nemours gibt es nicht mehr als drei oder vier Häuser vom niedern unbekannten Adel, unter denen damals das der Portenduère hervorragte. Diese exklusiven Familien haben nur mit dem in der Umgegend begüterten oder angesessenen Adel Umgang, zu ihm gehören die Aiglemonts, Eigentümer der schönen Liegenschaft Saint-Lange, und der Marquis du Rouvre, dessen von Hypotheken erdrückte Besitzungen die Bourgeoisie nicht aus den Augen ließ. Der städtische Adel ist arm. So bestand das einzige Vermögen der Frau von Portenduère in einem Gut, das viertausendsiebenhundert Franken Pachtzins brachte, und ihrem Hause in der Stadt. Diesem winzigen Faubourg Saint-Germain stehen ein Dutzend Schwerreiche gegenüber, ehemalige Müller, Kaufleute, die sich zur Ruhe gesetzt haben, kurz eine Bourgeoisie im kleinen, unter welcher wieder die Menge der Krämer, Proletarier und Bauern ihr Wesen treibt. Diese Bourgeoisie bietet hier, wie in den Kantonen der Schweiz und in mehreren andern kleinen Ländern, das eigentümliche Schauspiel der Durchdringung des Landes mit einigen autochthonen Familien, vielleicht gallischen Ursprungs, welche eine Gegend beherrschen, überfluten und schließlich fast alle Bewohner sich verschwägern.

Unter Ludwig XI., zu der Zeit, als es dem dritten Stand gelungen war, aus ſeinen Beinamen echte Namen zu machen, von denen etliche ſich mit denen der Lehnsherren verbanden, beſtand das Bürgertum von Nemours aus den Minoret, Massin, Levrault und Crémière. Unter Ludwig XIII. hatten dieſe Familien weitere hervorgebracht: die Massin-Crémière, die Levrault-Massin, die Massin-Minoret, die Minoret-Minoret, die Crémière-Levrault, die Levrault-Minoret-Massin, die Massin-Levrault; die Minoret-Massin, die Massin-Massin, die Crémière-Massin, das alles geſcheckt mit junior, ſenior, Crémière-François, Levrault-Jaques, Jean-Minoret, um einen Pater Anſelmo des Volkes verrückt zu machen, wenn nämlich das Volk einen Genealogen je würde brauchen können. Die Variationen dieſes familialen Kaleidoſkops aus vier Elementen verwickelten ſich durch Geburten und Ehen derart, daß der Stammbaum der Bürgerſchaft von Nemours ſogar die Mönchsgelahrtheit der Leute vom Gothaer Almanach in Verlegenheit gebracht hätte, trotz der minutiöſen Akribie, mit der ſie die Zickzacklinien der deutſchen Vermählungen ziehen.

Lange Zeit hindurch hatten die Minorets die Gerbereien. Die Crémières beſaßen die Mühlen. Die Massins widmeten ſich dem Handel. Die Levraults waren Pächter. Zum Glück für das Land trieben dieſe vier Bäume Wurzel-, nicht Seitenſproſſen. Es kamen Stecklinge durch die Überſiedlung von Kindern, die auswärts ihr Glück verſuchten: es gibt Minorets, die ſind Meſſerfabrikanten in Melun, Levraults in Montargis, Massins in Orléans und Crémières ſind in Paris zu etwas gekommen. Die

Schicksale dieſer Bienen, die aus dem mütterlichen Stock hervorgegangen waren, ſind verſchieden. Die reichen Massins ſtellen natürlich arbeitende Massins an. Im gleichen Departement wird ein Millionär-Minoret von einem Soldaten-Minoret verteidigt. In ihnen floß dasſelbe Blut, mit demſelben Namen wurden ſie genannt — das war ihre ganze Ähnlichkeit: unaufhörlich hatten dieſe vier Weberschiffchen an einem großen menſchlichen Stoffe gearbeitet, von dem ein jeder Fetzen ein Kleid oder Mundtuch, herrlicher Battiſt oder grobes Futter war. Dasſelbe Blut war im Kopf, in den Füßen oder im Herzen, in einer kranken Lunge oder hinter einer genialen Stirn. Die Häupter dieſes Clans bewohnten getreulich die kleine Stadt, in der die Bande der Verwandtſchaft nach den Fügungen dieſes bizarren Cognominismus nachgaben oder ſich ſtrafften. Und wo immer man ſich hinwendet, die Namen wechſeln, das Phänomen bleibt das gleiche, aber ohne jene Poeſie der Feudalität, die Walter Scott mit ſo viel Talent geſchildert hat.

Blicken wir ein wenig auf, betrachten wir die Menſchheit im Laufe ihrer Geſchichte. Alle adligen Häuſer des elften Jahrhunderts, die heute bis auf den königlichen Namen der Capet faſt ſämtlich erloſchen ſind, haben notwendigerweiſe bei der Geburt eines Rohan, eines Montmorency, eines Bauffremont, eines Mortemart von heute mitgewirkt; kurz, ſie alle werden notwendigerweiſe noch im Blute des letzten Adligen ſein, wenn er ein echter Adliger iſt. Mit andern Worten: jeder Bürger iſt eines Bürgers, jeder Adlige eines Adligen Vetter. Wie denn jenes herrliche Blatt der bibliſchen Genealogie es ausſagt: In tauſend Jahren können drei Familien, Sem,

Ham und Japhet, den Erdball mit ihren Kindern bevölkern. Eine Familie kann Volk werden und, leider, ein Volk wieder zu einer bloßen Familie. Um das zu zeigen, genügt es, den Vorfahren nachzuforschen und auf die Zunahme ihrer Zahl, welche im Laufe der Zeit in einer mit sich selbst multiplizierten zunehmenden geometrischen Reihe sich vermehrt, die Berechnung jenes bekannten Weisen anzuwenden. Zum Lohn für die Erfindung des Schachspiels verlangte er von einem persischen König eine Ähre für das erste Feld des Brettes, und für die folgenden stets die Verdoppelung der Menge des vorhergehenden, und er zeigte ihm, daß das Königreich nicht hinlange, ihn zu entlohnen. Das Netz des Adels, umgeben von jenem der Bourgeoisie, der Antagonismus dieser beiden Naturen, deren eine durch die Feudalinstitutionen, deren andere durch Arbeitsamkeit und Handelsgeist sich erhält, hat die Revolution von 1789 gemacht. Diese beiden Naturen, die fast eins geworden sind, stehen heute den enterbten Nebenlinien gegenüber. Wie werden sie sich verhalten? Unsere politische Zukunft geht mit der Antwort schwanger.

Die Familie dessen, der unter Ludwig XV. einfach Minoret hieß, war so zahlreich, daß eines der fünf Kinder — junior Minoret, dessen Betreten der Kirche Epoche machte — um sein Auskommen zu finden, nach Paris ging und sich in der Heimatstadt nur noch dann und wann zeigte, zweifellos, um beim Tode der Großeltern dort seine Erbschaft vorzufinden. Nachdem er, wie alle energischen Jünglinge, die einen Platz in der Pariser Gesellschaft suchen, vieles durchgemacht hatte, kam jener junge Minoret in bessere Verhältnisse, als er sie vielleicht anfänglich geträumt hatte; denn er widmete ſich zuerſt der Medizin, einem der Berufe, die Talent und Glück erfordern, mehr aber noch Glück als Talent. Er war durch Dupont von Nemours empfohlen, mit dem Abbé Morrelet — Mords-les nannte ihn Voltaire — durch einen glücklichen Zufall befreundet, von den Enzyklopädiſten protegiert, und ſo ſchloß der Doktor Minoret ſich als treuer Anhänger an Bordeu, den großen Arzt und Freund Diderots. D'Alembert, Helvetius, der Baron Holbach, Grimm, denen gegenüber Minoret nur ein kleiner Junge war, mußten mit der Zeit, gleich Bordeu, wohl Intereſſe an ihm gefunden haben, dergeſtalt, daß er um 1777 eine recht ſchöne Praxis bei Deiſten, Enzyklopädiſten, Senſualiſten, Materialiſten hatte, wie man eben die reichen Philoſophen der Epoche bezeichnen will. Obgleich er nicht das Zeug zum Scharlatan hatte, erfand er die berühmte crême Lelièvre, für die der Mercure de France ſich einſetzte, und deren Anpreiſung man regelmäßig am Ende dieſes Wochenblatts der Enzyklopädiſten fand. Der Apotheker Lelièvre, ein gewandter Mann, ſah da ein Geſchäft, wo Minoret nur ein neues Rezept im Auge hatte, und er teilte ſeinen Gewinn ehrlich mit dem Doktor, der in der Chemie Schüler von Rouelle wie in der Medizin der von Bordeu war. Man hätte ſchon um Geringeres Materialiſt werden können.

Im Jahre 1778, da die Neue Heloise alles beherrſchte und viele Liebesheiraten geſchloſſen wurden, vermählte ſich Minoret mit der Tochter des berühmten Claveciniſten Valentin Minoret; ſie war eine berühmte Virtuoſin, zart und gebrechlich, die Revolution tötete ſie. Minoret war mit Robespierre gut bekannt und hatte ihm einſt die goldene Medaille für eine Abhandlung verſchafft, die betitelt war: ‚Über den Urſprung der Anſchauung, welche die Schande eines ſchuldig Verurteilten auf ſeine Familie ausdehnt. Iſt die Anſchauung vorwiegend ſchädlich oder nützlich. Und wie iſt im letztern Falle etwaigen Unzuträglichkeiten, die ſie mit ſich bringt, vorzubeugen.‘ Die Königliche Akademie der Künſte und Wiſſenſchaften in Metz, deren Mitglied Minoret war, muß das Original dieſer Abhandlung noch beſitzen. Obgleich dank dieſer Freundſchaft die Frau des Doktors nichts zu fürchten hatte, war ihre Angſt, das Schafott beſteigen zu müſſen, ſo groß, daß dieſer unbezwingliche Schauder einen Herzfehler, den ihre übergroße Senſibilität ihr zugezogen hatte, verſchlimmerte. Trotz aller Vorkehrungen dieſes Mannes, der ſeine Frau anbetete, begegnete Urſula gerade dem Karren mit Delinquenten, in welchem Madame Roland war, und dies brachte ihr den Tod. Minoret war nach ihrem Tode faſt mittellos: voll von Zärtlichkeit, wie er gegen ſeine Urſula geweſen war, hatte er ihr nichts verſagt und ſie das Leben einer verwöhnten Geliebten führen laſſen. Robespierre ernannte ihn zum leitenden Arzt eines Krankenhauſes. Trotzdem der Name Minoret im Streit um den Mesmerismus ſo berühmt wurde, daß er zum Gedächtnis ſeiner Verwandten den Doktor von Zeit zu Zeit aufrief, ſo wirkte die Revolution ſo zerſetzend und lockerte ſo viele Familienbande, daß in Nemours im Jahre 1813 niemand etwas vom Daſein des Doktor Minoret wußte, in dem die ſeltſamſte Begegnung die Abſicht hatte entſtehen laſſen, heimzukehren und wie die Haſen im Bau zu ſterben.

In Frankreich, wo das Auge ſo ſchnell von der Einförmigkeit der Ebene ermüdet, erfreut es doppelt, von der Höhe eines Hügels, an dem Abhang oder an einer Biegung desſelben, da, wo ein ausgedörrter Landſtrich zu erwarten ſchien, ein blühendes Tal zu ſehen, durch das ein Fluß ſich zieht und eine kleine Stadt unter dem Felſen wie ein Bienenkorb in einer hohlen Weide ſich birgt. Wenn der Reiſende das Hü! des Poſtillions hört, der neben ſeinen Pferden hergeht, ſo ſchüttelt er den Schlummer ab, und wie einen Traum im Traume bewundert er eine ſchöne Landſchaft, die ihm das iſt, was dem Leſer eine bedeutende Stelle im Buche, ein glänzender Einfall der Natur. Dies Gefühl regt ſich, wenn man von der Bourgogne kommt und plötzlich Nemours liegen ſieht. Von dort aus ſtellt es in einer Umrahmung von morſchen grauen, weißen und ſchwarzen Felsbildungen mit ſeltſamen Formen, wie man ſie im Walde von Fontainebleau ſoviel findet, ſich dar, und vereinzelte Bäume entwachſen ihnen, die ſich klar gegen den Himmel abheben und dieſer Art von verfallner Umwallung ein ländliches Ausſehen geben. Dort endet der lange waldige Hügelzug, der ſich von Nemours nach Bouron zur Seite der Straße hinzieht. Auf dem Grunde dieſer unförmigen Arena breitet ſich eine Wieſe, durch die der Loing ſich in Kaskaden hindurchzieht. Dieſe reizende Landſchaft, an der die Route von Montargis ſich hinzieht, gemahnt an eine Operndekoration; ſo abgewogen iſt ihre Wirkung. Eines Morgens, als der Doktor, den ein Reicher in der Bourgogne konſultiert hatte, in aller Eile nach Paris zurückfuhr — er hatte an der vorhergehenden Station nicht angegeben, welche Route er nehmen wollte —, paſſierte er, ohne es vorher zu wiſſen, Nemours und ſah zwiſchen zwei Schlößchen die Landſchaft, in der ſeine Jugend verfloſſen war. Der Doktor hatte damals mehrere ſeiner alten Freunde verloren. Der Anhänger der Enzyklopädisten war Zeuge der Bekehrung von La Harpe geweſen, er hatte Lebrun Pindare und Marie-Joseph de Chénier und Morrelet begraben; er erlebte die Erſchütterung von Voltaires Stellung durch Geoffroy, den Nachfolger Frérons; ſo dachte er denn daran, ſich zur Ruhe zu ſetzen. Und als ſeine Kutſche oben auf der Chauſſee von Nemours hielt, fiel ihm bei, ſich nach ſeiner Familie zu erkundigen. Minoret-Levrault kam ſelbſt, um den Doktor zu begrüßen, und dieſer erkannte in dem Poſthalter den leiblichen Sohn ſeines älteren Bruders. Der Neffe führte ihm in ſeiner Frau die einzige Tochter des alten Levrault-Crémière vor, der ihm die Poſt und die ſchönſte Gaſtwirtſchaft von Nemours hinterlaſſen hatte.

„Nun, mein lieber Neffe," ſagte der Doktor, „habe ich noch andere Erben?"

„Tante Minoret, Ihre Schweſter, hat einen Massin-Massin genommen."

„Ja, den Inſpektor von Saint-Langes."

„Sie iſt als Witwe geſtorben und hatte nur eine Tochter, die vor kurzem einen Crémière-Crémière geheiratet hat, einen netten Jungen; er iſt aber noch ohne Stellung."

„Schön, ſie iſt alſo meine direkte Nichte. Da mein Bruder, der Seemann, als Junggeſelle geſtorben, der Kapitän Minoret bei Monte-Legino gefallen iſt und ich hier ſtehe, ſo iſt die väterliche Linie erſchöpft. Habe ich Verwandte in mütterlicher Linie? Meine Mutter war eine Jean-Massin-Levrault!"

„Von den Jean-Massin-Levraults lebte nur noch eine Jean-Massin, die Herrn Crémière-Levrault-Dionis geheiratet hat, einen Getreidelieferanten. Er kam aufs Schafott. Seine Frau ſtarb in Verzweiflung, mittellos. Ihre Tochter hat einen Levrault-Minoret, der in Montereau Pächter iſt, und dem es gut geht, und deren beider Tochter hat eben einen Massin-Levrault geheiratet, der in Montargis, wo ſein Vater eine Schloſſerei hat, Notariatsgehilfe iſt."
„Alſo an Erben fehlt's mir nicht", ſagte der Doktor vergnügt, und nun wollte er mit ſeinem Neffen einen Gang durch Nemours machen.
Der Loing fließt in Windungen durch die Stadt. Gartenterraſſen und ſaubere Häuſer, unter deren Dach man eher als anderswo das Glück wohnen meint, begleiten ihn. Als der Doktor von der Chauſſee in die Bürgergaſſe bog, wies Minoret-Levrault ihn auf das Anweſen des Herrn Levrault-Levrault, eines reichen Pariſer Eiſenhändlers, der, wie er mitteilte, ſoeben verſtorben war.
„Da iſt ein hübſches Haus zu verkaufen, Onkel. Es hat nach dem Fluß zu einen reizenden Garten."
„Treten wir ein", ſagte der Doktor. Im Grunde eines kleinen gepflaſterten Hofes ſah er ein Haus, das umſchloſſen von den Mauern zweier Nachbarhäuſer dalag, die von Baumgruppen und Schlingpflanzen verborgen wurden. „Es iſt unterkellert", ſagte der Doktor, dabei ſchritt er über die hohe Freitreppe, welche von blauweißen Fayencen geziert wurde, in denen um dieſe Zeit Geranium blühte.
Wie die meiſten Provinzhäuſer war das Haus mit einem Gang, der vom Hof in den Garten lief, durch-

ſchnitten. Rechts von ihm war nur ein Salon mit vier Fenſtern, von denen zwei auf den Hof und zwei auf den Garten hinausgingen. Levrault-Levrault aber hatte eine der Fenſteröffnungen zum Entree eines langgeſtreckten Treibhauſes gemacht. Es war aus Ziegeln hergeſtellt und ging vom Salon zum Fluß, wo ein greulicher chineſiſcher Pavillon ſeinen Abſchluß machte.

„Gut, wenn ich dies Gewächshaus decke und Parkett lege, kann ich meine Bibliothek unterbringen und aus dieſem ſonderbaren Bauſtück ein hübſches Kabinett machen."

Auf der anderen Seite des Ganges ging der Speiſeſaal auf den Garten hinaus, deſſen Dekor in einer Imitation von ſchwarzem Lack mit Blumen in Grün und in Gold gehalten war. Von der Küche war er durch das Stiegenhaus getrennt. Man konnte von ihm aus durch einen kleinen Anrichteraum, der unter der Treppe angebracht war, in die Küche gelangen, deren Fenſter mit ihren Eiſengittern auf den Hof gingen. Im erſten Stock waren zwei Zimmer, und die getäfelten Manſarden waren gegebenenfalls auch beziehbar. Im Fluge prüfte der Doktor das ganze Haus, welches von oben bis unten, nach Garten und Hof, grün bewachſen war und mit einer Terraſſe, auf der viele Fayencevaſen ſtanden, auf den Fluß hinausging. Dann ſagte er:

„Levrault-Levrault muß viel Geld hier hineingeſteckt haben?"

„Oh! er hatte es ja dazu", erwiderte Minoret-Levrault. „Er liebte die Blumendummheiten. Was bringen ſie ein? ſagt meine Frau. Sie ſehen, ein Pariſer Maler iſt hergekommen, um den Korridor mit Wandblumen zu bemalen. Und überall hat er ganze

Spiegelscheiben. Die Decken sind mit einer Architekturmalerei geschmückt, die sechs Franken pro Fuß gekostet haben. Der Speisesaal, die Fußböden sind eingelegt, alles Torheiten! das Haus ist deshalb nicht einen Pfennig mehr wert."

„Also, lieber Neffe, erwirb das für mich, berichte mir darüber, hier ist meine Adresse; das übrige geht meinen Notar an. Wer wohnt gegenüber?" fragte er im Hinausgehen.

„Emigranten," erwiderte der Posthalter, „ein Chevalier de Portenduère."

Als nun das Haus gekauft war, gab der berühmte Arzt, anstatt selbst zu kommen, dem Neffen Auftrag, es zu vermieten. Die Folie-Levrault wurde vom Notar von Nemours bezogen, der damals sein Bureau an Dionis, seinen ersten Sekretär, verkaufte. Zwei Jahre später starb er und ließ dem Doktor die Sorge eines neuen Mietvertrages im Augenblick, da das Schicksal Napoleons sich in der Nähe entschied. Die Erben des Doktors, die schon geködert waren, hatten seine Absicht, zurückzukehren, für die Phantasie eines reichen alten Knaben gehalten und waren in Gedanken an zarte Bande, die ihn in Paris zurückhielten und sie um ihre Erbschaft bringen würden, der Verzweiflung nahe. Trotzdem ergriff die Frau von Minoret-Levrault die Gelegenheit, dem Doktor zu schreiben. Der alte Mann schrieb, sobald einmal der Friede unterzeichnet sei, die Straßen von Truppen frei und die Postverbindungen wiederhergestellt wären, würde er für immer nach Nemours kommen. Er kam dann einmal mit zweien seiner Klienten herüber, dem Architekten der Krankenhäuser und einem Tapezierer, welche die Instandsetzung, die Inneneinrichtung und den Transport

des Mobiliars übernahmen. Frau Minoret-Levrault ſchlug als Hausbeſorgerin die Köchin des alten Notars vor und man war einverſtanden.
Sobald die Erben einmal wußten, daß ihr Onkel oder Großonkel Minoret beſtimmt nach Nemours ziehen würde, wurden trotz der politiſchen Ereigniſſe, die gerade damals drückend über dem Gatinais und der Brie lagen, die Familien von einer brennenden Neugierde verzehrt, die ſich zur Not rechtfertigen ließ. War der Onkel reich? War er haushälteriſch oder verſchwenderiſch? Würde er ein Vermögen hinterlaſſen oder gar nichts? Hatte er Renten auf Lebenszeit? Schließlich erfuhr man das Folgende, jedoch nur mit unſäglicher Anſtrengung und unterirdiſcher Spionage.
Nach dem Tode der Urſula Minoret, ſeiner Frau, in den Jahren 1793 bis 1813 mußte der Doktor, der 1805 zum konſultierenden Arzt des Kaiſers ernannt worden war, ſehr viel Geld verdient haben; er lebte ſchlicht und ohne beſondere Ausgaben als die für einen jährlich gemieteten Wagen und eine ſehr komfortable Wohnung. Er empfing nie und aß faſt immer auswärts. Seine Haushälterin – ſie war gereizt, ihm nicht nach Nemours folgen zu dürfen – ſagte zu Zélie Levrault, der Frau des Poſthalters, ſie wiſſe beſtimmt, daß der Doktor vierzehntauſend Franken Rente aus Staatspapieren habe. Dieſe vierzehntauſend Franken Rente, das Ergebnis ſtändiger Kapitalsanlagen, führten nach einer zwanzigjährigen Praxis, die bei den Titeln Chefarzt eines Krankenhauſes, Kaiſerlicher Arzt und Mitglied der Akademie ſehr viel gebracht haben mußte, auf höchſtens vierhundertundſechzigtauſend Franken erſparten Vermögens. Wenn der Doktor nur acht-

tausend Franken jährlich hätte zurücklegen können, so müßte er bedeutenden Lastern oder Tugenden nachgegangen sein. Aber weder die Haushälterin, noch Zélie, noch sonst jemand konnten den Grund für die Bescheidenheit dieses Vermögens ausfindig machen: Minoret, dem man in seinem Quartier nachtrauerte, war einer der hilfsbereitesten Männer von Paris und wußte, wie Larrey, aus seinen Wohltaten ein tiefes Geheimnis zu machen.

Die Erben sahen also mit lebhafter Genugtuung das reiche Mobiliar und die namhafte Bibliothek ihres Onkels kommen; dieser war schon Offizier der Ehrenlegion und nun vom König — vielleicht weil sein Abschied irgendeinem Favoriten den Platz freigab — zum Ritter des Ordens vom heiligen Michael ernannt worden. Als aber der Architekt, die Maler und Polsterarbeiter alles aufs angenehmste hergerichtet hatten, kam der Doktor nicht. Frau Minoret-Levrault, die den Tapezier und den Architekten beaufsichtigte, als hätte es sich um ihr eigenes Vermögen gehandelt, erkundete durch die Indiskretion eines jungen Mannes, der zur Aufstellung der Bibliothek gekommen war, daß der Doktor mit einem Waisenkinde namens Ursula beschäftigt war. Ganz Nemours wurde von dieser Neuigkeit aufgewühlt. Endlich kam der Alte um Mitte Januar 1815 und richtete sich ganz im stillen mit einem kleinen Mädchen von zehn Monaten, das eine Amme bei sich hatte, ein.

„Ursula kann nicht seine Tochter sein, er ist einundsiebenzig", sagten die bestürzten Erben.

„So oder so," sagte Frau Massin, „schöne Scherereien wird sie uns machen."

Seiner Großnichte mütterlicherseits — ihr Mann

hatte vor kurzem das Bureau des Friedensrichters gekauft, und die beiden wagten als die erſten die Rede auf ihre ſchwierigen Verhältniſſe zu bringen — kam der Doktor ziemlich kühl entgegen. Massin und ſeine Frau waren nicht reich. Massins Vater, Schloſſer in Montargis, hatte ſich mit ſeinen Gläubigern arrangieren müſſen und arbeitete mit ſeinen ſiebenundſechzig Jahren wie ein junger Mann. Von ihm ſtand keine Erbſchaſt in Ausſicht. Der Vater von Frau Massin, Levrault-Minoret, war ſoeben in Montereau an den Folgen der Schlacht verſtorben und ſah ſeinen Gutshof im Feuer aufgehen, ſeine Saaten verwüſtet und ſein Vieh verzehrt.

„Von deinem Großonkel werden wir nichts haben", ſagte Massin zu ſeiner Frau, die ſchon mit dem zweiten Kinde ſchwanger ging.

Der Doktor gab ihnen heimlich zehntauſend Franken, mit denen der Sekretär des Friedensgerichts, als Freund des Notars und des Gerichtsvollziehers von Nemours, zu wuchern begann, und er wußte die Bauern in der Gegend ſo hochzunehmen, daß Goupil ſein wahres Vermögen augenblicklich auf achtzigtauſend Franken taxierte.

Für die andere Nichte verſchaffte der Doktor durch ſeine Pariſer Beziehungen ihrem Mann, Crémière, die Steuereinnehmerei von Nemours und ſtellte die Kaution. Wiewohl Minoret-Levrault nichts bedurfte, ſo ſtellte Zélie in ihrem Neid auf die Freigebigkeit des Onkels gegen ſeine beiden Nichten dem Doktor ihren damals zehnjährigen Sohn vor, der in Paris zur Schule gehen ſollte, wo, wie ſie ſagte, die Erziehung ſehr teuer kommt. Als Arzt von Fontanes erhielt der Doktor für ſeinen Großneffen, der nach Quarta kam, eine halbe Freiſtelle am Collège Louis le Grand.

Crémière, Massin und Minoret-Levrault, ganz beſonders ſubalterne Geſchöpfe. waren für den Doktor ſchon nach Ablauf der beiden erſten Monate, in denen ſie weniger ihn als die Erbſchaft zu umwerben ſuchten, unwiderruflich gerichtet. Leute, die von ihrem Inſtinkt regiert werden, ſind gegen denkende darin im Nachteil, daß ſie umgehend durchſchaut werden: die Eingebungen des Inſtinkts ſind zu natürlich und zu augenfällig, um nicht ſogleich bemerkt zu werden, während Verſtandeseinfälle, um erfaßt zu werden, die gleiche Intelligenz auf der Gegenſeite erfordern. Nachdem der Doktor die Dankbarkeit ſeiner Erben erkauft und ihnen ſozuſagen das Maul geſtopft hatte, ſchützte er, um ſie nicht mehr zu ſehen, auf ſchlaue Art Studien, Gewohnheiten und Beſchäftigung mit Urſula vor, ohne ihnen darum ſein Haus zu verſchließen. Er liebte es, beim Eſſen allein zu ſein, legte ſich ſpät hin und ſtand ſpät auf, er war in ſeine Heimat gekommen, um Ruhe und Einſamkeit dort zu finden. Dieſe Sonderheiten des alten Mannes ſchienen nicht befremdlich, und ſeine Erben begnügten ſich mit allwöchentlichen Beſuchen am Sonntag zwiſchen eins und vier. Dieſe ſuchte der Doktor mit der Bemerkung abzuſtellen:

„Kommt nur, wenn ihr mich braucht."

In ſchweren Fällen ließ der Doktor ſich, beſonders von Armen, konſultieren, aber Arzt an dem kleinen Krankenhauſe von Nemours wollte er nicht ſein, erklärte vielmehr, er habe aufgehört zu praktizieren. „Ich habe genug Leute umgebracht", ſagte er lachend zum Abbé Chaperon, der ſich bei ihm für die Armen einſetzte, weil er ſeine Wohltätigkeit kannte.

„Ein fabelhafter alter Knabe!" Dieſes Wort über Minoret war die unſchuldige Rache der verletzten Eitelkeiten, denn der Arzt umgab ſich mit einer Geſellſchaft von Menſchen, die es wohl verdienen, den Erben gegenüber geſtellt zu werden. Doch behielten diejenigen Bürger, welche ſich für wert hielten, zum Umgang eines Mannes mit dem cordon noir zu gehören, gegen den Doktor und ſeine Begünſtigten ein Gran von Neid zurück, das nicht ohne Wirkung bleiben ſollte.

☆

DURCH EINE BIZARRERIE, DIE DAS SPRICHwort: les extrèmes se touchent erklären könnte, ſtanden dieſer materialiſtiſche Mediziner und der Abbé von Nemours ſehr bald gut miteinander. Der Greis ſpielte Trictrac, das Lieblingsſpiel der Geiſtlichkeit, ſehr gern, und Abbé Chaperon hatte die gleiche Spielſtärke wie der Arzt. Das Spiel war alſo ein erſtes Bindeglied zwiſchen ihnen. Dann war Minoret ſehr wohltätig, und der Pfarrer von Nemours war der Fénélon des Gatinais. Beide waren vielſeitig gebildet, und ſo war der Gottesmann der einzige in ganz Nemours, der den Atheiſten verſtehen konnte. Sie waren zu feinſinnig und hatten zuviel in guter Geſellſchaft verkehrt, um nicht von ſelbſt deren Regeln zu beobachten, und ſo konnten ſie ſich jenen Guerillakrieg liefern, der der Konverſation ſo not tut. Sie verabſcheuten einer die Anſchauungen des anderen, aber ſie achteten ſich menſchlich. Wenn ſolche Antagonismen, ſolche Sympathien nicht Elemente des intimen Daſeins wären, müßte man dann nicht an einer Geſellſchaft, die, wie gerade die franzöſiſche, gewißer Gegenſätzlichkeiten bedarf, verzweifeln? Aus dem Aufprallen von Charakteren, nicht aus dem Streit der Ideen ergeben ſich Antipathien. Abbé Chaperon war der erſte Freund, den der Doktor ſich in Nemours gewann.

Dieſer Geiſtliche war damals ſechzig Jahre alt und ſeit der Wiedereinführung des katholiſchen Gottesdienſtes in Nemours. Aus Anhänglichkeit für ſeine Herde hatte er das Vikariat der Diözeſe ausgeſchlagen. Wenn das den Lauen zu Dank geſchehen war, ſo liebten die Gläubigen ihn deswegen um ſo mehr. Von ſeinen Beichtkindern verehrt, von der Bevölkerung geachtet, tat der Pfarrer Gutes, ohne den religiöſen Anſchauungen der Unglücklichen nachzugehen. Sein Pfarrhaus, in dem nur ein für die kärglichſten Lebensbedürfniſſe eben hinreichendes Mobiliar ſtand, war kalt und öde wie die Wohnung eines Geizhalſes. Geiz und Mildtätigkeit äußern ſich in verwandten Symptomen: und häuft nicht die Mildtätigkeit im Himmel den Schatz, den der Geizhals auf Erden anſammelt? Abbé Chaperon ſtritt mit ſeiner Wirtſchafterin über ſeine Ausgaben hartnäckiger als Gobſeck mit der ſeinigen, wenn nämlich der berühmte Jude je eine gehabt hat. Oft verkaufte der gute Prieſter die Silberſchnallen von ſeinen Schuhen oder von ſeiner Hoſe, um das Geld den Armen zu geben, wenn ſie ihn mittellos trafen. Wenn ſie ihn dann aus der Kirche kommen ſahen, und die Hoſen waren unter den Knien zuſammengeknotet, dann löſten die Frommen der Stadt die

Schnallen des Priesters beim Uhren- und Juwelenhändler ein und brachten sie ihm unter Vorwürfen zurück. Er kaufte sich niemals Wäsche oder Anzüge, sondern trug seine Sachen, bis sie unmöglich waren. Seine Wäsche, die dick von gestopften Stellen war, lag an der Haut wie ein Bußgewand. Frau von Portenduère oder andere gute Seelen verständigten sich dann mit der Haushälterin und ließen, während er schlief, die Wäsche oder die alten Kleider mit neuen vertauschen; und nicht immer bemerkte der Geistliche es sogleich. Zu Hause aß er von Zinngeschirr mit Eisenbesteck. Wenn er seine Kapläne und Amtsbrüder an den Festtagen, die dem Oberpfarrer diese Verpflichtung auferlegen, bewirtete, so entlieh er das Tafelsilber und die Tischwäsche von seinem Freunde, dem Atheisten.
„Mein Silberbesteck dient seinem Seelenheil", pflegte der Doktor dann zu sagen.
Diese schönen Taten, die früh oder spät entdeckt, immer eine geistliche Ermunterung mit sich brachten, paarten sich bei ihm mit wundervoller Kindlichkeit. Seine Lebensführung war um so verdienstlicher, als der Abbé Chaperon eine ebenso umfassende wie vielseitige Bildung und wertvolle Fähigkeiten besaß. Feinheit und Anmut, die treuen Begleiter der Einfachheit, erhöhten bei ihm eine Sprachkultur, die eines Prälaten würdig war. Sein Gehaben, sein Charakter und seine Sitten gaben dem Umgange mit ihm jene erlesene Würze, die alle dem eignet, was im Reiche des Geistes glänzend ist und doch von Herzen kommt. Er liebte Scherz, und im Salon spielte er nie den Priester. Bis zur Ankunft des Doktors Minoret hatte der Gute diese Gaben ohne Mißmut unterm Scheffel verborgen;

aber vielleicht wußte er ihm Dank für ihre Entdeckung. Als er nach Nemours kam, hatte der Geiſtliche eine ganz hübſche Bibliothek und zweitauſend Franken Rente beſeſſen; nun, 1829, hatte er nur noch die Einkünfte ſeiner Pfarre, die er alljährlich faſt gänzlich verausgabte. In ſchwierigen Angelegenheiten oder im Unglück wußte er ſo gut zu raten, daß manch einer, der nie um Troſt in die Kirche kam, ins Pfarrhaus ging, um dort eine Weiſung zu ſuchen.

Um das Bild dieſer geiſtigen Phyſiognomie abzuſchließen, eine Anekdote. Selten, aber in gewiſſen Fällen geſchah es, daß Bauern, ſchlechtes Volk, ihre ſchuldgerichtliche Verfolgung fälſchlich angaben oder aber veranlaßten, um die Unterſtützung des Abbé Chaperon herauszufordern. Sie täuſchten ihre Weiber, und wenn dieſen die drohende Enteignung ihres Hauſes und ihres Viehſtandes vor Augen ſtand, verführten ihre unſchuldigen Tränen den armen Prieſter, der dann die erbetenen ſieben- oder achthundert Franken auftrieb, mit denen der Bauer ein Stückchen Land kaufte. Als fromme Leute, Vorſteher des Kirchenrates, dem Abbé Chaperon den Betrug klarlegten und ihn baten, ſie zu konſultieren, um nicht ein Opfer der Habſucht zu werden, da ſagte er ihnen: „Vielleicht hätten ſie etwas Böſes begangen, um ihren Flecken Erde zu bekommen, und heißt Schlechtes vereiteln nicht immer noch das Gute tun?"

Vielleicht findet man hier nicht ungern eine Skizze dieſer Geſtalt, die darin ſo merkwürdig war, daß durch jenes Herz und jenen ſtarken Kopf Wiſſenſchaften und Künſte hindurchgegangen waren, ohne daran irgend etwas zu verderben. Mit ſechzig Jahren hatte der Abbé Chaperon ganz weißes Haar, ſo nahe ging ihm fremdes Unglück, ſo nachhaltig hatten auch die Ereigniſſe der Revolution auf ihn gewirkt. Zweimal wegen Eidesverweigerung eingekerkert, hatte er zweimal, wie er zu ſagen pflegte, ſein in manus geſprochen. Er war von mittlerer Statur, weder mager noch beleibt. Sein faltiges, eingefallenes und farbloſes Geſicht nahm zunächſt durch die völlige Ruhe der Züge und die Reinheit der Umrißlinie gefangen, welche zu ſtrahlen ſchien. Im Geſicht eines keuſchen Mannes liegt ein gewiſſer Glanz. Die Macht ſeines Blicks lag in einer Milde, die Kraft nicht ausſchloß. Die Augenbogen bildeten Wölbungen, die beſchattet waren von ſtarken ergrauten Brauen, welche keine Angſt einflößen konnten. Da er viele Zähne verloren hatte, war ſein Mund entſtellt und ſeine Wangen fielen ein; aber auch dieſe Zerſtörung hatte ihren Charme, und die anmutigen Runzeln ſchienen einem zuzulächeln. Ohne gerade gichtbrüchig zu ſein, war er an den Füßen empfindlich und trat ſo ſchwer auf, daß er ſeine Kalbslederſchuhe aus Orleans jahraus jahrein trug. Die Mode der langen Beinkleider fand er für einen Prieſter wenig geziemend; man ſah ihn immer in dicken Wollſtrümpfen, die ſeine Wirtſchafterin ihm ſtrickte, und in Kniehoſen aus Tuch. Wenn er ausging, trug er nicht die Soutane, ſondern einen braunen Überrock, und den Dreimaſter, den er beherzt in den ſchwerſten Zeiten getragen hatte, behielt er bei. Dieſer vornehme, ſchöne alte Mann, deſſen Geſicht ſtets eine makelloſe Seelenruhe widerſtrahlte, ſollte auf die Geſchehniſſe und auf die Menſchen dieſer Geſchichte einen ſo großen Einfluß haben, daß ſein Porträt unerläßlich war.

Der Arzt hielt drei Zeitungen: eine liberale, eine offizielle und eine extreme, ferner mehrere Zeitſchriften, deren Sammelbände ſeine Bibliothek anſchwellen ließen. Dieſe Zeitſchriften wurden, nicht weniger als der Enzyklopädiſt und ſeine Bücher, eine Attraktion für einen alten Hauptmann aus dem Regiment der Königs-Schweden, Herrn von Jordy, einen Edelmann aus der Zeit Voltaires und alten Junggeſellen, der von ſechzehnhundert Franken aus Penſion und Renten lebte. Nachdem Herr von Jordy ein paar Tage lang die Zeitungen durch Vermittlung des Prieſters geleſen hatte, fand er es angebracht, dem Doktor eine Viſite abzuſtatten. Schon mit ſeinem erſten Beſuch erwarb der alte Hauptmann, ehemals Profeſſor an der Militärſchule, die Gunſt des alten Mediziners, der mit ſeinem Gegenbeſuch nicht auf ſich warten ließ.
Herr von Jordy, ein kleiner, dünner, magerer Mann, dem aber ſein Blut zu ſchaffen machte, wiewohl ſein Geſicht ſehr bleich war, frappierte zunächſt durch ſeine ſchöne Stirn in der Art Karls XII.; auch trug er die Haare darüber kurz geſtutzt, wie dieſer königliche Soldat. Seine blauen Augen – „ſie haben die Liebe gekannt“ war man verſucht von ihnen zu ſagen –, die tieftraurig blickten, intereſſierten auf den erſten Blick. Sie ließen Erinnerungen ahnen, aus denen er ein ſo tiefes Geheimnis machte, daß ſeine alten Freunde ihn niemals auf einer Anſpielung auf die Vergangenheit oder auf einem Ausruf, wie die Ähnlichkeit von Schickſalsfällen ſie hervorruft, ertappten. Er barg dieſes leidvolle Myſterium unter einer philoſophiſchen Heiterkeit. War er aber allein, ſo ſprachen ſeine von einer weniger greiſenhaften als angenommenen Schläfrig-

keit gehemmten Bewegungen von einem qualvollen und ſtändig gegenwärtigen Gedanken. So ſagte Abbé Chaperon von ihm: „Ein Chriſt, ohne es zu wiſſen." Er ging immer in Blau, und ſeine etwas geſtraffte Haltung gemahnte, wie ſeine Kleidung, an militäriſche Zucht. So gibt es gute und geduldige Weſen wie dieſes; ſie gehen durchs Leben mit einem bittern Gedanken im Herzen und leiſem ſchmerzlichen Lächeln auf den Lippen; ihr Rätſelwort nehmen ſie mit ſich, ohne es erraten zu laſſen, ſei's aus Stolz, aus Menſchenverachtung oder vielleicht aus Rache; Gott allein iſt ihr Vertrauter und ihr Tröſter. Die warme melodiſche Stimme des Herrn von Jordy drang zu Herzen. Seine Hände waren ſehr ſchön. Der Geſichtsſchnitt ähnelte dem des Grafen von Artois, und indem er zeigte, wie ſchön er in ſeiner Jugend geweſen war, ließ er deren Geheimnis noch undurchdringlicher erſcheinen. Unwillkürlich fragte man ſich, welches Unheil über die Schönheit, den Mut, die Eleganz, die Bildung und die Gaben des Gemüts hereingebrochen ſein konnte. Herr von Jordy zitterte immer, wenn der Name Robespierre fiel. Er ſchnupfte viel, und auffallend war, daß er für die kleine Urſula, die ihn deswegen nicht leiden konnte, das ablegte. Sobald er des Kindes anſichtig werden konnte, heftete der Hauptmann lange, faſt leidenſchaftliche Blicke auf ſie; er liebte ihre Spiele ſo irrſinnig, intereſſierte ſich ſo ſehr für ſie, daß dieſe Anhänglichkeit ſeine Beziehungen zum Doktor noch enger werden ließ. Aber niemals wagte der, dieſem alten Junggeſellen zu ſagen: „Alſo auch Sie haben Kinder verloren?"

Herr von Jordy, der wie der Doktor nach Nemours gekommen war, um in Frieden zu ſterben, ging dort kaum mit jemandem andern um als dem Pfarrer, der immer zur Verfügung ſeiner Beichtkinder ſtand, und mit Frau von Portenduère, die ſich um neun Uhr zur Ruhe legte. Kampfesmüde hatte er ſchließlich auch begonnen, ſich frühzeitig niederzulegen, trotz der Dornen, von denen ſein Kopfpolſter voll war. Es war alſo für den Arzt wie für den Hauptmann eine glückliche Fügung, einem Mann zu begegnen, der in den gleichen Kreiſen verkehrt hatte, dieſelbe Sprache ſprach, mit dem man Gedanken austauſchen konnte, und der ſpät zu Bett ging. Nachdem Herr von Jordy, der Abbé Chaperon und Minoret einmal den erſten Abend zuſammen verbracht hatten, fanden ſie ſo viel Gefallen daran, daß der Prieſter und der Militär ſich jeden Abend um neun Uhr wieder einſtellten; das war die Zeit, wo die kleine Urſula zu Bett lag und der Greis frei war. Sie blieben bis Mitternacht oder bis ein Uhr auf.

Bald wurde aus dem Trio ein Quartett. Ein anderer, der das Leben kannte und dem aus der Geſchäftspraxis jene Nachſicht, jenes Wiſſen, jener Schatz von Beobachtungen, jener Scharfſinn, jene Geſprächsgabe gekommen waren, die der Militär, der Arzt und der Prieſter der Beſchäftigung mit Seelen, Krankheiten und mit dem Unterricht dankten — der Friedensrichter kam auf die Reize dieſer Abende und ſuchte die Geſellſchaft des Doktors. Herr Bongrand war, ehe er Friedensrichter in Nemours geworden war, zehn Jahre lang Advokat in Melun geweſen, wo er nach der Gepflogenheit der Städte, in denen keine Advokatur iſt, ſelbſt plädiert hatte. Mit fünfundvierzig Jahren war er Witwer geworden, und noch fühlte er ſich zu aktiv, um untätig zu bleiben; er hatte ſich alſo um die Friedensrichterei von Nemours beworben, die einige Monate vor dem Einzug des Doktors gerade frei geworden war. Der Juſtizminiſter iſt immer froh, für dieſen wichtigen Poſten einen Praktiker und vor allem jemanden, der ſein Auskommen hat, zu finden. Herr Bongrand lebte in Nemours beſcheiden von den fünfzehnhundert Franken aus ſeinem Amte und konnte ſein Vermögen ſeinem Sohn zuwenden, der in Paris Jura hörte und bei dem berühmten Anwalt Derville das Prozeßweſen kennenlernte.

Vater Bongrand ähnelte nicht wenig einem alten Diviſionschef im Ruheſtande: auch er hatte jenes weniger blaſſe als gebleichte Geſicht, in dem Geſchäfte, Enttäuſchungen und Ekel ihre Spuren hinterlaſſen haben; es war vom Nachdenken, aber auch von den Falten gefurcht, wie ſie bei Leuten ſich finden, die nicht über alles ſprechen dürfen; aber oft war es von jenem Lächeln erhellt, wie es Männer haben, die bald alles und bald nichts glauben, gewohnt ſind, ohne Erſtaunen alles zu ſehen und zu vernehmen und in die Abgründe zu dringen, die die Eigenſucht im menſchlichen Herzen eröffnet. Unter ſeinen nicht ſowohl weißen als entfärbten Haaren, die in Wellen zurückgekämmt lagen, trat eine offene Stirn hervor, deren gelblicher Ton gut zu den Strähnen des ſpärlichen Haares ſtand. Sein zuſammengezogenes Geſicht ließ ihn einem Fuchs um ſo mehr ähneln, als ſeine Naſe kurz und ſpitz war. Von ſeinen Lippen, welche, wie die großer Redner, einen gewiſſen Abſtand hatten, ſprudelten weiße Tröpfchen, die die Konverſation ſo regenfeucht machten, daß Goupil boshaft bemerkte: „Man braucht einen Regenſchirm, um ihn anzuhören!“

oder: „Es regnet Gerichtsbeſchlüſſe." Hinter ſeiner Brille ſchienen die Augen ſcharf, nahm er ſie aber ab, ſo kam ſein vager Blick einem nichtsſagend vor. Wiewohl er heiter und faſt jovial war, nahm er durch ſeine würdige Haltung ein wenig zu ſehr das Ausſehen einer wichtigen Perſönlichkeit an. Die Hände hatte er faſt ſtets in den Hoſentaſchen, aus denen ſie nur hervorkamen, um die Brille mit einer faſt ſpöttiſchen Geſte zurechtzurücken, welche jedesmal eine ſcharfſinnige Bemerkung oder ein ſchlagendes Argument ankündigte. Seine Geſten, ſeine Redſeligkeit, ſeine harmloſen Prätentionen verrieten den ehemaligen Provinzadvokaten; aber dieſe kleinen Schwächen betrafen die Oberflächen; er machte ſie wett durch ein erworbnes Wohlwollen, das ein genauer Moraliſt die Güte der Überlegenheit nennen würde. Wenn er ein wenig nach einem Fuchs ausſah, ſo galt er auch für durchaus gewitzigt, ohne unehrenhaft zu ſein. Seine Gewitztheit war das Spiel des Scharfſinns. Aber nennt man nicht gerade die gewitzigt, die ein Reſultat vorherſehen und ſich vor den Fallen hüten, die man ihnen geſtellt hat? Der Friedensrichter liebte Whiſt, ein Spiel, das der Hauptmann und der Doktor kannten; dem Pfarrer wurde es unverzüglich beigebracht.

Dieſe kleine Geſellſchaft hatte im Salon Minorets ihre Oaſe. Der Arzt von Nemours, dem weder Wiſſen noch Lebensart fehlten, und der in Minoret eine der Leuchten der Medizin verehrte, wurde zugelaſſen; aber ſeine ermüdenden Obliegenheiten nötigten ihn, früh ſchlafen zu gehen, um ſich zeitig erheben zu können, und hinderten ihn, ebenſo regelmäßig zu erſcheinen wie die drei Freunde des Doktors. Das Zuſammentreffen dieſer fünf Menſchen von Rang, der einzigen in Nemours, deren Kenntnisse ausgebreitet genug waren, einander zu verstehen, erklärt den Widerwillen des alten Minoret gegen seine Erben: mußte er ihnen sein Vermögen lassen, so konnte er sie doch nicht in seine Gesellschaft zulassen. Sei es, daß der Posthalter, der Sekretär und der Steuereinnehmer den heiklen Umstand begriffen hatten, sei es, daß sie durch die Rechtlichkeit, die Wohltaten ihres Onkels beruhigt waren: sie hörten zu dessen großer Genugtung mit ihren Besuchen auf. So bildeten sieben bis acht Monate nach der Niederlassung des Doktors in Nemours die vier alten Whist- und Tricktrackspieler eine geschlossene Gesellschaft, und ein jeder von ihnen genoß etwas wie die Nachblüte einer Kameraderie, deren Duft darum nur tiefer verspürt wurde. Diese geistige Familie hatte in Ursula ein Kind, das ein jeder nach seiner Weise adoptiert hatte: der Pfarrer dachte an ihre Seele, der Friedensrichter war ihr Vermögensverwalter, der Militär wollte sie später einmal unterrichten, und Minoret selbst, der war Vater, Mutter und Arzt.

Nachdem der alte Mann sich eingelebt hatte, nahm er feste Gewohnheiten an und regelte sein Leben, wie es sich überall in der Provinz regelt. Ursulas wegen ließ er am Morgen niemanden vor, und hatte er zu Mittag nie Besuch; seine Freunde konnten gegen sechs Uhr kommen und bis Mitternacht bleiben. Die zuerst kamen, fanden auf dem Tisch im Salon Zeitungen und lasen sie, wenn sie auf die andern warteten, oder sie gingen bisweilen, wenn der Doktor einen Ausgang machte, ihm entgegen. Diese ruhigen Gewohnheiten waren nicht nur ein Bedürfnis seines Alters, sondern bei diesem Welt-

mann eine kluge, durchdachte Maßnahme, um ſein Glück nicht durch die immer rege Neugierde der Erben und das kleinſtädtiſche Geſchwätz ſtören zu laſſen. Er wollte jener ſchwankenden Göttin, der öffentlichen Meinung, nichts zugeſtehen, deren Tyrannei — ein Unglück Frankreichs — ſich damals feſtſetzte und das Land in eine einzige Provinz verwandeln wollte. Daher entließ er auch, ſowie das Kind einmal abgeſetzt war und lief, die Köchin, die ſeine Nichte, Frau Minoret, ihm verſchaft hatte, weil er gefunden hatte, daß ſie die Poſthalterin von allem, was bei ihm vorging, unterrichtete.
Die Amme der kleinen Urſula war die Witwe eines armen Arbeiters, der keinen Namen, außer dem in der Taufe empfangenen, hatte. Sie kam aus Bougival und hatte gerade ihr letztes Kind vor ſechs Monaten verloren, als der Doktor, der ſie als ordentlich und anſtändig kannte, aus Mitleid mit ihrem Elend ſie als Amme für Urſula aufnahm. Mittellos wie ſie war, hing Antoniette Patris, die aus der Bresse ſtammte, wo ihre Familie in Armut lebte, Witwe von Pierre aus Bougival, an Urſula, wie eben Milchmütter an ihren Pfleglingen hängen, wenn ſie bei ihnen bleiben. Dieſe blinde Mutterliebe wurde durch häuslichen Pflichteifer verſtärkt. Da die Bougival von den Plänen des Doktors wußte, lernte ſie heimlich kochen, wurde reinlich, geſchickt und paßte ſich den Gepflogenheiten des alten Mannes an; mit peinlicher Sorgfalt hielt ſie Möbel und Zimmer, kurz, ſie war unermüdlich. Der Doktor wollte nicht allein, daß ſein Privatleben wie ummauert bliebe, er hatte auch Gründe, ſeine Vermögensangelegenheiten vor ſeinen Erben geheimzuhalten. Schon im zweiten Jahre ſeines Aufenhalts

hatte er daher nur noch die Bougival im Hauſe, auf deren Verſchwiegenheit er unbedingt zählen konnte; und er verbarg ſeine wahren Motive unter kategoriſchen Erſparnisgründen. Zur großen Zufriedenheit ſeiner Erben machte er den Geizigen. Ohne Liebedienerei, einzig dank ihrer Aufmerkſamkeit und ihrer Pflichttreue, war die Bougival, die dreiundvierzig Jahre zählte, zur Zeit, da dies Drama beginnt, die Wirtſchafterin des Doktors und ſein Schützling, der Angelpunkt des Haushaltes, kurz, ſeine Vertrauensperſon.

Der Geiz des Doktors war kein leeres Wort, ſondern verfolgte einen Zweck. Von 1817 ab ſtrich er zwei Zeitungen, gab das Abonnement auf ſeine Revuen auf, und ſeine jährlichen Ausgaben, die ganz Nemours abſchätzen konnte, gingen nicht über achtzehnhundert Franken. Wie bei allen Greiſen waren ſeine Bedürfniſſe an Wäſche, Schuhwerk oder Kleidern faſt gleich null. Alle ſechs Monate fuhr er nach Paris, ohne Zweifel, um ſeine Einkünfte ſelbſt zu erheben und anzulegen. Im Laufe von fünfzehn Jahren ließ er nicht ein Wort über ſeine Geſchäfte fallen. Sein Vertrauen zu Bongrand kam ſehr ſpät, und erſt nach der Revolution von 1830 weihte er ihn in ſeine Pläne ein. Derart waren diejenigen Lebensumſtände des Doktors, die einzig damals den Bürgern und ſeinen Erben bekannt waren. Was ſeine politiſchen Anſchauungen betraf, ſo kümmerte er ſich, da nur hundert Franken Steuern auf ſeinem Hauſe lagen, um nichts und wies die royaliſtiſchen Subſkriptionen ebenſo wie die Liberalen ab. Seinen bekannten Abſcheu gegen die „Pfaffenwirtſchaft“ und ſeinen Deismus liebte er ſo wenig zu bekunden, daß er einen von ſeinen Großneffen Désiré Minoret-Levrault mit dem „Curé Meslier“ und der „Discours du général Foy“ an ihn empfohlenen Reisenden hinauswarf. Eine so verstandene Toleranz ging den Liberalen von Nemours nicht in den Kopf. Die drei Seitenerben des Doktors, Minoret-Levrault und Frau, Herr und Frau Massin-Levrault junior, Herr und Frau Crémière-Crémière, die wir, da diese Unterscheidungen zwischen gleichnamigen nur im Gatinais erforderlich sind, einfach Crémière, Massin und Minoret nennen werden, diese drei Familien also, die keine Zeit hatten, ein anderes Zentrum zu gründen, sahen sich, wie man sich eben in kleinen Städten sieht. Der Posthalter gab am Geburtstag seines Sohnes ein großes Diner, am Karneval einen Ball, einen zweiten an seinem Hochzeitstage, und dazu lud er die Bürgerschaft von ganz Nemours. Der Steuereinehmer sah seine Verwandten und seine Freunde auch zweimal im Jahre bei sich. Der Sekretär des Friedensgerichts war, wie er selbst sagte, zu arm, sich in derartige Unkosten zu stürzen, und er lebte eingeschränkt in einem Hause mitten auf der Hauptstraße, von dem das Erdgeschoß seine Schwester gemietet hatte, die dank einer weiteren Wohltat des Doktors die Briefpost unter sich hatte. Trotzdem begegneten sich die drei Erben oder ihre Frauen das ganze Jahr hindurch in der Stadt, sei's auf der Promenade, sei's morgens auf dem Markt, vor der Haustür oder am Sonntag nach der Messe, wie jetzt eben auf dem Kirchplatz, so daß sie einander täglich sahen. Dazu kam, daß besonders seit drei Jahren das Alter des Doktors, sein Geiz und sein Vermögen Anspielungen oder unmittelbare Auseinandersetzungen über die Erbschaft nahe legten, und diese wurden immer beſtimmter und machten ſchließlich den Doktor und ſeine Erben gleichermaßen berühmt. Seit ſechs Monaten vollends verging keine Woche, in der nicht die Freunde und Nachbarn der Minoretſchen Erben mit einem tollen Neid die Rede auf den Tag gebracht hätten, an dem die Augen des Biedermanns ſich ſchließen und ſein Treſor ſich öffnen würde.

„Der Doktor Minoret mag ruhig Arzt ſein und mit dem Tod unter einer Decke ſtecken, ewig lebt doch nur der liebe Gott", ſagte der eine.

„Ach, der wird uns alle begraben; es geht ihm ja beſſer wie uns", erwiderte heuchleriſch der Erbe.

„Schließlich, wenn Sie's nicht bekommen, bekommen's Ihre Kinder, wenn nicht etwa die kleine Urſula ..."

„Alles wird er ihr nicht laſſen ..."

Urſula war, wie Frau Maſſin es vorausgeſehen hatte, das ſchwarze Schaf der Erben geworden; ihr Damoklesſchwert und die Redewendung: „wer leben bleibt, wird's ja erleben", mit der Frau Crémière zu ſchließen liebte, ſagte hinreichend, daß ſie ihr mehr Böſes als Gutes wünſchten.

Der Steuereinnehmer und der Sekretär, die arm im Verhältnis zum Poſthalter waren, hatten geſprächsweiſe die Erbſchaft des Doktors oft abgeſchätzt. Wenn ſie am Kanal oder auf der Landſtraße entlangſchlenderten und von weitem ihren Onkel ſahen, wandten ſie ihre begoſſenen Geſichter einander zu.

„Er ſcheint ja wirklich ein Lebenselixier zu haben", ſagte der eine.

„Dem Teufel hat er ſich verſchrieben", gab der andere zurück.

„Uns beide müßte er bevorzugen, der ſchwere Minoret braucht nichts“.
„Minoret hat doch einen Sohn, der ihm ſchön ins Geld gehen wird.“
„Wie taxieren Sie das Vermögen des Doktors?“ fragte der Sekretär den Finanzmann.
„Zwölf Jahre lang jährlich zwölftauſend Franken zurücklegen macht einhundertvierundvierzigtauſend Franken, Zinſen und Zinſeszinſen machen mindeſtens hunderttauſend dazu; da er aber wahrſcheinlich auf Anraten ſeines Pariſer Notars einige gute Geſchäfte gemacht hat und bis 1822 ſiebeneinhalb bis acht Prozent aus den Staatspapieren bezog, ſo kann der Edle jetzt mit vierhunderttauſend Franken operieren, ungerechnet die vierzigtauſend Franken, die mündelſicher ſind und zu fünf Prozent heute ſechzehnhundert tragen. Wenn er morgen, ohne Urſula zu bevorzugen, ſterben würde, würde er uns alſo ſieben- bis achthunderttauſend Franken hinterlaſſen, außer dem Hauſe und dem Inventar . . .“
„Schön, hundertauſend für Minoret, hunderttauſend für die kleine und dreihundert für jeden von uns, das wäre gerecht.“
„Das könnte uns verdammt paſſen.“
„Wenn er das täte,“ ſchrie Massin, „würde ich das Bureau aufgeben, ein ſchönes Gut kaufen, zuſehen, daß ich als Richter nach Fontainebleau komme und Deputierter werden.“
„Ich würde mir eine Wechſelſtube kaufen“, ſagte der Steuereinnehmer.
„Leider haben das kleine Mädel, mit dem er ſich ſchleppt, und der Pfarrer ihn ſo gut beim Wickel, daß wir keinen Einfluß auf ihn haben.“

„Es ist immer noch ein Glück, daß wir wenigstens wissen: er wird der Kirche nichts hinterlassen." Hiernach wird jeder verstehen, in welchen Ängsten die Erben waren, als sie ihren Onkel in die Messe gehen sahen. Man ist immer klug genug, eine Beeinträchtigung der eigenen Interessen zu bemerken. Das Interesse bestimmt den Bauernverstand so gut wie den des Diplomaten, und vielleicht ist sogar in diesem Felde der scheinbar Stumpfsinnigste der Stärkste. Und mit Feuerschrift tauchte im Sinne auch der Begriffsstutzigsten diese schreckliche Überlegung auf: Wenn die kleine Ursula ihren Beschützer der Kirche zuführen kann, dann kann sie sich auch seine Erbschaft verschreiben lassen. Der Posthalter hatte das Geheimnisvolle im Brief seines Sohnes vergessen und lief auf den Platz; denn wenn der Doktor in der Kirche das Missale! las, standen zweihundertundfünfzigtausend Franken auf dem Spiele. Und gestehen wir es ein: die Angst der Erben kam aus der stärksten und legitimsten der sozialen Regungen, dem Familiensinn.

☆

„Nun, Herr Minoret", sagte der Maire (ein ehemaliger Müller, der Royalist geworden war, ein Levrault-Crémière) „im Alter wird der Teufel Eremit. Ihr Herr Onkel ist, wie man erzählt, einer der unseren geworden."
„Besser spät als nie", sagte der Posthalter. Dabei suchte er seine Verstimmung zu verbergen.
„Der würde lachen, wenn wir die Gelämmerten wären: er wäre imstande, seinen Sohn dem verdammten Mädel zu geben, die der Teufel in seinen

Schwanz wickeln ſoll!“ rief Crémière. Mit geballter Fauſt wies er auf den Maire unter dem Portal. „Mit wem hat's denn der Vater Crémière?“ ſagte der Fleiſcher von Nemours, ein Levrault-Levrault ſenior. „Freut er ſich nicht, daß ſein Onkel auf dem Pfad zum Paradieſe wandelt?“

„Wer hätte das je für möglich gehalten“, ſagte der Sekretär.

„Ja, man muß eben niemals zum Brunnen ſagen: aus dir trinke ich nicht“, gab der Notar zur Antwort. Da er von weitem die Gruppe ſah, trennte er ſich von ſeiner Frau und ließ ſie allein zur Kirche gehen.

„Alſo Dionis,“ ſagte Crémière, indem er den Notar beim Arm faßte, „was raten Sie uns jetzt zu tun?“

„Ich rate Ihnen“, ſagte der Notar, und dabei wandte er ſich an alle Erben, „ſchlafen zu gehen und aufzuſtehen, wie Sie's gewohnt ſind, Ihre Suppe zu eſſen ſolange ſie warm iſt, Ihre Schuhe über die Füße zu ziehen, Ihren Hut auf den Kopf zu ſetzen, kurz, ganz ſo zu leben wie bisher, *als ob es eben gar nichts gäbe.*“

„Viel Troſt geben Sie nicht“, ſagte Maſſin, indem er ihm einen Blick des Einverſtändniſſes zuwarf. Trotz ſeiner unterſetzten Figur, ſeines Embonpoints und ſeines plumpen, zuſammengedrückten Geſichts war Crémière-Dionis geſchmeidig wie eine ſeidene Schnur. Um zu Vermögen zu kommen, hatte er ſich in der Stille mit Maſſin zuſammengetan; dieſem gab er offenbar an, welche Bauern in Schwierigkeiten und welche Grundſtücke demgemäß zu ſchlucken wären. So wählten die beiden Männer ihre Geſchäfte, ließen kein gutes aus und teilten ſich die Erträgniſſe dieſes Hypothekenwuchers, der die

Arbeit des Bauern auf der Scholle beeinträchtigt, ohne ſie verhindern zu können. So hatte Dionis weniger für Minoret und den Steuereinnehmer Crémière als für ſeinen Freund, den Sekretär, lebhaftes Intereſſe an der Erbmaſſe des Doktors. Massins Anteil aus ihr mußte früher oder ſpäter das Kapital vergrößern, mit dem die beiden Geſchäftsfreunde in der Gegend arbeiteten.

„Wir werden verſuchen, von Herrn Bongrand zu erfahren, von wem dieſer Coup ausgeht", gab der Notar leiſe zurück und machte Massin ein Zeichen, ſich ſtill zu verhalten.

„Aber was ſuchſt du denn hier, Minoret?" ſchrie mit einem Male eine kleine Frau und ſtürzte auf die Gruppe zu, aus deren Mitte der Poſthalter wie ein Turm aufragte. „Du weißt nicht, wo Désiré iſt, und du ſtellſt dich dahin und ſchwatzſt, wenn ich denke, du haſt aufgeſeſſen! Guten Tag, meine Herrſchaften."

Die kleine, ſchmächtige, bleiche Blondine in einem weißen Indiennekleid mit großen ſchokoladefarbenen Blumen, die auf dem Kopf eine Spitzenhaube und über den flachen Schultern einen grünen Schal trug, war die Frau des Poſthalters, vor welcher die roheſten Poſtillione, die Dienſtboten und die Fuhrknechte zitterten, welche die Kaſſe und die Buchführung unter ſich hatte und, wie die Nachbarn ſagten, das Haus mit Wink und Finger kommandierte. Nach echter Hausfrauenart trug ſie keinen Schmuck. Sie hielt, mit ihren eignen Worten zu ſprechen, nichts auf Flitter und Kinkerlitzchen, ſie hielt ſich ans Solide und hatte trotz der Feſtlichkeit die ſchwarze Schürze anbehalten, in deren Taſche ein Schlüſſelbund klimperte. Ihre kreiſchende Stimme zerriß das Trommelfell. Trotz dem zarten Blau ihrer Augen paßte deren Blick offenkundig zu den ſchmalen Lippen eines ſtrengen Mundes, zu einer hohen, gewölbten und befehlenden Stirn. Ihr Blick war ſchnell, ſchneller noch waren Wort und Geſte. Zélie, die Willen für zwei haben mußte, hat ihn immer für drei gehabt, pflegte Goupil zu ſagen, und damit wies er auf die einander ablöſende Herrſchaft von drei jungen adretten Poſtillionen, die Zélie, jeden nach ſiebenjähriger Dienſtzeit, eingeſetzt hatte. Der boshafte Schreiber nannte ſie: Poſtillion I, Poſtillion II und Poſtillion III. Aber der geringe Einfluß dieſer jungen Leute in häuslichen Angelegenheiten und ihre vollſtändige Untergebenheit bewieſen, daß Zélie an ihnen nur als an gutem Perſonal Anteil genommen hatte.

Seit der Geburt ihres Sohnes, den ſie ſelbſt genährt hatte, ohne daß man hätte ſehen können, wo, dachte die Poſthalterin nur an die Vergrößerung ihres Vermögens und war unermüdlich in der Leitung des rieſigen Unternehmens. Ein Bund Stroh oder einige Maß Hafer zu entwenden, in noch ſo verwickelten Rechnungen Zélie zu übervorteilen, war ausgeſchloſſen, trotzdem ſie wie eine Katze ſchmierte und von der Arithmetik nur Addition und Subtraktion kannte. Spazieren ging ſie nur, um Heu, Grummet und Hafer zu ſchätzen; und dann ſchickte ſie ihren Mann zum Schnitt und die Poſtillione zum Binden und gab ihnen auf den Zentner die Menge an, welche dieſe oder jene Wieſe bringen mußte. Trotzdem ſie die Seele des großen dicken Körpers war, der Minoret-Levrault hieß, und obwohl ſie ihn an der ſo blöde aufgeſtülpten Naſe führte, machte ſie Angſtzuſtände durch, wie ſie allen Tierbändigern mehr oder weniger bekannt ſind. So ſpielte ſie ihm gegenüber immer die Gereizte, und die Poſtillione merkten an dem Krach, den Minoret ihnen machte, wann er mit ſeiner Frau Krach gehabt hatte, denn dieſe Wutausbrüche wurden auf ſie reflektiert. Übrigens war die Minoret ebenſo geſchickt wie intereſſiert. In der ganzen Stadt gab es Familien, die die Redensart kannten: wo wäre denn Minoret ohne ſeine Frau?

„Wenn du weißt, was los iſt," ſagte der Meiſter von Nemours, „wirſt du ſelbſt außer Rand und Band ſein."

„Und was?"

„Urſula hat den Doktor Minoret in die Meſſe gebracht."

Zélie Levrault riß die Augen auf; einen Augenblick war ſie gelb vor Zorn. Dann fuhr ſie heraus: „Das muß ich ſehen, wenn ich's glauben ſoll!" und ſtürzte in die Kirche. Die Meſſe war bis zur Erhebung der Hoſtie vorgeſchritten, und im Schutze der allgemeinen Andacht konnte die Minoret jede Reihe von Stühlen und Bänken durchmuſtern; ſie überflog ſie an den Kapellen entlang, bis ſie zum Platze von Urſula kam, neben der mit entblößtem Haupte der Greis ſaß.

Wer die Geſichter von Barbé-Marbois, Boiſſy d'Anglas, Morellet, Helvetius, Friedrich dem Großen ſich zurückruft, wird unmittelbar eine genaue Vorſtellung von dem Kopfe des Doktor Minoret haben, deſſen rüſtiges Greiſentum dem jener berühmten Männer ähnelte. Dieſe Köpfe — ſie kommen wie aus ein und derſelben Prägung, denn ſie eignen ſich zur Medaille — zeigen ein ſtrenges, quaſi puritaniſches Profil, einen kalten Inkarnat, einen mathematiſchen Verſtand, eine gewiſſe Be-

ſchränktheit in dem etwas gezwungenen Geſicht, ſcharfe Augen, ernſte Lippen, etwas Ariſtokratiſches, weniger im Gefühl als im Gehaben, mehr in den Maximen als im Charakter, alle haben eine hohe aber fliehende Stirn, die ja einen Hang zum Materialismus bekundet. Man wird dieſe Hauptzüge des Kopfes und dieſe Phyſiognomie in den Porträts aller Enzyklopädiſten finden, der Redner der Gironde und derer, die ſich damals Deiſten nannten, wiewohl ihre religiöſe Überzeugung gleich Null war, und die Atheiſten waren. Ein Deiſt iſt ein Atheiſt sub beneficio inventarii.
Der alte Minoret zeigte alſo eine Stirn dieſes Schlages, aber ſie war von Falten durchzogen und gewann eine gewiſſe Naivität durch die Art, wie das Silberhaar, zurückgeworfen wie das einer Frau, die ſich ankleidet, leicht gewellt auf ſeinen ſchwarzen Anzug fiel. Hartnäckig ging er angekleidet wie in ſeiner Jugend: in ſeidenen Strümpfen, Schuhe mit goldener Schnalle, ſchweren Seidenhoſen, in einer weißen Weſte, über die ſich das ſchwarze Band zog, und im ſchwarzen Überrock mit der roten Roſette. Auf dieſen charakteriſtiſchen Kopf, deſſen kaltes Weiß die gelblichen Töne des Alters milderten, fiel das volle Licht eines Bogenfenſters. Im Augenblick, als die Poſthalterin eintrat, hielt der Doktor ſeine blauen zartumränderten Augen mit den geröteten Lidern auf den Altar gerichtet: eine neue Überzeugung verlieh ihnen einen neuen Ausdruck. Im Gebetbuch bezeichnete ſeine Brille die Stelle, wo er das Gebet unterbrochen hatte. So ſtand mit gekreuzten Armen der hohe dürre Alte in einer Stellung, die Zeugnis von der Allgewalt ſeiner Gaben und von etwas Unwiderruflichem in

ſeiner Glaubenskraft ablegte, und mit einem demütigen Blick, den die Hoffnung verjüngte, hing er unabläſſig am Altar, ohne die Frau ſeines Neffen bemerken zu wollen, die ſich gerade ihm gegenüber aufgeſtellt hatte, als wollte ſie ſeine Rückkehr zu Gott ihm zum Vorwurf machen. Da Zélie ſah, daß alle Köpfe ſich nach ihr umwandten, ging ſie ſchnell davon und kam weniger geſchwinden Schrittes auf den Platz, als ſie zur Kirche gelaufen war: ſie hatte mit dieſer Erbſchaft gerechnet, und die Erbſchaft begann fraglich zu werden. Sie fand den Sekretär, den Steuereinnehmer und ihre Frauen noch verſtörter als vorher. Goupil hatte ſich einen Spaß daraus gemacht, ſie zu quälen.

„Unmöglich können wir auf dem Platz, vor der ganzen Stadt über unſere Angelegenheiten ſprechen", ſagte die Poſthalterin. „Kommen Sie zu mir. Sie ſind ſehr willkommen, Herr Dionis", wandte ſie ſich an den Notar.

So wurde die vorausſichtliche Enterbung der Massin, der Crémière und des Poſthalters die große Neuigkeit im Lande. Den Augenblick, als die Erben mit dem Notar über den Platz auf die Poſt zugingen, fuhr mit großem Schwung und Getöſe die Diligence am Bureau, das wenige Schritt von der Kirche auf der Höhe der Chauſſee lag, vor.

„Siehſt du, ich bin wie du, Minoret, ich vergeſſe Désiré", ſagte Zélie. „Holen wir ihn aus der Kutſche, er iſt faſt Advokat, und es handelt ſich ja ein wenig um ſeine Intereſſen."

Die Ankunſt der Diligence iſt immer eine Zerſtreuung; hat ſie gar Verſpätung, ſo erwartet man etwas Außerordentliches. Daher ſtürzte die Menge auf den Ducler zu.

„Da ist Désiré“, riefen alle.

Für Nemours war Désiré der Tyrann und der Hauptkerl in einer Person, und immer versetzte sein Erscheinen die Stadt in Aufregung. Die Jugend, gegen die er freigebig war, liebte ihn und wurde durch seine Gegenwart aufgescheucht; aber seine Zerstreuungen waren so gefürchtet, daß mehr als eine Mutter froh war, ihn während des Semesters in Paris zu wissen. Désiré Minoret, ein zarter, schmächtiger junger Mann, der blond war wie seine Mutter und deren blaue Augen und fahlen Teint hatte, lächelte hinter dem Fenstervorhang der Menge zu und sprang behend in die Arme seiner Mutter. Eine kleine Schilderung des Jungen zeigt, wie sehr Zélie bei seinem Anblick sich geschmeichelt fühlen mußte.

Der Student trug feine Stiefel, eine weiße Hose aus englischem Stoff mit Stegen von Lackleder, eine auffallende Krawatte, die elegant in großem Knoten geschlungen war, eine hübsche Phantasieweste und in deren Seitentasche eine flache Uhr mit herabhängender Kette; endlich einen kurzen Überrock aus blauem Tuch und einen grauen Hut; der Parvenu aber verriet sich an den Goldknöpfen seiner Weste und dem Ring, den er außen über die violetten ziegenledernen Handschuhe gezogen hatte. Er trug einen Stock mit gehämmertem goldenen Knopf.

„Du wirst deine Uhr verlieren“, sagte die Mutter, als sie ihn umarmte.

„Das muß so sein“, erwiderte er, während er sich der väterlichen Umarmung hingab.

„Nun Vetter, bald Anwalt?“ sagte Massin.

„Wenn ich zurückkomme, vereidigt man mich“,

ſagte er. Dabei gab er die Grüße zurück, die ihm aus der Menge zukamen.

„Nun wird's alſo luſtig", ſagte Goupil und ergriff ſeine Hand.

„Ach, da biſt du ja, alter Affe", erwiderte Désiré.

„Jetzt iſt Lizenz deine Theſe, nachdem dir die Theſe* Lizenz** verſchafft hat", bemerkte der Schreiber vor aller Welt.

„Was, er ſagt ihm, daß er ſchweigen ſoll?" fragte Frau Crémière ihren Mann.

„Sie wiſſen ja, was ich habe, Cabirolle", rief er dem Kondukteur zu. „Laſſen Sie's zu uns bringen."

„Der Schweiß ſteht auf deinen Pferden", ſagte Zélie zu Cabirolle, „biſt du nicht geſcheit, ſo drauflos zu fahren? du biſt ja dümmer wie ſie!"

„Aber Herr Désiré wollte Parforce zufahren, um Sie aus der Beſorgnis zu reißen . . ."

„Wenn er doch wohlbehalten iſt, warum willſt du die Pferde aufs Spiel ſetzen?" beharrte ſie.

Das freundſchaftliche Wiederſehen, die Begrüßungen, die jugendlichen Ausgelaſſenheiten, alle Zwiſchenfälle dieſer Ankunft und die Berichte von dem Unfall, der die Verſpätung verurſacht hatte, zogen ſich ſo lange hin, daß die Geſellſchaft der Erben mit ihren Freunden erſt beim Ausgang der Meſſe auf den Platz kamen. Durch ein Spiel des Zufalls, der ſich alles erlauben darf, erblickte Désiré im Vorbeigehen unter dem Kirchenportal Urſula und war tief betroffen von ihrer Schönheit. Das unwillkürliche Innehalten des jungen Advokaten hielt natürlich die Bewegung ſeiner Verwandten auf. Wie Urſula ihrem Paten den Arm gab und in der

* Examensarbeit.

** Juriſtiſcher Grad.

rechten Hand das Meßbuch, in der linken den Sonnenschirm tragen mußte, legte sie ganz die eingeborene Grazie an den Tag, mit der anmutige Frauen die kleinen Probleme ihres Handwerks, der Weiblichkeit, lösen. Wenn der Geist in allem sich kundtut, so darf man sagen, daß eine himmlische Einfalt aus dieser Haltung sprach. Ursula war in eine weiße Musselinrobe vom Schnitt eines Peignoirs gekleidet; blaue Schleifen waren in Abständen auf ihr angebracht. Die Pelerine wurde von einem gleichen Bande eingefaßt; es war durch einen breiten Saum gezogen und mit Schleifen, wie die der Robe, befestigt; sie ließ die Schönheit ihres Busens bemerken. All das Blau, die Schminke der Blondinen, hob den Hals mit seinem matten Weiß auf reizende Art. Ihr blauer Gürtel mit langen flatternden Enden ließ die schlanke Taille sich abzeichnen, die — einer der unwiderstehlichsten Reize der Frau — ganz biegsam schien. Sie trug einen Hut aus Reisstroh, auch er mit den Bändern der Robe garniert, und deren Enden waren unterm Kinn zusammengebunden, so daß sie das reine Weiß des Hutes betonten, ohne dem schönen Teint der Blondine Abbruch zu tun. Zu beiden Seiten von Ursulas Gesicht, die sich selbst à la Berthe frisierte, quoll das feine Blondhaar in schweren flachen Zöpfen hervor, deren kleines Geflecht mit seinen tausend glänzenden Knötchen den Blick anzog. Die blauen Augen blickten sanft und stolz und stimmten zu der schöngeformten Stirn. Die Rosenfarbe lag wie eine Wolke auf ihren Wangen und belebte ihr Gesicht mit den ebenmäßigen, doch nicht faden Zügen. Denn als ein seltenes Geschenk hatte die Natur ihr zur Reinheit der Linien die des Ausdrucks verliehen. Die Makellosigkeit ihres Lebens bekundete ſich in der wundervollen Harmonie ihrer Züge, ihrer Geſten und des Ausdrucks ihrer ganzen Erſcheinung, die ein Vorbild von ſchlichtem Vertrauen und von Beſcheidung hätte ſein können. Ihre Geſundheit war vollkommen, aber trat nicht aufdringlich hervor, ſo daß ſie diſtinguiert wirkte. Unter den hellen Handſchuhen ahnte man die hübſchen Hände. Ihre geſchwungenen zarten Füße ſteckten in Halbſtiefelchen von bronziertem Leder, die mit einer braunſeidenen Franſe verziert waren. Ihr blauer Gürtel, auf dem eine kleine flache Uhr und eine blaue Börſe mit goldenen Quaſten befeſtigt war, zog die Blicke aller Frauen auf ſich.

„Er hat ihr eine neue Uhr gegeben“, ſagte Frau Crémière und drückte dabei den Arm ihres Gatten.

„Was, das iſt Urſula?“ rief Désiré. „Ich habe ſie nicht wiedererkannt.“

„Nun, lieber Onkel, Sie machen Aufſehen“, ſagte der Poſthalter und zeigte auf die ganze Stadt, die vor dem Alten Spalier bildete. „Jeder will Sie ſehen.“

„Hat Abbé Chaperon Sie bekehrt oder Fräulein Urſula, Onkel“, ſagte Maſſin mit jeſuitiſcher Unterwürfigkeit und einer Verneigung gegen den Doktor und ſeinen Schützling.

„Urſula“, ſagte der Greis trocken. Er blieb nicht ſtehen, wie ein Mann, der ſich behelligt fühlt.

Auch wenn am Vorabend, gegen Ende ſeiner Whiſtpartie mit Urſula, der Friedensrichter dem Arzt von Nemours und Bongrand auf die Bemerkung des Alten: „Morgen geh ich zur Meſſe“, nicht erwidert hätte: „Ihre Erben werden kein Auge mehr zutun!“ würde dem klugen ſcharfſinnigen

Doktor ein einziger Blick genügt haben, um die Gesinnungen seiner Erben auf ihren Gesichtern zu lesen. Zélies Eindringen in die Kirche, ihr Blick, den der Doktor bemerkt hatte, diese Zusammenkunft aller Betroffenen auf dem Platze und der Ausdruck in ihren Augen, als sie Ursula sahen, alles zeigte deutlich den erneut aufglimmenden Haß und die schmutzigen Besorgnisse.

„Ihnen ist's gegeben, Fräulein", sagte Frau Crémière und machte sich mit einer demütigen Verneigung heran. „Was kann ein Wunder Sie kosten?"

„Das ist Gott vorbehalten, gnädige Frau", erwiderte Ursula.

„Gott!" schrie Minoret-Levrault, „mein Schwiegervater pflegte zu sagen, der muß vielen Gäulen als Decke dienen."

„Die Ansicht eines Roßtäuschers", bemerkte der Doktor scharf.

„Nun," sagte Minoret zu Frau und Sohn, „wollt Ihr nicht dem Onkel guten Tag sagen?"

„Ich würde mich vor dieser Zierpuppe nicht mehr halten können", rief Zélie und machte sich mit ihrem Sohn davon.

„Sie würden gut tun, Onkel," sagte Frau Massin, „nicht ohne eine kleine schwarze Sammetmütze zur Kirche zu gehen; sie ist feucht."

„Ach was, liebe Nichte," sagte der Wackere, und faßte seine Begleiter ins Auge, „je eher ich unten liege, je eher tanzt ihr."

Er ging immer weiter, zog Ursula mit sich, und schien so eilig, daß man sie allein ließ.

„Warum sprechen Sie so hart mit ihnen? Das ist nicht gut", sagte Ursula und stieß ausgelassen seinen Arm an.

„Vor und nach meinem Eintritt in die Kirche wird mein Haß gegen Heuchler ſich immer gleich bleiben. Ich habe ihnen allen Gutes getan, Dank habe ich nicht von ihnen verlangt; aber keiner von dieſen Menſchen hat dir eine Blume zu deinem Namenstag geſchickt, und das iſt der einzige Tag, den ich feiere."

In einer gewiſſen Entfernung vom Doktor und von Urſula ſchleppte ſich Frau von Portenduère, wie es ſchien, unter den größten Schmerzen. Sie war eine von jenen alten Frauen, in deren Kleidung man noch den Geiſt des vorigen Jahrhunderts antrifft. Sie tragen Kleider von der Farbe der Stiefmütterchen, mit flachen Ärmeln und nach einem Schnitt, deſſen Vorbild man nur auf den Porträts der Madame Lebrun findet; ſie haben ſchwarze Spitzenmantillen und altmodiſch geformte Hüte, die zu ihrem langſamen, feierlichen Gange paſſen. Man ſollte ſagen, ſie gehen noch immer in Reifröcken, und ſie fühlen ſie noch ſo wie Leute, denen man den Arm abgenommen hat, manchmal noch die Hand, die ſie nicht mehr haben, bewegen. Ihre langen bleichen Geſichter mit den großen verweinten Augen und der welken Stirn entbehren nicht einer gewiſſen traurigen Anmut, trotz der Haartour mit den anliegenden Locken. Sie umrahmen ihr Geſicht mit alten Spitzen, die nicht mehr um die Wangen ſpielen wollen, aber all dieſen Ruinen eignet in Blick und Gehaben eine unglaubliche Würde. Die umränderten, entzündeten Augen der alten Dame verhehlten nicht, daß ſie während der Meſſe geweint hatte. Sie ging wie verſtört und ſchien auf jemanden zu warten, denn ſie wandte ſich um. Nun war es aber ein ebenſo gewichtiger

Fall, wenn Frau von Portenduère ſich umkehrte, als wenn Minoret ſich bekehrte.

„Was will Frau von Portenduère?“ ſagte Frau Massin, die wieder zu den Erben trat, welche noch erſtarrt von den Antworten des Doktors daſtanden.

„Sie ſucht den Pfarrer“, ſagte der Notar Dionis. Dabei ſchlug er ſich vor die Stirn, wie ein Mann, dem eine Erinnerung oder ein vergeſſener Einfall in den Sinn kommt. „Euren Fall habe ich und die Erbſchaft iſt gerettet! Wollen wir luſtig bei Frau Minoret frühſtücken!“

Jeder kann ſich vorſtellen, wie eilig die Erben dem Notar zur Poſt nachfolgten. Goupil ging Arm in Arm mit ſeinem Kumpan und flüſterte ihm mit einem ſcheußlichen Lächeln zu:

„Wir haben niedliche Krabben.“

„Was geht mich das an“, erwiderte ihm achſelzuckend der Sohn des Hauſes. „Ich bin irrſinnig in Eſther verliebt, das himmliſchſte Geſchöpf unter der Sonne.“

„So ſchlechtweg, ‚Eſther‘, was ſoll das heißen?“ fragte Goupil. „Ich habe dich zu lieb, um dich neppen zu laſſen.“

„Eſther iſt die Leidenſchaft des berühmten Nucingen, und mein Wahnſinn iſt überflüſſig; ſie hat klipp und klar abgelehnt, mich zu heiraten.“

„Dieſe Dirnen, denen im Leib nur Tollheiten ſtecken, haben manchmal Verſtand im Kopf“, bemerkte Goupil.

„Wenn du ſie nur einmal geſehen hätteſt, würdeſt du dich nicht ſolcher Ausdrücke bedienen“, ſagte Désiré ſchmachtend.

„Wenn ich ſehen müßte, wie du für eine Sache, die nur eine Laune ſein darf, deine Zukunft zerſchmeißt," ſagte Goupil mit einer Hitze, die Bongrand vielleicht frappiert haben würde, „ſo werde ich dieſe Puppe zerſchmeißen, wie in Kenilworth Varney die Amy Robſart zerſchmeißt. Deine Frau muß eine d'Aiglemont, eine du Rouvre ſein und dich zum Deputierten machen. Meine Zukunft iſt eine Hypothek auf der deinigen, und ich werde dich keine Dummheiten machen laſſen."

„Ich bin reich genug, um mich mit Glück zu beſcheiden", erwiderte Désiré.

„Na, was heckt ihr da aus", ſagte Zélie zu Goupil und rief die Freunde, die in der Mitte des großen Hofes ſtehengeblieben waren.

☆

DER DOKTOR VERSCHWAND IN DER BÜRGERgaſſe und langte, elaſtiſch wie ein Jüngling, in ſeinem Hauſe an, wo in der verfloſſenen Woche der außerordentliche Vorfall ſich abgeſpielt hatte, der damals ganz Nemours beſchäftigte. Dieſer verlangt nun einige Erläuterungen zur Klärung dieſer Erzählung und der Mitteilung des Notars an die Erben. Der Schwiegervater des Doktors, der weitbekannte Clavecinvirtuoſe und Inſtrumentenmacher Valentin Mirouet, einer unſerer berühmteſten Organiſten, war 1785 geſtorben und hinterließ einen natürlichen Sohn, das Kind ſeiner alten Tage, den er anerkannt hatte, und der ſeinen Namen trug, aber ein ausnehmender Windhund war. Auf ſeinem Totenbette hatte er nicht den Troſt, dieſes zärtlich verhätſchelte Kind zu ſehen. Als Sänger und Komponiſt war Joseph Mirouet zuerſt in der italieniſchen Oper

unter einem Decknamen aufgetreten und hatte dann ein junges Mädchen nach Deutſchland entführt. Der alte Inſtrumentenbauer empfahl dieſen Jungen, der wirklich Talent hatte, an ſeinen Schwiegerſohn und teilte ihm mit, daß er die Heirat mit deſſen Mutter nur abgelehnt habe, um Frau Minoret nicht zu benachteiligen. Der Doktor verſprach, dem Armen die Hälfte der Erbſchaft des Inſtrumentenbauers, deſſen Magazin von Erard angekauft wurde, abzutreten. Er ließ auf diplomatiſchem Wege nach ſeinem illegitimen Schwager, Joseph Mirouet, forſchen; aber eines Abends teilt ihm Grimm mit, daß der Künſtler, nachdem er ſich in ein preußiſches Regiment hatte einſchreiben laſſen, deſertiert war und nun unter falſchem Namen alle Nachforſchungen vereitelte.
Joseph Mirouet, der eine einſchmeichelnde Stimme, eine vorteilhafte Figur und ein hübſches Geſicht von der Natur mitbekommen hatte, dazu ein kultivierter Komponiſt mit echtem Elan war, führte nun fünfzehn Jahre lang jene Bohèmeexiſtenz, die der Berliner Hoffmann ſo gut geſchildert hat, und mit vierzig Jahren verfiel er dann in ein derartiges Elend, daß er 1806 die Gelegenheit wahrnahm, wieder Franzoſe zu werden. Er ließ ſich in Hamburg nieder und vermählte ſich mit einer Bürgerstochter aus gutem Hauſe, die wild auf Muſik war und ſich in den Künſtler, für den der Ruhm immer vor der Tür ſtand, ſo ſehr verliebte, daß ſie ſich ihm ganz widmen wollte. Aber nach fünfzehn Jahren Entbehrung konnte Joseph Mirouet den Wein des ſatten Lebens nicht mehr ertragen, ſeine Verſchwendernatur brach wieder durch, und während er ſeine Frau glücklich machte, vergeudete er in

wenigen Jahren das Vermögen. Das Elend ſtellte ſich wieder ein. Die Eheleute mußten Furchtbares durchgemacht haben, damit Joseph Mirouet zu dem Entſchluß gelangte, als Muſiker in ein franzöſiſches Regiment einzutreten. Im Jahre 1813 ſchrieb, dank einem außerordentlichen Zufall, der Regimentschirurg, dem der Name Mirouet auffiel, und der Verpflichtungen gegen den Doktor Mirouet hatte, an dieſen. Die Antwort ließ nicht auf ſich warten. 1814, vor der Kapitulation von Paris, fand Joseph Mirouet daſelbſt eine Zuflucht, wo ſeine Frau bei der Geburt eines Mädchens ſtarb, das der Doktor nach ſeiner verſtorbenen Frau, Urſula, genannt wiſſen wollte. Der Tambourmajor überlebte ſeine Frau nicht; Anſtrengung und Entbehrung hatten auch ihn gebrochen. Im Sterben legte der unglückliche Muſiker ſeine Tochter dem Doktor ans Herz; dieſer wurde ihr Pate, trotz des Widerwillens, mit dem kirchlicher Mummenſchanz ihn erfüllte.
Eines nach dem andern hatte der Doktor durch Fehlgeburten, in ſchweren Wochenbetten oder im Laufe des erſten Lebensjahres ſeine Kinder dahinſterben ſehen und ſchließlich auf eine letzte Erfahrung noch Hoffnung geſetzt. Wenn bei einer ſchwächlichen, nervöſen, zarten Frau die erſte Schwangerſchaft zu einer Fehlgeburt führt, ſo ſpielen ſich die folgenden und die Geburten nicht ſelten ſo ab, wie es bei Urſula Mirouet trotz der Sorgfalt, der Aufmerkſamkeit und des Wiſſens ihres Mannes der Fall geweſen war. Der arme Mann hatte ſich die Beharrlichkeit, mit der ſie beide Kinder gewollt hatten, oft zum Vorwurf gemacht. Das letzte, das nach einer Zwiſchenzeit von zwei Jahren empfangen worden war, ſtarb im Jahre 1792 als

ein Opfer des ſchwachen Nervenſyſtems der Mutter, nach den Phyſiologen zu reden, die da glauben, daß in dem dunklen Vorgang der Fortpflanzung das Kind mit ſeinem Blute an den Vater, mit ſeinen Nerven an die Mutter gebunden iſt. Seit er gezwungen war, auf die Befriedigung ſeines innigſten Wunſches zu verzichten, gab die Wohltätigkeit dem Doktor einen Erſatz für ſein getäuſchtes Vatergefühl. Während ſeiner ganzen, ſo qualvoll heimgeſuchten Ehe hatte der Doktor ſich über alles ein blondes Töchterchen gewünſcht, eines jener Blumenköpfchen, die die Freude des ganzen Hauſes ſind; er war daher glücklich, das Vermächtnis Joseph Mirouets annehmen zu können, und alle ſeine ehemaligen Träume übertrug er auf das Waiſenkind.
Zwei Jahre lang überwachte er — wie ſeinerzeit Cato bei Pompejus — die geringſten Details in Urſulas Leben; er duldete nicht, daß die Amme ihr in ſeiner Abweſenheit zu trinken gab, ſie wuſch oder bettete. Seine Erfahrung und ſein Wiſſen ſtanden ganz im Dienſte dieſes Kindes. Als er alle Schmerzen, alle Wechſelfälle von Furcht und Hoffnung, die Mühen und die Freuden einer Mutter durchgemacht hatte, war ihm das Glück beſchieden, in der Tochter der deutſchen Blondine und des franzöſiſchen Künſtlers ein kräftiges Leben, eine reiche Empfindſamkeit ſich regen zu ſehen. Mit den Gefühlen einer Mutter folgte der beſeligte Alte dem Wandel des blonden Haarwuchſes, wie er erſt daunenweich, dann ſeidig, dann leicht und feinſträhnig und ſo ſtreichelnd für die Finger wurde, die ihn ſtreichelten. Er küßte die nackten Füßchen; ihre Zehen glichen Roſenknoſpen; ſie hatten eine

feine Haut, unter der das Blut hindurchſchimmerte. Wenn ſie im Sprechen ſich übte, oder wenn ſie ihre ſchönen grauen Augen mit dem ſanften Ausdruck an allem entlangführte und jenen nachdenklichen Blick auf die Sachen richtete, der wie die Morgenröte des Gedankens iſt, und dem ein Auflachen ſein Ziel ſetzt, dann verharrte er ſtundenlang vor ihr, und er forſchte mit Jordy nach den Urſachen — Launen nennen die meiſten ſie —, die doch in den kleinſten Regungen dieſer begnadeten Lebenszeit ſich verbergen, jener Lebenszeit, in der das Kind Blüte und Frucht zugleich, nebelhaftes Einſehen, unausgeſetzte Bewegung und leidenſchaftliches Begehren iſt. Urſulas Schönheit und ihre Sanftmut machten ſie dem Doktor ſo teuer, daß er für ſie gern die Naturgeſetze verändert hätte: dem alten Jordy ſagte er manchmal, ihm täten die Zähne weh, wenn ſie Urſula kämen.

Wenn alte Leute einmal Kinder lieben, dann kennt ihre Leidenſchaft keine Grenzen; ſie beten ſie an. Für dieſe kleinen Weſen bringen ſie ihre fixen Ideen zum Schweigen, und für ſie rufen ſie ſich ihr früheres Leben ins Gedächtnis. Erfahrung, Nachſicht, Geduld, alles im Verlauf des Lebens Erlernte, den ganzen ſo mühſelig erworbenen Schatz liefern ſie an das junge Leben aus, das ſie verjüngt, und durch Einſicht übertreffen ſie noch die Mutterliebe. Ihre nie ermüdende Weisheit wiegt das Wiſſen einer Mutter auf; die Betreuung, die bei ihr aus der Intuition kommt, ſuchen ſie in der Erinnerung zu erfaſſen, und wirklich tritt ſie als zärtliche Dienſtbereitſchaft an den Tag, deren Kraft ſicher an der ungeheuren Schwäche des Kindes ſich inſpiriert. An die Stelle mütterlicher Sanftheit tritt die Langſamkeit ihrer Bewegungen. Schließlich iſt bei ihnen wie bei den Kindern das Leben auf ſein Einfachſtes zurückgeführt, und wenn das Gefühl die Mutter zur Sklavin macht, ſo wird dem Greiſe die völlige Hingabe durch die Löſung aus jeder Leidenſchaft und die Abkehr von allen Berechnungen ermöglicht. So iſt es gar nicht ſelten, daß Kinder mit alten Leuten ſich gut vertragen. Der alte Militär, der alte Prieſter, der alte Doktor waren von Urſulas Zärtlichkeiten und Schelmereien beglückt, und waren unermüdlich dabei, ihr zu antworten oder mit ihr zu ſpielen. Weit entfernt ſie zu ſtören, entzückte ſie vielmehr die Heftigkeit dieſes Kindes, und da ſie jedem einzelnen nachgingen, wußten ſie alle Wünſche des Kindes zu befriedigen.

So wuchs die Kleine in der Geſellſchaft alter Leute heran, die ſie anlächelten, und die wie mehrere gleich aufmerkſame und vorſorgliche Mütter zu ihr waren. Dank dieſer wohlbedachten Erziehung konnte Urſulas Seele ſich in der Sphäre entfalten, die ihr entſprach. Dieſe ſeltene Pflanze fand den ihr gebührenden Boden, atmete in ihrem wahren Lebenselement und trank die Wellen des Sonnenlichts.

„In welchem Glauben wollen Sie die Kleine aufziehen?“ fragte der Abbé Chaperon Minoret, als Urſula ſechs Jahre alt war.

„In dem Ihrigen“, antwortete der Arzt.

Als Atheiſt im Stil des Herrn von Wolmar in der Neuen Héloiſe erkannte er ſich nicht das Recht zu, Urſula der Segnungen zu berauben, welche die katholiſche Religion bietet. Der Arzt ſaß damals auf einer Bank unter dem Perkal des chineſiſchen Kabinetts, und plötzlich fühlte er, wie der Prieſter ſeine Hand drückte.

„Ja, Pfarrer, immer wenn ſie anfangen wird, mit mir von Gott zu reden, werde ich ſie zu ihrem Freund ‚Sapron' ſchicken", ſagte er, indem er die kindliche Ausſprache Urſulas nachahmte. „Ich möchte ſehen, ob religiöſe Gefühle eingeboren ſind; daher habe ich weder für noch gegen die Neigungen dieſes jungen Herzens etwas getan, aber Sie habe ich in meinem Herzen ſchon zu ihrem geiſtlichen Vater gemacht."

„Gott wird Ihnen das anrechnen — ich hoffe es wenigſtens", erwiderte der Abbé, und ſacht legte er eine Hand gegen die andere und hob ſie ein wenig nach oben, als ob er ein kurzes ſtilles Gebet ſagte.

So geriet das kleine Waiſenkind ſchon mit ſechs Jahren unter die geiſtliche Leitung des Prieſters, wie ſie unter die ſeines alten Freundes Jordy ſchon gekommen war.

Der Hauptmann war Profeſſor an einer der früheren Militärakademien geweſen und hatte aus Gefallen an der Grammatik und den Unterſchieden der europäiſchen Sprachen ſich mit dem Problem einer Univerſalſprache befaßt. Dieſer inſtruierte Mann, der, wie alle alten Lehrer, Geduld hatte, fand ein Glück darin, Urſula mit dem Franzöſiſchen das Leſen und Schreiben ſowie das, was ſie vom Rechnen brauchte, beizubringen. Dank der großen Bibliothek des Doktors konnte er Bücher ausſuchen, die für ein Kind ſich eigneten, und es zugleich zerſtreuten und belehrten. Der Militär und der Prieſter ließen ihre Intelligenz in ebendem freien Behagen ſich entfalten, das der Doktor ihrem Körper gewährte. Sie lernte unterm Spielen. Dem Grübeln ſetzte die Religion eine Grenze. So überlaſſen der göttlichen Ausbildung eines Naturell, das durch dieſe drei klugen Lehrer in reine Bezirke geleitet wurde, neigte Urſula mehr gegen das Gemüt als gegen die Pflicht und nahm zur Lebensregel vorzüglich die Stimme des Gewiſſens, nicht die ſoziale Ordnung. Bei ihr mußte das ſchöne Gefühl, die edle Tat ſpontan ſein, und das Urteil hatte den Elan des Herzens nur zu bekräftigen. Sie war beſtimmt, das Gute mit Luſt zu tun, bevor ſie es als eine Verpflichtung erfüllte. Dieſer kleine Zug iſt das unterſcheidende einer chriſtlichen Erziehung. Dieſe Prinzipien — ganz andere hätten einem Mann gegenüber gegolten — entſprachen einem Weibe, dem guten Geiſt und dem Gewiſſen der Familie, der verborgenen Anmut des häuslichen Lebens, der Königin im Kreiſe des Hauſes. Alle drei gingen mit ihr auf die gleiche Art vor. Sie erſchraken nicht vor der Kühnheit der Unſchuld, ſondern erklärten Urſula den Zweck der Dinge und die Mittel, ſoweit ſie bekannt waren, und gaben ihr niemals unrichtige Vorſtellungen. Wenn ſie vor einem Graſe, einer Blume, einem Stern unmittelbar auf Gott zu ſprechen kam, ſagten der Lehrer und der Arzt ihr, nur der Prieſter könne ihr antworten. Keiner von ihnen griff auf das Gebiet des anderen über. Dem Paten oblag die Vorſorge für das materielle Wohlbefinden und die Lebensbedürfniſſe, der Unterricht fiel Jordy zu, Moral, Metaphyſik und letzte Fragen betrafen den Geiſtlichen.

Dieſer ſchönen Erziehung arbeiteten nicht, wie das oft in reichen Häuſern geſchieht, unkluge Dienſtboten entgegen. Die Bougival hatte man in dieſer Hinſicht vermahnt, auch war ſie zu einfältig an Verſtand und Charakter, um einzugreifen, und ſo ſtörte ſie das Werk dieſer ſtarken Geiſter nicht. Urſula, dies bevorzugte Geſchöpf, hatte alſo drei gute Genien um ſich, denen ihr ſchönes Naturell jede Aufgabe leicht und angenehm machte. Männliche Zärtlichkeit, ein durch Frohſinn gemäßigter Ernſt, harmloſe Freiheit und unabläſſige Rückſicht auf Geiſt und Leib machten ſie mit neun Jahren zu einem vollendeten Kinde, das zu ſehen eine Freude war. Leider ging dieſe väterliche Trinität in Stücke. Im folgenden Jahre ſtarb der alte Hauptmann und überließ dem Doktor und dem Geiſtlichen die Fortſetzung des Werkes, deſſen härteſten Teil er durchgeführt hatte. Der Boden war bereit, und die Blumen entſproßten von ſelbſt. Der edle Mann hatte neun Jahre hindurch jährlich tauſend Franken zurückgelegt, um ſeiner kleinen Urſula zehntauſend Franken zu hinterlaſſen, damit ſie ihr ganzes Leben hindurch ſeiner gedächte. In einem Teſtament, deſſen Motive ergreifend waren, forderte er ſeine Erbin auf, die vier- oder fünfhundert Franken Zinſen dieſes kleinen Kapitals einzig ihrer Toilette zuzuwenden.

Um dieſe Zeit mußte ſie ſich zur erſten Kommunion vorbereiten. Der Abbé Chaperon ſetzte ein volles Jahr an den Unterricht dieſes jungen Mädchens, denn ihr Herz und ihr Verſtand, beide ſo entwickelt und doch ſo weiſe aufeinander verwieſen, erheiſchten eine beſondere geiſtige Nahrung. So bedeutend war dieſe Anleitung zur Bekanntſchaft mit den göttlichen Dingen, daß ſeit jener Zeit, in der die Seele ihre religiöſe Bildung annimmt, Urſula das myſtiſch fromme junge Mädchen war, deſſen Weſen immer über den Geſchehniſſen ſtand, und deſſen Herz jedes widrige Schickſal beſiegte. Eben damals aber begann auch im ſtillen zwiſchen dem ſkeptiſchen Greiſentum und der gläubigen Kindheit ein Streit, der ihr, die ihn entfeſſelt hatte, lange unbekannt blieb, deſſen Ausgang aber die ganze Stadt beſchäftigte und auf Urſulas Zukunft ſo viel Einfluß haben ſollte, weil er die Seitenverwandten des Doktors gegen ſie aufbrachte.

In den ſechs erſten Monaten des Jahres 1824 verbrachte Urſula fast jeden Morgen im Pfarrhaus. Der alte Arzt erriet die Abſichten des Geiſtlichen. Der Prieſter wollte aus Urſula ein unwiderlegliches Argument machen. Der Ungläubige, der ſein Patenkind liebte wie die eigene Tochter, ſollte ſeiner Unbefangenheit Glauben ſchenken und zuletzt durch die ruhende Wirkung der Religion in einer Kinderſeele überredet werden, deren Liebreiz den blüten- und fruchtbeladenen, immergrünen und immerduftenden Bäumen unter der indiſchen Sonne gleicht. Ein ſchönes Daſein iſt zwingender als die ſtärkſte Auseinanderſetzung. Keiner widerſteht der Anmut gewiſſer Bilder. So kamen denn auch, ohne daß er wußte warum, dem Doktor die Tränen, als er das Kind ſeines Herzens zur Kirche gehen ſah. Da ſtand ſie in ihrem weißen Kreppkleide, mit weißſeidenen Schuhen, die mit blauen Bändern geziert waren, den Kopf von einem diademartigen Bande umſchlungen, das ſeitlich in einem großen Knoten geſchloſſen war, die tauſend Locken ihres reichen Haares ergoſſen ſich auf die ſchönen weißen Schultern, eine Rüſche mit Goldflitter zierte ihr Mieder. Ihre Augen, von einer erſten Hoffnung geweitet, ſo flog ſie groß und glücklich einer erſten Vereinigung entgegen und liebte ihren Paten inniger,

ſeitdem ſie Gott näher war. Und ihm entging nicht, wie der Gedanke der Ewigkeit dieſe Seele, die in dem Vorhimmel der Kindheit bisher verweilt hatte, nährte, wie, wenn die Nacht um iſt, die Sonne die Erde. Es war ihm nicht recht, allein zu Hauſe bleiben zu müſſen. Er ſetzte ſich auf die Stufen der Freitreppe und hielt lange den Blick auf das Gitter gerichtet, zwiſchen deſſen Stäben ſein Mündel verſchwunden war. „Warum kommſt du nicht? ſoll ich ohne dich glücklich ſein?" hatte ſie geſagt.
Noch brach der Hochmut des Enzyklopädiſten nicht, obwohl er bis in die Wurzeln erſchüttert war. Er richtete aber ſeinen Spaziergang ſo ein, daß er die Prozeſſion der Eingeſegneten bemerken konnte, und er erkannte die kleine Urſula, die unter dem Schleier vor Erregung ſtrahlte. Sie warf ihm einen begeiſterten Blick zu, der in der felſigen Gegend ſeines Herzens die Stelle berührte, die er Gott verſchloſſen hatte. Aber der Deiſt hielt ſtand und ſagte vor ſich hin: „Maskerade! Ein Weltbaumeiſter, ein Beleber der Unendlichkeit ſoll ſich um ſolche Dalbereien kümmern." Er lachte und ſetzte ſeinen Gang über die Höhen fort, die die Straße nach Sologne begleiten, wo die Glocken mit vollem Klang die Freude der Familien ins Weite trugen.
Das Geräuſch des Trictrac iſt für Leute, die dieſes Spiel, eines der ſchwerſten, nicht kennen, unerträglich. Die große Feinheit ihrer Nerven und Sinnesorgane erlaubten der Pflegetochter des Doktors nicht, ungeſtraft dieſe Bewegungen und den unverſtändlichen Reden zuzuhören, und um ſie nicht zu ermüden, warteten der Geiſtliche, der alte Jordy, als er noch lebte, und der Doktor immer die Zeit ab, bis ihr Kind ſich niedergelegt hatte oder ausgegangen

war. Dann kam es oft genug vor, daß die Partie noch im Gang war, wenn Urſula zurückkehrte: ſie gab ſich dann mit einer unbeſchreiblichen Anmut zufrieden und ſetzte ſich mit einer Arbeit zum Fenſter. Sie konnte dies Spiel nicht leiden, ſeine Anfangsgründe ſind in der Tat ſchwierig, für viele unverſtändlich und ſo ſpröde, daß einer, der das Spiel nicht von Jugend auf kennt, es auch ſpäter kaum erlernen kann. Am Abend ihrer Einſegnung nun, als Urſula zu ihrem Vormund zurückkehrte — ſie waren für diesmal allein — ſtellte ſie das Trictracbrett vor den Alten hin.

„Wer würfelt zuerſt?“ fragte ſie.

„Urſula,“ erwiderte der Doktor, „iſt das nicht Sünde, wenn du dich am Tage deiner erſten Kommunion über deinen Paten luſtig machſt?“

„Ich denke nicht daran, mich luſtig zu machen,“ ſprach ſie und nahm Platz, „ich will für Ihr Vergnügen wie Sie für all die meinigen ſorgen. Wenn Herr Chaperon mit mir zufrieden war, gab er mir eine Trictracſtunde, und er hat mir ſo viele gegeben, daß ich Sie ſchlagen kann . . . Sie ſollen ſich nicht mehr vor mir geniert fühlen. Um Ihren Zerſtreuungen nicht im Wege zu ſein, habe ich alle Schwierigkeiten überwunden, und das Geräuſch des Trictrac gefällt mir jetzt.“

Urſula gewann. Der Pfarrer kam, um die Spielenden zu überraſchen und koſtete ſeinen Triumph aus. Bisher hatte Minoret es abgelehnt, ſeinem Mündel Muſikunterricht geben zu laſſen; am andern Morgen fuhr er nach Paris, kaufte dort ein Piano, ſetzte ſich mit einer Lehrerin in Fontainebleau in Verbindung und nahm das Mißliche der ſtändigen Etuden ſeines Mündels auf ſich. Eine der

Prophezeihungen des alten Jordy, der Phrenolog war, bewahrheitete ſich. Die Kleine wurde eine ausgezeichnete Pianiſtin. Von da an ließ der Vormund, der auf ſein Mündel ſtolz war, einmal wöchentlich einen Pariſer Profeſſor kommen und trug die Koſten einer künſtleriſchen Ausbildung, die er für gänzlich überflüſſig in einem Haushalt hielt. Ungläubige lieben nicht die Muſik, jene himmliſche Sprache, die der Katholizismus, der in einer ſeiner Hymnen die Namen der ſieben Noten aufnahm, ausgebildet hat. Jede Note iſt nämlich die erſte Silbe eines der erſten ſieben Verſe der Johanneshymne.

Der Eindruck von Urſulas erſter Kommunion auf den alten Mann war lebhaft, aber er ging vorüber. Auch die Ruhe, die Heiterkeit, die Zufriedenheit, welche durch die Werke der Religion und des Gebets über dieſe junge Seele verbreitet wurden, waren für ihn Exempel ohne Überzeugungskraft. Minoret lebte im Genuß einer vollendeten ſeeliſchen Heiterkeit, ohne irgendwelchen Anlaß zur Trauer oder zur Reue. In der Ausübung ſeiner Wohltaten, die er ohne die Hoffnung, eine himmliſche Vergeltung zu ernten, verbreitete, kam er ſich größer vor als der Katholik, dem er immer vorwarf, daß er Wucher mit Gott treibe.

„Aber“, bemerkte der Abbé Chaperon, „Sie müſſen doch zugeben: wenn alle ſich mit dieſem Geſchäft befaſſen würden, wäre die Geſellſchaft vollkommen; dann gäbe es keine Unglücklichen mehr. Um auf Ihre Art Wohltäter zu ſein, muß man ein großer Philoſoph ſein. Sie gelangen zu Ihrer Doktrin durch Überlegung, Sie ſind, ſozial betrachtet, eine Ausnahme, während man nur Chriſt zu ſein braucht,

um auf unſere Art wohltätig zu ſein. Bei Ihnen iſt das eine Anſpannung, bei uns iſt's das Natürliche."
„Das heißt, Pfarrer, ich denke und Sie fühlen! Das iſt das Ganze."

Da die natürliche weibliche Feinfühligkeit und Schmiegſamkeit Urſulas durch eine hervorragende Erziehung, mit der religiöſen Geiſtigkeit, unter allen Arten von Geiſt der ſubtilſten, als zarteſter Blume, geſchult war, ſo begriff ſie bereits mit zwölf Jahren, daß ihr Pate weder an ein Zukünftiges glaubte, noch an die Unſterblichkeit, noch an eine Vorſehung, noch an Gott. Als das unſchuldige Geſchöpf ihm mit Fragen zuſetzte, war es dem Doktor unmöglich, ſein fatales Geheimnis länger zu wahren. Zuerſt machte Urſulas naive Beſtürzung ihn lächeln; aber als er ſie einige Male traurig geſehen hatte, begriff er die ganze Liebe, die aus dieſer Traurigkeit ſprach. Völliger Zuneigung iſt jedweder Zwieſpalt, ſelbſt der im Gedanken, der ihr ſonſt fern ſteht, unerträglich. Manchmal kam der Doktor den Gründen, die ſeine Adoptivtochter aus glühend reinem Gefühl und mit ſanfter zärtlicher Stimme ihm vorbrachte, entgegen wie ebenſo vielen Liebkoſungen. Gläubige und Ungläubige ſprechen verſchiedene Sprachen und können ſich nicht verſtändigen. Wenn das Patenkind ſich für Gottes Sache einſetzte, quälte es ſeinen Vormund wie ein verwöhntes Kind ſeine Mutter quälen kann. Der Pfarrer hielt Urſula das vor und ſagte ihr, dieſe hochmütigen Geiſter zu beugen habe Gott ſich ſelbſt vorbehalten. Darauf erwiderte das junge Mädchen dem Abbé Chaperon, David habe den Goliath erſchlagen.

Dieſer religiöſe Zwiſt und das Leid des Kindes, das ſeinen Vormund gewinnen wollte, waren die einzige

Trübung dieſes Privatlebens, das in ſeiner Fülle und Zartheit vor den Augen der neugierigen Kleinſtadt verborgen blieb. Urſula wuchs heran, entwickelte ſich und wurde jenes beſcheidene, im chriſtlichen Geiſte gebildete junge Mädchen, das Désiré beim Ausgang aus der Kirche bewundert hatte. Die Obhut der Blumen im Garten, die Muſik, die Zerſtreuungen ihres Vormunds und all die kleinen Dienſte, die Urſula ihm erwies — denn ſie hatte der Bougival manches abgenommen, indem ſie ſich ihm widmete — füllten die Stunden, die Tage, die Monate dieſes ruhigen Daſeins aus. Trotzdem beunruhigten ſeit einem Jahre gewiſſe Störungen bei Urſula den Doktor; aber deren Urſache war ſo abſehbar, daß er ſich um ſie nur ſorgte, um ihre Geſundheit zu beaufſichtigen. Immerhin glaubte dieſer ſcharfſinnige Beobachter, dieſer große Praktiker zu bemerken, daß jene Störungen einen gewiſſen ſeeliſchen Widerhall gehabt hatten. Er überwachte ſein Mündel, und da er niemanden um ſie bemerkte, der würdig geweſen wäre, ein Gefühl in ihr zu erwecken, verging ſeine Beſorgnis.

☆

SO LAGEN DIE DINGE, ALS EINEN MONAT VOR dem Tage, an dem dies Drama beginnt, im geiſtigen Leben des Doktors eines jener Ereigniſſe eintrat, die das Feld unſerer Überzeugungen bis auf den Grund durchpflügen und umkehren; aber dieſes Faktum erheiſcht den abrißartigen Bericht einiger Geſchehniſſe aus ſeiner mediziniſchen Laufbahn, die übrigens dieſer Erzählung ein neues Intereſſe verleihen werden.

Gegen Ende des 18. Jahrhunderts wurde die Wiſſenſchaft durch Mesmers Auftreten ebenſo tief in zwei Lager gespalten wie die Kunſt durch das von Gluck. Als Mesmer den Magnetismus entdeckt hatte, kam er nach Frankreich, wohin ſeit undenklichen Zeiten die Erfinder geſtrömt waren, um ihre Entdeckungen anerkennen zu laſſen. Durch die Klarheit ſeiner Sprache iſt Frankreich gewiſſermaßen die Trompete der Welt.

„Wenn die Homöopathie nach Paris gelangt, iſt ſie gerettet", ſagte kürzlich Hahnemann.

„Gehen Sie nach Frankreich", ſagte Metternich zu Gall, „und wenn man ſich da auch nur über Ihre Höcker luſtig macht, ſind Sie berühmt."

Mesmer hatte alſo ebenſo leidenſchaftliche Adepten und Antagoniſten, wie die Picciniſten und Glukkiſten es waren. Das gelehrte Frankreich war aufgeregt, eine feierliche Debatte begann. Bevor ſie aber noch abgeſchloſſen war, ächtete die mediziniſche Fakultät in corpore den angeblichen Scharlatanismus von Mesmer, ſeinen Stab, ſeine Leitungsdrähte und ſeine Theorien. Aber geſtehen wir es ein, dieſer Deutſche entwürdigte leider ſeine herrliche Entdeckung durch unvornehme Geldforderungen. Mesmer unterlag durch die Beſtreitbarkeit der Fakten, durch die Unkenntnis von der Bedeutung der imponderablen Fluiden, die man damals noch nicht entdeckt hatte, durch ſeine Unfähigkeit, eine Wiſſenſchaft in allen Beziehungen zu durchdringen. Der Magnetismus hat mehr als eine Anwendungsmöglichkeit. In Mesmers Händen war er, wenn man von ſeiner Zukunft aus urteilt, das was das Prinzip im Verhältnis zu ſeinen Auswirkungen iſt. Fehlt aber dem Erfinder Genie, ſo hat der menſchliche Verſtand die traurige Feſtſtellung zu machen, daß eine Wiſſenſchaft, die ſo alt iſt wie die Geſellſchaft und in Ägypten wie in Chaldäa, in Griechenland wie in Indien geflegt wurde, im Paris des XVIII. Jahrhunderts eben das Schickſal erlitt, das die Wahrheit in der Perſon Galileis erfuhr, und daß der Magnetismus durch die Doppelattacke der Frommen und der Materialiſten, die beide in der gleichen Unruhe ſchwebten, beſeitigt wurde. Dem Magnetismus, der bevorzugten Wiſſenſchaft des Jeſus von Nazareth, einer jener göttlichen Kräfte, die er den Apoſteln anvertraut hatte, kam die Kirche nicht anders entgegen als die Schüler von Jean-Jaques und von Voltaire, von Locke und Condillac. Die Enzyklopädiſten und die Geiſtlichkeit konnten ſich mit dieſem alten Vermögen des Menſchen, das ſo neu ſchien, nicht verſtändigen. Das Wunder der ſpasmatiſchen Zuſtände, das von der Kirche und auch, trotz der wertvollen Schriften des Paters Carré de Montgeron, von der indifferenten Wiſſenſchaft totgeſchwiegen wurde, war eine erſte Anregung zur experimentellen Erkundung jener menſchlichen Fluiden, durch die im Innern genügend Kräfte verſammelt werden können, um Schmerzen, die ein äußerer Reiz hervorruft, aufzuheben. Dazu hätte man freilich das Vorhandenſein nicht taſtbarer, nicht ſichtbarer und nicht reizbarer Fluiden einräumen müſſen; das waren aber drei Negationen, in denen die damalige Wiſſenſchaft eine Definition des Leeren zu ſehen ſich gefiel. In der modernen Naturphiloſophie gibt es kein Leeres! Zehn Fuß Leere und die Welt ſtürzt zuſammen. Vor allem dem Materialiſten iſt die Welt erfüllt, alles hält und verkettet ſich gegenſeitig, und alles iſt erklärbar. Die Welt als Ergebnis des Zufalls iſt begreiflicher als Gott, pflegte Diderot zu ſagen. Die Vielfalt der Urſachen und die unvergleichlich hohe Zahl von Würfen, die der Zufall zur Vorausſetzung hat, erklären die Schöpfung. Nehmen Sie die Äneis und alle ihre Buchſtaben, wenn Sie mir Zeit und Raum nach Belieben zur Verfügung ſtellen, werde ich die Äneis aus bloßer Letternkombination machen. Dieſe Unſeligen, die ſich lieber zu allem in Widerſpruch ſetzten, ehe ſie die Exiſtenz Gottes einräumten, ſchrecken auch vor der innerlichen Teilbarkeit der Materie zurück. Damals haben Locke und Condillac den ungeheueren Fortſchritt, den die Naturwiſſenſchaften jetzt unter der großen Konzeption von Geoffroy-Saint-Hilaire machen, um fünfzig Jahre hintangehalten.

Einige unverdorbene Leute ohne Syſtem, die durch das eingehende Studium von Tatſachen überzeugt worden waren, verblieben bei jener Mesmerſchen Lehre, die im Menſchen eine durchdringende Gewalt annimmt; durch ſie kann ein Menſch den anderen beherrſchen, durch den Willen wird ſie in Tätigkeit verſetzt, durch den Überfluß des Fluidums wirkt ſie heilkräftig, und ihr Spiel iſt ein Duell zwiſchen zwei Willensrichtungen: der Krankheit, die zu heilen es gilt, und dem Willen zur Heilung. Die ſomnambulen Phänomene, von denen Mesmer kaum etwas geahnt hatte, wurden durch Puyſégur und Deleuge bekannt; aber durch die Revolution wurden dieſe Entdeckungen eine Zeitlang ſo gehemmt, daß die Gelehrten und Spötter gewonnenes Spiel hatten. Unter der kleinen Zahl von Gläubigen waren Ärzte. Die Häretiker wurden ihr ganzes Leben hindurch von ihren Kollegen verfolgt. Die hochanſehnliche Körperſchaft der Ärzte von Paris wandte die Unerbittlichkeit der Religionskriege gegen die Mesmeriſten auf; ſie war in ihrer Gehäſſigkeit ſo grauſam, wie man das in den Zeitläuften der voltaireſchen Toleranz überhaupt nur ſein konnte. Die orthodoxe Ärzte lehnten Konſultationen in Gemeinſchaft mit denen, die zur Mesmerſchen Ketzerei hielten, ab. Noch 1820 waren die angeblichen Erzketzer von dieſer bornierten Ächtung betroffen. Die Leiden und Stürme der Revolution brachten dieſen gelehrten Haß nicht zum Erlöſchen. Nur Prieſter, Beamte und Ärzte können ſo haſſen. Die Amtstracht iſt immer ſchrecklich. Aber ſind nicht gerade die Ideen unverſöhnlicher als die Dinge?

Doktor Bouvard, der Freund von Minoret, hielt zum neuen Glauben, und bis zum Tode beharrte er bei der Wiſſenſchaft, die ihm die Ruhe ſeines Daſeins gekoſtet hatte, denn er ſtand auf der ſchwarzen Liſte der Fakultät von Paris. Minoret war als einer der energiſchſten Parteigänger des Enzyklopädismus, der gefürchtetſte Gegner von Delon, Mesmers Adlatus; ſeine Feder war in dieſem Streit von größtem Gewicht, und er überwarf ſich unheilbar mit ſeinem Kameraden; aber er ging weiter: er verfolgte ihn. Sein Verhalten gegen Bouvard ſollte ihm den einzigen Kummer bereiten, der die Heiterkeit ſeines Lebensabends bisweilen trübte.

Die Wiſſenſchaft von den imponderablen Fluiden — dies iſt die einzig zutreffende Bezeichnung des Magnetismus, der durch dic Natur ſeiner Erſcheinungen ſo eng an Licht und Elektrizität gebunden iſt — machte trotz der beharrlichen Verhöhnung durch die Pariſer Wiſſenſchaft ungeheuere

Fortſchritte, ſeitdem ſich der Doktor nach Nemours zurückgezogen hatte. Phrenologie und Phyſiognomik, die Zwillingslehren von Gall und Lavater, von denen die eine der andern iſt, was die Urſache der Wirkung, führten mehr als einem Phyſiologen die Spuren jenes ungreifbaren Fluidums vor Augen, das den Willensregungen zugrunde liegt und aus dem Leidenſchaften, Gewohnheiten, Geſichts- und Schädelbildung hervorgehen. Kurz, die Tatſachen des Magnetismus, die Wunder des Somnambulismus, die der Divination und der Verzückung, durch welche man in die obere Welt eintritt, häuften ſich. Die ſeltſame und ſo verbürgte Begebenheit von den Geſichten des Pächters Martin, die Zuſammenkunft dieſes Bauern mit Ludwig XVIII., die Kunde von Swedenborgs Verbindungen mit den Abgeſchiedenen, die in Schweden ſo unbedingt geglaubt wurde, Walter Scotts Berichte vom zweiten Geſicht, das wunderbare Handwerk einiger Wahrſager, die Chiromantie und Horoſkopſtellen in einer einzigen Praxis vereinigen, die pathologiſchen Erſcheinungen und die merkwürdige Funktion des Zwerchfells bei gewiſſen Erkrankungen — all dieſe zumindeſt auffallenden Phänomene, die alle aus derſelben Quelle hervorgingen, ließen viele Zweifel auffliegen und führten auch den Teilnahmloſeſten in den Bereich der Verſuche hinein. Minoret wußte nichts von dieſer geiſtigen Bewegung, die in Nordeuropa ſo groß, in Frankreich aber noch ſo geringfügig war, einem Lande, in dem doch ſo manches geſchah, was Oberflächliche als wunderbar bezeichneten und in den Strudel der Pariſer Ereigniſſe wie Steine auf den Meeresboden hinabfiel.

Anfang des Jahres wurde die Ruhe des Antimesmeristen durch den folgenden Brief gestört:

„Mein alter Kamerad!

Jede Freundschaft hat, auch wenn sie ein Ende fand, Rechte, die sich nur schwer vorschreiben lassen. Ich weiß, daß Sie noch leben und erinnere mich weniger unserer Feindschaft als der schönen Tage in unserm Schlupfwinkel in Saint-Julien-le-Pauvre. Im Augenblick, da ich mich anschicke, diese Welt zu verlassen, möchte ich Ihnen beweisen, daß der Magnetismus eine der wichtigsten Wissenschaften werden wird, wenn anders die Wissenschaft nicht eine einzige wäre. Ich bin in der Lage, Ihre Ungläubigkeit durch positive Beweise zu Boden zu schmettern. Vielleicht schenkt mir Ihre Neugierde das Glück, daß wir uns noch einmal so die Hand geben wie vor Mesmers Zeiten.

Immer der Ihre
Bouvard."

Aufgereizt wie ein Löwe, den eine Pferdefliege sticht, stürzte der Antimesmerist nach Paris und gab seine Karte bei dem alten Doktor ab, der bei Saint-Sulpice in der Rue Fréron wohnte. Bouvard schickte ihm ein Billett ins Hotel, auf dem nur stand: „Morgen um neun Uhr Rue Saint-Honoré gegenüber der Himmelfahrtskirche." Minoret, der wieder jung geworden war, konnte nicht schlafen. Er ging zu den alten Ärzten seiner Bekanntschaft, um sie zu fragen, ob die Welt auf den Kopf gestellt sei, ob es noch eine Schule der Medizin gäbe, ob die Fakultäten noch bestünden. Die Ärzte beruhigten ihn mit der Mitteilung, der alte Geist des Widerstandes sei noch da; nur habe man die

Verfolgung aufgegeben, und die Akademie der Medizin ſowie die der Wiſſenſchaften wüßten ſich vor Lachen nicht zu halten, indem ſie die magnetiſchen Phänomene unter die Effekte eines Comus, Comte, Bosco, unter Jonglierkunſt, Zauberei und die ſogenannte amüſante Phyſik klaſſifizieren. Dieſe Reden konnten Minoret nicht verhindern, zu dem Rendezvous, das der alte Bouvard ihm gab, ſich einzuſtellen.

Nach vierundvierzigjähriger Feindſchaft ſehen die beiden Gegner ſich in einem Torweg der Rue Saint-Honoré wieder. Die Franzoſen ſind zu zerſtreut, um einander lange zu haſſen. Beſonders in Paris dehnt das Geſchehen den Raum zu weit, ſchafft es in Politik, in Wiſſenſchaft und Literatur zu breite Flächen, als daß nicht ein jeder Land zu erobern fände. Haß erfordert ſo viel ſtets gewappnete Kraft, daß man ſich zuſammentun muß, um auf lange zu haſſen. So behalten denn im Grunde nur Körperſchaften ihn im Gedächtnis. Nach vierundvierzig Jahren würden Robespierre und Danton einander in die Arme ſinken. Dennoch bot keiner der beiden Ärzte dem andern die Hand. Bouvard wandte ſich als erſter an Minoret:

„Du ſiehſt glänzend aus."

„Ja, mir geht's nicht ſchlecht, und dir?" erwiderte nun, da das Eis gebrochen war, Minoret.

„Mir — wie du ſiehſt."

„Der Magnetismus läßt dich nicht ſterben?" fragte Minoret ſcherzend und ohne Schärfe.

„Nein, aber um ein Haar hätte er mich nicht leben laſſen."

„Du biſt nicht reich geworden?" fragte Minoret.

„Pah", — machte Bouvard.

„Alſo, ſiehſt du, ich bin reich!“ rief Minoret.
„Ich habe nichts gegen dein Geld, ſondern gegen deine Anſchauungen“, erwiderte Bouvard.
Der Mesmeriſt zog den Skeptiker in einen dunklen Treppenflur und ließ ihn behutſam bis zum vierten Stock ſteigen.
Damals trat in Paris ein außerordentlicher Mann auf; ſein Glaube hatte ihn mit einer unberechenbaren Gewalt ausgerüſtet, und er verfügte über die magnetiſchen Fähigkeiten in allen ihren Anwendungsarten. Dieſer große Unbekannte, der noch am Leben iſt, vermochte nicht nur aus der Ferne die ſchwerſten chroniſchen Krankheiten auf einmal völlig zu heilen wie einſt der Heiland, ſondern er konnte unverzüglich die merkwürdigſten ſomnambulen Erſcheinungen hervorrufen und dabei der widerſpendigſten Herr werden. Der Unbekannte, der erklärt, ſeine Einſichten unmittelbar von Gott und wie Swedenborg mit den Engeln Umgang zu haben, trägt den Ausdruck eines Löwen; aus ihm bricht eine konzentrierte, unwiderſtehliche Energie. Die Stimme ſteigt bei ihm aus dem tiefſten Weſen, ſie iſt wie geladen mit magnetiſchem Fluidum und geht durch alle Poren in denjenigen ein, der ſie hört. Nach ſeinen Tauſenden von Heilungen vom allgemeinen Undank angewidert, hat er ſich in eine undurchdringliche Einſamkeit, ein freiwilliges Verlöſchen zurückgezogen. Seine allmächtige Hand, die ſterbende Töchter ihren Müttern, Vätern ihre ſchon beweinten Kinder, angebetete Geliebte ihren liebestrunkenen Verehrern wiedergeſchenkt hat, die Krankheiten geheilt hat, vor denen die Ärzte ſich ohnmächtig bekannten, die in Synagogen, Tempeln und Kirchen Hymnen durch Prieſter hatte ſingen

lassen, die alle durch dasselbe Wunder Gott wieder gewonnen worden waren, die denen, welche nicht länger leben konnten die Agonie erleichterte — diese allmächtige Hand und Lebenssonne vor den geschlossenen Augen der Somnambulen hätte sich nicht mehr gehoben, und wenn es gegolten hätte, einer Königin den Thronerben zurückzugeben. Wie in ein strahlendes Leichentuch lebte er eingehüllt in der Erinnerung seiner Wohltaten und weigerte sich der Welt, um im Himmel zu weilen.
Aber in der Frühzeit seiner Herrschaft, als er selber noch fast von seiner Gewalt überrascht gewesen war, hatte dieser Mann, dessen Uneigennützigkeit hinter seinem Einfluß nicht zurückblieb, einigen Wißbegierigen erlaubt, seinen Wundertaten beizuwohnen. Die Kunde von diesem ungeheuren Renommée, das jeden Augenblick wieder aufleben konnte, erweckte den Doktor Bouvard am Rand seines Grabes. Der verfolgte Mesmerist konnte endlich die hervorragendsten Erscheinungen aus dem Bereiche jener Wissenschaft, die er wie einen Schatz im Herzen barg, sehen. Das Mißgeschick dieses Greises hatte den großen Unbekannten gerührt, und er räumte ihm einige Privilegien ein. So nahm denn Bouvard, während sie die Treppen hinanstiegen, die Neckereien seines alten Gegners mit einer gewissen Schadenfreude hin. Er warf nur ein, „du wirst ja sehen, du wirst ja sehen" und schüttelte ein wenig den Kopf, wie sich das Leute erlauben, die ihrer Sache sicher sind.
Die beiden Ärzte traten in ein mehr als bescheidenes Gemach. Bouvard wechselte ein paar Worte in einem Schlafzimmer, das an einen Salon stieß, in dem Minoret, dessen Argwohn bereits zu erwachen

begann, wartete. Aber Bouvard kam ſofort zurück und führte ihn in das Gemach, wo der rätſelhafte Swedenborg-Jünger und eine Frau ſich befanden, welche in einem Lehnſtuhl ſaß. Dieſe Frau ſtand nicht auf und ſchien den Eintritt der beiden Greiſe nicht wahrnehmen zu können.

„Was, ohne Stäbchen?" ſagte Minoret und lächelte.

„Nichts außer der Kraft Gottes", erwiderte mit Ernſt der Swedenborg-Jünger, der Minoret gegen fünfzig Jahre zu zählen ſchien.

Die drei Männer nahmen Platz, und der Unbekannte begann eine Unterhaltung. Zur großen Überraſchung des alten Minoret, der glaubte, man wolle ihn myſtifizieren, ſprach man von der Witterung. Der Swedenborg-Jünger fragte den Beſucher nach ſeinen wiſſenſchaftlichen Anſchauungen und ſchien ſich ganz offenkundig die Zeit zu nehmen, ihn zu ſtudieren.

„Sie kommen einfach aus Neugierde hierher, mein Herr", ſagte er zuletzt. „Es iſt nicht meine Gewohnheit, eine Kraft, die meiner Überzeugung nach von Gott kommt, zu proſtituieren. Wenn ich ſie frivol oder zu ſchlechten Zwecken handhabe, würde ſie mir leicht entzogen werden können. Aber ſei's drum — diesmal handelt es ſich, wie Herr Bouvard mir ſagt, eine uns feindliche Überzeugung auf den rechten Weg zu leiten und einen loyalen Mann der Wiſſenſchaft aufzuklären. Ich werde Sie alſo zufriedenſtellen. Die Frau, die Sie vor ſich ſehen", ſagte er und wies auf die Unbekannte, „iſt im ſomnambulen Schlummer. Dieſer ſtellt, den Ausſagen und den Akten aller Somnambulen zufolge, ein beſeeligtes Leben dar, während deſſen Dauer das Innere ſich von allen Hemmungen befreit, welche die ſichtbare Körperlichkeit der Auswirkung ſeiner Kräfte entgegenſetzt und nun in der Welt ſich ergeht, die wir mit Unrecht die unſichtbare nennen. Geſicht und Gehör arbeiten in dieſer Verfaſſung vollkommener als im ſogenannten Wachzuſtand und vielleicht ohne die Mitwirkung jener Organe, die nur die Scheide für die blitzenden Klingen ſind, die wir Geſichts- und Gehörsſinn nennen. Iſt der Menſch einmal in dieſem Zuſtand, ſo gibt es weder Entfernung noch materielle Hinderniſſe für ihn, oder ſie werden von einem Leben bezwungen, für das unſer Körper nur das Staubecken, ein notwendiger Stützpunkt, eine Umhüllung iſt.

„Sie ſchläft!“ ſagte Minoret, nachdem er die Frau, welche den niedern Klaſſen anzugehören ſchien, beobachtet hatte.

„Ihr Leib iſt gewiſſermaßen annihiliert“, ſagte der Swedenborg-Jünger. „Dieſen Zuſtand halten Unwiſſende für Schlummer. Aber ſie wird Ihnen beweiſen, daß es ein geiſtiges Univerſum gibt, und daß dem Geiſte dort die Geſetze des materiellen Univerſums nicht begegnen. Ich werde ſie ſchicken, wohin Sie wollen. Sie wird Ihnen ſo gut ſagen, was zwanzig Meilen entfernt von hier als was in China vorgeht.“

„Schicken Sie ſie nur zu mir nach Nemours“, bat Minoret.

„Ich will mich gar nicht hineinmengen“, ſprach der Geheimnisvolle. „Geben Sie mir Ihre Hand, Sie ſollen Spieler und Zuſchauer in einer Perſon, Urſache und Wirkung zugleich ſein.“

Er nahm die Hand, die Minoret ihm überließ; er hielt ſie einen Augenblick und ſchien ſich zu ſammeln, mit der andern ergriff er die Hand der Frau im Lehnſtuhl. Darauf legte er die des Doktors in die der Frau und gab dem alten Zweifler ein Zeichen, ſich neben dieſe Pythia ohne Dreifuß zu ſetzen. Minoret fiel ein leichtes Zittern in den ſonſt auffallend ruhigen Zügen der Frau in dem Augenblick auf, da ſie beide von dem Swedenborg-Jünger vereint wurden. Aber dieſe Bewegung, ſo wunderbar ſie in ihren Wirkungen ſein ſollte, war ganz ſchlicht.

„Gehorchen Sie dem Herrn", ſagte der Fremde und legte der Frau die Hand auf den Kopf, die Licht und Leben aus ihm zu ſaugen ſchien, „bedenken Sie, daß alles, was Sie für ihn tun, mir zu Gefallen geſchieht. Sie können jetzt mit ihr ſprechen", ſagte er zu Minoret.

„Gehen Sie nach Nemours, in die Bürgergaſſe, in mein Haus", ſagte der Doktor.

„Geben Sie ihr Zeit, laſſen Sie ihr Ihre Hand, bis ſie Ihnen durch ihre Worte beweiſt, daß ſie angekommen iſt", ſagte Bouvard zu ſeinem ehemaligen Freunde.

„Ich ſehe einen Fluß", ſprach mit ſchwacher Stimme die Frau. Dabei ſchien ſie trotz ihrer geſenkten Lider höchſt angeſtrengt nach innen zu blicken. „Ich ſehe einen hübſchen Garten . . ."

„Warum kommen Sie über den Fluß und durch den Garten?" fragte Minoret.

„Weil ſie da ſind . . ."

„Wer?"

„Das junge Mädchen und die Amme, an die Sie denken."

„Wie iſt der Garten?" fragte Minoret.

„Man geht über eine Treppe hinein, die vom Fluß hinunterführt, dann iſt rechts eine lange Halle aus

Ziegelſteinen, in der ich Bücher ſehe. Dieſe endigt in einem Pavillon, der mit hölzernen Glöckchen und roten Eiern geſchmückt iſt. Links iſt die Mauer von Kletterpflanzen, wildem Wein und Jasmin verdeckt. In der Mitte ſteht eine kleine Sonnenuhr. Rings ſind viele Blumentöpfe; Ihr Mündel geht ſeine Blumen durch, zeigt ſie der Amme, macht Löcher mit einem Stecken und ſetzt Körner ein ... Die Amme harkt die Wege ... Trotzdem das junge Mädchen rein wie ein Engel iſt, ſind, ſchwach wie die Morgendämmerung, erſte Liebesregungen in ihr."

„Gegen wen?" fragte der Doktor, der bisher nichts gehört hatte, was ihm nicht auch jemand, der nicht ſomnambul wäre, hätte ſagen können. Er glaubte noch immer eine Gaukelei vor ſich zu haben.

„Sie wiſſen davon nichts, obgleich Sie noch kürzlich, als ſie Frau wurde, dadurch ziemlich beunruhigt waren", ſagte ſie lächelnd. „Die Bewegung ihres Herzens iſt der Natur gefolgt."

„Und ſo ſpricht eine Frau aus dem Volke?" entfuhr es dem Doktor.

„Alle ſprechen mit vollendeter Klarheit, wenn ſie in dieſem Zuſtand ſind", erwiderte Bouvard.

„Aber wen liebt Urſula?"

„Urſula weiß nicht, wen ſie liebt", ſagte die Frau mit einer kleinen Kopfbewegung. „Sie iſt viel zu engelhaft, um Liebesbegehrungen oder ähnliches zu kennen; aber er beſchäftigt ſie, ihr zum Trotz und ſogar gegen ihren Willen kommt ſie immer auf ihn zurück ... Sie ſitzt am Piano ..."

„Aber wer iſt es?"

„Der Sohn einer Dame, die gegenüber wohnt ..."

„Frau von Portenduère.“

„Sie ſagen Portenduère? Kann ſein. Aber es hat keine Gefahr, er iſt nicht im Lande.“

„Haben ſie miteinander geſprochen?“ fragte der Doktor.

„Niemals. Sie haben ſich nur gegenſeitig betrachtet. Sie findet ihn reizend; er iſt wirklich ein hübſcher Menſch und gut. Sie hat ihn vom Fenſter aus geſehen, und ſie haben ſich auch in der Kirche geſehen, aber er weiß es nicht mehr.“

„Er heißt?“

„Ja, um Ihnen das zu ſagen, muß ich es geſchrieben ſehen oder hören. Er heißt Savinien, eben nennt ſie den Namen, ſie findet es ſüß, ihn zu ſagen; im Kalender hat ſie bereits ſeinen Namenstag nachgeſchlagen und einen roten Punkt daneben geſetzt . . . ſo ſind eben Kinder. Oh! Sie wird zu lieben wiſſen, aber mit ebenſo großer Reinheit als Kraft! Sie iſt der Menſch nicht, zweimal zu lieben, und die Liebe wird ihre Seele ſo feſt halten und ſo durchdringen, daß ſie jedes andere Gefühl abweiſen würde.“

„Woran ſehen Sie das?“

„An ihr. Sie wird zu leiden wiſſen. Sie weiß, von wem ſie es hat, denn Vater und Mutter haben viel gelitten.“

Dieſes letzte Wort ſchmetterte den Doktor nieder. Er war weniger erſchüttert als erſtaunt. Es muß geſagt werden, daß zwiſchen jedem der Sätze, welche die Frau ſagte, zehn bis fünfzehn Minuten verſtrichen, in deren Verlauf ſeine Aufmerkſamkeit ſich andauernd ſteigerte. Man ſah ſie ſeheriſch! Seltſames ſpielte ſich auf ihrer Stirn ab: die innere Anſpannung reflektierte dort; eine Macht, die Minoret nur bei Sterbenden in den Augenblicken, wo Prophetengeiſt über ſie kommt, beobachtet hatte, hellte ſie auf oder ließ ſie runzeln. Manchmal machte ſie Bewegungen, die denen von Urſula glichen.

„Oh, fragen Sie ſie doch!" wandte nun wieder der Geheimnisvolle ſich an Minoret, „ſie wird Ihnen Dinge ſagen, die nur Ihnen bekannt ſein können."

„Urſula liebt mich doch?" fuhr Minoret fort.

„Faſt ebenſoſehr wie Gott!" ſagte jene lächelnd. „Und ſie iſt ja auch über Ihre Ungläubigkeit ſehr unglücklich. Sie glauben nicht an Gott! Als könnten Sie ſein Daſein hindern! Sein Wort erfüllt die ganze Welt! Sie machen dem armen Kind den einzigen Kummer, den es kennt. Sie übt Tonleitern, ſie möchte beſſer ſpielen, als ſie es tut. Und dabei denkt ſie: Wenn ich gut ſingen würde und eine ſchöne Stimme hätte, dann würde er, wenn er bei ſeiner Mutter iſt, meine Stimme wohl hören."

Doktor Minoret zog ſein Portefeuille und notierte genau die Stunde.

„Können Sie mir ſagen, was ſie geſät hat?"

„Reſeda, wohlriechende Erbſen, Balſaminen . . ."

„Und zuletzt?"

„Ritterſporn."

„Wo befindet ſich mein Geld?"

„Bei Ihrem Notar, aber ſowie es frei wird, legen Sie es immer an, ohne auch nur einen Tag Zinſen zu verlieren."

„Ja, aber wo iſt das Halbjahrsgeld, das ich für meine laufenden Ausgaben in Nemours habe?"

„Sie legen es immer in ein großes rotes Buch — Pandekten des Juſtinian Band II, heißt es — und zwar zwiſchen die beiden vorletzten Blätter. Das

Buch ſteht über der Anrichte mit den Glasſcheiben, in dem Fach für Foliobände. Sie haben eine ganze Reihe von denen. Ihre Papiere ſind im letzten Band, nach dem Salon zu. Halt! Band III ſteht vor Band II. Aber es liegt kein Geld drin, es ſind . . .“
„Tauſendfrankenſcheine?“ fragte der Doktor.
„Ich kann es nicht deutlich ſehen, ſie ſind zuſammengefaltet. Nein, es ſind zwei Scheine zu je fünfhundert Franken.“
„Das ſehen Sie?“
„Ja.“
„Wie ſehen ſie aus?“
„Einer iſt ſehr vergilbt und alt, der andere weiß und faſt neu . . .“
Dieſer letzte Teil des Verhörs ließ den Doktor wie vom Donner gerührt. Gänzlich verdutzt ſah er Bouvard an, aber dieſem und dem Swedenborg-Jünger war das Staunen der Ungläubigen nichts Neues, und ohne überraſcht oder erſtaunt zu erſcheinen, unterhielten ſie ſich leiſe miteinander. Minoret bat ſie um Erlaubnis, nach dem Eſſen noch einmal kommen zu dürfen. Der Gegner des Mesmerismus wollte ſich ſammeln, von ſeinem tiefen Grauen ſich erholen, um dann weiterhin dieſe ungeheure Fähigkeit zu erproben, ſie entſcheidenden Prüfungen auszuſetzen und ihr Fragen vorzulegen, auf die eine Antwort jedweden Zweifel zu vernichten hatte.
„Seien Sie heute abend um neun Uhr hier“, ſagte der Unbekannte. „Ich werde Ihretwegen herkommen.“
Der Doktor Minoret war derart beſtürzt, daß er ohne Gruß davonging, gefolgt von Bouvard, der hinter ihm herrief: „Alſo? . . . Alſo?“

„Bouvard, ich glaube, ich bin nicht bei Sinnen“, ſagte Minoret auf der Schwelle des Torwegs.

„Wenn das, was die Frau über Urſula geſagt hat, wahr iſt — und auf der ganzen Welt kann ja nur Urſula um das wiſſen, was dieſe Hexe mir enthüllt hat — dann biſt du im Recht. Ich möchte Flügel haben, um ihre Ausſagen in Nemours nachzuprüfen. Aber ich werde mir einen Wagen mieten und heute Abend um zehn Uhr zurückfahren. Ach! ich verliere den Kopf.“

„Was würdeſt du denn erſt ſagen, wenn du jemanden ſeit fünf Jahren als unheilbar krank kennſt und ihn in fünf Sekunden geheilt ſehen würdeſt. Wenn du ſehen müßteſt, wie Herr *** ſtrömenden Schweiß bei einem Hautkranken hervorruft oder eine kleine Lahme zum Gehen bringt.“

„Wir wollen zuſammen eſſen, Bouvard, und uns bis neun Uhr nicht verlaſſen. Ich denke über eine entſcheidende, eine unwiderlegliche Probe nach!“

„Schön, alter Junge“, erwiderte der Mesmeriſt.

☆

Die beiden ausgeſöhnten Feinde ſpeiſten im Palais Royal. Nach einer angeregten Unterhaltung, die Minoret helfen mußte, über den Sturm von Gedanken, die ſeinen Kopf durchbrauſten, hinwegzukommen, ſagte Bouvard: „Wenn du dieſer Frau die Gabe zuerkennſt, den Raum zu zernichten oder zu durchfliegen, wenn du gewiß ſein ſollteſt, daß von der Gegend der Himmelfahrtskirche her ſie hört und ſieht, was in Nemours geſprochen wird und vorgeht, ſo mußt du auch alle anderen Wirkungen des Magnetismus gelten laſſen; für einen Ungläubigen ſind ſie alle nicht unmöglicher als dieſe. Verlange von ihr alſo irgendeinen Beweis, der dich zufriedenſtellt. Denn du kannſt dir einreden, all dieſe Auskünfte hätten wir uns verſchafft; aber wir können unmöglich wiſſen, was zum Beiſpiel um neun Uhr bei dir, im Zimmer deines Mündels, vorgehen wird. Merke dir oder notiere, was die Somnambule hören oder ſehen wird, und mach dich nach Hauſe auf. Dieſe kleine Urſula, die ich nicht kenne, iſt nicht mit uns im Einverſtändnis, und wenn ſie das geſagt oder getan hat, was du aufgezeichnet haſt, dann ſenke dein Haupt, ſtolzer Franke."

Als die beiden Freunde ins Zimmer zurückkamen, fanden ſie dort die Somnambule, die den Doktor Minoret nicht wiedererkannte. Die Augen dieſer Frau begannen unter den Händen, die der Swedenborg-Jünger von weitem über ſie breitete, ſich zu ſchließen, und ſie nahm wieder die Stellung ein, in der Minoret ſie vor dem Eſſen geſehen hatte. Als die Hände der Frau und des Doktors in Rapport ſtanden, bat er ſie, ihm alles zu ſagen, was in dieſem Augenblick in ſeinem Hauſe in Nemours vorgehe.

„Was macht Urſula?" fragte er.

„Sie iſt entkleidet, hat ihre Locken aufgeſteckt und kniet nun auf ihrem Gebetſchemel vor einem elfenbeineren Kruzifix, das auf einem roten Sammetgrunde hängt."

„Was ſagt ſie?"

„Sie ſpricht ihr Abendgebet, empfiehlt ſich dem Schutze Gottes und bittet ihn, ſchlechte Gedanken von ihrer Seele fernzuhalten; ſie prüft ihr Gewiſſen, und um zu wiſſen, ob ſie gegen ſeine Gebote oder die der Kirche verſtoßen hat, geht ſie durch, was ſie tagsüber getan hat. Kurz, ſie mauſert ihre Seele. Armes kleines Herz . . ." Die Somnambule hatte feuchte Augen. „Sie hat keine Sünde begangen, aber ſie wirft ſich vor, daß ſie zuviel an Herrn Savinien gedacht hat . . . Sie unterbricht ſich, um ſich zu fragen, was er in Paris macht, und bittet Gott, er ſolle ihn glücklich werden laſſen. Sie endigt mit Ihnen und ſpricht laut ihr Nachtgebet."

„Können Sie es wiederholen?"

„Ja."

Minoret nahm ſeinen Bleiſtift und ſchrieb, unter dem Diktat der Somnambule, das folgende, offenbar vom Abbé Chaperon verfaßte Gebet:

„Mein Gott, wenn Du zufrieden mit Deiner Dienerin biſt, die mit ſoviel Liebe und Glut Dich verehrt und anfleht, die danach trachtet, von Deinen heiligen Geboten nicht abzuweichen, die gleich Deinem Sohne mit Freuden zum Ruhm Deines Namens ſterben würde und die in Deinem Schatten leben möchte, Du, der Du in den Herzen lieſeſt, erfülle mir dieſe Gunſt, die Augen meines Paten zu entſiegeln, ihn auf den Weg des Heils zu führen und ihn Deiner Gnade teilhaft werden zu laſſen, damit er auf ſeine letzten Tage in Dir lebe, und bewahre ihn vor allem Böſen und laß mich an ſeiner Statt leiden. Heilige Urſula, Du meine liebe Patronin, und Du, heilige Mutter Gottes, Himmelskönigin, und Ihr, Erzengel und Heilige des Paradieſes, vereinigt Eure Fürſprache mit der meinigen und erbarmt Euch meiner."

Die Somnambule ahmte die ſanften Bewegungen und die reine Verzückung des Kindes ſo vollendet nach, daß dem Doktor Minoret die Augen voller Tränen ſtanden.

„Sagt ſie noch etwas?“ fragte Minoret.
„Ja.“
„Wiederholen Sie es.“
„Der arme Pate! Mit wem wird er nun in Paris Trictrac ſpielen? Sie löſcht das Licht, legt den Kopf aufs Kiſſen und ſchläft ein. Nun iſt ſie eingeſchlummert. Sie ſieht ſo hübſch in ihrer kleinen Nachthaube aus!“
Minoret grüßte den großen Unbekannten, drückte Bouvard die Hand, haſtete die Treppe hinunter und begab ſich ſchnell zu einer Halteſtelle von Mietwagen, die ſich damals im Torwege eines Gebäudes befand, das inzwiſchen der Rue d'Alger weichen mußte. Dort fand er einen Kutſcher und fragte ihn, ob er auf der Stelle nach Fontainebleau fahren wolle. Sie wurden handelseinig, und der Greis, der ſeine Jugend wiedergefunden hatte, fuhr augenblicks ab. Seiner Gewohnheit nach ließ er das Pferd in Essonne verſchnaufen, erreichte die Diligence nach Nemours, bekam einen Platz und entließ den Kutſcher. Gegen fünf Uhr früh war er zu Hauſe angelangt, und auf den Trümmern all ſeiner einſtigen Überzeugungen über Phyſiologie, Natur und Metaphyſik legte er ſich zur Ruhe und war ſo müde von der Fahrt, daß er bis neun Uhr ſchlief. Nach dem Erwachen ging der Doktor, in der Gewißheit, daß niemand ſeit ſeiner Rückkehr die Schwelle des Hauſes überſchritten habe, und nicht ohne einen unbezwinglichen Schauer an die Nachprüfung der Fakten. Die Verſchiedenheit der beiden Banknoten und die Umſtellung der beiden Bände Pandekten war ihm ſelbſt nicht bekannt geweſen. Die Somnambule hatte richtig geſehen. Er ſchellte nach der Bougival.

„Sagen Sie Urſula, ich will mit ihr ſprechen“, ſagte er und nahm im Bibliothekszimmer Platz.
Das Kind kam, lief ihm entgegen und umarmte ihn; der Doktor nahm ſie auf den Schoß, und dort ſaß ſie ſo, daß ihre ſchönen blonden Locken mit dem weißen Haar ihres alten Freundes ſich vereinten.
„Iſt Ihnen etwas, Pate?“
„Ja, aber verſprich mir, bei deinem Seelenheil, offen und ohne Umſchweife auf meine Fragen zu antworten.“
Urſula errötete bis in die Stirn.
„Oh!“ fuhr er fort, als er ſah, wie die Scham der erſten Liebe den Blick der ſchönen Augen trübte, der bisher ſeine kindliche Reinheit bewahrt hatte. „Ich werde dich nichts fragen, was du mir nicht ſagen könnteſt.“
„Sprechen Sie, Pate.“
„Mit welchem Gedanken haſt du geſtern dein Abendgebet beendet, und wann haſt du es geſprochen?“
„Es war viertel, halb zehn.“
„Nun, wiederhole mir deine letzte Bitte.“
Das junge Mädchen hoffte, ihre Stimme würde den Skeptiker zum Gläubigen machen. Sie ſtand auf und ließ ſich auf die Knie, inbrünſtig faltete ſie die Hände, ein ſtrahlendes Leuchten ging von ihrem Geſicht aus, und indem ſie dem Greis ins Auge blickte, ſagte ſie: „Was ich Gott geſtern bat, habe ich ihn auch heute früh gebeten, und ich werde ihn darum bitten, bis er mich erhört.“
Darauf wiederholte ſie ihr Gebet mit neuem, geſteigertem Ausdruck, aber zu ihrem großen Erſtaunen unterbrach ihr Pate ſie und vollendete es.

„Gut, Urſula“, ſagte der Doktor und nahm ſein Patenkind wieder auf die Knie. „Haſt du dir nicht beim Einſchlafen im ſtillen geſagt: der gute Pate! mit wem wird er nun in Paris Trictac ſpielen?“
Urſula ſprang auf, als wenn die Poſaune des Jüngſten Gerichts ihr ins Ohr erklungen wäre; ſie brach in einen Schrei des Entſetzens aus. Ihre aufgeriſſenen Augen ſtarrten beängſtigend den Alten an.
„Wer ſind Sie, Pate? Hat Gott Ihnen ſeine Allmacht verliehen?“
„Was haſt du geſtern im Garten geſät?“
„Reſeda, wohlriechende Erbſen und Balſaminen.“
„Und zuletzt — Ritterſporn?“
Sie fiel auf die Knie.
„Erſchrecken Sie mich nicht, Pate — aber Sie waren hier, nicht wahr?“
„Bin ich nicht immer bei dir“, gab mit einem Scherz, der den Verſtand des jungen Mädchens ſchonen ſollte, der Doktor zurück. „Komm in dein Zimmer.“
Er nahm ihren Arm und ſtieg die Treppe hinauf.
„Ihre Knie zittern, Lieber“, ſagte ſie.
„Ja, mir iſt, als hätte der Blitz mich getroffen.“
„Alſo endlich glauben Sie an Gott!“ rief ſie mit kindlicher Freude, und in ihren Augen wurden Tränen ſichtbar.
Der Greis betrachtete dies ebenſo einfache wie reizende Zimmer, das er für Urſula hatte herrichten laſſen. Am Boden lag ein wohlfeiler, einfarbiger grüner Teppich, den ſie peinlich ſauber hielt. An den Wänden eine Tapete, auf deren grauen Grunde Roſen mit ihren grünen Blättern ſich abzeichneten. An den Fenſtern, die auf den Hof gingen, waren Kalikovorhänge mit rotem Saum. Zwiſchen den

beiden Fenſtern unter einem hohen ſchlanken Spiegel befand ſich eine Konſole aus Holz, auf der eine Marmorplatte — beide vergoldet — lag. Darauf ſtand eine blaue Sèvresvaſe, in die Urſula Blumen zu tun pflegte. Dem Kamin gegenüber eine kleine Kommode mit entzückenden Intarſien und einer Deckplatte von ſogenanntem Aleppomarmor. Das Bett in altem perſiſchen Leinen mit roſagefütterten Perſergardinen, war eines jener Betten à la duchesse, die im achtzehnten Jahrhundert so verbreitet waren und als Schmuck in jeder Ecke auf vier kleinen kanelierten Säulen einen geſchnitzten Federbuſch tragen. Auf dem Kamin eine alte Pendeluhr in einem denkmalartigen Schildpattgehäuſe mit Elfenbeineinlagen. Ein großes Nußbaumſpind, in dem ſie Wäſche und Kleider hatte, ſtand in einer Ecke. Er atmete in dieſem Zimmer eine Himmelsluft, und die genaue Anordnung der Dinge ſprach von einem Geiſt der Ordnung, einem Sinn für Harmonie, der jeden ergriffen hätte, ſogar einen Minoret-Levrault. Um ſich eine Haltung zu geben, inſpizierte der Vormund alles und überzeugte ſich dabei, daß man von Urſulas Zimmer aus zu Frau von Portenduère hinüberſehen konnte. In der Nacht hatte er erwogen, wie er ſich Urſula gegenüber in bezug auf jene werdende Leidenſchaft, deren Geheimnis er überraſcht hatte, verhalten ſollte. Ein Verhör hätte ihn vor ſeinem Mündel bloßgeſtellt. Mochte er dieſe Liebe billigen oder mißbilligen: in beiden Fällen wäre er in eine ſchiefe Stellung geraten. Er hatte ſich alſo entſchloſſen, die Verhältniſſe des jungen Portenduère und Urſulas in ihren Beziehungen auf einander zu prüfen, um entſcheiden zu können, ob er dieſe Neigung zu bekämpfen habe, ehe ſie unwiderstehlich werden sollte. Nur ein Greis konnte so weise handeln. Noch zitterte er unter den Schlägen der Bewahrheitung der magnetischen Fakten, und langsam drehte er sich auf einem Fleck, um die geringsten Einzelheiten dieses Raumes ins Auge zu fassen; dann wollte er einen Blick auf den Almanach werfen, der in einer Ecke des Kamins hing.

„Diese häßlichen Leuchter", sprach er und ergriff die marmornen mit Kupfer beschlagenen Kerzenhalter, „sind zu schwer für deine hübschen Händchen." Indem er sie wog, sah er den Almanach an, nahm ihn zur Hand und sagte: „Auch das scheint mir recht häßlich. Warum behälst du diesen Geschäftskalender?"

„Ach, lassen Sie ihn mir, Pate!"

„Nein, morgen bekommst du einen andern."

Er ging hinunter und nahm dieses Beweisstück mit sich; dann schloß er sich in sein Zimmer, schlug den heiligen Savinien nach und fand, wie die Somnambule es gesagt hatte, einen kleinen roten Punkt neben dem 19. Oktober; aber er fand auch beim Tage des heiligen Denis, seines eignen Schutzpatrons, bei der heiligen Ursula und beim heiligen Johannes, dem Schutzpatron des Pfarrers, einen. Diesen Punkt, der nicht dicker als ein Nadelkopf war, hatte die schlafende Frau der Entfernung und aller Schwierigkeiten zum Trotze erblickt.

Bis in den Abend grübelte der Greis über diese Vorfälle, die für ihn noch gewaltiger waren als für jeden andern. Man mußte der Evidenz sich ergeben. Eine starke Mauer fiel, wenn man so sagen darf, in ihm zusammen. Denn auf zwei Grundlagen war sein Leben gebaut: auf seine religiöse Indifferenz und auf ſeine Ablehnung des Magnetismus. Mit dem Nachweis, daß die Sinne als rein phyſiſche Bildungen und Organe, die in all ihren Wirkungen erklärbar ſind, durch Attribute des Unendlichen vollendet wurden, ſtürzte der Magnetismus, ſei es wirklich, oder ſei es nur ſcheinbar, die große Argumentation des Spinoza: Unendliches und Endliches, nach dieſem großen Denker zwei miteinander unverträgliche Elemente, lagen eins im andern. Welche Macht er der Teilbarkeit, der Beweglichkeit der Materie auch einräumen wollte, Eigenſchaften, die an das Göttliche reichen, konnte er ihr nicht zugeſtehen. Wiederum war er bereits zu alt, um dieſe Erſcheinungen in ein Syſtem zu bringen und mit denen des Schlafes, der Viſion und der Erleuchtung zu verbinden. All ſeine Wiſſenſchaft, gebaut auf die Verſicherungen der Schule von Locke und Condillac, lag in Trümmern. Sein Unglaube mußte nun, da er ſeine hohlen Idole in Stücken ſah, wankend werden. So begannen alle Chancen des Kampfes zwiſchen einem katholiſchen Kindesweſen und einem voltaireſchen Greiſentume auf Urſula überzugehen. Auf dieſe geſchleifte Feſtung, in dieſe Ruinen floß ein Licht. Mitten aus den Ruinen brach die Stimme des Gebets hervor. Nichtsdeſtoweniger ſuchte der Greis gegen ſeine Zweifel anzugehen. Selbſt jetzt, da er ins Herz getroffen war, vermochte er ſich nicht zu entſcheiden, immer noch kämpfte er gegen Gott. Demnach ſchien ſeit einem Monat ſein Geiſt ſchwankend, und er ſah ſich nicht mehr gleich. Er war über die Maßen nachdenklich geworden und las die Penſées des Pascal, las die herrliche Histoire des variations von Bossuet, las Bonald, las den heiligen Auguſtin; auch wollte er die Werke

Swedenborgs durchgehen ſowie die von Saint-Martin, von dem der Geheimnisvolle geſprochen hatte. Das Haus, das der Materialismus in dieſem Manne errichtet hatte, krachte in allen Fugen. Nur eines Anſtoßes bedurfte es noch; und als ſein Herz reif für Gott war, da fiel es im himmliſchen Weinberg wie Früchte fallen.
Schon öfter hatte er des Abends, wenn er mit dem Pfarrer ſpielte, das Mündel an ſeiner Seite, Fragen geſtellt, die dem Abbé Chaperon, der ja nichts von der inneren Arbeit, die dieſen edlen Geiſt wieder aufrichtete, wußte, ſeltſam vorkamen.
„Glauben Sie an Erſcheinungen?" fragte er ihn eines Abends, das Spiel unterbrechend.
„Cardanus, ein großer Philoſoph des ſechzehnten Jahrhunderts, gibt an, welche gehabt zu haben", erwiderte der Geiſtliche.
„Die, mit denen die Gelehrten ſich befaßt haben, kenne ich alle. Ich frage Sie augenblicklich als Katholiken, und ich möchte von Ihnen wiſſen, ob Sie glauben, daß ein Toter zurückkommen und den Lebenden erſcheinen kann."
„Aber Jeſus iſt nach ſeinem Tode den Apoſteln erſchienen", gab der Pfarrer zurück. „Das iſt jedenfalls der Glaube der Kirche. Was die Wunder angeht, an denen haben wir ja keinen Mangel", ſagte lächelnd der Abbé Chaperon. „Wollen Sie das neueſte wiſſen? Der ſelige Maria-Alfons von Lignori hat weit von Rom entfernt den Tod des Papſtes in dem Augenblick gewußt, da der Heilige Vater verſchied, und es gibt zahlreiche Zeugen für dieſes Wunder. Der heilige Biſchof verfiel in Extaſe, vernahm die letzten Worte des Heiligen Vaters und wiederholte ſie vor mehreren Anweſenden. Der

Kurier mit der Nachricht kam volle dreißig Stunden ſpäter ..."

„Jeſuit," erwiderte der alte Minoret ſcherzend, „ich frage Sie nicht nach Beweiſen, ich frage Sie, ob Sie daran glauben?"

„Ich glaube," ſagte der Pfarrer, „daß die Erſcheinung ſehr von dem abhängt, der ſie hat."

„Ich ſtelle Ihnen keine Falle, mein Freund; was glauben Sie über dieſen Punkt?"

„Ich glaube an eine unbegrenzte Macht Gottes."

„Wenn ich geſtorben bin, ſo werde ich, für den Fall, daß ich mich mit Gott ausſöhne, ihn bitten, mich Euch erſcheinen zu laſſen", ſagte der Doktor und lachte.

„Gerade das hat ja Cardanus mit ſeinem Freund ausgemacht", gab der Pfarrer zurück.

„Urſula," ſagte Minoret, „wenn je eine Gefahr dir drohen ſollte, ſo rufe mich, ich werde kommen."

„Sie ſprechen da mit einem Wort die rührende Elegie von André Chénier, aus. Die Dichter ſind ja nur groß, weil ſie die Geſchehniſſe oder Gefühle mit ewig lebendigen Bildern zu umkleiden wiſſen."

„Warum reden Sie von Ihrem Tode, lieber Pate?" ſagte das junge Mädchen traurig. „Wir Chriſten, wir ſterben ja nicht: unſer Grab iſt eine Wiege."

„Nun," meinte der Doktor lächelnd, „ſchließlich muß man von dieſer Welt fort, und wenn ich nicht mehr da ſein werde, wirſt du ſehr überraſcht von deinem Vermögen ſein."

„Wenn Sie nicht mehr da ſein werden, mein lieber Freund, dann wird es mein einziger Troſt ſein, Ihnen mein Leben zu weihen."

„Mir, einem Toten?"

„Ja, alle guten Werke, die ich vollbringen kann,

werde ich in Ihrem Namen vollbringen, um Ihre Fehltritte zu erkaufen. Ich werde alle Tage Gott darum bitten, daß er in ſeiner unendlichen Güte nicht in Ewigkeit die Irrtümer eines Tages ſtrafe und eine Seele, die ſo ſchön und rein wie die Ihrige iſt, zu ſich unter die Seligen nehme."
Dieſe Antwort und die engelhafte Sanftheit, in der ſie erteilt, der Ton der Gewißheit, in dem ſie ausgeſprochen wurde, ließ den Irrtum in ſich zuſammenfallen und bekehrte Denis Minoret ähnlich wie den heiligen Paulus. Ein Strahl des inneren Lichts durchfuhr ihn im gleichen Augenblick, da dieſe Zärtlichkeit, die bis in ſein jenſeitiges Leben reichte, ihm die Tränen in die Augen treten ließ. Dieſe plötzliche Einwirkung der Gnade hatte etwas Elektriſches. Der Pfarrer faltete die Hände und erhob ſich erregt. Die Kleine, von ihrem Siege überwältigt, fing an zu weinen. Der Greis erhob ſich, als hätte ihn einer gerufen und blickte ins Weite, als ſähe er eine Morgenröte; dann beugte er ein Knie auf ſeinem Seſſel, faltete die Hände und blickte zu Boden wie im tiefſten gedemütigt.
„Mein Gott!" ſprach er mit bewegter Stimme, „wenn einer meine Gnade erwirken und mich zu dir führen kann, iſt es dann nicht dieſes makelloſe Geſchöpf? Vergib du dem reuigen Alter, das von dieſer ſtrahlenden Jugend vor dich geführt wird." Im ſtillen Gebet ſandte er ſeine Seele zu Gott und bat ihn, mit ſeinem Wiſſen ihn zu erleuchten, nachdem er mit ſeiner Gnade ihn zu Boden geworfen. Dann wandte er ſich zu dem Geiſtlichen und gab ihm die Hand mit den Worten: „Mein lieber Pfarrer, ich bin wieder klein geworden, ich gehöre Ihnen und übergebe Ihnen meine Seele."

Urſula küßte die Hände ihres Paten und bedeckte ſie mit Freudentränen. Der Alte nahm das Kind auf ſeine Knie und nannte ſie vergnügt ſeine Patin. Der Pfarrer war ganz überwältigt, und in einer Art von religiöſer Verzückung zitierte er das Veni creator. Der Hymnus war das Abendgebet dieſer drei knienden Chriſten.

„Was iſt?“ fragte die Bougival erſtaunt.

„Mein Pate glaubt an Gott!“ erwiderte Urſula.

„Meiner Treu! deſto beſſer — denn das war das Einzige, was ihm fehlte“, rief die Alte aus der Breſſe, und dabei bekreuzte ſie ſich ernſthaft und kindlich.

„Sie werden, lieber Doktor“, ſprach der Pfarrer, „die Erhabenheit der Religion und die Notwendigkeit ihres Kultus verſtehen lernen; Sie werden ſehen, daß ihre Philoſophie in ihren irdiſchen Elementen viel weiter iſt als die der wagemutigſten Geiſter.“

Der Pfarrer, der eine faſt kindliche Freude an den Tag legte, war alſo entſchloſſen, dieſen alten Mann auf den Katechismus vorzubereiten und zweimal wöchentlich zu dieſem Zwecke ſich mit ihm zu unterhalten. Dergeſtalt war die Bekehrung, die man Urſula und einer ſchmutzigen Berechnung zugeſchrieben hatte, das Werk einer plötzlichen Entſchließung. Der Pfarrer, der im Laufe von vierzehn Jahren ſich enthalten hatte, an die Wunden dieſes Herzens zu rühren, wie er ſie auch beklagte, war nun geholt worden, wie man nach dem Chirurgen ſchickt, wenn man ſich verletzt weiß. Seit dieſer Begebenheit waren des Abends die Gebete, die Urſula ſprach, immer in Gemeinſchaft vollzogen worden. Immer mehr fühlte der Greis auf die innere

Erregung den Frieden folgen. Da er nun Gott, wie er ſich ausdrückte, zum verantworlichen Herausgeber des Unbegreiflichen machte, befand ſein Geiſt ſich wohl. Sein liebes Kind bemerkte dazu, man ſähe daran, daß er weiter im Reiche Gottes vordringe.

So kam es dazu, daß er in der Meſſe die Gebete aufmerkſam nachzuleſen pflegte, denn ſchon in einem erſten Geſpräche hatte er ſich zum göttlichen Gedanken einer Kommunion unter allen Gläubigen erhoben. Der alte Neophyt hatte das ewige Symbol verſtanden, das an dieſe Speiſe geknüpft iſt, die der Glaube, wenn er ihren innerſten, tiefen und ſtrahlenden Sinn einmal durchdrungen hat, zu einer notwendigen werden läßt. Hatte er es dem Anſchein nach eilig gehabt, nach Hauſe zu kommen, ſo war es geweſen, um ſeinem lieben kleinen Patenkind zu danken, daß ſie ihn, wie man früher ſo ſchön ſagte, in den Schoß der Kirche geführt habe. So hielt er ſie denn gerade im Salon auf den Knien und küßte ſie andächtig auf die Stirn, als ſeine Erben in ihren niedrigen Beſorgniſſen einen ſo keuſchen Einfluß beſchmutzten und Urſula mit den niedrigſten Schmähungen überhäuften. Die Haſt, mit der der gute Mann nach Hauſe eilte, ſeine angebliche Verachtung für die Verwandten und die biſſigen Repliken nach dem Gottesdienſt wurden ſelbſtverſtändlich dem Haß zugeſchoben, den Urſula gegen die Erben in ihm wachgerufen habe.

☆

WÄHREND DAS PATENKIND SEINEM PATEN Variationen über Webers Letzten Gedanken vorſpielte, wurde im Speiſeſaal des Hauſes Minoret-Levrault ein regelrechtes Komplott geſchmiedet, welches eine der Hauptperſonen dieſes Dramas auf die Szene bringen wird. Das Frühſtück, bei dem es viel Lärm gab, wie bei allen Frühſtücken in der Provinz und, dank der vorzüglichen Weine, die durch den Kanal aus der Bourgogne oder der Touraine nach Nemours kommen, hoch her ging, dauerte über zwei Stunden. Zélie hatte, um Désirés Rückkehr zu feiern, Muſcheln, Seefiſche und gaſtronomiſche Raritäten kommen laſſen. Der Speiſeſaal, der mit ſeinem runden Tiſch in der Mitte ein erfreuliches Schauſpiel bot, wirkte wie eine Herberge. Von der Größe ihrer Remiſe befriedigt, hatte Zélie ſich einen Pavillon gebaut, der ſich zwiſchen dem weiten Hofe und dem Gemüſegarten, in dem auch die vielen Obſtbäume ſtanden, befand. Alles bei ihr ſollte nur reinlich und ſolid ſein. Das Beiſpiel von Levrault-Levrault hatte abſchreckend gewirkt. So unterſagte ſie denn dem Baumeiſter, ihr mit ähnlichen Dummheiten zu kommen. Dieſer Saal war alſo mit gefirnißtem Papier tapeziert, mit Stühlen und einem Büfett, die aus Nußbaumholz waren, möbliert und geſchmückt mit einem Kachelofen, einer Wanduhr und einem Barometer. War das Geſchirr gewöhnliches weißes Porzellan, ſo fiel die Tafel durch die Wäſche und das reiche Silberbeſteck auf.

Der Kaffee war von Zélie ſerviert — ſie ſchoß hin und her wie ein Bleiklümpchen in einer Champagnerflaſche, denn ſie beſchränkte ſich auf eine einzige Köchin, — Désiré, der künftige Advokat, war über das große Ereignis des Morgens und ſeine Folgen aufs Laufende geſetzt worden — nun ſchloß Zélie die Tür, und der Notar Dionis erhielt das Wort. An der Stille, die eintrat, und an den Blicken, die jeder Erbe auf dieſes kompetente Haupt heftete, konnte man mit Leichtigkeit erkennen, welche Herrſchaft ſolche Leute über die Familien haben.

„Meine lieben Kinder," begann er, „euer Onkel iſt 1746 geboren, zählt alſo heute ſeine dreiundachzig Jahre; alte Leute haben ihre Marotten, und dieſe kleine . . ."

„Schlange!" ſchrie Frau Massin.

„Elende!" ſagte Zélie.

„Wir wollen ſie doch nun bei ihrem Namen nennen", fuhr Dionis fort.

„Na gut, ſie iſt eine Diebin", ſchrie Frau Crémière.

„Eine hübſche Diebin", erwiderte Désiré Minoret.

„Dieſe kleine Urſula", ſprach Dionis weiter, „liegt ihm am Herzen. Ich habe in euer aller Intereſſe, die ihr meine Klienten ſeid, nicht bis heute vormittag gewartet, um meine Informationen einzuholen, und ich habe alſo das Folgende erfahren, was dieſe junge . . ."

„Räuberin!" rief der Steuereinnehmer.

„Erbſchleicherin!" ſagte der Sekretär.

„Ruhe! meine Lieben!" ſagte der Notar, „oder ich nehme den Hut, laſſe euch ſitzen und Adieu."

„Aber, Alter!" rief Minoret und goß ihm ein kleines Glas Rum ein. „Da! kommt direkt aus Rom! und dann los! Hundert Sous Trinkgeld!"

„Urſula Mirouet iſt die legitime Tochter von Joſeph Mirouet; dieſer war ein natürlicher Sohn von Valentin Mirouet, dem Schwiegervater eures Onkels, Urſula iſt alſo die natürliche Nichte des Doktor Denis Minoret. Und da ſie das iſt, ſo wäre ein Teſtament, das der Doktor zu ihren Gunſten machen würde, nichtig, vollkommen nichtig. Wenn er ihr auf dieſe Weiſe ſein Vermögen vermacht, ſo hättet ihr einen Prozeß zu führen, deſſen günſtiger Ausgang außer Zweifel ſteht."

Der künftige Advokat und Goupil nickten zuſtimmend. Eine Freude, wie Erben ſie haben, wenn ſie Goldklumpen finden, gab ſich in dem Gelächter, in dem Aufrecken der Leiber, in den Geſten am ganzen Tiſch zu erkennen. Aber dieſem Ausbruch folgten tiefes Schweigen und Beklemmung, bei dem erſten Wort des Notars, dem ſchrecklichen Worte: „Aber! . . ."

Als hätte er bei einem jener kleinen Theater, wo alle Perſonen ſtoßweiſe durch ein Räderwerk in Bewegung geſetzt werden, an einem Faden gezogen, ſo ſah Dionis aller Augen ſtarr auf ſich gerichtet, alle Geſichter in einer Haltung fixiert.

„Aber kein Geſetz kann euren Onkel hindern, ſeine natürliche Nichte zu adoptieren oder zu heiraten", fuhr er fort. „Was die Adoption betrifft, ſo würde ſie angefochten werden, und ich glaube, ihr würdet damit durchkommen. Die Königlichen Gerichtshöfe laſſen in Sachen der Adoption nicht mit ſich ſpaßen, und ihr würdet zur Unterſuchung zugezogen werden. Der Doktor kann lange ſein Band vom Orden des heiligen Michael tragen, Offizier der Ehrenlegion und ehemaliger Arzt des Exkaiſers ſein — er würde Unrecht bekommen. Aber wie wollt ihr die Heirat in Erfahrung bringen? Der gute Mann iſt geriſſen genug, nach ſechsmonatlichem Aufenthalt ſich in Paris zu verheiraten und ſeiner Zukünftigen eine Mitgift von einer Million vertraglich zuzuſichern. Der einzige Akt, der eure Erbſchaft gefährden kann, iſt alſo eine Heirat der Kleinen mit ihrem Onkel."

Hier machte der Notar eine Pauſe.

„Es gibt noch eine andere Gefahr," ſagte Goupil mit ſachkundiger Miene, „nämlich das Teſtament zugunſten eines Dritten, des alten Bongrand zum Beiſpiel, der dann ein Fideikommiß haben würde, das ſich auf Fräulein Urſula Mirouet bezieht."

„Wenn ihr euren Onkel ſchikaniert," ſchnitt der Notar ſeinem Bureauvorſteher das Wort ab, „wenn ihr euch nicht vorzüglich gegen Urſula aufführt, ſo treibt ihr ihn, ſei es zur Heirat, ſei es zu dem Fideikommiß, von dem Goupil euch ſpricht. Ich halte ihn übrigens nicht für fähig, zum Fideikommiß ſeine Zuflucht zu nehmen, es iſt ein gefährliches Mittel. Was die Heirat betrifft, ſo iſt ſie leicht zu verhindern. Désiré braucht der Kleinen nur ein wenig die Cour zu ſchneiden; ſie wird einen charmanten jungen Herrn, den Hahn von Nemours, einem alten Mann immer vorziehen."

„Mutter," flüſterte der Sohn des Poſthalters, den die Summe ebenſo lüſtern machte wie Urſulas Schönheit, „würden wir alles kriegen, wenn ich ſie heirate?"

„Biſt du verrückt? Du, der du einmal fünfzigtauſend Franken Rente haben und Deputierter ſein ſollſt? Solange ich lebe, wirſt du nicht an einer dummen Heirat den Hals brechen. Siebenhunderttauſend Franken, das iſt ein netter Reinfall! Die einzige Tochter vom Herrn Bürgermeiſter wird fünfzigtauſend haben, und man hat ſie mir ſchon vorgeſchlagen . . ."

Dieſe Antwort, in der zum erſten Male im Leben die Mutter grob zu ihm ſprach, ließ in Désiré jede

Hoffnung auf eine Heirat mit der ſchönen Urſula erſterben, denn nie wären er und ſein Vater der Entſchloſſenheit Herr geworden, die in Zélies furchtbaren blauen Augen geſchrieben ſtand.

„Ja, aber, ſagen Sie mal, Herr Dionis," rief auf einmal Crémière — ſeine Frau hatte ihm einen Rippenſtoß verſetzt — „wenn der gute Mann etwa Ernſt macht und ſein Mündel Désiré gibt und das nackte Vermögen dazu, ſich aber die Zinſen vorbehält — dann iſt die Erbſchaft flöten. Und wenn er noch fünf Jahre lebt, dann hat der Onkel eine Million."

„Niemals," ſchrie Zélie, „nie, ſo lange noch ein Reſt von Leben in mir ſteckt, wird Désiré die Tochter eines Baſtards nehmen, ein Mädel, das man aus Mitleid aufgenommen, von der Straße aufgeleſen hat. Alle Teufel! Nach dem Tode ſeines Onkels hat mein Sohn die Minorets zu repräſentieren, und die Minorets ſind eingeſeſſene Bürger ſeit fünfhundert Jahren: das iſt ſo viel wert wie der Adel. Darüber ſeid ganz beruhigt: Désiré wird heiraten, wenn er weiß, welchen Sitz in der Kammer er kriegen wird."

Dieſe hochtönende Erklärung unterſtützte Goupil mit folgender Bemerkung: „Désiré hat achzigtauſend Franken Rente. Er kann alſo Präſident des Königlichen Gerichtshofes oder Staatsanwalt werden, und das iſt eine Stufe zum Pair. Eine dumme Heirat würde ihn erledigen."

Die Erben redeten nun alle gleichzeitig aufeinander ein, aber ſie verſtummten, ſobald Minoret mit der Fauſt auf den Tiſch ſchlug, um dem Notar weiterhin Gehör zu ſichern.

„Euer Onkel iſt ein ſolider, anſtändiger Mann, er glaubt, er wird nicht ſterben, und daher wie alle

Leute von Geiſt vom Tode überraſcht werden, ohne teſtiert zu haben. Meine Meinung wäre alſo für den Augenblick die, ihn zu veranlaſſen, ſein Kapital ſo anzulegen, daß eure Enteignung Schwierigkeiten machen würde. Und die Gelegenheit dazu iſt vorhanden. Der kleine Portenduère ſitzt in Saint-Pélagie für hundert und einige tauſend Franken Schulden feſt; ſeine alte Mutter weiß, daß er im Gefängnis iſt, ſie hat geweint wie eine heilige Magdalena und erwartet zum Eſſen den Abbé Chaperon, jedenfalls um mit ihm über dies Unglück zu reden. Ich werde alſo heute abend eurem Onkel zureden, ſeine zu fünf Prozent konſolidierten Renten, die einhundertachzehn ſtehen, zu verkaufen und Frau von Portenduère auf das Gut von Bordières und auf ihr Haus die Summe zu leihen, die ſie braucht, um den verlorenen Sohn auszulöſen. Wenn ich mit ihm über den nichtsnutzigen kleinen Portenduère ſpreche, ſo tue ich das in meiner Eigenſchaft als Notar, und da iſt es ſehr natürlich, daß ich ihn zu einer Konvertierung ſeiner Rente veranlaſſen will: ich gewinne an den Schriftſätzen, Verkäufen und Geſchäften. Wenn es mir gelingt, ihn fernerhin zu beraten, ſo werde ich ihm für das übrige Kapital andere Anlagen in Ländereien vorſchlagen, und ich habe glänzende Offerten im Bureau liegen. Iſt aber ſein Vermögen einmal als Grundbeſitz oder als Hypothekenbriefe im Lande, ſo entwiſcht es uns nicht ſo bald. Zwiſchen dem Willen zur Realiſierung und der Realiſierung ſelbſt kann man dann immer Schwierigkeiten auftauchen laſſen.“

Die Erben ließen, von der Richtigkeit dieſer Beweisführung frappiert, ein beifälliges Murmeln vernehmen.

„Arbeitet alſo zuſammen," ſchloß der Notar, „um euern Onkel in Nemours zu halten, wo er ſein gewohntes Leben lebt und wo ihr ihn überwachen könnt. Die Heirat könnt ihr verhindern, wenn ihr der Kleinen einen Liebhaber gebt..."
„Aber wenn der ſie heiratet?" ſagte Goupil, von einem ehrgeizigen Gedanken befallen.
„Das wäre gar nicht ſo dumm! Der Verluſt ließe ſich beziffern: man würde wiſſen, was der gute Mann ihr geben will", erwiderte der Notar. „Aber wenn ihr Désiré auf ſie loslaßt, kann er die Kleine gut und gern bis zum Tod des Biedermanns hinziehen. Heiraten werden angeſponnen und werden gelöſt."
„Wenn der Doktor noch lange lebt," ſagte Goupil, „wäre das einfachſte, ſie mit einem braven Kerl zu verheiraten, der mit hunderttauſend Franken in Sens, Montargis oder Orleans ſich mit ihr niederläßt und ſie euch ein für allemal vom Halſe ſchafft."
Dionis, Massin, Zélie und Goupil, die einzig fähigen Köpfe in dieſer Verſammlung, tauſchten vier gedankenſchwere Blicke.
„Das hieße den Bock zum Gärtner machen", ſagte Zélie Massin ins Ohr.
„Warum hat man ihn überhaupt mitkommen laſſen?" erwiderte der Sekretär.
„Das würde dir ſo paſſen", rief Désiré zu Goupil hinüber.
„Aber wirſt du dich jemals reinlich genug halten, um dem Alten und ſeiner Pflegetochter zu gefallen?" ſagte der Poſtmeiſter, der zuletzt ebenfalls begriffen hatte.
Dieſer grobſchlächtige Scherz hatte ungeheuren Erfolg. Aber der Bureauvorſteher ſah mit ſo furchtbarem

Ausdruck in der Runde der Lachenden umher, daß augenblicklich wieder Stille eintrat.

„Heute“, flüſterte Zélie Massin ins Ohr, „kennt ein Notar nur ſein Intereſſe. Und wenn Dionis nun, um Schriftſätze anfertigen zu können, ſich auf Urſulas Seite ſchlägt?“

„Seiner bin ich ſicher“, erwiderte der Sekretär ſeiner Couſine mit einem Blick aus den kleinen lebhaften Augen. Faſt hätte er hinzugeſetzt: „Ich wüßte, wie ich ihn ruinieren kann“, aber er beherrſchte ſich. „Ich teile vollkommen die Anſicht von Dionis“, bemerkte er laut.

„Und ich ebenfalls“, rief Zélie. Trotz allem witterte ſie ſchon, daß zwiſchen dem Notar und dem Sekretär etwas vorlag.

„Meine Frau hat ihre Stimme abgegeben!“ ſagte der Poſtmeiſter und goß noch ein Gläschen hinunter, wiewohl ſein Antlitz ſchon violette Flecken aufwies, eine Folge der Verdauung des Frühſtücks und eines nahmhaften Likörkonſums.

„Sehr gut ſo!“ ſagte der Steuereinnehmer.

„Ich gehe alſo nach dem Abendeſſen hinüber“, ſchloß Dionis.

„Wenn Herr Dionis recht hat,“ bemerkte Frau Crémière zu Frau Massin, „ſo müſſen wir ganz wie früher alle Sonntag abend zum Onkel gehen und alles tun, was Herr Dionis geſagt hat.“

„Ja, um ſo empfangen zu werden, wie es der Fall war!“ rief Zélie. „Schließlich haben wir ſo unſere vierzigtauſend Franken Rente, und er hat all unſere Einladungen ausgeſchlagen. Wir ſind nicht ſchlechter als er. Wenn ich keine Rezepte ſchreiben kann, ſo kann ich doch meine eigenen Angelegenheiten ins Gleiſe bringen.“

„Da ich weit entfernt davon bin, vierzigtauſend Franken Rente zu beſitzen, iſt es in keiner Weiſe mein Wunſch, zehntauſend zu verlieren“, ſagte etwas pikiert Frau Massin.

„Wir ſind ſeine Nichten, wir werden uns um ihn kümmern und ſchon ſehen, wie die Dinge ſtehen“, ſprach Frau Crémière. „Und eines Tages wirſt du uns dafür Dank wiſſen, liebe Couſine.“

„Geht mir anſtändig mit Urſula um!“ ſagte der Notar, und dabei hob er den rechten Zeigefinger zu ſeinen Lippen. „Der wackre alte Jordy hat ihr ſeine Erſparniſſe hinterlaſſen.“

„Ich werde mich auf die Hoſen ſetzen!“ rief Désiré.

„Sie waren ſo ſtark wie Desroches, der ſtärkſte Pariſer Anwalt“, ſagte Goupil zu ſeinem Chef, als ſie die Poſt verließen.

„Und ſie diskutieren ſchon jetzt unſer Honorar“, ſagte der Notar mit einem bitteren Lächeln.

Die Erben, die Dionis und ſeinen Bureauvorſteher geleiteten, fanden ſich mit Geſichtern, die vom Schmauſe gerötet waren, alle beim Ausgang der Veſper ein. Wie der Notar es vermutet hatte, gab Abbé Chaperon der alten Frau von Portenduère den Arm.

„Sie hat ihn zur Veſper geſchleift!“ ſchrie Frau Massin und zeigte Frau Crémière Urſula und ihren Paten, die aus der Meſſe kamen.

„Wir wollen mit ihm reden“, ſagte Frau Crémière und ging auf den Greis zu.

Die Veränderung, welche die Beratung in all dieſen Geſichtern hervorgerufen hatte, überraſchte den Doktor Minoret. Er fragte ſich nach dem Grund dieſer wie auf Befehl entſprungenen Freundlichkeit, und aus Neugierde begünſtigte er die Begegnung

Urſulas mit den beiden Frauen. Dieſe grüßten dienſtbefliſſen, übertrieben freundlich und mit gezwungenem Lächeln.

„Erlauben Sie uns, Onkel, heute abend zu kommen?" fragte Frau Crémière. „Wir glaubten manchmal, wir ſtören Sie; aber nun haben unſere Kinder Ihnen ſehr lange ſchon nicht die ſchuldige Aufwartung gemacht, und unſere Töchter ſind in das Alter gekommen, mit der lieben Urſula Bekanntſchaft zu ſchließen."

„Urſula iſt ihres Namens würdig," erwiderte der Doktor „ſie iſt ſehr wild".

„Geſtatten Sie es uns, ſie zu zähmen", ſagte Frau Massin. „Und dann ſehen Sie, Onkel," fuhr dieſe gute Hausfrau fort mit einem Verſuche, ihre Pläne hinter einer Sparſamkeitserwägung zu verbergen, „man hat uns erzählt, Ihr Patenkind hat ein ſo hübſches Talent fürs Klavier, und wir würden ſie gern hören. Frau Crémière und ich würden dann ihren Lehrer für unſere Kleinen nehmen, denn wenn er ſieben oder acht Schüler hätte, könnte er einen auch uns erſchwinglichen Preis nehmen ..."

„Gern," ſagte der Alte, „und das trifft ſich um ſo beſſer, als ich auch einen Geſanglehrer für Urſula nehmen will."

„Dann kommen wir heute abend, Onkel, und bringen Ihren Großneffen Désiré mit, der jetzt Advokat iſt."

„Auf heute abend", erwiderte Minoret, der dieſe kleinlichen Seelen erforſchen wollte.

Die beiden Nichten drückten Urſula die Hand und ſagten ihr mit affektierter Geneigtheit: „Auf Wiederſehen."

„Oh, Pate, Sie leſen in meinem Herzen!" rief Urſula

und warf dem Greis einen Blick voller Dankbarkeit zu.
„Du haſt Stimme“, ſagte der. „Und ich will dir auch Lehrer fürs Zeichnen und fürs Italieniſche geben. Eine Frau“, fuhr der Doktor mit einem Blick auf Urſula fort, als er das Gattertor ſeines Hauſes öffnete „muß ſo erzogen ſein, daß ſie jeder Stelle gewachſen iſt, welche die Heirat ihr erſchließen kann.“
Urſula wurde rot wie eine Kirſche. Ihr Vormund ſchien an den zu denken, an den ſie ſelbſt dachte. Da ſie ſich nahe daran fühlte, ihm die unwillkürliche Neigung zu geſtehen, die ſie dazu brachte, ſich mit Savinien zu beſchäftigen und jeden Wunſch nach eigener Vervollkommnung auf ihn zu beziehen, ſo ging ſie auf die Wand von Kletterpflanzen zu, und dort, wo ſie wie eine blauweiße Blume von weitem ſich abhob, ſetzte ſie ſich nieder.
„Sehen Sie wohl, Pate,“ ſagte ſie, als ſie dieſen kommen ſah, um über die Gedanken, welche ſie nachdenklich machten, ihn hinwegzutäuſchen, „Ihre Nichten ſind gut zu mir ... Sie haben ſich nett benommen.“
„Armes Kind!“ rief der Alte aus.
Er nahm Urſulas Hand, legte ſie auf ſeinen Arm, ſtreichelte ſie und zog das Kind längs der Terraſſe zum Flußufer, wo niemand ſie hören konnte.
„Warum ſagen Sie: Armes Kind?“
„Siehſt du nicht, daß ſie Angſt vor dir haben?“
„Und warum?“
„Meine Erben ſind in dieſem Augenblick alle wegen meiner Bekehrung beunruhigt. Sie haben ſie beſtimmt dem Einfluß, den du auf mich haſt, zugeſchoben und bilden ſich ein, ich werde ihnen das Erbe entziehen, um dich zu bereichern.“

„Aber das werden Sie nicht tun?“ ſagte Urſula unbefangen und ſah ihren Paten an.

„Ach, du göttlicher Troſt meines Alters!“ ſagte der Greis, hob ſein Mündel auf und küßte es auf beide Wangen. „Wirklich: für ſie und nicht für mich geſchah es, mein Gott, wenn ich ſoeben dich bat, mich am Leben zu laſſen, bis ich ſie eines Tages einem guten Weſen anvertraut habe, das ihrer wert iſt. Mein liebes Engelsherz, du wirſt ſehen, was für eine Komödie die Minoret, Crémière und Massin hier aufführen werden! Du willſt mein Leben verſchönern und verlängern; ſie denken nur an meinen Tod!“

„Gott verbietet uns zu haſſen; aber wenn das der Fall iſt, verachte ich ſie von ganzem Herzen“, gab Urſula zurück.

„Das Eſſen!“ rief die Bougival vom Vorplatz herab, der den Korridor nach dem Garten zu abſchloß. Urſula und ihr Vormund ſaßem beim Deſſert in dem hübſchen Speiſezimmer mit ſeinen Dekorationen in imitierter chineſiſcher Lackmalerei, dem Ruin von Levrault-Levrault, als der Friedensrichter erſchien. Der Doktor bot ihm eine Taſſe von ſeinem Kaffee an — das war ſeine große Auszeichnung für die Intimen — einer Miſchung von Mokka, Bourbon- und Martinique-Kaffee, gebrannt, gemahlen und von ihm ſelbſt in einer ſogenannten Maſchine à la Chaptal zubereitet.

„Alſo,“ ſagte Bongrand, indem er die Brille in die Höhe ſchob und den Doktor ſchalkhaft anſah, „die Stadt iſt in die Luft gegangen; Ihr Auftreten in der Kirche hat Ihre Verwandten außer sich verſetzt. Sie werden Ihr Vermögen den Prieſtern laſſen, den Armen. Sie haben ſie in Bewegung verſetzt, und ſie bewegen ſich. Ach! ich habe ihren erſten Aufruhr auf dem Platze geſehen; ſie waren verſtört wie Ameiſen, denen man ihre Eier genommen hat."

„Was ſagte ich dir, Urſula!" rief der Greis. „Muß ich dich die Welt nicht kennen lehren, mein Kind, und dich gegen unverdiente Feindſchaft wachſam erhalten, wenn es dir auch wehe tut?"

„Ich möchte Ihnen ein Wort zu dieſer Angelegenheit ſagen", griff Bongrand, der dieſe Gelegenheit wahrnahm, um mit ſeinem alten Freunde von Urſulas Zukunft zu reden, von neuem ein.

Der Doktor ſetzte eine ſchwarze Sammetkappe auf das weiße Haupt, der Friedensrichter behielt den Hut auf, um ſich vor dem Luftzug zu ſchützen, und beide ergingen ſich wieder längs der Terraſſe und beſprachen die Mittel, Urſula das zu ſichern, was ihr Pate ihr geben wollte. Da ließ Dionis durch die Bougival bitten, den Doktor ſprechen zu dürfen.

„Dionis!" rief Minoret und ſah den Friedensrichter an. „Ja", ſagte er zu Urſula.

„Ich ſetze meine Brille gegen ein Streichholz, daß er von den Erben vorgeſchoben iſt. Sie haben in der Poſt mit Dionis gefrühſtückt, und da hat man irgend etwas ins Werk geſetzt."

„Der Notar ging, von Urſula geführt, in den hinteren Teil des Gartens. Nach der Begrüßung und nach einigen Redensarten erhielt Dionis eine kurze Privataudienz. Urſula und Bongrand zogen ſich in den Salon zurück.

Der Friedensrichter hatte dem Doktor die geſetzlichen Schwierigkeiten der Zuwendung an ſein Mündel nicht weniger klar auseinandergeſetzt, als Dionis es den Erben gegenüber getan hatte. Der alte Minoret war über dieſe Rechtsſatzung in Erſtaunen geraten und hatte derart Bongrand genötigt, deren Weisheit zu demonſtrieren, indem er ſie als eine Begünſtigung der Ehe, jener ewigen Grundlage der Geſellſchaften, erwies. Aber der Greis hatte ſich über ſeine Anſichten nicht ausgeſprochen. Er hatte das Fideikommiß verworfen und hinſichtlich der Heirat nur geſagt: „Arme Kleine! ich kann noch fünfzehn Jahre am Leben bleiben. Was ſoll da aus ihr werden?“

‚Wir werden das bedenken! Ich werde ſehen!‘ ſagte Bongrand zu ſich ſelbſt und wiederholte damit die letzten Worte des Doktors. So ſagen die Leute von Geiſt, der Tod überraſcht ſie, und die Weſen, die ihnen teuer ſind, laſſen ſie in der Bedrängnis zurück.

Das Mißtrauen, das Elitemenſchen in den Geſchäftsleuten wecken, iſt auffallend. Sie trauen ihnen das Geringere nicht zu, während ſie das Größere ihnen zubilligen. Aber vielleicht iſt dieſes Mißtrauen ein Lob. Sie ſehen ſie auf dem Gipfel der menſchlichen Dinge wohnen und halten ſie nicht für fähig, zu dem unendlich geringfügigen Detail ſich herabzulaſſen, das ſo wie die Zinſen in der Geldwirtſchaft oder die mikroſkopiſchen Lebeweſen in der Naturlehre ſich zum Kapital anhäuft oder Welten bildet. Ein Irrtum! der Mann von Herz und der Mann von Genie ſehen alles. Bongrand war gegen das Schweigen, das der Doktor ihm gegenüber beobachtet hatte, empfindlich, aber zweifellos bewegten ihn Urſulas Angelegenheiten, und da er ſie gefährdet glaubte, beſchloß er, ſie gegen die Erben zu verteidigen. Er war verzweifelt, nichts von der gegenwärtigen Unterhaltung des Alten mit Dionis zu wiſſen.

‚Wie rein Urſula auch ſein mag,‘ ſprach er zu ſich ſelbſt und ſah ſie aufmerkſam an, ‚es gibt einen Punkt, wo junge Mädchen die Gewohnheit haben, ſich ſelber ihre Jurisprudenz und Moral zu machen. Verſuchen wir's!‘ „Die Minoret-Levraults“, ſagte er zu Urſula, indem er die Brille zurechtrückte, „ſind kapabel, für ihren Sohn um Ihre Hand anzuhalten.“

Die arme Kleine erbleichte. Sie war zu gut erzogen, ſie beſaß zuviel heiliges Zartgefühl, um auf das zu lauſchen, was zwiſchen Dionis und ihrem Onkel geſprochen wurde; aber nach einer kurzen inneren Erregung glaubte ſie, ſich zeigen zu können. Sie dachte, ihr Pate würde ſie es merken laſſen, wenn ſie ſtöre. Im chineſiſchen Pavillon, dem Arbeitszimmer des Doktors, waren die Marquiſen vor dem Fenſter hochgezogen. Urſula kam darauf, ſie ſelbſt herunterzulaſſen. Sie entſchuldigte ſich beim Friedensrichter, ihn allein im Salon zurückzulaſſen. Der aber ſagte ihr lächelnd: „Nur zu, nur zu.“

☆

URSULA GELANGTE AUF DIE STUFEN DES VORplatzes, über den man vom chineſiſchen Pavillon zum Garten kam; dort blieb ſie einige Minuten, machte ſich an den Marquiſen zu ſchaffen und betrachtete den Sonnenuntergang. Da hörte ſie die folgende Erwiderung des Doktors, der ſich gegen den chineſiſchen Pavillon bewegte.

„Meine Erben wären entzückt, mich im Beſitze von Liegenſchaften oder Hypotheken zu ſehen; ſie reden ſich ein, mein Vermögen ſei dann geſicherter — ich errate alles, was ſie ſich ſagen, und vielleicht kommen Sie in ihrem Auftrag. Aber, mein beſter Herr, meine Dispoſitionen ſind unwiderruflich: Sie werden das Kapital von dem Vermögen erhalten, mit dem ich hierher gekommen bin. Das ſollen ſie ſich geſagt ſein laſſen und Ruhe halten. Wenn einer von ihnen ſtört, was ich für dieſes Kind" — und dabei zeigte er auf ſein Mündel — „tun zu ſollen glaube, ſo werde ich aus dem Jenſeits kommen und ihn quälen. Herr Savinien von Portenduère mag alſo ruhig im Gefängnis bleiben, wenn man auf mich gezählt hat, um ihn herauszuholen", ſetzte der Doktor hinzu; „ich verkaufe meine Renten für ihn nicht."

Als ſie dies letzte Satzfragment hörte, empfand Urſula den einzigen Schmerz, den ſie bisher kennengelernt hatte. Sie ſchlug mit der Stirn gegen das Fenſter und blieb ſo, um ſich aufrecht zu halten.

„Um Himmels willen, was hat ſie?" rief der Arzt, „ſie iſt ganz blaß. Eine ſolche Erregung nach dem Eſſen kann ihr Tod ſein." Er breitete die Arme aus, um Urſula zu faſſen, die faſt ohnmächtig hineinfiel. „Adieu, mein Herr, verlaſſen Sie mich", ſagte er zum Notar.

Er trug die Kleine auf eine rieſige Bergere im Stile Louis XV., die in ſeinem Kabinett ſtand, entnahm dem Schrank mit Medikamenten einen Flakon mit Äther und ließ ſie einatmen.

„Empfangen Sie an meiner Stelle", ſagte er zu dem erſchrockenen Bongrand; „ich will allein mit ihr bleiben."

Der Friedensrichter begleitete den Notar bis zum Gatter und fragte, ohne irgendwelche Betonung darein zu legen: „Was iſt denn mit Urſula paſſiert?"

„Ich weiß es nicht“, erwiderte Herr Dionis. „Sie ſtand auf der Treppe und hörte uns zu, und als ihr Onkel es ablehnte, die Summe zu leihen, die der junge Portenduère braucht – er ſitzt nämlich ſchuldenhalber, da er nicht wie Herr du Rouvre einen Herrn Bongrand zum Verteidiger hat, – wurde ſie auf einmal blaß und ſchwankte ... Sollte ſie ihn lieben? Sollte zwiſchen ihnen ...?“
„Mit fünfzehn Jahren?“ erwiderte Bongrand.
„Sie iſt im Februar 1814 geboren; in vier Monaten iſt ſie ſechzehn Jahre.“
„Sie hat den Nachbarn nie geſehen“, antwortete der Friedensrichter. „Nein, es iſt eine Kriſe!“
„Eine Herzenskriſe“, gab der Notar zurück.
Der Notar war nicht wenig entzückt von dieſer Entdeckung, welche die gefährliche Heirat in extremis verhindern mußte, durch die der Doktor ſeine Erben berauben konnte; Bongrand indeſſen ſah ſeine Luftſchlöſſer zergehen. Er hatte daran gedacht, Urſula ſeinem Sohn zu geben.
„Wenn das arme Kind dieſen Jungen lieben würde, wäre es ein Unglück für ſie! Frau von Portenduère iſt Bretonin und weiß ſich vor Adelsſtolz nicht zu laſſen“, erwiderte der Friedensrichter nach einer Pauſe.
„Gott ſei Dank – zur Ehre der Portenduère“, ſagte der Notar. Beinahe hätte er ſich verraten.
Laſſen wir dem braven, anſtändigen Friedensrichter Gerechtigkeit widerfahren: Als er vom Gatter in den Salon zurückgekehrt war, ließ er, nicht ohne ſchmerzliche Gefühle für ſeinen Sohn, die Hoffnung fahren, die er gehegt hatte, eines Tages Urſula ſeine Tochter nennen zu können. Er rechnete damit, ſeinem Sohn an dem Tage, an welchem er zum Sub-

ſtitut ernannt werden würde, ſechstauſend Franken Rente zuzuwenden, und wenn der Doktor Urſula hunderttauſend Franken würde mitgeben wollen, ſo mußten die jungen Leute den ſchönſten Hausſtand haben. Sein Eugen war ein ehrenhafter, netter Junge. Vielleicht hatte er dieſen Eugen ein wenig zu ſehr gerühmt, und das Mißtrauen des alten Minoret rührte daher.

‚Ich werde mich auf die Tochter des Bürgermeiſters ſtürzen', dachte Bongrand. ‚Aber Urſula iſt ohne Mitgift noch mehr wert als Fräulein Levrault-Crémière mit ihrer Million. Jetzt muß man die Dinge ſo geſtalten, daß Urſula den kleinen Portenduère bekommt, wenn es wirklich wahr iſt, daß ſie ihn liebt.'

Nachdem der Doktor die Türen zur Bibliothek und zum Garten geſchloſſen hatte, hatte er ſein Mündel an das Fenſter geführt, das aufs Waſſer hinausging.

„Was haſt du, grauſames Kind?" ſprach er zu ihr. „Dein Leben iſt mein Leben. Was ſoll ohne dein Lächeln aus mir werden?"

„Savinien im Gefängnis!" erwiderte ſie.

Nach dieſen Worten entſtürzte eine Flut von Tränen ihren Augen, und ſie begann zu ſchluchzen.

‚Sie iſt gerettet', dachte der Greis, der mit der Angſt eines Vaters ihren Puls fühlte. ‚Ach! ſie hat ganz die Erregbarkeit meiner armen Frau', ſprach er zu ſich und nahm das Stethoſkop, legte es an Urſulas Herz und hielt ſein Ohr hin. ‚Nun, alles geht gut'. „Ich wußte nicht, mein Herz, daß du ihn ſchon ſo ſehr liebſt", begann er wieder und ſah ſie an. „Aber ſei mit mir wie mit dir ſelbſt und erzähle mir alles, was zwiſchen euch vorgegangen iſt."

„Ich liebe ihn nicht, mein Pate! Wir haben einander niemals das Geringſte geſagt“, erwiderte ſie ſchluchzend. „Aber zu erfahren, daß der arme junge Mann im Gefängnis ſitzt, und daß Sie, der Sie ſonſt ſo gut ſind, ſich unbarmherzig weigern, ihn von dort zu befreien.“

„Urſula, mein gutes Engelchen, wenn du ihn nicht liebſt, warum machſt du dann zu dem Tag von Saint-Savinien einen roten Punkt wie zum Tag von Saint-Denis. Komm, erzähle mir die kleinſten Umſtände.“

Urſula errötete, hielt einige Tränen zurück, und es trat zwiſchen ihr und ihrem Onkel einen Augenblick Schweigen ein.

„Haſt du Angſt vor deinem Vater, deinem Freund, deiner Mutter, deinem Arzt, deinem Paten, deſſen Herz ſeit einigen Tagen noch liebevoller geſtimmt wurde, als es ſchon war?“

„Alſo, lieber Pate,“ begann ſie, „ich werde Ihnen mein Herz öffnen. Im Mai iſt Herr Savinien zu Beſuch zu ſeiner Mutter gekommen. Bis zu dieſer Reiſe hatte ich niemals im geringſten auf ihn geachtet. Als er nach Paris ging, war ich ein Kind und ſah, das ſchwöre ich Ihnen, keinen Unterſchied zwiſchen einem jungen Mann und euch andern, wenn nicht den, daß ich Sie liebte und mir nicht vorſtellen könnte, daß ich jemals wen auch immer lieber würde haben können. Herr Savinien kam mit der Poſt am Vorabend des Namenstages ſeiner Mutter, ohne daß wir es wußten. Um ſieben Uhr morgens, nachdem ich mein Gebet geſprochen hatte, öffne ich das Fenſter, um Luft in mein Zimmer zu laſſen, und ſehe die Fenſter von Herr Saviniens Zimmer offen ſtehen und ihn im Schlafrock, wie er ſich raſiert, mit einer Anmut ... Mit einem Wort: er gefiel mir ſehr. Er hat ſeinen ſchwarzen Schnurrbart gebürſtet, die Fliege unterm Kinn, und ich ſah ſeinen weißen, runden Hals ... Muß ich Ihnen alles ſagen? ... Ich habe bemerkt, daß dieſer friſche Hals, dieſes Geſicht und dieſe ſchönen ſchwarzen Haare ganz anders als die Ihrigen waren, wenn ich ſah, wie Sie ſich raſierten. Es ſtieg in mir auf, ich weiß nicht wie, und in Wellenſchlägen drang es ins Herz, in die Kehle, in den Kopf; ich mußte mich ſetzen, mit ſolcher Gewalt kam es. Ich konnte mich nicht aufrecht halten, ich zitterte. Aber doch hatte ich ſolche Luſt, ihn wieder anzublicken, daß ich mich auf die Zehenſpitzen geſtellt habe; dabei hat er mich geſehen und mir aus Scherz mit den Fingern einen Kuß zugeworfen, einen Kuß ...“

„Und ...?“

„Und“, fuhr ſie fort, „ich habe mich verſteckt, ebenſo beſchämt wie glücklich, ohne daß ich mir erklären konnte, warum ich mich über dies Glück ſchämte. Dieſe gleichſam ſtrömende Bewegung, die meine Seele mit einem Glanz erfüllte und ihr eine Macht mitteilte, die ich nicht kenne, erneuerte ſich, ſo oft ich in meinem Innern dieſes junge Geſicht wiederſah, und das machte mir Freude. Wenn ich in die Meſſe ging, zwang mich eine unwiderſtehliche Gewalt, Herrn Savinien anzuſehen, wie er ſeiner Mutter den Arm gab; ſein Gang, ſeine Kleidung, ja bis zum Geräuſch ſeiner Abſätze auf dem Pflaſter ſchien alles mir nur reizend; kurz der geringſte Gegenſtand, die Hand in ihrem feinen Handſchuh, zogen mich gleichſam an. Indeſſen hatte ich die Kraft, während der Meſſe nicht an ihn zu denken. Nach dem Ende blieb ich in der Kirche, um zuerſt Frau von Portenduère herauszulaſſen und ihr dann nachzugehen. Ich könnte es Ihnen gar nicht ausdrücken, wie ſehr dieſe kleinen Arrangements mich beſchäftigten. Als ich mich zu Hauſe umdrehte, um die Gartentür zu ſchließen ..."

„Und die Bougival?" ſagte der Doktor.

„Oh! die hatte ich in die Küche geſchickt!" ſagte Urſula treuherzig. „Ich habe natürlich Herrn Savinien geſehen, wie er ſich hingeſtellt hatte und mich anſah. Oh! Pate, ich war ſo ſtolz, als ich eine Art von Überraſchung und Bewunderung in ſeinen Blicken zu bemerken glaubte, daß ich, ich weiß nicht was getan hätte, um ihm einen Anlaß zu bieten, auf mich zu ſchauen. Mir ſchien, in Zukunft ſollte ich mich nur noch damit beſchäftigen, ihm zu gefallen. Sein Blick iſt jetzt die ſüßeſte Belohnung meiner guten Taten. Seit dieſem Augenblick denke ich wider meinen Willen unaufhörlich an ihn. Herr Savinien iſt am Abend wieder fortgefahren, und ich habe ihn nicht wiedergeſehen. Die Bürgergaſſe kam mir ausgeſtorben vor, und es war, als ob er ohne es zu wiſſen, mein Herz mit ſich genommen hätte."

„Das iſt alles?" ſagte der Doktor.

„Alles, mein Pate", erwiderte ſie mit einem Seufzer.

„Mein kleines Herz," ſprach der Doktor und nahm Urſula auf ſeine Knie, „du wirſt bald ſechzehn Jahre, und dein Daſein als Frau wird beginnen. Du ſtehſt zwiſchen deiner geſegneten Kindheit, die im Vergehen iſt, und den leidenſchaftlichen Erregungen der Liebe, die Kataſtrophen in deinem Leben heraufbeſchwören werden, denn deine Nerven ſind außerordentlich empfindlich. Was dir jetzt begegnet, mein Kind, das iſt die Liebe!" ſagte mit einer Miene, aus der tiefe Trauer ſprach, der Alte. „Die Liebe in ihrer heiligen Reinheit, die Liebe, wie ſie ſein ſoll: unwillkürlich und unverſehentlich, wie ein Dieb, der kommt und alles mitnimmt ... ja, alles — das wußte ich. Ich habe Frauen viel beobachtet, und ich weiß: wenn über die meiſten unter ihnen die Liebe erſt nach vielen Kundgebungen, nach Wundern der Zärtlichkeit kommt, wenn dieſe Frauen ihr Schweigen erſt brechen, erſt nachgeben, wenn ſie beſiegt ſind, ſo gibt es andere, die unter dem Einfluß einer Sympathie, welche wir heute durch das magnetiſche Fluidum zu erklären vermögen, in einem Augenblick überwältigt werden. Ich darf dir das heute ſagen. Kaum hatte ich die hinreißende Frau geſehen, die deinen Namen trägt, ſo fühlte ich, daß ich ſie allein unverbrüchlich lieben würde, ohne daß ich noch wußte, ob unſer Charakter, unſere Natur zueinander ſtimmen würden. Gibt es in der Liebe ein zweites Geſicht? Was ſoll man darauf erwidern, wenn man ſo viele Vereinigungen unter dem verheißungsvollen himmliſchen Zeichen der Ehe hat ſchließen ſehen, die doch ſpäter zerbrochen wurden und einen faſt unauslöſchlichen Haß, unwiderſtehliche Abneigungen hinterließen. Die Sinne können gewiſſermaßen ſich anziehen und die Gedanken in Zwieſpalt liegen; und vielleicht gibt es Menſchen, die mehr in den Gedanken leben als in den Leibern. Wiederum ſtimmen die Charaktere oft zuſammen, und die Menſchen mißfallen einander. Dieſe beiden Erſcheinungen, ſo verſchieden ſie ſind, mögen der Grund von wer weiß wieviel Unheil ſein, und ſie zeigen, wie weiſe eine Geſetzgebung iſt, die den Eltern bei der Heirat der Kinder das letzte Wort vorbehält; ein junges Mädchen läßt oft durch eine dieſer Halluzinationen ſich verführen. Aber ich tadle dich nicht! Was du fühlſt, die Erregungen, die ſich aus einem dir noch verborgenen Zentrum auf deinen Geiſt und dein Gemüt ſtürzen, das Glück, mit dem der Gedanke an Savinien dich erfüllt, all das iſt natürlich. Aber, mein teuerſtes Kind, die Geſellſchaft verlangt — wie unſer Abbé Chaperon dir das geſagt hat — von uns oft das Opfer natürlicher Neigungen. Ein anderes iſt die Beſtimmung des Mannes, ein anderes die der Frau. Ich habe Urſula Mirouet zur Frau wählen können und konnte zu ihr gehen und ihr ſagen, wie ſehr ich ſie liebte; während ein junges Mädchen ihre Sitte verleugnet, wenn ſie ſich an den wendet, den ſie liebt: der Frau iſt es nicht wie uns gegeben, die Erfüllung ihrer Wünſche zu verfolgen. So iſt die Scham bei euch Frauen und vor allem bei dir die unüberſteigliche Schranke, die das Geheimnis eures Herzens bewahrt. Daß du mir deine erſten Gefühle ſo zögernd anvertraut haſt, ſagt mir hinlänglich, daß du eher die ſtrengſten Qualen erdulden als Savinien geſtehen würdeſt ..."

„Oh gewiß!" ſagte ſie.

„Aber, mein Kind, du mußt noch mehr tun! Du mußt den Trieb deines Herzens zurückdrängen, ihn vergeſſen."

„Warum?"

„Weil du, mein kleiner Engel, nur den Mann lieben darfſt, der dein Gemahl wird, und ſelbſt wenn auch Savinien von Portenduère dich lieben würde ..."

„Darüber habe ich noch nicht nachgedacht."

„Höre zu! Selbſt wenn er dich lieben, wenn ſeine Mutter deine Hand für ihn erbitten würde, würde ich in dieſe Heirat erſt einwilligen, wenn ich Savinien einer langen allſeitigen Prüfung würde unterworfen haben. Sein Betragen hat ihn gerade jetzt allen Familien in ſchlechtem Lichte erſcheinen laſſen und zwiſchen den Erben und ihm Schranken errichtet, die nur ſchwer fallen werden."

Ein engelhaftes Lächeln trocknete Urſulas Tränen und ſie ſagte: „Unglück iſt immer zu etwas gut!" Der Doktor blieb ſprachlos vor dieſer Unbefangenheit. „Was hat er getan, mein Pate?" fragte ſie.

„In zwei Jahren, mein lieber kleiner Engel, hat er in Paris hundertzwanzigtauſend Franken Schulden gemacht! Er hat die Dummheit begangen, ſich in Saint-Pélagie einſperren zu laſſen, eine Ungeſchicklichkeit, die in unſeren Zeitläuften einen jungen Mann für immer kompromittiert. Ein Verſchwender, der fähig iſt, eine arme Mutter in Kummer und Elend zu ſtürzen, läßt, wie dein armer Vater, ſeine Frau vor Verzweiflung umkommen!"

„Glauben Sie, daß er ſich beſſern kann?" fragte ſie.

„Wenn ſeine Mutter für ihn zahlt, ſitzt er nachher auf der Straße, und ich kenne für einen Adligen keine ſtrengere Schule, als ohne Vermögen zu ſein."

Dieſe Erwiderung machte Urſula nachdenklich; ſie trocknete ihre Tränen und ſagte zu ihrem Paten: „Wenn Sie ihn retten können, mein Pate, ſo retten Sie ihn! Dieſer Dienſt gibt Ihnen das Recht, ihm einen Rat zu geben, Sie werden ihm Vorſtellungen machen . . ."

„Und", ſagte der Doktor, indem er Urſulas Redeweiſe nachahmte, „er kommt hierher, die alte Dame kommt auch, wir ſehen ſie bei uns und . . ."

„Ich denke in dieſem Augenblick nur an ihn", ſagte Urſula errötend.

„Denke nicht mehr an ihn, mein armes Kind, es ist ein Wahnsinn!“ sagte nachdrücklich der Doktor. „Niemals, und hätte sie nur dreihundert Franken im Jahr zu leben, würde Frau von Portenduère, eine geborene Kergarouët, die Heirat des Vicomte Savinien von Portenduère, Großneffen des verstorbenen Grafen von Portenduère, Generalleutnants der Seestreitkräfte des Königs und Sohn des Vicomte von Portenduère, Kapitäns zur See, mit wem? mit Ursula Mirouet zugeben, mit der Tochter eines armen Regimentsmusikers, dessen Vater — es ist jetzt leider der Augenblick, es dir zu sagen, gekommen — der uneheliche Sohn eines Organisten war, meines Schwiegervaters.“

„O Pate, Sie haben recht: nur vor Gott sind wir gleich. Ich werde bei meinem Gebet nicht mehr an ihn denken“, sagte sie, mitten unter den Schluchzern, die diese Enthüllung in ihr auslöste. „Geben Sie alles, was Sie mir zugedacht haben, ihm! Was kann ein armes Mädchen, wie ich, brauchen! Er! im Gefängnis!“

„Demütige dich ganz und gar vor Gott, und vielleicht wird er uns helfen.“

Während einiger Augenblicke herrschte Schweigen. Als Ursula, die nicht gewagt hatte, ihren Paten anzublicken, die Augen zu ihm aufhob, war sie tief bewegt, auf seinen welken Backen Tränen rollen zu sehen: die Tränen der alten Leute sind so furchbar, wie die der Kinder natürlich sind.

„Mein Gott! was haben Sie?“ rief sie, warf sich zu seinen Füßen und küßte ihm die Hände. „Sind Sie meiner nicht sicher?“

„Ich, der ich all deine Wünsche erfüllen möchte, muß dir den ersten großen Schmerz deines Lebens zufügen! Ich leide ſo ſehr wie du. Ich habe nur beim Tode meiner Kinder geweint und bei dem von Urſula. Gott! ich werde alles tun, was du willſt", rief er plötzlich aus.

Durch ihre Tränen warf Urſula ihrem Paten einen Blick zu, der wie ein Blitz war; ſie lächelte.

„Gehen wir in den Salon und ſieh zu, daß du all dies als Geheimnis in dir bewahrſt, meine Kleine", ſagte der Doktor und ließ ſein Mündel im Arbeitszimmer zurück.

Dieſer Vater fühlte ſich ſo ſchwach vor jenem göttlichen Lächeln, daß er ſeinem Mündel ein Wort der Hoffnung ſagen und ſie ſo täuſchen wollte.

☆

IN DIESEM AUGENBLICK WAR FRAU VON PORtenduère, die mit dem Geiſtlichen ſich allein in ihrem kleinen ungeheizten Zimmer im Erdgeſchoß befand, damit zu Ende gekommen, dieſem guten Prieſter, ihrem einzigen Freunde, ihre Schmerzen anzuvertrauen. In der Hand hielt ſie die Briefe, die Abbé Chaperon ſoeben, nachdem er ſie geleſen, ihr zurückgegeben hatte, und die ihre Bedrängnis aufs Äußerſte geſteigert hatten. An der einen Seite des viereckigen Tiſches, auf dem noch die Reſte des Nachtiſches ſtanden, ſaß die alte Dame in einer Bergere und blickte auf den Geiſtlichen, der, ihr gegenüber, in ſeinen Seſſel gekauert, ſich das Kinn ſtreichelte – eine Geſte, welche den Kammerdienern auf der Bühne gemein iſt mit den Mathematikern und den Prieſtern, und die das Nachſinnen über ein ſchwieriges Problem zum Ausdruck bringt.

Dies kleine Zimmer, das ſein Licht durch zwei Fenſter erhielt, die auf die Straße gingen und mit grau geſtrichenem Holze gerahmt waren, war ſo feucht, daß die unteren Holzfüllungen dem Blick jene geometriſchen Riſſe zeigten, die faulendes Holz hat, wenn es nur noch von der Farbe zuſammengehalten wird. Der roten Flieſen wegen, die von dem einzigen Dienſtmädchen der alten Dame geſcheuert wurden, lag vor jedem Seſſel eine kleine runde Matte, auf deren eine der Abbé ſeine Füße geſtellt hatte. Die Vorhänge, aus altem hellgrünen Damaſt, der mit grünen Blumen gemuſtert war, hatte man vorgezogen, und die Jalouſien waren herabgelaſſen. Zwei Kerzen erhellten den Tiſch, ließen aber das Zimmer übrigens im Halbdunkel. Muß es geſagt werden, daß zwiſchen den beiden Fenſtern ein gutes Paſtell von Latour den berühmten Admiral von Portenduère darſtellte, den Rivalen der Souffren, der Kergarouët, der Guichin und der Simeuſe. Dem Kamin gegenüber hingen auf der Wandverſchalung die Bilder des Vicomte von Portenduère und der Mutter der alten Dame, einer Kergarouët-Ploëgat. Savinien hatte alſo den Vizeadmiral von Kergarouët zum Großonkel und den Grafen von Portenduère, den Enkel des Admirals, zum Vetter. Beide waren ſehr reich. Der Vizeadmiral von Kergarouët lebte in Paris und der Graf von Portenduère auf dem Schloſſe gleichen Namens in der Dauphiné. Sein Vetter, der Graf, repräſentierte die ältere Linie, und Savinien war der einzige Sproß des jüngeren Portenduère. Der Graf war über vierzig Jahre alt, mit einer reichen Frau vermählt und hatte drei Kinder. Sein Vermögen, das durch mehrere Erbſchaften gewachſen war, belief ſich, wie man ſagte, auf ſechzigtausend Franken Rente. Als Abgeordneter des Arrondissements der Isère lebte er im Winter in Paris und hatte dort für die Entschädigungen, die er der Loi-Villèle verdankte, das Hotel der Portenduère zurückgekauft. Der Vizeadmiral von Kergarouët hatte kürzlich seine Nichte, Fräulein von Fontaines, einzig und allein, um ihr sein Vermögen zu sichern, geheiratet. Seine Verfehlungen sollten also den Grafen um zwei einflußreiche Gönner bringen.

Wenn Savinien, der ein hübscher junger Bursche war, zur Marine gegangen wäre, so wäre er dank seinem Namen und der Unterstützung durch einen Admiral und durch einen Abgeordneten vielleicht schon mit dreiundzwanzig Jahren Schiffsleutnant geworden; aber seine Mutter wünschte nicht, daß ihr einziger Sohn die Militärkarriere einschlüge. Sie hatte ihn also in Nemours von einem Vikar des Abbé Chaperon ausbilden lassen und sich mit der Hoffnung geschmeichelt, ihren Sohn bis zum Tode bei sich behalten zu können. Sie wollte ihn klüglich mit einem Fräulein von Aiglemont verheiraten, die zwölftausend Franken Rente besaß und auf deren Hand ihm der Name Portenduère und das Gut des Bordières einen Anspruch erlaubten. Dieser bescheidene, aber weise Plan, der zum Aufstieg der Familie in der zweiten Generation führen konnte, war durch den Lauf der Dinge vereitelt worden: die Aiglemonts waren damals ruiniert, und ihre Tochter Helene war verschwunden, ohne daß die Familie dieses Geheimnis aufgeklärt hätte. Die Trostlosigkeit eines Lebens ohne frische Luft, ohne Zweck und Aktion, das keine andere Nahrung als die Sohnesliebe unterhalten konnte, nahm Savinien derart mit, daß er seine Ketten, so angenehm sie auch sein mochten, zerbrach und nun, da es ein wenig ſpät ihm aufgegangen war, daß ſeine Zukunft nicht in der Bürgergaſſe liegen konnte, ſchwor, niemals in der Provinz leben zu wollen. Mit einundzwanzig Jahren alſo hatte er ſeine Mutter verlaſſen, um ſich von ſeinen Verwandten anerkennen zu laſſen und ſein Glück zu verſuchen.

Notwendig mußte der Kontraſt zwiſchen einem Leben, wie es ſich in Nemours abſpielte, und dem von Paris, für einen jungen Mann von einundzwanzig Jahren, der frei war, dem niemand ſich widerſetzte, der ausgehungert nach Zerſtreuungen war und dem der Name Portenduère und ſeine reiche Verwandtſchaft die Salons öffnete, verhängnisvoll werden. In der Gewißheit, daß in irgendeinem Verſteck bei ſeiner Mutter ſich die Erſparniſſe von zwanzig Jahren aufgehäuft fänden, hatte er die ſechstauſend Franken, die ſeine Mutter ihm für eine erſte Bekanntſchaft mit Paris mitgegeben hatte, ſchnell verausgabt. Die Summe reichte nicht für das erſte Halbjahr, nach deſſen Ablauf er bei ſeinem Wirt, ſeinem Schneider, ſeinem Schuhmacher, bei der Lohnkutſcherei, einem Goldſchmied und all jenen Kaufleuten, die den eleganten jungen Mann bedienen, Schulden in der doppelten Höhe dieſes Betrages hatte. Kaum hatte er ſeinen Namen bekanntgemacht, kaum wußte er ſeine Worte zu ſetzen, ſich einzuführen, ſeine Weſten anzulegen und zu wählen, ſeine Anzüge in Auftrag zu geben und die Krawatte zu binden, als er ſich Kontrahent von dreißigtauſend Franken Schulden wußte. Dabei war er noch in Verlegenheit, wie er auf konvenable Art der Schweſter des Marquis von Ronquerolles, einer eleganten Frau, deren Schönheit aber ihre beſten Tage unterm Kaiſerreiche gehabt hatte, ſeine Liebe erklären ſollte.

„Wie habt ihr euch denn eigentlich aus der Affaire gezogen?“ ſagte Savinien eines Tages nach dem Diner zu einigen Elegants, mit denen er Beziehungen unterhielt, wie ſie heutzutage unter jungen Leuten ſich ergeben, deren Abſichten in jeder Hinſicht dieſelben ſind, und die eine unmögliche Gleichheit der Haltung in Anſpruch nehmen. „Ihr wart nicht reicher als ich, und jetzt ſeid ihr aus dem Waſſer, ihr könnt euch halten, und ich habe ſchon Schulden!“

„So haben wir alle angefangen“, ſagten ihm lachend Raſtignac, Lucien de Rubempré, Maxime de Trailles, Émile Blondet — die Dandys jener Tage.

„Daß de Marſay von Anfang an reich geweſen iſt“, ſagte Finot, der Gaſtgeber, „war ein Zufall. Und wenn er nicht eben er geweſen wäre,“ fügte er hinzu und grüßte hinüber, „ſo hätte ſein Vermögen ihn zugrunde richten können.“

„Gut geſagt“, rief Maxime.

„Und gedacht“, erwiderte Raſtignac.

„Mein Lieber“, ſagte de Marſay gewichtig zu Savinien, „die Schulden ſind die ſtillen Teilhaber der Erfahrung. Eine gute Hochſchulausbildung, bei der Sie nichts lernen, koſtet ſechzigtauſend Franken. Wenn die Erziehung in der großen Welt das doppelte koſtet, ſo lehrt ſie auch das Leben kennen, Geſchäft, Politik, Männer und manchmal Frauen.“ Blondet vervollſtändigte dieſe Unterweiſung durch die folgende Paraphraſe eines lafontainiſchen Verſes:

> „Die Welt verkauft ſehr teuer, wovon ſie glauben macht, daß ſie es ſchenkt.“

Anſtatt über das, was die erfahrenſten Piloten auf dem Pariſer Ozean ihm Wertvolles ſagten, nachzudenken, ſah Savinien darin nur Späße.

„Sehen Sie ſich vor, mein Lieber“, wandte ſich Marſay an ihn, „Sie haben einen ſchönen Namen, und wenn Ihnen das Vermögen fehlt, das zu ihm gehört, ſo können Sie eines Tages als Quartiermeiſter in einem Kavallerieregiment enden.“

„Wir haben größere Häupter fallen ſehen“, ſetzte er mit den Worten Corneilles hinzu und nahm Savinien beim Arm. „Da iſt, es ſind jetzt ſieben Jahre, ein junger Graf d'Esgrignon gekommen und hat nicht länger als zwei Jahre im Paradies der großen Welt gelebt. Ach! er hat eben gelebt wie die Raketen leben; bis zur Herzogin von Maufrigneuſe iſt er aufgeſtiegen, und dann iſt er in ſeine Heimatſtadt zurückgefallen, wo er nun bei einem alten Vater und einer Whiſtpartie zu zweien mit Strohmann ſeine Fehler verbüßen kann. Teilen Sie Ihre Lage ganz einfach, ohne Scham, Frau von Sérizy mit; ſie wird Ihnen ſehr nützlich ſein. Wenn Sie aber mit ihr die Scharade der erſten Liebe aufführen, wird ſie die raffaeliſche Madonna ſtellen und Sie die koſtſpielige Reiſe ins Land des Schmachtens antreten laſſen!“

Savinien war noch zu jung und zu ſehr auf den Ehrbegriff des Edelmanns feſtgelegt, um Frau von Sérizy ſeine Lage eingeſtehen zu können. Auf einen Brief, in dem Savinien — Freunde hatten ihn in der Kunſt unterwieſen, die Geſchoſſe der Liſt gegen den elterlichen Geldſchrank abzuſchleudern — von Wechſeln ſprach, und von der Schande, ſeine Unterſchrift proteſtieren zu laſſen, ſandte die arme Mutter alles, was ſie beſaß: Zwanzigtauſend Franken. Sie

kamen in einem Augenblick, da der Sohn nicht aus noch ein wußte. Mit dieſer Unterſtützung reichte er bis zum Ende des erſten Jahres.
Während des zweiten benutzte er, gekettet an den Triumphwagen der Frau von Sérizy, die ernſthaft in ihn verliebt war und ihn im übrigen bildete, die gefährliche Zuflucht der Wucherer. Ein Beauftragter ſeiner Freunde, ein Freund ſeines Vetters von Portenduère, des Lupeaulx, ſchickte ihn an einem Tage der Ratloſigkeit zu Gobſeck, Gigonnet und Palma. Dieſe waren ausreichend und in aller Form über den Wert ſeiner mütterlichen Beſitzungen informiert und machten ihm die Sache leicht. Der Wucher und trügeriſche Hilfe der Prolongationen verſchafften ihm anderthalb Jahre hindurch ein glückliches Leben. Ohne daß er es gewagt hätte, Frau von Sérizy zu verlaſſen, verliebte der arme Junge ſich ſterblich in die ſchöne Gräfin von Kergarouët, die prüde war wie alle jungen Frauen, die dem Tod eines bejahrten Gatten entgegenſehen und einen geſchickten Übertrag ihrer Tugend auf eine zweite Ehe vollziehen. Unfähig einzuſehen, daß eine Tugend aus Berechnung nicht zu beſiegen iſt, machte er Emilie von Kergarouët als reicher Mann in großem Stile den Hof; er verſäumte weder einen Ball noch eine Vorſtellung, bei der ſie zugegen ſein ſollte.
„Mein Junge, um dieſen Felſen auffliegen zu laſſen, haſt du nicht Pulver genug“, ſagte ihm eines Abends lachend de Marſay.
Der junge Held der Pariſer Geſellſchaft mochte lange aus Mitleid verſuchen, dieſem Kinde Emilie von Kergarouët zu erklären, es bedurfte der traurigen Erleuchtung durch das Unglück und die Dunkelheit des Gefängniſſes, um Savinien zur Ein-

ſicht zu bringen. Ein Wechſel, den er im Einverſtändnis mit den Wucherern, die das Odium der Arretierung nicht auf ſich nehmen wollten, einem Juwelier gegeben hatte, hatte zur Folge, daß Savinien in Saint-Pélagie wegen einhundertſiebenzehntauſend Franken ohne Wiſſen ſeiner Freunde feſtgeſetzt wurde. Kaum hatten Raſtignac, de Marſay und Lucien de Rubempré dieſe Nachricht erhalten, als alle drei Savinien aufſuchten und ihm, den ſie gänzlich mittellos fanden, jeder eine Tauſendfrankennote anboten. Der Kammerdiener war von zwei Gläubigern beſtochen worden und hatte Saviniens geheimes Logis angegeben. Dort hatte man bis auf die Kleider und den wenigen Schmuck, den er trug, alles beſchlagnahmt. Die drei jungen Leute, die ein ausgezeichnetes Diner eingenommen hatten, informierten ſich über Saviniens Lage, um die Geſtaltung ſeiner Zukunft in die Hand zu nehmen, indeſſen ſie dem Xeres, welchen de Marſay mitgebracht hatte, zuſprachen.

„Heißt man Savinien von Portenduère," hatte Raſtignac gerufen, „hat man einen künftigen Pair von Frankreich zum Vetter und den Admiral von Kergarouët zum Großonkel, hat man dann den koloſſalen Fehler gemacht, ſich in Saint-Pélagie einſtecken zu laſſen, ſo bleibt man nicht dort."

„Und warum hat man mir nichts geſagt?" brach de Marſay los. „Mein Reiſewagen ſtand zu Ihrer Verfügung, dazu zehntauſend Franken und Empfehlungen nach Deutſchland. Wir kennen Gobſeck, Gigonnet und die andern Krokodile, und wir hätten ſie zur Kapitulation gebracht. Und vor allem, welcher Eſel hat Sie zum Trinken an dieſe tödliche Quelle geführt?"

„Des Lupeaulx.“
Die drei jungen Leute ſahen ſich an und teilten einander den gleichen Gedanken, einen Argwohn mit, ohne ihn auszuſprechen.
„Nennen Sie mir Ihre Reſſourcen, decken Sie Ihr Spiel auf!“ verlangte de Marſay.
Als Savinien ihnen ſeine Mutter geſchildert hatte mit ihrem alten Schleifenhäubchen, ihr kleines Haus in der Bürgergaſſe, deſſen Garten im Hof beſtand, auf dem ein Brunnen und ein Schuppen für Holz war, als er ihnen den Wert des Hauſes beziffert hatte, das von Sandſtein gebaut und mit rötlichem Bewurf verſehen war, als er dann die Beſitzung des Bordières taxiert hatte, ſahen die drei Dandys einander an und ſprachen mit tiefſinniger Miene das Wort des Abbé in den „Marrons du feu“ von Alfred de Musset aus, deſſen „Contes d'Espagne“ eben erſchienen waren: „Schlimm!“
„Ihre Mutter wird auf einen geſchickten Brief hin zahlen“, ſagte Raſtignac.
„Ja, aber nachher?“ rief de Marſay.
„Wenn Sie nur in den Polizeiwagen geſteckt worden wären,“ ſagte Lucien, „könnte die Königliche Regierung Sie in der Diplomatie unterbringen; aber Saint-Pélagie iſt nicht das Vorzimmer einer Geſandtſchaft.“ „Sie ſind für das Pariſer Leben nicht ſtark genug“, ſagte Raſtignac.
„Sehen wir zu,“ begann de Marſay von neuem — und er maß Savinien von oben bis unten, wie ein Pferdehändler ein Pferd abſchätzt — „Sie haben ſchöne blaue Augen, die gut geſchnitten ſind, eine ſein gezeichnete weiße Stirn, wundervolles ſchwarzes Haar, einen kleinen Schnurrbart, der ſich auf Ihren blaſſen Wangen nicht ſchlecht macht, und eine elegante Fi-

gur; Sie haben einen Fuß, der Raſſe verrät, Schultern und Bruſt haben nichts vom Packträger und ſind doch kräftig. Sie ſind, was ich einen brünetten Elegant nenne. Ihr Geſicht iſt im Genre Louis XIII., wenig Farbe, eine hübſche Naſe, und dazu haben Sie das, was die Frauen gern mögen, ein gewiſſes Etwas, deſſen die Männer ſelbſt ſich nicht bewußt ſind und das mit dem Ausdruck, mit dem Gang, mit dem Stimmfall, mit der Art einen Blick zu werfen, mit der Geſtikulation, mit einer Fülle von Kleinigkeiten zuſammenhängt, die Frauen wahrnehmen, und dem ſie eine Bedeutung beilegen, die uns entgeht... Sie kennen ſich ſelbſt nicht, mein Teuerſter. Mit ein wenig Haltung würden Sie in ſechs Monaten das Entzücken einer Engländerin ſein, die hunderttauſend Franken Rente hat, beſonders wenn Sie den Titel eines Vicomte von Portenduère annehmen, auf den Sie ein Anrecht haben. Meine reizende Schwiegermama, Lady Dudley, die ihresgleichen nicht hat in der Kunſt, zwei Herzen zuſammenzuſpießen, würde ſie in einem der tertiären Landſtriche Großbritanniens für Sie ausfindig machen. Aber man müßte Mittel und Wege kennen, Ihre Schulden binnen neunzig Tagen durch ein ſouveränes Finanzmanöver zu decken. Warum haben Sie mir nichts geſagt? In Baden hätten Ihre Wucherer Sie reſpektiert, ſich vielleicht zu Ihrer Verfügung geſtellt; aber in dieſem Augenblick verachten ſie Sie. In den Augen gewiſſer Kreiſe iſt Saint-Pélagie ein teufliſcher Dämon, der die Seele der jungen Leute weidlich räuchert. Wollen Sie meine Anſicht erfahren, mein liebes Kind? Ihnen ſage ich wie dem kleinen d'Esgrignon: Zahlen Sie Ihre Schulden ſo, daß Sie für drei Jahre zu leben behalten und nehmen Sie in der Provinz das erſte beſte Mädchen mit dreißigtauſend Franken Rente. In drei Jahren haben Sie irgendeine dumme Erbin gefunden, die Frau von Portenduère heißen möchte. Das iſt die ganze Weisheit! Alſo trinken wir: auf das reiche Mädchen!"

Die jungen Leute verließen ihren Exkameraden erſt am Schluß der offiziellen Beſuchsſtunde, und auf der Türſchwelle ſagten ſie zueinander: „Er iſt nicht ſtark. — Er iſt ſehr niedergeſchlagen. — Wird er ſich wieder aufrichten?"

Am andern Morgen ſchrieb Savinien ſeiner Mutter eine Generalbeichte von zweiundzwanzig Seiten. Nachdem Frau von Portenduère einen ganzen Tag lang geweint hatte, ſchrieb ſie erſt ihrem Sohne und verſprach, ihn aus dem Gefängnis zu befreien; dann dem Grafen von Portenduère und dem Grafen von Kergarouët.

Die Briefe, die der Geiſtliche ſoeben geleſen hatte und die die arme Mutter, von ihren Tränen benetzt, in der Hand hielt, waren am gleichen Morgen eingetroffen, und ſie hatten ihr Herz gebrochen.

An Frau von Portenduère.

Paris, September 1839.

„Verehrte gnädige Frau!

Sie werden gewiß nicht an dem Anteil zweifeln, den der Admiral und ich an Ihrem Kummer nehmen. Was Sie Herrn von Kergarouët mitteilen, betrübt mich um so mehr, als mein Haus das Ihres Sohnes war; wir ſind ſtolz auf ihn geweſen. Hätte er in den Admiral mehr Vertrauen gehabt, ſo hätten wir ihn mit uns genommen, und er wäre nun ſchon angemeſſen untergebracht. Aber das unſelige Kind hat uns nichts gesagt! Der Admiral ist nicht in der Lage, hunderttausend Franken zu zahlen; er ist selbst mit Schulden belastet und hat sich außerdem für mich, die ich nichts von seiner pekuniären Lage wußte, Verbindlichkeiten unterzogen. Seine Ratlosigkeit ist um so größer, als Savinien dadurch, daß er sich hat festnehmen lassen, uns für den Augenblick die Hände gebunden hat. Wenn mein schöner Neffe für mich nicht weiß Gott welche dumme Passion gehabt hätte, welche die Stimme des Verwandten durch den Hochmut des Liebhabers erstickte, so hätten wir ihn nach Deutschland gesandt, während man seine Angelegenheiten hier geordnet hätte. Herr von Kergarouët hätte für seinen Großneffen eine Stelle im Marineministerium erbitten können, eine Schuldhaft aber müßte die Schritte des Admirals natürlich vereiteln. Zahlen Sie Saviniens Schulden, lassen Sie ihn in der Marine dienen, so wird er als ein echter Portenduère seinen Weg machen. Er hat deren Feuer in seinen schönen schwarzen Augen. Und wir alle werden ihm helfen.

Geben Sie also die Hoffnung nicht auf, gnädige Frau. Es bleiben Ihnen Freunde, in deren Zahl ich als eine der aufrichtigsten gelten möchte. Ich sende Ihnen meine besten Wünsche und die Empfehlungen

Ihrer sehr ergebenen

Emilie von Kergarouët."

An Frau von Portenduère.

Portenduère, 29. August.

„Meine liebe Tante!

Über Saviniens Eskapaden bin ich ebenso ärgerlich als bekümmert. Als Ehemann und Vater von zwei

Söhnen und einer Tochter gestattet mir mein im Vergleich zu meiner Position und meinen Erwartungen ohnehin schon so bescheidenes Vermögen nicht, es um hunderttausend Franken zu vermindern, um einen Portenduère, der sich von Wucherern hat festsetzen lassen, auszulösen. Verkaufen Sie Ihr Gut, bezahlen Sie seine Schulden und kommen Sie nach Portenduère. Sie werden die Aufnahme finden, die wir Ihnen schuldig sind, auch wenn unser Herz Ihnen nicht völlig gehören sollte. Sie werden ein glückliches Leben führen, und schließlich werden wir auch für Ihren Sohn, den meine Frau entzückend findet, eine Partie ausfindig machen. Dieser Streich hat nichts zu bedeuten, machen Sie sich deswegen keinen Kummer; es wird ihn niemand in unsrer Provinz erfahren, und wir kennen hier mehrere sehr reiche Töchter, die froh sein würden, zu den unsern zu zählen.

Meine Frau schließt sich mir an, um Ihnen zu sagen, welche Freude Sie uns machen würden, und sie bittet mich, für die Verwirklichung dieses Vorhabens unsere besten Wünsche und die Versicherung unserer ehrerbietigen Gewogenheit entgegenzunehmen.

Luc-Savinien, Graf von Portenduère."

„Was für Briefe an eine Kergarouët!" rief die alte Bretonin und trocknete sich die Augen.

„Der Admiral weiß nicht, daß sein Neffe im Gefängnis ist", sagte endlich der Abbé Chaperon. „Die Gräfin allein hat Ihren Brief gelesen, und nur sie hat geantwortet. Aber es muß ein Entschluß gefaßt werden," setzte er nach einer Pause hinzu, „und zwar habe ich Ihnen das Folgende vorzuschlagen. Verkaufen Sie Ihr Gut nicht. Die Pacht geht zu

Ende, ſie hat nun vierundzwanzig Jahre gedauert; in einigen Monaten können Sie den Pachtzins auf ſechstauſend Franken erhöhen und zum Abſchluß des Kontrakts eine Zulage in der Höhe von zwei Jahreserträgniſſen fordern. Leihen Sie von einem rechtſchaffenen Mann, nicht von den Leuten in der Stadt, die mit Hypotheken Handel treiben. Ihr Nachbar iſt ein Ehrenmann, ein Mann mit anſtändigem Verkehr, der vor der Revolution in den großen Salons verkehrt hat und aus einem Atheiſten ein Katholik geworden iſt. Stehen Sie nicht an, ihn heute abend aufzuſuchen; er wird ſehr empfänglich für Ihr Anſuchen ſein. Vergeſſen Sie einen Augenblick, daß Sie eine Kergarouët ſind."

„Niemals", ſagte die alte Mutter mit ſchneidender Stimme.

„Nun, ſo ſeien Sie eine liebenswürdige Kergarouët; gehen Sie hin, wenn er allein iſt, er wird Ihnen zu dreieinhalb, vielleicht zu drei Prozent leihen. Und er wird Ihnen dieſen Dienſt auf taktvolle Art erweiſen, Sie werden ſehr zufrieden mit ihm ſein; er wird Savinien ſelbſt freimachen, denn er wird ſeine Renten verkaufen müſſen, und er wird ihn zu Ihnen zurückbringen."

„Sie ſprechen alſo von dem kleinen Minoret?"

„Der Kleine iſt dreiundachtzig Jahre", erwiderte Abbé Chaperon lächelnd. „Meine liebe Frau von Portenduère, üben Sie ein wenig chriſtliche Nächſtenliebe, kränken Sie ihn nicht, er kann Ihnen auf mehr als eine Art nützlich ſein."

„Und wie?"

„Aber er hat ja einen Engel um ſich, das wundervollſte junge Mädchen."

„Ja, dieſe kleine Urſula . . . Nun, und?"

Als der arme Geiſtliche dieſes „Nun, und?“ hörte, wagte er nicht weiterzureden. Die Härte und Bitterkeit des Tonfalls ſchnitten den Vorſchlag, den er machen wollte, von vornherein ab.

„Ich glaube, daß der Doktor Minoret anſehnlich reich iſt.“

„Deſto beſſer für ihn!“

„Sie haben, wenn auch nur mittelbar, ſchon das gegenwärtige Unglück Ihres Sohnes hervorgerufen, indem Sie ihm keine Laufbahn freigaben. Hüten Sie ſich in Zukunft!“ ſagte der Geiſtliche ſtreng. „Soll ich Ihrem Nachbar Ihre Viſite anſagen?“

„Aber warum kommt er denn nicht, wenn er weiß, daß ich ihn brauche?“

„Bitte, gnädige Frau, wenn Sie zu ihm gehen, werden Sie drei Prozent zahlen, und wenn er zu Ihnen kommt, fünf“, ſagte der Pfarrer. Er hatte dieſe ſchöne Begründung gefunden, um die alte Dame zum Entſchluß zu bringen. „Und wenn Sie genötigt wären, Ihr Gut durch den Notar oder den Sekretär des Friedensgerichts zu verkaufen, die in der Hoffnung, aus Ihrem Zuſammenbruch Profit zu ſchlagen, Ihnen die Kapitalien verweigern würden, ſo würden Sie die Hälfte des Wertes von des Bordières einbüßen. Ich habe auf Dionis, Maſſin und Levrault, auf die Reichen in der Gegend, die Ihr Gut haben wollen und Ihren Sohn im Gefängnis wiſſen, nicht den mindeſten Einfluß.

„Sie wiſſen es! Sie wiſſen es!“ ſchrie ſie und hob die Arme zum Himmel. „Oh, mein armer Abbé, Sie haben Ihren Kaffee kalt werden laſſen . . . Tinette, Tinette!“

Tinette, eine alte Bretonnin von ſechzig Jahren, in der Jacke und Haube des Landes, kam geſchwind herein und nahm den Kaffee des Pfarrers, um ihn zu wärmen.

„Seien Sie ruhig, Herr Rektor," ſagte ſie, als ſie ſah, daß der Pfarrer austrinken wollte, „ich ſtelle ihn ins warme Waſſer, davon wird er nicht ſchlecht."

„Alſo," ſagte mit ſeiner einſchmeichelnden Stimme der Pfarrer, „ich ſage dem Herrn Doktor Ihren Beſuch an, und Sie kommen . . ."

Die alte Mutter gab erſt nach einer einſtündigen Verhandlung nach, in deren Verlauf der Geiſtliche ſeine Gründe zehnmal vorbringen mußte. Und auch dann waren es erſt ſeine letzten Worte, die ſie beſiegten: „Savinien würde hingehen!"

„Dann iſt es beſſer, ich tu es", ſagte ſie.

☆

ES SCHLUG NEUN UHR ALS SICH DER KLEINE Türausſchnitt in dem Portal hinter dem Geiſtlichen ſchloß und dieſer laut am Gatter des Doktors ſchellte. Abbé Chaperon geriet von der Tinette an die Bougival, und dieſe ſagte: „Sie kommen ſehr ſpät, Herr Pfarrer!" wie jene gemeint hatte: „Warum gehen Sie ſo ſchnell fort, wenn die gnädige Frau Kummer hat?"

Der Geiſtliche fand in dem grün und braunen Salon des Doktors eine zahlreiche Geſellſchaft verſammelt, denn als Dionis bei Massin vorbeigekommen war, hatte er durch eine Wiedergabe der Worte ſeines Onkels die Erben beruhigen wollen.

„Die Kleine hat," ſo ſagte er, „meiner Anſicht nach eine Liebe im Herzen, von der ſie nur Kummer und Sorge haben wird. Sie ſcheint romantiſch veranlagt (ſo bezeichnet ein Notar überſtarke Senſibilität), und wir werden nicht ſo bald ihre Heirat erleben. Habt alſo kein Mißtrauen! Seid zuvorkommend gegen ſie und erweiſt euch eurem Onkel gefällig, denn er iſt ſchlauer als hundert Goupils zuſammen," fügte der Notar hinzu, der nicht wußte, daß Goupil eine verdorbene Form des lateiniſchen vulpes, Fuchs, iſt.

So bildeten denn die Damen Massin und Crémière, ihre Gatten, der Poſthalter, Désiré und der Arzt von Nemours eine ungewohnte lärmende Geſellſchaft beim Doktor. Als Abbé Chaperon eintrat, hörte er Klänge vom Piano. Die arme Urſula beendete die beethovenſche Symphonie in Adur. Mit einer Verſchlagenheit, wie ſie der Unſchuld erlaubt iſt, hatte das Kind, dem nach der Aufklärung durch den Doktor die Erben mißfielen, dieſe großartige Muſik, deren Verſtändnis ein Studium erfordert, gewählt, um den Frauen ihre Affekte auszutreiben. Je ſchöner eine Muſik iſt, deſto weniger liegt ſie den Unwiſſenden. So waren ſie denn alle glücklich, mit dem Rufe, „Ah, der Herr Pfarrer," ſich erheben und ihrer Qual ein Ende ſetzen zu können, als in der Türe das ehrwürdige Haupt des Abbé Chaperon erſchien.

Der Ruf fand ſein Echo am Spieltiſch, wo Bongrand, der Arzt von Nemours und der Greis Opfer der Frechheit waren, die den Poſtmeiſter, um ſeinem Onkel einen Gefallen zu tun, ſich als vierten Mann zum Whiſt hatten vorſchlagen laſſen.

Urſula war froh, das Piano verlaſſen zu können; der Doktor ſtand auf, als wolle er den Geiſtlichen begrüßen, in Wahrheit aber, um die Partie abzubrechen, und die Erben machten ihre Reverenz, nachdem ſie dem Doktor große Komplimente über das Talent ſeines Mündels verſetzt hatten.

„Guten Abend, meine Freunde!“ rief der Doktor, als das Gattertor zufiel.

„Alſo das kommt ſo teuer!“ ſagte Frau Crémière, als ſie ſich ein paar Schritt entfernt hatten, zu Frau Massin.

„Gott bewahre mich, dafür Geld auszugeben, daß meine kleine Aline mir ſolchen Trubel ins Haus bringt!“ erwiderte Frau Massin.

„Sie ſagt, es iſt von Beethoven,“ bemerkte der Steuereinnehmer. „Das ſoll aber doch ein großer Muſiker ſein. Er hat einen Namen.“

„Zum Teufel, in Nemours ſoll er ihn nicht haben!“ erwiderte Frau Crémière. „Er heißt mit Recht bête à vent.“

„Ich glaube, daß der Onkel das extra gemacht hat, damit wir nicht mehr kommen,“ ſagte Massin, „denn er hat ſeiner kleinen Zierpuppe ſo zugezwinkert, als er auf den grünen Band zeigte.“

„Wenn ſie ſich an dieſem Geklimper vergnügen, ſo ſollen ſie nur unter ſich bleiben“, ſetzte der Poſtmeiſter hinzu.

„Der Herr Friedensrichter muß ſehr hinterm Spiel her ſein, wenn er ſich dieſe Sonakeln dazu anhört“, ſagte Frau Crémière.

„Vor Leuten, die nichts von Muſik verſtehen, werde ich niemals ſpielen können“, ſprach Urſula, als ſie neben dem Spieltiſch Platz nahm.

„Das Gefühlsleben reichbegabter Perſönlichkeiten kann ſich nur in einem befreundeten Lebenkreiſe entwickeln“, ſagte der Arzt von Nemours. „Wie ein Prieſter in Gegenwart des Teufels nicht den

Segen erteilen könnte, wie eine Kastanie in fetter Erde eingeht, so kommt über einen begnadeten Musiker, wenn er von Ignoranten umgeben ist, ein innerer Zusammenbruch. Im Bereiche der Kunst müssen wir von den Seelen, die um uns sind, ebensoviel Kraft empfangen, als wir ihnen mitteilen. Dieser Satz, der das Spiel menschlicher Sympathien beherrscht, hat die Sprichwörter eingegeben: ‚Mit den Wölfen muß man heulen.' ‚Gleich und gleich gesellt sich gern.' Aber was Sie durchgemacht haben, empfinden nur zarte, feinfühlige Naturen."

„So ist es, meine Freunde," bemerkte der Doktor, „etwas, was einer andern Frau nur Kummer machen würde, könnte meine kleine Ursula töten. Ach, wenn ich nicht mehr bin, dann zieht um diese teure Blume eine Schutzhecke gegen die Umwelt, wie die von der Catulls Verse ‚Ut flos' reden."

„Diese Damen haben Ihnen aber doch sehr geschmeichelt, Ursula", sagte lächelnd der Friedensrichter.

„Plump geschmeichelt", bemerkte der Arzt von Nemours.

„Ich habe immer eine Plumpheit in den Schmeicheleien auf Kommando gefunden", erwiderte der alte Minoret. „Und warum?"

„Ein wahrer Gedanke ist immer geistreich", sagte der Abbé.

„Sie haben bei Frau von Portenduère gegessen?" fragte hier Ursula den Abbé, und dabei richtete sie auf ihn einen Blick voll wißbegieriger Besorgnis.

„Ja, die arme Frau ist sehr niedergeschlagen, und es ist nicht ausgeschlossen, daß sie heute abend zu Ihnen kommt, Herr Minoret."

„Wenn Sie Kummer hat und mich braucht, so gehe

ich zu ihr!“ rief der Doktor aus. „Machen wir den letzten Robber zu Ende.“

Unter dem Tiſch drückte Urſula die Hand des alten Mannes.

„Ihr Sohn“, ſagte der Friedensrichter, „war etwas zu einfältig, ſo ohne Mentor nach Paris zu gehen. Als ich erfuhr, daß man hier beim Notar Auskünfte über das Gut der alten Dame einholte, da wußte ich, daß er den Tod ſeiner Mutter eskomptiert.“

„Sie halten ihn deſſen fähig?“ fragte Urſula mit einem furchtbaren Blick auf Bongrand. Dieſer ſagte ſich im ſtillen: ‚Ach Gott, ſie liebt ihn wirklich.‘

„Ja und nein“, ſagte der Arzt von Nemours. „Savinien hat gute Seiten. Grund: er ſitzt im Gefängnis. Die Halunken kommen niemals hinein.“

„Meine Freunde,“ rief der Doktor, „nun iſt's genug für heut abend. Man darf eine alte Mutter nicht eine Minute weinen laſſen, wenn man ihre Tränen trocknen kann.“

Die vier Freunde erhoben ſich und gingen. Urſula begleitete ſie bis zum Gatter, ſah, wie ihr Pate und der Geiſtliche an der gegenüberliegenden Türe klopften, und als Tinette ſie eingelaſſen hatte, ſetzte ſie ſich auf einen Bordſtein des Hauſes nieder; die Bougival ſtand neben ihr.

„Gnädige Frau,“ ſprach der Geiſtliche, der zuerſt das kleine Zimmer betrat, „Herr Doktor Minoret wollte nicht, daß Sie es ſind, die ſich zu ihm bemüht . . .“

„Ich bin zu altfränkiſch, gnädige Frau,“ nahm der Doktor das Wort, „um nicht zu wiſſen, was ein Mann einer Dame Ihrer Art alles ſchuldet. Ich bin überglücklich, Ihnen, den Worten des Herrn Pfarrers zufolge, in etwas dienen zu können.“

Frau von Portenduère hatte der verſprochene Schritt ſo ſchwer auf dem Herzen gelegen, daß ſie, nachdem der Abbé Chaperon ſich entfernt hatte, geneigt war, ſich an den Notar von Nemours zu wenden. Nun war ſie ſo überraſcht von Minorets Aufmerkſamkeit, daß ſie ſich erhob, um ſeinen Gruß zu erwidern, und ihn auf einen Fauteuil wies.

„Nehmen Sie Platz, mein Herr“, ſagte ſie mit einem fürſtlichen Ausdruck im Geſicht. „Unſer lieber Pfarrer wird Ihnen mitgeteilt haben, daß der Vicomte wegen einiger Schulden im Gefängnis ſitzt, wie junge Leute ſie nun einmal machen ... Hunderttauſend Franken ... Wenn Sie ſie ihm vorſtrecken könnten, würde ich Ihnen eine Verſchreibung auf mein Gut des Bordières geben.“

„Wir werden darüber ſprechen, gnädige Frau, wenn ich Ihnen Ihren Sohn wiedergebracht habe, für den Fall, daß Sie mir geſtatten ſollten, dieſe Angelegenheit in meine Hand zu nehmen.“

„Sehr wohl, Herr Doktor“, erwiderte mit einer Neigung des Hauptes die alte Dame, und darauf ſah ſie den Geiſtlichen mit einem Blick an, der ſagen ſollte: ‚Sie haben recht, es iſt ein Mann aus der guten Geſellſchaft.‘

„Mein Freund, der Doktor,“ bemerkte darauf der Geiſtliche, „iſt, wie Sie, gnädige Frau, ſehen, Ihrem Hauſe völlig ergeben.“

„Wir werden Ihnen das danken, mein Herr!“ ſagte unter ſichtlicher Anſtrengung Frau von Portenduère. „Denn in Ihrem Alter in Paris den Fehltritten eines Leichtfertigen nachzugehen ...“

„Gnädige Frau, im Jahre fünfundſechzig hatte ich die Ehre, den berühmten Admiral von Portenduère bei jenem ausgezeichneten Herrn Malherbes und auch bei dem Herrn Grafen von Buffon zu ſehen, der ihm wegen einiger merkwürdiger Reiſebegebenheiten Fragen zu ſtellen wünſchte. Es iſt nicht unmöglich, daß Herr von Portenduère, weiland Ihr Gatte, dabei geweſen iſt. Der Ruhm der franzöſiſchen Marine war damals groß, ſie bot England die Spitze, und der Kapitän trug an ſeinem Teile mit ſeinem Mut dazu bei. Mit welcher Ungeduld wurden dreiundachtzig und vierundachtzig die Berichte aus dem Lager von Saint-Roch erwartet! Ihr Großonkel, der noch am Leben iſt, der Admiral Kergarouët, hat damals dieſes berühmte Gefecht mit geleitet, denn er war auf der Belle-Poule."

„Ach, wenn er wüßte, ſein Neffe ſitzt im Gefängnis!"

„In zwei Tagen wird er es nicht mehr tun", ſagte der alte Minoret und erhob ſich.

Er ſtreckte die Hand aus, um die der alten Dame zu faſſen, die ſie ihm überließ, er küßte ſie ehrerbietig, grüßte tief und ging, kehrte aber zurück, um dem Pfarrer zu ſagen: „Wollen Sie, mein lieber Abbé, mir für morgen früh einen Platz in der Diligence reſervieren?"

Der Geiſtliche blieb ungefähr noch eine halbe Stunde, um das Lob des Doktor Minoret zu ſingen, der es mit Erfolg auf die Erorberung der alten Dame abgeſehen hatte.

„Er iſt für ſein Alter erſtaunlich", ſagte ſie. „Er ſpricht davon, nach Paris zu gehen und ſich der Angelegenheiten meines Sohnes anzunehmen, als wenn er fünfundzwanzig Jahre wäre. Er hat in der guten Geſellſchaft verkehrt."

„In der beſten, gnädige Frau, und mehr als ein Sohn eines armen Pairs von Frankreich wäre heute glücklich, wenn er ſein Mündel heiraten könnte, das eine Million hat. Ach, wenn ſo ein Gedanke an Saviniens Herz rührte — die Zeiten haben ſich ſo gewandelt — wenn dann nur nicht von Ihrer Seite die größten Schwierigkeiten erwachſen möchten, nach der Aufführung Ihres Sohnes."

Das faſſungsloſe Staunen, in das dieſer letzte Satz die alte Dame verſenkte, erlaubte dem Geiſtlichen, ihn zu vollenden.

„Sie haben den Verſtand verloren, mein lieber Abbé Chaperon."

„Gnädige Frau, Sie werden noch daran denken, und gebe Gott, daß Ihr Sohn ſich von nun an ſo verhalten möge, daß er die Achtung dieſes alten Mannes erwirbt."

„Wenn nicht Sie das wären, Herr Pfarrer, wenn ein anderer vor mir dieſe Reden führen würde . . ."

„So würden Sie ihm das Haus verbieten", ſchloß lächelnd der Abbé Chaperon. „Hoffen wir, daß Ihr lieber Sohn Ihnen mitteilt, wie es in Paris im Punkte der Eheſchließungen zugeht. Sie werden an Saviniens Glück denken, und Sie werden ihn nicht hindern wollen, ſeinen Weg zu machen, nachdem Sie ihn ſchon einmal gefährdet haben."

„Und das ſagen Sie mir?"

„Wenn ich es Ihnen nicht ſage, wer ſoll es Ihnen denn ſonſt ſagen?" rief der Prieſter, ſtand auf und zog ſich eilig zurück.

Der Geiſtliche ſah den Greis und Urſula die Runde im Hofe machen. Sein Mündel hatte dem ſchwachen Doktor ſo lange zugeſetzt, daß er ſchließlich nachgegeben hatte: ſie wollte nach Paris mitkommen, und gab ihm tauſend Vorwände dafür an. Er rief den Pfarrer, der auf ſie zukam, und bat ihn, wenn das

Poſtamt noch offen ſei, am gleichen Abend das ganze Coupé für ihn reſervieren zu laſſen.

Am nächſten Abend, um halb ſieben, kamen der Greis und das junge Mädchen in Paris an. Dort ſuchte der Doktor noch am gleichen Abend ſeinen Notar auf. Die politiſchen Vorgänge waren bedrohlich. Noch am Vorabend hatte der Friedensrichter von Nemours im Laufe der Unterhaltung dem Doktor wiederholt geſagt, man müſſe ein Narr ſein, um einen Pfennig in Staatspapieren zu halten, ſolange der Konflikt zwiſchen der Preſſe und dem Hof nicht bereinigt ſei. Minorets Notar billigte dieſen Rat, den der Friedensrichter indirekt erteilt hatte. Der Doktor benutzte demgemäß ſeine Reiſe, um ſeine Induſtriepapiere und ſtaatlichen Schuldverſchreibungen, die ſämtlich hauſſierten, zu verkaufen und ſein Kapital auf die Bank zu bringen. Der Notar veranlaßte ſeinen alten Klienten, auch die Werte zu verkaufen, die der alte Jordy Urſula hinterlaſſen hatte, und die jener, als guter Familienvater, hatte Zins und Zinſeszins tragen laſſen. Auch verſprach der Notar, einen beſonders gewitzten Geſchäftsmann in Bewegung zu ſetzen, um mit Saviniens Gläubigern zu verhandeln; doch ſei es, um zum Ziel zu gelangen, erforderlich, daß der junge Mann den Mut habe, noch zehn Tage im Gefängnis zu bleiben.

„Überhaſtung kommt bei derartigen Geſchäften auf mindeſtens fünfzehn Prozent zu ſtehen. Und zudem werden Sie Ihre Werte vor ſieben bis acht Tagen nicht flüſſig haben“, ſagte der Notar zum Doktor.

Als Urſula erfuhr, Savinien werde noch zum wenigſten eine Woche im Gefängnis bleiben, bat ſie ihren

Vormund, ihn nur ein einziges Mal dahin begleiten zu dürfen. Der alte Minoret ſchlug es ab. Sie hatten ſich in einem Hotel in der Rue Croix-des-Petits-Champs untergebracht, wo der Doktor ein ganzes Appartement, wie es ihnen zuſagte, genommen hatte. Da er die Frömmigkeit ſeines Mündels kannte, ließ er ſie das Verſprechen ablegen, nicht allein auszugehen, wenn er in Geſchäften abweſend ſei. Der Wackere führte Urſula durch Paris, zeigte ihr Paſſagen, Läden und Boulevards, aber nichts zerſtreute, nichts intereſſierte ſie.

„Was willſt du?“ ſagte der Greis.

„Saint-Pélagie ſehen“, erwiderte ſie hartnäckig.

Schließlich nahm Minoret einen Wagen und brachte ſie bis zur Rue de la Clef, wo das Gefährt vor der unſchönen Faſſade dieſes alten Kloſters, das man zum Gefängnis gemacht hat, anhielt. Der Anblick dieſer hohen grauen Mauern, in denen alle Fenſter vergittert ſind, der Schranken, durch die man — welch furchtbare Lehre! — nur in gebückter Haltung eintreten kann, dieſe düſtere Maſſe, die in einem Quartiere des Elends, im Umkreiſe troſtloſer Straßen wie ein Bau des äußerſten Jammers ſich erhebt, dieſer Geſamteindruck trauriger Dinge ergriff Urſula bis zu Tränen.

„Wie?“ ſagte ſie, „ſperrt man junge Menſchen des Geldes wegen ein? Wie kann eine Schuld dem Wucherer eine Macht geben, die nicht einmal der König hat? — Da iſt er alſo!“ rief ſie aus. „Und wo, Pate?“ ſetzte ſie hinzu, indem ſie den Blick an den Fenſtern entlanglaufen ließ.

„Urſula,“ ſagte der alte Mann, „du veranlaßt mich zu Torheiten . . . Das heißt nicht, ihn vergeſſen.“

„Aber wenn ich ihm ſchon entſagen muß,“ gab ſie

zurück, „darf ich denn auch keinen Anteil an ihm nehmen? Ich kann ihn ja lieben und niemanden heiraten."

„Ach," rief der Biedermann aus, „es ist so viel Vernunft in deiner Unvernunft, daß ich bereue, dich hierher gebracht zu haben."

Drei Tage später besaß der Greis alle ordnungsgemäßen Quittungen, die Belege und Schriftstücke, die Saviniens Befreiung erwirken mußten. Diese Liquidation hatte einschließlich des Honorars für den Agenten achtzigtausend Franken erfordert. Es blieben dem Doktor achthunderttausend Franken, die er auf Anraten seines Notars in Schatzscheinen anlegte, um nicht zu viel Zinsen zu verlieren. Zwanzigtausend Franken in Banknoten behielt er für Savinien zurück. Der Doktor persönlich ließ am Sonnabend um zwei Uhr die Haft aufheben, und der junge Vicomte, der von seiner Mutter bereits unterrichtet worden war, dankte seinem Befreier mit leidenschaftlicher Herzlichkeit.

„Sie müssen unverzüglich zu Ihrer Mutter kommen", sagte der alte Minoret zu ihm.

Savinien erwiderte nicht ohne Verlegenheit, daß er im Gefängnis eine Ehrenschuld eingegangen sei und berichtete von dem Besuche seiner Freunde.

„Ich vermutete irgend eine solche besondere Schuld bei Ihnen", sagte der Doktor lächelnd. „Ihre Mutter entleiht von mir hunderttausend Franken, aber ich habe nur achtzigtausend bezahlt; hier ist der Rest, gehen Sie gut mit ihm um, mein Herr, und betrachten Sie ihn als Ihren Einsatz auf dem grünen Tuche des Glücks."

Während der verflossenen acht Tage hatte Savinien über die gegenwärtige Zeitlage nachgedacht. Wer zu einem Vermögen gelangen will, von dem verlangt die große Konkurrenz in allen Betätigungen harte Arbeit. Die ungeſetzlichen Mittel erfordern mehr Talent und mehr verborgene Schliche als eine Unternehmung unter freiem Himmel. Erfolge in der großen Welt waren weit entfernt, eine Poſition zu ſichern, ſtahlen die Zeit und erforderten außerordentliche Summen; ſein Name, den ſeine Mutter ihm als allmächtig gerühmt hatte, war in Paris nichts. Sein Couſin, der Abgeordnete, der Graf von Portenduère, war in der Kammer in Gegenwart der Pairs und des Hofes eine unbedeutende Erſcheinung und hatte ſelber nicht allzuviel Kredit. Der Admiral von Kergarouët galt nur durch ſeine Frau. Er hatte geſehen, daß Redner, Leute aus Schichten, die unter dem Adel lagen, oder kleine Edelleute einflußreiche Perſönlichkeiten ſein konnten. Das Geld war der einzige Angelpunkt, das einzige Mittel und der einzige Antrieb einer Geſellſchaft, die Ludwig XVIII.nach dem Bilde der engliſchen hatte geſtalten wollen. Auf dem Wege von der Rue de la Clef zur Rue de la Croix-des-Petits-Champs entwickelte der junge Edelmann das Reſultat ſeiner Überlegungen, das im übrigen mit dem Rate de Marsays übereinſtimmte.

„Ich muß mich,“ ſprach er zu dem alten Arzt „drei oder vier Jahre lang in Vergeſſenheit geraten laſſen und eine Laufbahn antreten. Vielleicht werde ich mir einen Namen durch ein ſtaatswiſſenſchaftliches Buch machen, oder durch eines über Moralſtatiſtik, oder durch eine Abhandlung über eines der großen aktuellen Probleme. Kurz, einerſeits werde ich trachten, mich mit einem jungen Mädchen zu verheiraten, durch das ich die Möglichkeit gewinne, mich wählen zu laſſen, andererſeits werde ich ſtill und zurückgezogen arbeiten."

Aufmerkſam forſchte der Doktor im Geſicht des jungen Mannes und fand darin den Ernſt des Mannes, der verletzt iſt und nach Genugtuung ſtrebt. Er ſtimmte dieſem Plane lebhaft zu.

„Mein lieber Herr Nachbar", ſo ſchloß er, „wenn Sie die alte Adelshaut abgeſtreift und drei bis vier Jahre mit ernſthafter Sammlung gearbeitet haben, ſo mache ich mich anheiſchig, für Sie ein hervorragendes, junges, ſchönes, frommes und liebenswürdiges Geſchöpf ausfindig zu machen, die ſieben- bis achthunderttauſend Franken beſitzt, die Sie glücklich machen wird, und auf die Sie ſtolz ſein können, deren Adel aber freilich nur im Herzen liegt."

„Aber Doktor," rief der junge Mann, „heute gibt es keinen Adel mehr, ſondern nur noch eine Ariſtokratie!"

„Gehen Sie, begleichen Sie Ihre Ehrenſchuld und kommen Sie hierher zurück. Ich belege das Coupé der Diligence, denn mein Mündel begleitet mich", ſagte der Greis.

Um ſechs Uhr abends fuhren die drei Reiſenden mit der Ducler in der Rue Dauphine ab. Urſula hatte einen Schleier umgelegt und ſprach kein Wort. Savinien hatte in der Hölle ſeiner Schulden zu Paris, nachdem er einmal in einer Regung oberflächlicher Galanterie Urſula jenen Kuß zugeworfen hatte, der ſie ſo aufgeſtört hatte wie ein Roman voller Liebe, das Mündel des Doktors längſt vergeſſen. Zudem hatte ſeine hoffnungsloſe Verehrung für Emilie von Kergarouët ihm nicht geſtattet, ſich einiger getauſchter Blicke mit einem kleinen Mädchen in Nemours zu entſinnen; er erkannte ſie daher nicht wieder, als der Alte ſie als erſte einſteigen ließ und ſich dann, um ſie von dem Vicomte zu trennen, neben ſie ſetzte.

„Ich muß Ihnen Rechnug ablegen," ſagte der Doktor zu dem jungen Mann, „ich bringe Ihnen all Ihre Papiere."

„Um ein Haar hätte ich nicht abfahren können," bemerkte der junge Mann, „ich mußte mir Anzüge und Wäſche machen laſſen: ſie haben mir alles weggenommen; ich komme als verlorener Sohn an."

Urſula ſah auf die Pferde und auf den Weg. So intereſſant die Gegenſtände ſein mochten, über die der junge Mann und der Greis ſprachen, ſo geiſtvoll gewiſſe Antworten Saviniens waren, das junge Mädchen verharrte im Schweigen, ihr grüner Schleier blieb herabgelaſſen, und ihre Hände behielt ſie bis zur Dämmerung unter ihrem Schal gekreuzt.

„Dem gnädigen Fräulein ſcheint Paris nicht beſonders behagt zu haben", ſagte Savinien ſchließlich pikiert.

„Ich kehre gern nach Nemours zurück", erwiderte ſie mit bewegter Stimme und hob den Schleier auf.

„Und ich verlaſſe Paris ohne Bedauern, um mich in Nemours zu vergraben, da ich meine ſchöne Nachbarin dort wiederfinde. Ich hoffe, Herr Doktor, daß ich werde zu Ihnen kommen dürfen; ich liebe Muſik und erinnere mich, das Klavier von Fräulein Urſula vernommen zu haben."

„Ich weiß nicht, mein Herr," ſagte gewichtig der Doktor, „ob Ihre Frau Mutter Sie gern bei einem alten Manne ſähe, der die ganze Fürſorge einer Mutter für dieſes teure Kind an den Tag legen muß!"

Dieſe gemeſſene Antwort machte Savinien, der ſich

nun des Kuſſes entſann, ſehr nachdenklich. Die Nacht war gekommen, die Hitze war drückend. Savinien und der Doktor ſchliefen zuerſt ein. Urſula blieb noch lange wach und machte Pläne; gegen Mitternacht überkam ſie der Schlaf. Sie hatte ihren kleinen Hut aus grobem Strohgeflecht abgenommen, und bald lag ihr Kopf, der von einer Spitzenhaube bedeckt war, auf der Schulter ihres Paten. In der Dämmerung erwachte Savinien — es war in Bouron — als erſter. Er bemerkte Urſula in der Unordnung, die das Schütteln des Wagens verurſacht hatte: die Haube war zerknittert und nach hinten gerutſcht. Die Zöpfe hatten ſich gelöſt und fielen zu beiden Seiten des von der Hitze geröteten Geſichts herab. In dieſer Verfaſſung, die ein Verhängnis für Frauen iſt, welche auf die Kunſt der Toilette angewieſen ſind, triumphieren Jugend und Schönheit. Der Schlummer der Unſchuldigen iſt immer ſchön. Die halbgeöffneten Lippen ließen hübſche Zähne zum Vorſchein kommen, der Schal hatte ſich entfaltet und ließ unter einem Kleid von farbigem Muſſelin, ohne daß er Urſula zu nahe hätte treten müſſen, die ganze Anmut des Buſens ſehen. Vor allem aber leuchtete die Reinheit der Seele aus dieſem Antlitz, und ſie trat um ſo deutlicher hervor, als kein anderer Ausdruck ſie trübte. Als der alte Minoret erwachte, placierte er ſein Kind in die Wagenecke, damit es bequemer ruhe; ſie ließ es geſchehen, ohne es zu bemerken, ſo feſt ſchlief ſie.

„Arme Kleine!“ ſagte er zu ſeinem Nachbar, „ſie ſchläft wie das Kind, das ſie iſt.“

„Sie müſſen wohl ſtolz auf ſie ſein,“ bemerkte Savinien, „denn ſie ſcheint eben ſo gut zu ſein, wie ſie ſchön iſt.“

„Ja, ſie iſt die Freude des Hauſes. Wäre ſie meine Tochter, ich könnte ſie nicht lieber haben. Am kommenden fünften Februar wird ſie ſechzehn Jahre. Gebe Gott, daß ich lange genug lebe, um ſie mit einem Manne zu verheiraten, der ſie glücklich macht! Ich wollte ſie in Paris, wo ſie zum erſtenmal war, ins Theater führen; ſie hat es nicht gewollt, der Pfarrer von Nemours hatte es verboten. ‚Aber,' ſagte ich zu ihr, ‚wenn du verheiratet biſt und dein Mann will dich hinführen?' ‚Ich werde alles tun, was mein Mann will', hat ſie geantwortet. ‚Wenn er von mir etwas Schlechtes verlangt und wenn ich ſchwach genug ſein werde, ihm zu gehorchen, ſo wird er für dieſen Fehltritt vor Gott einſtehen müſſen. Auch werde ich die Kraft gewinnen, in ſeinem eigenen Intereſſe zu widerſtreben'."

Als ſie um fünf Uhr früh in Nemours eintrafen, erwachte Urſula voller Beſchämung über ihre Verfaſſung und den bewundernden Blick von Savinien, der auf ihr ruhte. Während der Stunde, welche die Diligence von Bouron, wo ſie einige Minuten hält, nach Nemours braucht, hatte der junge Mann ſich in Urſula verliebt. Er hatte die Lauterkeit dieſer Seele, die Schönheit des Leibes, die Reinheit der Haut, die Zartheit der Züge und die Anmut der Stimme betrachtet, die den kurzen und doch ſo ausdrucksvollen Satz vorgebracht hatte, in dem das arme Kind alles geſtand, ohne etwas ſagen zu wollen. Endlich ließ ein geheimes Vorgefühl ihn in Urſula die Frau erblicken, deren Gemälde ihm der Doktor entworfen und das er in den goldenen Rahmen jener magiſchen Worte: „ſieben- bis achthunderttauſend Franken" geſtellt hatte.

„In drei oder vier Jahren iſt ſie zwanzig Jahre, ich ſiebenundzwanzig. Der gute Mann hat von Prüfungen, von Arbeit, von anſtändiger Führung geſprochen. So ſchlau er auch ſein mag, ſchließlich wird er mir ſein Geheimnis mitteilen."

Vor ihren Häuſern trennten die drei Nachbarn ſich voneinander, und Savinien legte in ſeine Verabſchiedung einen beſonderen Nachdruck und richtete einen Blick, der ſchwer von Bitten war, auf Urſula.

Frau von Portenduère ließ ihren Sohn bis zum Mittag ſchlafen. Trotz der Ermüdung von der Reiſe gingen der Doktor und Urſula zum Hochamt. Saviniens Befreiung und Rückkehr in der Begleitung des Doktors hatten über deſſen Abweſenheit den Politikern der Stadt und den Erben Licht gegeben. Dieſe hatten, ähnlich wie zwei Wochen zuvor, ſich auf dem Platze zu einer Beratung vereinigt.

Zum großen Erſtaunen der verſammelten Gruppen hielt beim Ausgang der Meſſe Frau von Portenduère den alten Minoret an, der ihr den Arm bot und ſie nach Hauſe geleitete. Die alte Dame lud ihn ſowie ſein Mündel für den gleichen Tag zum Mittageſſen ein, indem ſie hinzuſetzte, der Herr Pfarrer würde der andere Tiſchgaſt ſein.

„Er wird Urſula haben Paris zeigen wollen", ſagte Minoret.

„Verdammt, der alte Kerl macht nicht einen Schritt ohne ſeine kleine Kinderwärterin", ſchrie Frau Crémière.

„Wenn die gute Frau von Portenduère ihm den Arm gibt, dann muß etwas zwiſchen ihnen vorgegangen ſein", erklärte Maſſin.

„Und Sie haben nicht erraten, daß Ihr Onkel ſeine Renten verkauft und den kleinen Portenduère herausgehauen hat!“ rief Goupil. „Meinem Herrn hat er es abgeſchlagen, aber ſeiner Herrin nicht, und Sie ſind die Gelämmerten. Der Vicomte wird vorſchlagen, einen Kontrakt an Stelle einer Schuldverſchreibung zu machen, und der Doktor ſpricht ſeinem Kleinod von Mündel durch den Gatten alles zu, was er ihr für eine ſolche Heirat geben muß.“

„Urſula mit Herrn Savinien zu verheiraten, wäre nicht ſo dumm“, bemerkte der Metzger. „Die alte Dame hat heute Herrn Minoret zum Eſſen; Tinette iſt ſchon um fünf Uhr gekommen, um ſich ein Filet zurücklegen zu laſſen.“

„Nun, Dionis, ſchöne Sachen!“ ſagte Maſſin, der dem Notar, der auf dem Platze erſchien, entgegengegangen war.

„Ja, was denn? alles geht gut“, erwiderte der Notar. „Euer Onkel hat ſeine Renten verkauft, und Frau von Portenduère hat mich gebeten, heranzukommen, um eine Hypothek auf ihre Beſitzungen über hunderttauſend Franken, die ihr der Doktor geliehen hat, auszuſtellen.“

„Ja, aber wenn die jungen Leute ſich heiraten?“

„Das iſt, als wenn Sie mir ſagen, Goupil wird mein Nachfolger!“ erwiderte der Notar.

„Beides iſt nicht unmöglich!“ verſetzte Goupil.

Als die alte Dame zu Hauſe angelangt war, ließ ſie durch Tinette ihren Sohn zu ſich rufen. Das Häuschen hatte drei Zimmer im erſten Stock. Die von Frau von Portenduère und weiland ihrem Gatten lagen auf derſelben Seite und waren durch einen großen Ankleideraum getrennt, der nur ſpärlich erhellt war. Ein kleines Vorzimmer, welches auf das Stiegenhaus ging, verband ſie.

Das Fenſter des andern Zimmers, das immer von

Savinien bewohnt worden war, ging, wie die Fenſter im Zimmer ſeines Vaters, auf die Straße. Dahinter zog ſich die Treppe, und zwar ſo, daß auch hier ein kleiner Raum entſtand, der durch eine Lücke vom Hofe her ſein Licht erhielt.

Das Zimmer der Frau von Portenduère, das traurigſte des ganzen Hauſes, ging auf den Hof; aber die Witwe verbrachte ihre Tage in dem Saal im Erdgeſchoß, der durch einen Gang in Verbindung mit einer hinten im Hofe liegenden Küche ſtand; dergeſtalt war dieſer Saal Salon und Speiſezimmer zugleich.

Das Zimmer des verſtorbenen Herrn von Portenduère blieb ſo, wie es am Todestage geweſen war: nur der Tote fehlte. Frau von Portenduère hatte ſelbſt das Bett geordnet, und die Kapitänsuniform, den Degen, das rote Ordensband und den Hut ihres Gemahls darauf gebreitet. Die Tabaksdoſe, aus der er zum letzten Male geſchnupft hatte, ſowie ſein Gebetbuch, ſeine Uhr und die Taſſe, aus der er getrunken hatte, befanden ſich auf dem Nachttiſche. Seine weißen Haare hingen im Rahmen, in eine Strähne gerollt, über dem Kruzifix mit ſeinem Weihwaſſerbecken im Alkoven. Die Kleinigkeiten, die er im Gebrauch gehabt hatte, ſeine Zeitungen, die Möbel, ſein holländiſcher Spucknapf, ſein Feldſtecher, der am Kamin aufgehängt war — nichts fehlte. Die Witwe hatte die alte Wanduhr in der Todesſtunde angehalten, die ſie nun auf immer zeigte. Man roch den Puder und den Tabak des Verſtorbenen noch im Zimmer. Sein Heim war ſo, wie er es verlaſſen hatte. Dort eintreten, hieß mit dem Anblick all der Dinge, die Zeugnis von ſeinen Gewohnheiten gaben, ihn ſelbſt antreffen. Sein großer Stock mit dem goldenen Knopf, ſtand, wo er ihn hingetan hatte, und die plumpen Hirſchlederhandſchuhe lagen daneben. Von der Konſole leuchtete eine goldene Vaſe, ein Geſchenk der Inſel Havanna, der er gelegentlich des amerikaniſchen Unabhängigkeitskrieges einen engliſchen Angriff erſpart hatte, indem er gegen überlegene Kräfte ſich ſchlug, als er den Transport, den er deckte, in den Hafen gebracht hatte. Für dieſe Leiſtung wurde er bei erſter Gelegenheit zum Chef eines Geſchwaders befördert und erhielt den cordon rouge. Die Vaſe war grob gearbeitet, hatte aber einen Wert von tauſend Talern. Der König von Spanien hatte ihn zum Ritter ſeiner Orden gemacht. Da er nun der Beförderung bei erſter Gelegenheit ſicher und im Beſitze des cordon rouge war, heiratete er ſeine Frau, die damals zweihunderttauſend Franken beſaß. Aber die Revolution verhinderte ſeine Beförderung, und er wanderte aus.

„Wo iſt meine Mutter?“ ſagte Savinien zu Tinette.

„Sie erwartet Sie im Zimmer Ihres verſtorbenen Herrn Vaters“, erwiderte die alte bretoniſche Dienſtmagd. Savinien konnte ein Zittern nicht unterdrükken. Er kannte die Starrheit in den Grundſätzen ſeiner Mutter, den Kult, den ſie mit der Ehre trieb, ihre Rechtlichkeit, ihren Glauben an den Adel; er ſah eine Szene kommen. So trat er denn ein wie zum Sturmangriff, mit klopfendem Herzen und faſt bleichem Geſicht. In dem halben Licht, das durch die Jalouſie drang, ſah er ſeine Mutter in ſchwarzem Kleide daſitzen, einen Ernſt in den Mienen, der zu dieſem Sterbezimmer paßte.

„Ritter,“ ſagte ſie und erhob ſich bei ſeinem Anblick, um ihn an der Hand vor das väterliche Lager zu führen, „hier hat Ihr Vater ſeinen Geiſt aufgegeben, ein Mann von Ehre, der, ohne ſich etwas vorwerfen zu müſſen, geſtorben iſt. Sein Geiſt iſt zugegen. Gewiß hat er dort oben bitter leiden müſſen, als er ſeinen Sohn durch eine Schuldhaft geſchändet ſah. Unter dem alten Reiche hätte man Ihnen dieſen Makel erſpart und einen Haftbefehl erwirkt, der Sie für einige Tage in ein Staatsgefängnis gebracht hätte. Genug — Sie ſtehen hier vor Ihrem Vater, der Sie hört. Sie, der Sie alles wiſſen, was Sie getan haben, bevor Sie in jenes ſchändliche Gefängnis geraten ſind, können Sie vor dieſem Schatten und vor dem allwiſſenden Gott mir ſchwören, daß Sie nichts Entehrendes begangen haben, daß Ihre Schulden die Folgen jugendlichen Leichtſinns geweſen ſind, kurz: daß Ihre Ehre unverſehrt iſt? Wenn Ihr Vater dort leibhaftig in ſeinem Fauteuil ſäße und Rechenſchaft von Ihnen forderte, würde er Sie, nachdem er alles vernommen, in ſeine Arme nehmen?"

„Ja, Mutter", ſagte der junge Mann mit ehrfürchtigem Ernſt.

Da öffnete ſie die Arme und ſchloß ihren Sohn, nicht ohne einige Tränen fallen zu laſſen, an ihre Bruſt.

„Vergeſſen wir alſo das alles," ſprach ſie, „es iſt nur verlorenes Geld. Ich werde Gott bitten, daß wir es wiedergewinnen. Und da du noch immer deines Namens würdig biſt, ſo umarme mich, denn ich habe ſehr gelitten."

„Ich ſchwöre dir, liebe Mutter," ſagte er, indem er die Hand über das Bett ausſtreckte, „dir nie mehr den kleinſten Verdruß dieſer Art zu verurſachen und alles zu tun, um meine erſten Verfehlungen gut zu machen."

„Komm zum Essen, mein Kind“, sagte sie und verließ das Zimmer.

Wenn man die Gesetze der Bühne auf die Erzählung anwenden darf, so schließt die Ankunft Saviniens, mit der die einzige Person in Nemours erscheint, die unter denen, welche in diesem Drama spielen, noch fehlte, die Exposition ab.

☆

MINORETS NACHLASS

DAS GEFECHT BEGANN MIT DER ANWENDUNG eines Kunſtmittels, das in der alten wie in der neuen Literatur gänzlich abgebraucht iſt. Niemand hätte hoffen können, im Jahre 1829 noch eine Wirkung damit zu erziehen, wenn es ſich nicht um eine alte Bretonin, eine Kergarouët, eine Emigrantin gehandelt hätte. Jedoch wir wollen nicht verfehlen feſtzuſtellen, daß der Adel um 1829 auf dem Gebiet der guten Sitte bereits etwas von dem Terrain zurückerobert hatte, das ihm in der Politik verloren gegangen war. Außerdem iſt das Gefühl, das die Oberhäupter einer Familie leitet, ſobald es ſich um eine Eheſchließung handelt, durchaus unvergänglich, da es ſehr eng mit dem Beſtehen der zivilisierten Geſellſchaft zuſammenhängt und im Weſen der Familie begründet iſt. Dieſes Gefühl herrſcht in Genf und in Wien genau ebenſo wie in Nemours, wo Zélie Levrault ſich erſt kürzlich geweigert hatte, ihrem Sohn die Heirat mit der Tochter eines Baſtards zu geſtatten. Immerhin gibt es für jedes geſellſchaftliche Geſetz Ausnahmen. Savinien hatte alſo im Sinne, den Hochmut ſeiner Mutter durch Urſulas angeborenen Adel zu beugen. Der Kampf begann auf der Stelle. Savinien ſaß kaum bei Tiſch, als ſeine Mutter ihm ſchon von den ihren Angaben nach furchtbaren Briefen erzählte, die ſie von den Kergarouëts und Portenduères erhalten hatte.

„Es gibt heute keine Familie mehr, Mama,“ antwortete Savinien, „es gibt nur noch Einzelperſonen! Der Adel hält nicht mehr zuſammen. Heute fragt man nicht mehr danach, ob jemand ein Portenduère, ob er tapfer, ob er Staatsmann iſt — heute fragt man nur: Wieviel Steuern zahlen Sie?"

„Und der König?" fragte die alte Dame.

„Der König ſteht zwiſchen beiden Kammern wie ein Mann zwiſchen ſeiner Ehefrau und ſeiner Geliebten. Ich kann alſo heute ein reiches Mädchen heiraten, einerlei aus welcher Familie ſie ſtammt. Sie kann auch eine Bauerntochter ſein, wenn ſie eine Million Mitgift bekommt und gut erzogen iſt, das heißt, wenn ſie aus einem Penſionat kommt."

„Das gehört nicht hierher", bedeutete die alte Dame.

Savinien runzelte bei dieſen Worten die Stirn. Er kannte den eiſernen Willen ſeiner Mutter, den man bretoniſchen Starrſinn nennt, und wollte gern ihre Meinung über dieſe heikle Angelegenheit ſogleich hören.

„Das heißt alſo, daß Sie ſich meiner Heirat widerſetzen würden, wenn ich ein junges Mädchen liebte, wie etwa das Mündel Ihres Nachbars?"

„Solange ich lebe", ſagte ſie. „Nach meinem Tode biſt du allein für die Ehre und das Blut der Portenduère und Kergarouët verantwortlich."

„Sie würden mich alſo vor Hunger und Verzweiflung ſterben laſſen, um einer Schimäre zu genügen, die heute nur durch den Glanz des Reichtums den Schein der Wirklichkeit erhalten kann?"

„Du würdeſt ſo Frankreich dienen und Gott vertrauen."

„Sie verſchieben alſo mein Glück auf den Tag nach Ihrem Tode?"

„Es wäre furchtbar von dir — mehr kann ich nicht ſagen.“
„Ludwig XIV. hätte beinahe die Nichte Mazarins geheiratet, der ein Emporkömmling war.“
„Mazarin hat ſich ſelbſt dieſer Heirat widerſetzt!“
„Und Scarrons Witwe?“
„War eine d'Aubigné! Außerdem war die Heirat geheim. Aber ich bin ja alt genug, mein Sohn“, ſagte ſie mit einem Kopfſchütteln. „Wenn ich tot bin, kannſt du heiraten, wen du willſt.“
Savinien liebte und achtete ſeine Mutter. Jedoch ſetzte er dem Starrſinn der Greiſin ſofort und insgeheim einen gleichen Starrſinn entgegen und beſchloß, nie eine andere Frau zu heiraten als Urſula, der dieſer Widerſtand wie immer in ähnlichen Fällen den Reiz des Verbotenen verlieh.
Nach der Veſper betraten Doktor Minoret und Urſula, die weiß und roſa gekleidet war, den kalten Saal. Das arme Kind wurde von einem ſo heftigen Zittern befallen, als ſtände ſie vor der Königin von Frankreich, um eine Gnade von ihr zu erbitten. Seit ihrer Ausſprache mit dem Doktor hatte dies kleine Haus für ſie die Maße eines Palaſtes angenommen, und die alte Dame ſchien ihr von ſo hohem Rang wie eine Herzogin im Mittelalter der Tochter eines Leibeigenen. Nie hatte Urſula ſo verzweifelt den Abſtand geſchätzt, der einen Vicomte von Portenduère von der Tochter eines Tambourmajors und früheren Sängers an der italieniſchen Oper trennte, deren Vater der natürliche Sohn eines Orgelbauers geweſen war, und deren Daſein von der Güte eines Arztes abhing.
„Was iſt Ihnen, mein Kind?“ fragte die Greiſin und ließ ſie neben ſich Platz nehmen.

„Gnädige Frau, die Ehre, die Sie mir erweiſen, verwirrt mich . . .“

„Nun, meine Kleine,“ antwortete Frau von Portenduère mit ihren ſchneidendſten Tönen, „ich weiß, wie lieb Ihr Vormund Sie hat und will mich ihm gefällig erweiſen, weil er mir den verlorenen Sohn zurückgebracht hat.“

„Aber Mama,“ ſagte Savinien, dem Urſulas heftiges Erröten und die ſchreckliche Anſtrengung, mit der ſie die Tränen zurückhielt, zu Herzen gingen, „ſelbſt wenn Sie Herrn Chevalier Minoret nicht verpflichtet wären, könnten wir uns immer glücklich ſchätzen, daß Fräulein Urſula uns die Freude macht, Ihre Einladung anzunehmen.“

Und der junge Edelmann ergriff die Hand des Arztes mit bedeutungsvoller Miene, indem er fortfuhr: „Sie tragen den Sankt Michaelsorden, mein Herr, den älteſten Orden von Frankreich, der ſtets den Adel verleiht.“

Urſulas ungewöhnliche Schönheit hatte durch ihre faſt hoffnungsloſe Liebe ſeit einigen Tagen jene Tiefe angenommen, die allen Bildern der großen Meiſter eigen iſt, worin ein ſtarker ſeeliſcher Ausdruck in Formen gebannt wird. Dieſe Schönheit hatte Frau von Portenduère plötzlich betroffen und ließ ſie hinter der Großmut des Doktors eine ehrgeizige Berechnung vermuten. Deshalb hatte ſie den Satz, auf den Savinien antwortete, mit der Abſicht geſprochen, den Greis in dem zu verletzen, was ihm am teuerſten war. Aber er konnte ein Lächeln nicht unterdrücken, als er ſich von Savinien Chevalier anſprechen hörte und in dieſer Übertreibung die Kühnheit des Liebenden erkannte, der vor keiner Lächerlichkeit zurückſchreckt.

„Der Sankt Michaelsorden, für den man früher ſo viele Torheiten beging, Herr Vicomte," erwiderte der alte Leibarzt des Königs, „iſt heruntergekommen wie ſo viele Privilegien. Heute wird er nur noch an Ärzte und arme Künſtler verliehen. Deshalb haben die Könige recht getan, ihn mit dem von Sankt Lazarus zu vereinigen, der, glaube ich, ein armer Teufel war und durch ein Wunder wieder zum Leben erweckt wurde. In dieſem Zuſammenhang wäre der Orden des Michael und Lazarus für uns ein Symbol."
Nach dieſer Antwort, in der ebenſoviel Spott wie Haltung lag, herrſchte eine Stille, die niemand brechen wollte und die ſchon peinlich geworden war, als es plötzlich klopfte.
„Da iſt unſer lieber Pfarrer", ſagte die alte Dame, die ſich erhob und Urſula allein ließ, um dem Abbé entgegenzugehen, eine Auszeichnung, die ſie weder Urſula noch dem Doktor erwieſen hatte.
Der Greis lächelte, als er abwechſelnd Savinien und ſein Mündel anſah. An der Klippe, ſich über Frau von Portenduères Benehmen zu beklagen oder ſich beleidigt zu zeigen, wäre jeder kleine Geiſt geſcheitert, Minoret jedoch hatte zu viel Lebensart, um ſie nicht zu umgehen. Er begann mit dem Vicomte über die Gefahren zu plaudern, die Karl X. drohten, indem er dem Prinzen von Polignac die Staatsgeſchäfte anvertraute. Als genügend Zeit verſtrichen war, um von geſchäftlichen Dingen zu ſprechen, ohne daß es den Anſchein hatte, als ob er ſich räche, übergab der Doktor faſt ſcherzend der alten Dame die Akten über die Verhaftung und die quittierten Schuldſcheine, die einer Rechnung ſeines Notars als Belege dienten.

„Hat mein Sohn ſie anerkannt?“ fragte Frau von Portenduère mit einem Blick auf Savinien, der beſtätigend nickte. „Nun, das wird Dionis erledigen“, fügte ſie hinzu und ſchob die Papiere mit jener Verachtung fort, mit der ihrer Anſicht nach Geldangelegenheiten zu behandeln waren.
Eine Herabſetzung des Reichtums war für Frau von Portenduère gleichbedeutend mit einer Erhöhung des Adels und einer Herabſetzung des Bürgertums. Einige Minuten ſpäter kam Goupil im Auftrag ſeines Chefs, um Herrn Minorets für Savinien ausgeſtellte Rechnungen zu holen.
„Warum das?“ fragte die alte Dame.
„Als Unterlage für die Schuldverſchreibung“, erwiderte der Bureauvorſteher und ſah ſich frech um. Urſula und Savinien, die dieſen gräßlichen Menſchen zum erſtenmal in der Nähe ſahen, empfanden ungefähr den Ekel, den eine Kröte verurſacht, und dies Gefühl wurde noch durch eine düſtere Vorahnung verſchlimmert. Beide ſahen vor ihren inneren Augen das unbeſtimmbare, verworrene Gebilde ihrer Zukunft, wofür die Sprache keine nähere Bezeichnung hat und das nur durch die Auswirkung jenes inneren Weſens zu erklären wäre, von dem der Anhänger Swedenborgs Dr. Minoret erzählt hatte. Die Gewißheit, daß dieſer giftige Goupil ihnen verderbenbringend ſein würde, ließ Urſula erzittern. Aber ſie überwand ihre Angſt, als ſie mit einer unausſprechlichen Freude ſah, daß Savinien ihre Erregung teilte.
„Schön iſt der Schreiber des Herrn Dionis nicht“, ſagte Savinien, als Goupil ſich entfernt hatte.
„Was liegt daran, ob ſolche Leute ſchön oder häßlich ſind!“ erwiderte Frau von Portenduère.

„Nicht ſeine Häßlichkeit mache ich ihm zum Vorwurf, wohl aber ſeine mit Ruchloſigkeit gepaarte Bosheit, die alle Grenzen überſteigt“, ſagte der Pfarrer.
Der Doktor wurde, trotz ſeiner Abſicht, liebenswürdig zu ſein, zurückhaltend und kalt. Die beiden Liebenden waren bedrückt. Ohne die Gutmütigkeit des Abbé, der die Mahlzeit mit ſeiner ſanften Heiterkeit belebte, wären der Doktor und ſein Mündel in einer faſt unerträglichen Lage geweſen. Als er ſah, wie blaß Urſula während des Deſſert wurde, ſagte er zu ihr: „Wenn du dich nicht wohl fühlſt, mein Kind, brauchſt du nur über die Straße nach Hauſe zu gehen.“
„Was fehlt Ihnen, liebes Herz?“ fragte die alte Dame das junge Mädchen.
„Ach, gnädige Frau,“ ſagte der Doktor ſcharf, „ihre Seele friert, da ſie gewohnt iſt, nur Lächeln um ſich zu ſehn.“
„Eine ſehr ſchlechte Erziehung, Herr Doktor“, ſagte Frau von Portenduère. „Nicht wahr, Herr Pfarrer?“
„Gewiß, gnädige Frau“, erwiderte Minoret und warf einen Blick auf den Abbé, der keine Worte fand. „Ich habe dieſem himmliſchen Geſchöpf, wie ich ſehe, das Daſein unmöglich gemacht, wenn es in der Welt leben müßte. Aber ich werde nicht ſterben, ohne es vor Kälte, Haß und Gleichgültigkeit geſchützt zu haben.
„Pate, ich bitte Sie ... genug. Ich leide hier nicht“, ſagte Urſula und ertrug lieber den Blick Frau von Portenduères als ihren Worten durch einen Blick auf Savinien zu viel Nachdruck zu geben.
„Ich weiß nicht, Mama,“ wandte ſich Savinien an

ſeine Mutter, „ob Fräulein Urſula leidet. Ich weiß nur, daß du mich auf die Folter ſpannſt.“
Als Urſula dieſe Worte hörte, die dem hochherzigen jungen Mann durch das Verhalten ſeiner Mutter entfahren waren, wurde ſie blaß und bat Frau von Portenduère, ſie zu entſchuldigen. Sie ſtand auf, nahm den Arm ihres Vormundes, grüßte, ging hinaus und ſtürzte in das Haus ihres Paten. Hier ſetzte ſie ſich in den Salon vor ihr Klavier, verbarg ihr Geſicht in den Händen und brach in Tränen aus.
„Warum überläßt du nicht der Erfahrung meines Alters die Lenkung deiner Gefühle, ſchreckliches Geſchöpf!“ rief der Doktor verzweifelt. „Die Adligen glauben uns Bürgerlichen gegenüber niemals zu irgend etwas verpflichtet zu ſein! Wenn wir Ihnen dienen, tun wir unſere Pflicht, nichts weiter! Außerdem hat die alte Dame geſehen, daß Savinien dich mit Vergnügen anſah und fürchtet, er könne dich lieben!
„Ah, er iſt gerettet!“ ſagte ſie. „Aber einen Mann wie dich demütigen wollen!“
„Warte auf mich, bis ich zurückkomme, Kleine.“
Als der Doktor in das Haus von Frau Portenduère zurückkehrte, traf er dort Dionis, den Herr Bongrand und der Bürgermeiſter, Herr Levrault, begleiteten. Sie waren die Zeugen, die vom Geſetz für die Gültigkeit der Rechtsurkunden in den Gemeinden verlangt werden, wo nur ein Notar vorhanden iſt. Minoret nahm Herrn Dionis beiſeite und flüſterte ihm ein Wort ins Ohr, wonach der Notar die Verſchreibung verlas. Danach gab Frau von Portenduère auf ihr geſamtes Beſitztum eine Hypothek bis zur Rückzahlung der hunderttauſend Franken, die der Doktor dem Vicomte geliehen hatte. Die

Höhe der Zinsen wurde auf fünf Prozent festgesetzt. Bei der Verlesung dieser Klausel sah der Pfarrer Minoret an, der dem Abbé durch ein leichtes Neigen des Kopfes antwortete. Der arme Priester sagte seinem Beichtkind einige Worte ins Ohr, auf die Frau von Portenduère halblaut antwortete: „Ich will diesen Leuten nichts zu danken haben."

„Meine Mutter," sagte Savinien zum Doktor, „tritt mir diese Auszeichnung ab. Sie wird Ihnen das Geld zurückerstatten und überläßt es mir, Ihnen unsere Dankbarkeit zu zeigen."

„Sie müssen aber im ersten Jahr für die Kontraktkosten elftausend Franken auftreiben", nahm der Pfarrer das Wort.

„Mein Herr," wandte sich Minoret an Dionis, „da Herr und Frau von Portenduère nicht in der Lage sind, die Registrierung zu bezahlen, fügen Sie die Kosten des Kontrakts zum Kapital hinzu, ich werde sie bezahlen."

Dionis machte einen Nachtag, in dem das Kapital auf hundertsiebentausend Franken festgesetzt wurde. Als alles unterzeichnet war, nahm Minoret seine Müdigkeit zum Vorwand, um gleichzeitig mit dem Notar und den Zeugen fortzugehen.

„Gnädige Frau," sagte der Geistliche, der mit dem Vicomte zurückgeblieben war, „warum verletzen Sie diesen ausgezeichneten Herrn Minoret, der Ihnen in Paris mindestens fünfundzwanzigtausend Franken erspart hat und zwanzigtausend Franken Ihrem Sohn taktvollerweise zur Begleichung seiner Ehrenschuld überließ."

„Ihr Minoret ist ein Schleicher," sagte die alte Dame und nahm eine Prise, „er weiß sehr wohl, warum er das tut!"

„Meine Mutter glaubt, daß er mich mit der Beſchlagnahme unſeres Gutes zwingen will, ſein Mündel zu heiraten. Als ob man einen Portenduère, den Sohn einer Kergarouët dazu bringen könnte, eine Frau gegen ſeinen Willen zu nehmen!“

Eine Stunde ſpäter beſuchte Savinien den Doktor, bei dem ſich die Erben, welche die Neugierde hingelockt hatte, befanden. Das Erſcheinen des jungen Vicomte verurſachte um ſo größeres Aufſehen, als ſämtliche Anweſenden auf verſchiedene Weiſe davon berührt wurden. Die jungen Damen Crémière und Massin tuſchelten miteinander, als ſie Urſula erröten ſahen. Die Mütter ſagten zu Déſiré, daß Goupil wohl recht haben könnte. Aller Augen richteten ſich auf den Doktor, der ſich nicht erhob, um den Edelmann zu empfangen, ſondern ſich begnügte, ihn mit einem Nicken des Kopfes zu begrüßen. Er ließ den Würfelbecher nicht aus der Hand, da er gerade mit Bongrand eine Partie Trictrac ſpielte. Alle waren von der kühlen Miene des Doktors überraſcht.

„Urſula,“ ſagte er, „ſpiele uns etwas vor, mein Kind.“

Als die Erben ſahen, wie froh das junge Mädchen zum Klavier eilte und die grüngebundenen Noten durchblätterte, um ſeine Faſſung wiederzuerlangen, da nahmen ſie mit Freuden ſelbſt die Qualen des Schweigens auf ſich, ſo ſehr brannten ſie darauf zu erfahren, was zwiſchen ihrem Onkel und den Portenduère vorging.

Manchmal kann ein an ſich inhaltarmes Stück, das ein junges Mädchen unter dem Einfluß eines ſtarken Gefühles ſpielt, einen tieferen Eindruck hervorrufen als eine von einem großen Orcheſter technisch meisterhaft aufgeführte Ouvertüre. Jede Musik wird, abgesehen von dem Ausdruckswillen des Komponisten, durch die Seele des Ausführenden lebendig, der durch das nur dieser Kunst eigene Vorrecht auch Kompositionen ohne bedeutenden inneren Wert Gehalt und Reiz verleihen kann. Chopin erweist heute die Wahrheit dieser Tatsache für das undankbare Klavier, wie Paganini sie schon für die Geige gezeigt hat. Dieser große Genius ist weniger Musiker als seelisch Empfindender, der sich durch jede Art Musik mitteilen könnte, selbst wenn es nur einfache Akkorde wären. Ursula gehörte durch ihre feinnervige gefährdete Konstitution in die Reihe dieser seltenen Geister. Ihr alter Lehrer Schmucke, der jeden Sonnabend kam und ihr während ihres Pariser Aufenthaltes täglich Unterricht erteilt hatte, brachte ihr Talent zur höchsten Entfaltung.

Ursula wählte zum Vorspielen „Rousseaus Traum", eine Komposition aus der Jugendzeit Hérolds, die bei geeignetem Vortrag eine gewisse Tiefe erhalten kann. Sie legte alle Gefühle, die sie bewegten, hinein und rechtfertigte so völlig den Titel „Capriccio", den dieses Fragment trägt. Ihre Seele sprach mittels ihres weichen, träumerischen Spiels zu der Seele des jungen Mannes und umhüllte sie gleich einer Wolke mit fast sichtbaren Gedanken. Savinien stand neben dem Klavier, stützte den Ellbogen auf den Deckel, den Kopf in seine linke Hand und bewunderte Ursula, deren Augen auf das Getäfel geheftet waren, aber in eine innere Welt zu schauen schienen. Selbst ein weniger reizvolles Bild hätte die tiefste Liebe geweckt. Aufrichtige Gefühle besitzen eine magnetische Kraft, und Ursula wollte gewissermaßen ihre Seele zeigen, wie eine Kokette ſich ſchmückt, um zu gefallen. Savinien trat alſo in dieſes zauberiſche Reich ein, von einem Herzen mitgeriſſen, das — um ſich verſtändlich zu machen — die Macht derjenigen Kunſt beſchwor, die von Herz zu Herz ſprechen kann, ohne Worte, Farben oder Formen zu Hilfe nehmen zu müſſen. Reinheit wirkt auf den Mann ebenſo ſtark wie Kindheit; ſie hat den gleichen Reiz und übt dieſelbe unwiderſtehliche Anziehungskraft aus. Und Urſula war niemals unſchuldsvoller als in dieſem Augenblick, in dem ſie zu einem neuen Leben geboren wurde.

Der Geiſtliche entriß den jungen Mann ſeinen Träumen, indem er ihn zu einer Partie Whiſt aufforderte. Urſula ſpielte weiter, die Erben brachen auf mit Ausnahme von Déſiré, der die Abſichten ſeines Großonkels, des Vicomte und Urſulas ergründen wollte.

„Sie haben ebenſoviel ſeeliſches Empfinden wie Begabung, gnädiges Fräulein“, ſagte Savinien, als das junge Mädchen das Klavier ſchloß, um ſich neben den Doktor zu ſetzen. „Wer iſt denn Ihr Lehrer?“

„Ein Deutſcher namens Schmucke, der dicht neben der Rue Dauphine auf dem Quai Conti wohnt“, erwiderte der Doktor. „Er wäre heute früh gekommen, wenn er Urſula nicht während unſeres Pariſer Aufenthaltes täglich eine Stunde gegeben hätte.“

„Er iſt nicht nur ein ausgezeichneter Muſiker,“ ſagte Urſula, „ſondern auch ein Menſch von bewundernswerter Lauterkeit.“

„Die Stunden müſſen aber teuer ſein“, rief Désiré.

Die Whiſtſpieler ſahen ſich mit verſtändnisvollem Lächeln an. Als die Partie beendet war, nahm der

Doktor, der während der ganzen Zeit bedrückt war, die Haltung eines Mannes an, der eine unangenehme Pflicht zu erfüllen hat.

„Herr Vicomte," redete er Savinien an, „ich bin Ihnen für die Gesinnung, die Sie veranlaßt hat, mir so unverzüglich Ihren Besuch abzustatten, sehr verbunden. Aber da Ihre Frau Mutter bei meiner Handlung sehr unedle Nebenabsichten vermutet, würde ich sie in ihrem Glauben bestärken, wenn ich Sie nicht bitten würde, Ihre Besuche bei mir aufzugeben trotz der Ehre, die Sie mir damit erweisen, und trotz der Freude, die mir Ihre Gesellschaft auch in Zukunft bereiten würde. Meine Ehre und meine Ruhe verlangen jedoch, daß wir alle nachbarlichen Beziehungen abbrechen. Sagen Sie bitte Ihrer Frau Mutter, daß ich sie nicht bitte, mir und meinem Mündel am nächsten Sonntag die Ehre zu erweisen bei uns zu speisen, weil ich gewiß bin, daß sie an diesem Tage doch indisponiert wäre."

Der Greis reichte dem jungen Vicomte die Hand, die er ehrerbietig drückte. „Sie haben recht, Herr Doktor", sagte er und zog sich zurück, nicht ohne Ursula eine Verbeugung zu machen, in der mehr Schwermut als Enttäuschung lag.

Désiré ging gleichzeitig mit dem Vicomte fort; aber es war ihm nicht möglich, ein Wort an ihn zu richten, da Savinien nach Hause stürzte. Die Mißstimmung zwischen den Portenduère und Doktor Minoret bildete zwei Tage lang den Gesprächsstoff der Erben, die dem Scharfblick des Dionis volles Lob zollten und ihre Erbschaft als gerettet betrachteten. In einem Jahrhundert, in dem die Standesunterschiede sich immer mehr verwischen, in dem die

Sucht nach Gleichheit alle Menſchen auf dieſelbe Stufe ſtellt und ſogar den militäriſchen Gehorſam, das letzte Bollwerk der Macht in Frankreich, zu untergraben bedroht, in dieſer Zeit, wo die Leidenſchaft alſo keine anderen Hinderniſſe mehr zu überwinden hat als perſönliche Antipathien oder die Ungleichheit des Vermögens, errichteten der Eigenſinn einer alten Bretonin und der Stolz des Doktors zwiſchen den Liebenden Schranken, die, wie von jeher, mehr dazu geeignet waren, die Liebe zu befeſtigen als ſie zu vernichten. Jede Frau gewinnt in den Augen eines leidenſchaftlich liebenden Mannes deſto größeren Wert, je mehr Schwierigkeiten er zu überwinden hat. Savinien ſah Kämpfe, Anſpannung aller Kräfte, Ungewißheiten vor ſich, die allein genügt hätten, dieſes Mädchen für ihn begehrenswert zu machen. Vielleicht unterliegen unſere Gefühle den Geſetzen der Natur über die Dauer ihrer Schöpfungen: Wer lange lebt, hat eine lange Kindheit.

☆

URSULA UND SAVINIEN HATTEN AM ANDERN Morgen beim Erwachen den gleichen Gedanken. Schon dieſe Übereinſtimmung hätte die Liebe wachrufen können, wäre ſie nicht ſelbſt der zarteſte Beweis für ſie geweſen. Als das junge Mädchen die Vorhänge gerade ſo weit zurückſchob als nötig war, um Saviniens Haus ſehen zu können, erblickte ſie auf der gegenüberliegenden Seite das Geſicht ihres Geliebten über dem Fenſterriegel. Wenn man bedenkt, was für ungeheuer große Dienſte das Fenſter allen Liebenden leiſtet, ſcheint es nur zu natürlich, daß man es mit einer Steuer belegen will. Nachdem Urſula auf dieſe Weiſe gegen die Härte ihres Paten proteſtiert hatte, ließ ſie die Vorhänge wieder fallen und öffnete die Fenſter, um die Jalouſien herabzulaſſen, durch deren Spalten ſie hinüberſehen konnte, ohne ſelbſt bemerkt zu werden. Sie ging wohl ſieben- oder achtmal während des Tages hinauf in ihr Zimmer. Jedesmal fand ſie den jungen Vicomte an ſeinem Schreibtiſch ,ſah, wie er Papiere zerriß und von neuem zu ſchreiben begann — zweifellos an ſie.

Am nächſten Morgen brachte die Bougival Urſula beim Erwachen folgenden Brief:

An Fräulein Urſula

„Gnädiges Fräulein,

ich mache mir keine Illuſionen über das Mißtrauen, das ein junger Mann einflößen muß, der ſich ſelbſt in die Lage gebracht hat, aus der mich das Eingreifen Ihres Vormundes befreit hat. Ich muß von nun an größere Zuverläſſigkeit zeigen als jeder andere. Darum, gnädiges Fräulein, wage ich nur mit größter Beſcheidenheit, Ihnen das Geſtändnis meiner Liebe zu Füßen zu legen. Dieſe Erklärung diktiert mir nicht eine Leidenſchaft, ſondern ſie entſpringt einer Gewißheit, die mein ganzes Sein durchdringt. Eine tolle Leidenſchaft für meine junge Großtante, Frau von Kergarouët, hat mich ins Gefängnis gebracht. Erkennen Sie nicht die Zeichen aufrichtiger Liebe daran, daß meine Erinnerung an ſie vollſtändig erloſchen und ihr Bild in meinem Herzen durch das Ihre verdrängt iſt? Seit dem Tage, an dem ich Sie in Bouron ſchlafen ſah, ſo anmutig in Ihrem kindlichen Schlummer, haben Sie ſich meines Herzens bemächtigt, wie eine Königin von ihrem Reich Beſitz ergreift. Ich will keine andere Frau als Sie! Sie haben alle Vorzüge, die ich von der Frau, die meinen Namen tragen ſoll, verlange. Die Erziehung, die Sie erhalten haben, und die Vornehmheit Ihrer Geſinnung befähigen Sie, die höchſte geſellſchaftliche Stellung einzunehmen. Aber ich zweifle ſehr, daß mir der Verſuch, Ihr innerſtes Weſen zu ſchildern, gelingt: Ich kann Sie nur lieben. Nachdem ich Sie geſtern habe ſpielen hören, ſind mir folgende Sätze eingefallen, die auf Sie geſchrieben zu ſein ſcheinen: ‚Geſchaffen, um aller Herzen anzuziehen und aller Augen zu entzücken, ſanft und milde, aber geiſtreich und verſtändig zugleich, korrekt, als ob ſie bei Hofe gelebt und einfach wie ein Einſiedler, der nie das Leben der großen Welt kennen gelernt hat, wird die Glut des Herzens, die aus ihren Augen leuchtet, durch eine himmliſche Beſcheidenheit beſänftigt.‘

Ich habe den Wert Ihrer wunderbaren Seele erkannt, die ſich in den alltäglichſten Dingen offenbart. Das gibt mir den Mut zu folgender Bitte: Geſtatten Sie mir, wenn Sie noch niemanden lieben, Ihnen durch meine Bemühungen und mein Benehmen zu beweiſen, daß ich Ihrer würdig bin. Da es ſich um mein Leben handelt, können Sie davon überzeugt ſein, daß ich alle meine Kräfte anſpannen werde, nicht nur um Ihnen zu gefallen, ſondern um Ihre Achtung zu erwerben, die mir mehr gilt als das Urteil der ganzen Welt. Mit dieſer Hoffnung wird Nemours für mich das Paradies auf Erden ſein, Urſula — wenn Sie mir erlauben, Sie ſo in meinem Herzen, wie eine Angebetete, zu nennen. Nur Freude wird mir erwachſen auch aus den ſchwierigſten Unternehmungen, die ich immer mit dem Gedanken an Sie ausführen werde, ſo wie man bei allen ſeinen Handlungen an Gott denkt. Sagen Sie mir bitte, ob ich mich nennen darf

Ihren Savinien."

Urſula küßte dieſen Brief. Als ſie ihn aber wieder geleſen und ganz in ſich aufgenommen hatte mit einer inneren Bewegung, die ſie toll vor Glück machte, kleidete ſie ſich an, um den Brief ihrem Vormund zu zeigen.

„Mein Gott, beinah wäre ich hinunter gegangen, ohne mein Gebet zu verrichten", dachte ſie erſchrocken und kehrte zurück, um auf ihrem Betſchemel niederzuknien.

Einige Minuten ſpäter ging ſie in den Garten hinunter, wo ſie ihren Vormund traf, dem ſie Saviniens Brief zu leſen gab. Beide ſetzten ſich auf eine Bank, die an der mit Schlingpflanzen bewachſenen Mauer ſtand, dem chineſiſchen Pavillon gegenüber. Urſula wartete auf ein Wort des Greiſes, der für ein ungeduldiges junges Mädchen viel zu lange nachdachte. Nach einer vertraulichen Unterhaltung wurde ſchließlich folgender Brief, den der Doktor faſt diktierte, geſchrieben:

„Mein Herr!

Der Brief, in dem Sie mir Ihre Hand anbieten, ehrt mich nur allzuſehr. Aber in meinem Alter und gemäß meiner Erziehung habe ich ihn meinem Vormund, der mir meine ganze Familie erſetzt und den ich wie einen Vater und Freund

liebe, zeigen müſſen. Als Antwort müſſen mir die ſchmerzlichen Einwendungen, die er gemacht hat, dienen.
Herr Vicomte, ich bin ein armes Mädchen, deſſen zukünftiges Vermögen nicht nur von dem guten Willen meines Vormunds abhängt, ſondern auch von den gewagten Maßnahmen, die er ergreifen muß, um das Geſetz zu umgehen, das unehelichen Kindern keine anderen Zuwendungen bewilligt als Alimente. Obgleich ich die legitime Tochter von Joſeph Mirouet bin, der Tambourmajor im 45. Infanterie-Regiment war und der natürliche Schwager meines Vormunds iſt, iſt es ihm faſt unmöglich, freie Verfügung über ſeine Hinterlaſſenſchaft zu treffen. Sie ſehen, mein Herr, daß der Mangel an Vermögen nicht mein größtes Unglück iſt. Ich habe allen Grund, beſcheiden zu ſein. Um Ihretwillen, nicht meinetwegen, ſetze ich Ihnen dieſe Umſtände klar auseinander, die von aufrichtig Liebenden oft allzu leicht genommen werden. Aber bedenken Sie, daß ich, wenn ich Sie nicht davon in Kenntnis ſetzen würde, in den Verdacht käme, Ihre Zärtlichkeit über Hinderniſſe hinweg an mich reißen zu wollen, die alle Welt und beſonders Ihre Mutter unüberwindlich fänden. In vier Monaten bin ich ſechzehn Jahre alt. Vielleicht werden Sie zugeben, daß wir beide zu jung und unerfahren ſind, um die Schwierigkeiten eines Lebens zu bewältigen, daß wir nur mit dem mir durch die Güte des verſtorbenen Herrn von Jordy zugefallenen Kapitals beginnen könnten. Mein Vormund iſt, wie Sie wiſſen, ein erfahrener Arzt, und wünſcht nicht, daß ich mich vor meinem zwanzigſten Jahr verheirate. Wer weiß, was das Schickſal Ihnen für dieſe vier ſchönſten Jahre Ihres

Lebens beſtimmt hat! Laſſen Sie ſich nichts entgehen um eines armen Mädchens willen.
Ich habe Ihnen die Gründe meines teuren Vormunds auseinandergeſetzt, der weit davon entfernt iſt, ſich meinem Glück zu widerſetzen, ſondern mit allen Kräften beſtrebt iſt, es zu fördern, und ſehnlichſt wünſcht, ſeine nicht mehr lange währende Obhut über mich durch eine Liebe erſetzt zu ſehen, die der ſeinen gleich iſt. Ich möchte Ihnen nur noch ſagen, wie ſehr mich Ihr Antrag und die liebevollen Worte, die ihn begleiteten, gerührt haben. Die Weisheit, die meine Antwort diktiert hat, iſt die eines alten Mannes, der das Leben gut kennt. Aber die Dankbarkeit, die ich Ihnen ausſpreche, iſt die eines jungen Mädchens, deſſen Seele von keinem anderen Gefühl erfüllt iſt.
So nenne ich mich, Herr Vicomte, in voller Aufrichtigkeit Ihre ergebene

Urſula Mirouet."

Savinien antwortete nicht. Verſuchte er, ſeine Mutter umzuſtimmen? Hatte der Brief ſeine Liebe ausgelöſcht? Dieſe und tauſend ähnliche unlösbare Fragen quälten Urſula und demzufolge auch den Doktor, der unter den geringſten Aufregungen ſeines Kindes litt. Urſula ging oft hinauf in ihr Zimmer und guckte hinüber zu Savinien, den ſie immer nachdenklich vor ſeinem Tiſch ſitzen oder zu ihren Fenſtern hinüberblicken ſah. Ende der Woche, nicht früher, erhielt ſie folgenden Brief Saviniens, deſſen Verzögerung durch ein Zunehmen ſeiner Liebe zu erklären iſt.

An Fräulein Urſula Mirouet

„Liebe Urſula, ich bin ein Bretone, und meinen einmal gefaßten Entſchluß kann nichts ändern. Ihr

Vormund, den Gott noch lange erhalten möge, hat recht. Aber habe ich unrecht, Sie zu lieben? Daher will ich von Ihnen nur wissen, ob Sie mich wieder lieben. Sagen Sie es mir, und wäre es nur durch ein Zeichen, denn dann würden diese vier Jahre die schönsten meines Lebens werden!
Einer meiner Freunde hat meinem Großonkel, dem Vizeadmiral Kergarouët, einen Brief übergeben, in dem ich ihn um seine Protektion für meinen Eintritt in die Marine bitte. Dieser wohlwollende alte Herr, den mein Unglück gerührt hat, antwortete mir, daß dem guten Willen des Königs gesetzliche Verordnungen entgegenstehen, falls ich einen militärischen Rang verlange. Immerhin wird mich der Minister nach dreimonatlichem Studium in Toulon zum Steuermann ernennen, und nachdem wir vor Algier, mit dem wir in Krieg liegen, gekreuzt haben, kann ich ein Examen ablegen und Offiziersaspirant werden. Schließlich werde ich, wenn ich mich auf einer Expedition, die gegen Algier vorbereitet wird, auszeichne, zum Fähnrich befördert. Wie lange das dauern wird, kann niemand wissen! Das einzige, was man tun kann, wird sein, alle Bestimmungen so dehnbar als möglich aufzufassen, um dem Namen Portenduère wieder bei der Marine Geltung zu verschaffen. Ich darf Sie nur mit der Einwilligung Ihres Vormundes besitzen, das weiß ich. Ihr Respekt vor ihm macht Sie mir nur noch teurer. Bevor ich Ihnen endgültig antworte, werde ich eine Unterredung mit ihm haben, von der meine ganze Zukunft abhängt. Wie immer es auch komme, glauben Sie mir, Sie sind mir durch die Stimme des Herzens bestimmt. Was liegt daran, ob Sie die Tochter eines Tambourmajors oder eines Königs sind. Liebe Ur-

ſula, wir leben in einer Zeit, wo die Vorurteile, die uns früher getrennt hätten, nicht mehr ſtark genug ſind, um unſere Ehe verhindern zu können. Ich verſichere Sie alſo meiner uneingeſchränkten Liebe und Ihren Onkel aller Vorſichtsmaßnahmen, die er für Ihr Glück verlangt. Er weiß nicht, daß ich Sie in wenigen Augenblicken mehr liebte als er in fünfzehn Jahren. Auf Wiederſehen heute abend!"

„Sehen Sie, lieber Pate", ſagte Urſula und reichte ihm mit ſichtlichem Stolz den Brief.

„Liebes Kind," rief der Doktor, als er ihn geleſen hatte, „ich bin gerade ſo zufrieden wie du. Durch dieſen Entſchluß macht der junge Mann alle begangenen Fehler wieder gut."

Nach dem Mittageſſen ſprach Savinien bei dem Doktor vor, der mit Urſula auf der am Fluß gelegenen Terraſſe auf und ab ging. Der Vicomte hatte ſeine Kleider aus Paris erhalten und hatte als Verliebter nicht verfehlt, ſeine angeborenen Vorzüge durch eine ſo ſorgfältige und elegante Kleidung zu erhöhen, als handelte es ſich darum, der ſtolzen und ſchönen Gräfin Kergarouët zu gefallen. Als die arme Kleine ihn kommen ſah, preßte ſie den Arm ihres Onkels ſo heftig, als ob ſie Halt ſuchte, um nicht in einen Abgrund zu ſtürzen. Der Doktor ſpürte ihr ſtarkes Herzklopfen, das ſie erzittern ließ.

„Laß uns allein, mein Kind", ſagte er zu ihr. Sie ſetzte ſich auf die Stufen des chineſiſchen Pavillons, nachdem Savinien ſie mit einem Handkuß begrüßt hatte.

„Herr Doktor," fragte der junge Vicomte den Arzt leiſe, „würden Sie dieſes liebe Geſchöpf einem Schiffskapitän anvertrauen?"

„Nein," erwiderte Minoret lächelnd, „wir müßten wohl zu lange warten! Aber einem Leutnant."
Freudentränen traten dem jungen Mann in die Augen, und er ergriff mit Herzlichkeit die Hand des alten Herrn.
„Ich werde alſo abreiſen," antwortete er, „um zu ſtudieren, und in ſechs Monaten das zu lernen verſuchen, wozu die Zöglinge der Marineſchule ſechs Jahre brauchen."
„Abreiſen", fragte Urſula und eilte von der Treppenrampe auf ſie zu.
„Jawohl, gnädiges Fräulein, um Sie zu erringen. Je mehr Eifer ich an den Tag lege, deſto größer iſt der Beweis meiner Liebe."
„Heute iſt der dritte Oktober," ſagte ſie und ſah ihn mit unendlicher Zärtlichkeit an, „reiſen Sie nach dem neunzehnten?"
„Gewiß," ſagte der Greis, „wir werden erſt St. Savinien feiern."
„Alſo auf Wiederſehen! Ich muß dieſe Woche in Paris zubringen, um dort alle nötigen Schritte zu unternehmen. Ich muß Vorbereitungen treffen, Bücher und mathematiſche Inſtrumente anſchaffen und mich der Gunſt des Miniſters verſichern, um die beſtmöglichen Bedingungen zu erlangen."
Urſula und der Doktor begleiteten Savinien bis zum Gitter. Kurze Zeit, nachdem er in das Haus ſeiner Mutter gegangcn war, ſahen ſie ihn mit Tinette, die einen kleinen Koffer trug, wieder herauskommen.
„Warum zwingen Sie ihn dazu, in der Marine zu dienen, obgleich Sie reich ſind?" fragte Urſula ihren Vormund.
„Weil die Uniform und das im Kampf verdiente Kreuz der Ehrenlegion manchen Fehler auslöſchen.

In vier Jahren kann er in der Lage ſein, ein Schiff zu kommandieren. Das iſt alles, was ich von ihm verlange.“

„Aber er kann auch ſterben“, ſagte ſie und wurde ganz bleich.

„Liebenden und Betrunkenen hilft der liebe Gott“, erwiderte der Doktor ſcherzend.

Ohne Wiſſen ihres Vormunds ſchnitt die Kleine mit Hilfe der Bougival eine genügende Menge ihres ſchönen blonden Haares ab, um daraus eine Kette flechten zu laſſen. Am übernächſten Tag überredete ſie ihren Muſiklehrer, den alten Schmucke, darüber zu wachen, daß die Haare nicht vertauſcht und die Kette bis nächſten Sonntag fertig würde. Der alte Mann verſprach es.

Als Savinien zurückkam, teilte er dem Doktor und Urſula mit, daß er den Vertrag unterſchrieben habe und ſich am fünfundzwanzigſten in Breſt einfinden müſſe. Der Doktor lud ihn für den achtzehnten zu Tiſch ein, und ſo verbrachte er beide Tage faſt völlig in deſſen Haus. Aber trotz der Ermahnungen des alten Herrn konnten die beiden Liebenden nicht verhindern, daß ihr Einverſtändnis dem Pfarrer, dem Friedensrichter, dem Arzt und der Bougival nicht geheim blieb.

„Ihr verſpielt euer Glück, wenn ihr euer Geheimnis nicht beſſer hütet, Kinder“, ſagte der Greis.

An ſeinem Namenstage kam Savinien nach der Meſſe, während der ſie bedeutungsvolle Blicke gewechſelt hatten, über die Straße in den kleinen Garten, wo Urſula ihn ungeduldig erwartete. Sie waren beide faſt allein. Der gute Doktor las ſeine Zeitungen im chineſiſchen Pavillon, um ſie nicht zu ſtören.

„Liebe Urſula,“ fragte Savinien, „wollen Sie mir ein

größeres Feſt bereiten, als meine Mutter es könnte, wenn ſie mir zum zweitenmal das Leben ſchenkte?“
„Ich weiß, was Sie mich fragen wollen“, antwortete Urſula. „Hier iſt meine Antwort.“ Mit dieſen Worten zog ſie aus der Taſche ihrer Schürze die aus ihren Haaren geflochtene Kette. Als ſie ſie ihm überreichte, konnte ſie ein nervöſes Zittern, das ihr grenzenloſes Glücksgefühl verriet, nicht verhindern. „Tragen Sie dies aus Liebe zu mir. Könnte mein Geſchenk doch alle Gefahren von Ihnen abwenden, indem es Sie immer daran erinnerte, daß mein Leben eng mit dem Ihren verknüpft iſt.“
‚Sieh da, dieſe kleine Schelmin gibt ihm eine Kette aus ihren Haaren‘, ſagte der Doktor zu ſich. ‚Wie hat ſie das gemacht? In ihren ſchönen blonden Flechten herumzuſchneiden! Aber ſie würde ihm auch mein Blut geben.‘
„Werden Sie es mir nicht verargen, wenn ich Sie vor meiner Abreiſe um das formelle Verſprechen bitte, niemals einen anderen Mann als mich zu heiraten?“ fragte Savinien. Dabei küßte er die Kette und ſah Urſula mit feuchten Augen an.
„Wenn ich es Ihnen nicht ſchon zu deutlich geſagt habe, ich, die nach St. Pélagie gegangen iſt, nur um die Mauern ſehen zu können, die Sie eingeſchloſſen hielten,“ antwortete ſie errötend, „ſo wiederhole ich Ihnen, Savinien, daß ich Sie allein lieben und niemals einem anderen Mann als Ihnen angehören werde.“
Da Urſula halb im Gebüſch verborgen war, konnte der junge Mann dem Drang nicht widerſtehen, ſie an ſich zu ziehen und auf die Stirn zu küſſen. Sie ſtieß dabei aber einen ganz leiſen Schrei aus und fiel auf die Bank nieder. Als Savinien ſich neben

ſie ſetzte, um ſie um Verzeihung zu bitten, ſah er den Doktor vor ihnen ſtehen.

„Junger Freund“, ſagte er. „Urſula iſt ſo ſenſibel, daß ein böſes Wort ſie töten könnte. Um ihretwillen müſſen Sie die Ausbrüche Ihrer Liebe dämpfen. Wenn Sie wie ich ſie ſeit ſechzehn Jahren lieben würden, hätten Sie ſich mit ihrem Jawort begnügt.“

Zwei Tage ſpäter reiſte Savinien ab. Trotzdem er Urſula regelmäßig Briefe ſchrieb, wurde ſie ohne ſichtbare Urſache von einer Krankheit befallen. Ein Gedanke zehrte an ihrem Herzen, ähnlich einem Wurm, der eine ſchöne Frucht benagt. Sie verlor den Appetit und ihre friſche Farbe. Als ihr Vormund ſie zum erſtenmal fragte, was ihr fehlte, erwiderte ſie: „Ich möchte gern das Meer ſehen.“

„Es iſt ſchwer, Dir im Dezember einen Hafen zu zeigen“, antwortete er.

„Aber ſpäter?“ fragte ſie.

Da das Wetter ſehr ſtürmiſch wurde, litt Urſula unter Angſtgefühlen. Sie glaubte Savinien den Gefahren eines Orkans ausgeſetzt, trotzdem ihr Pate, der Pfarrer und der Friedensrichter ihr mit gelehrten Worten den Unterſchied zwiſchen See- und Landſtürmen auseinanderſetzten. Der Friedensrichter machte ſie für einige Tage ganz glücklich mit dem Bild eines Aſpiranten in Uniform. Sie las die Zeitungen in der Hoffnung, Nachrichten über das Geſchwader zu erhalten, mit dem Savinien abgefahren war. Sie verſchlang die Seeromane von Cooper und wollte die Fachausdrücke des Seeweſens lernen. Bei Urſula war der Beweis dafür, daß ihre Gedanken nur auf einen Punkt gerichtet waren, was andere Frauen oft vortäuſchen, ganz unanfechtbar, da ſie alle Briefe Saviniens im Traum vorherſah und ihre

Ankunft morgens vorausſagte, indem ſie ihren Traum erzählte.
Als dies zum viertenmal geſchehen war, ohne daß der Pfarrer oder Arzt darüber erſtaunt waren, ſagte ſie zum Doktor: „Jetzt bin ich ruhig, denn wo Savinien auch ſein mag, ich würde es im ſelben Augenblick fühlen, wenn er verwundet wird.“
Der Arzt blieb in tiefes und, wie der Pfarrer und der Friedensrichter aus ſeinem Geſicht ſchloſſen, ſchmerzliches Grübeln verſunken.
„Was haben Sie“, fragten ſie ihn, als Urſula ſie allein ließ.
„Wird ſie am Leben bleiben?“ fragte der alte Arzt. „Iſt eine ſo zarte und empfindliche Blume den Leiden der Liebe gewachſen?“
Trotzdem arbeitete die kleine Träumerin, wie der Pfarrer ſie nannte, mit Feuereifer. Sie hatte begriffen, daß eine Frau von Welt eine umfaſſende Bildung brauchte, und wenn ſie nicht ſang, Harmonie- oder Kompoſitionslehre ſtudierte, benutzte ſie die Zeit, um Bücher zu leſen, die der Abbé aus der reichhaltigen Bibliothek ihres Vormunds für ſie ausſuchte. Aber während ſie dies ausgefüllte Leben führte, litt ſie, ohne zu klagen. Sie konnte ſtundenlang ſtillſitzen und nach Saviniens Fenſter ſchauen. Nach der Meſſe folgte ſie Sonntags Frau von Portenduère und betrachtete ſie zärtlich; denn trotz ihrer Härte liebte ſie in dieſer Frau die Mutter ihres Savinien. Ihre Frömmigkeit wurde noch größer. Sie beſuchte täglich die Morgenmeſſe, denn ſie glaubte feſt, daß ihre Träume eine beſondere Gnade Gottes wären.
Der Doktor war über die Verheerungen dieſer Liebesſehnſucht beſtürzt und verſprach Urſula an

ihrem Geburtstag, mit ihr nach Toulon zu fahren, um der Abfahrt der algeriſchen Expedition beizuwohnen, ohne vorher Savinien, der daran teilnahm, zu benachrichtigen. Der Friedensrichter und der Pfarrer bewahrten Stillſchweigen über das Ziel dieſer Reiſe, die angeblich Urſulas Geſundheit wegen unternommen wurde und die Erben Minoret in beträchtliche Aufregung verſetzte.

Nachdem Urſula Savinien in ſeiner Aſpirantenuniform wiedergeſehen und auf dem ſchönen Schiff des Admirals geweſen war, dem der Miniſter den jungen Portenduère beſonders empfohlen hatte, reiſte ſie auf die Bitte ihres Freundes zur Erholung nach Nizza und fuhr dann an der Küſte des Mittelländiſchen Meeres entlang bis Genua, wo ſie die Ankunft der Flotte vor Algier erfuhr und gute Nachricht über die Ausſchiffung erhielt.

Der Doktor wollte dieſe Reiſe gern durch Italien fortſetzen, teils um Urſula zu zerſtreuen, teils um in gewiſſer Weiſe ihre Erziehung zu vollenden. Ihr Geſichtskreis ſollte ſich erweitern durch den Vergleich von Ländern und Sitten und durch den zauberiſchen Einfluß dieſes Landes, das die Meiſterwerke der Kunſt beſitzt, und wo ſo viele Kulturen ihre leuchtenden Spuren hinterlaſſen haben. Aber die Nachricht von dem Widerſtand der Krone gegen die Wähler der berühmten Kammer von 1830 rief den Doktor nach Frankreich. Er brachte ſein Mündel in blühender Geſundheit heim, bereichert durch ein entzückendes kleines Modell des Schiffes, auf dem Savinien diente.

☆

DIE WAHLEN VON 1830 FESTIGTEN DAS ANſehen der Erben, die durch die Bemühungen von Déſiré Minoret und Goupil in Nemours ein Komitee bildeten, dem es gelang, den liberalen Kandidaten in Fontainebleau durchzubringen. Massin übte einen ungeheuren Einfluß auf die bäuerlichen Wähler aus. Fünf Pächter des Poſtmeiſters waren Wähler, Dionis ſelber fielen mehr als elf Stimmen zu. Da Crémière, Massin, der Poſtmeiſter und ihre Anhänger ſich immer beim Notar verſammelten, wurde es ihnen zur Gewohnheit, ſich dort zu ſehen. Dionis' Salon war alſo bei der Rückkehr des Doktors das Hauptquartier der Erben geworden. Der Friedensrichter und der Bürgermeiſter, die ſich gegen die Liberalen von Nemours verbündeten, aber von der Oppoſition trotz der Beihilfe der umliegenden Adelsſitze geſchlagen wurden, ſchloſſen ſich durch ihre Niederlage eng aneinander. Als Bongrand und der Abbé Chaperon dem Doktor das Reſultat dieſer Gegnerſchaft mitteilten, durch die Nemours zum erſtenmal in zwei Parteien geſpalten wurde, und wodurch die Erben an Bedeutung gewannen, reiſte Karl X. von Rambouillet nach Cherbourg. Déſiré Minoret, der die Meinung der Pariſer Juſtiz teilte, hatte aus Nemours fünfzehn ſeiner Freunde unter Führung Goupils kommen laſſen, die vom Poſtmeiſter mit Pferden verſehen wurden und in der Nacht des achtundzwanzigſten in Paris eintrafen. Mit dieſer Truppe nahmen Goupil und Déſiré an der Beſetzung des Rathauſes teil. Déſiré wurde mit dem Kreuz der Ehrenlegion ausgezeichnet und zum ſtellvertretenden Staatsanwalt in Fontainebleau ernannt. Goupil erhielt das Julikreuz. Dionis wurde zum Bürgermeiſter von Nemours gewählt an Stelle des hochmögenden Herrn Levrault, und die übrige Stadtverwaltung ſetzte ſich aus Minoret-Levrault als Beiſitzer, Maſſin, Crémière und den Anhängern des Salon Dionis zuſammen. Bongrand behielt ſeinen Poſten nur durch den Einfluß ſeines Sohnes, der zum Staatsanwalt von Melun ernannt war und deſſen Heirat mit Fräulein Levrault nun ſehr wahrſcheinlich wurde.

Als die dreipronzentige Rente auf fünfundvierzig ſtand, fuhr der Doktor mit der Poſt nach Paris und legte fünfundvierzigtauſend Franken in Verſchreibungen an, die auf den Inhaber lauten. Der Reſt ſeines Vermögens, das ungefähr zweihundertſiebzigtauſend Franken betrug und in den gleichen Papieren auf ſeinen Namen angelegt war, brachte ihm nachweisbar eine Rente von fünfzehntauſend Franken. In der gleichen Weiſe verfuhr er mit dem Kapital, das der alte Profeſſor Urſula hinterlaſſen hatte, und mit den achttauſend Franken Zinſen, die ſich im Laufe der neun Jahre angeſammelt hatten, ſo daß ſich für ſein Mündel mit Hilfe einer geringen Summe, die er dieſem kleinen Einkommen zur Abrundung hinzufügte, vierzehntauſend Franken Rente ergaben. Den Ratſchlägen ihres Herrn folgend, hatte die alte Bougival ihre Erſparniſſe von fünftauſend und einigen hundert Franken in der gleichen Weiſe angelegt, wodurch ſie dreihundert Franken Rente beſaß. Dieſe klugen Operationen, die der Doktor mit dem Friedensrichter überlegt hatte, wurden in tiefſter Verſchwiegenheit unter dem Schutz der politiſchen Unruhen unternommen.

Als es wieder ruhig war, kaufte der Doktor das kleine an ſein Grundſtück grenzende Haus, das er ebenſo wie die Mauer ſeines Hofes abreißen ließ, um dort eine Remiſe und einen Stall zu bauen. Mit einem Kapital, das tauſend Franken Rente abwarf, Wirtſchaftsgebäude aufzuführen, erſchien allen Erben als Verrücktheit. Dieſe vermeintliche Verrücktheit war der Beginn einer neuen Phaſe im Leben des Doktors, der zu einer Zeit, wo Pferde und Wagen faſt verſchenkt wurden, drei prächtige Pferde und eine Kaleſche aus Paris kommen ließ.

Als der Greis Anfang November 1830 zum erſtenmal an einem regneriſchen Tag im Wagen zur Meſſe fuhr und Urſula beim Ausſteigen die Hand reichte, liefen alle Leute zuſammen, ſowohl um den Wagen des Doktors zu ſehen und den Kutſcher auszufragen, als auch um über ſein Mündel zu klatſchen, deſſen maßloſem Ehrgeiz Massin, Crémière, der Poſtmeiſter und ihre Frauen die Tollheiten ihres Onkels zuſchrieben.

„Dieſer Wagen, he, Massin?“ rief Goupil, „Ihre Erbſchaft iſt auf dem beſten Weg, was?“

„Du bekommſt wohl einen hohen Lohn, Cabirolle?“ fragte der Poſtmeiſter den Sohn eines ſeiner Kutſcher, der bei den Pferden blieb. „Hoffentlich verbrauchſt du nicht zu viele Eiſen bei einem vierundachtzigjährigen Mann. Wieviel haben denn die Pferde gekoſtet?“

„Viertauſend Franken. Für die Kaleſche hat der Doktor tauſend Franken gezahlt, obgleich ſie ein Gelegenheitskauf war. Aber ſie iſt ſchön und hat Patenträder.“

„Jedenfalls ein ſchöner Wagen!“ ſagte Crémière. „Man muß reich ſein, um ſich ſo etwas leiſten zu können.“

„Sie verſteht es, die Kleine“, ſagte Goupil. „Aber ſie hat recht. Sie lehrt Sie das Leben genießen.

Warum haben Sie nicht auch eine ſchöne Equipage, Papa Minoret? Ich an Ihrer Stelle hätte einen Wagen wie ein Fürſt."

„Höre, Cabirolle," ſagte Maſſin, „veranlaßt die Kleine unſeren Onkel zu dieſem Luxus?"

„Das weiß ich nicht," erwiederte er, „aber ſie iſt gewiſſermaßen die Herrin des Hauſes. Es kommen jetzt Lehrer über Lehrer aus Paris."

„Der alte Deutſche, der ihr Klavierſtunden gibt, iſt jedenfalls nicht entlaſſen", ſagte Frau Maſſin.

„Er iſt gerade heute da", erwiderte Cabirolle.

„Jetzt", rief Goupil, „brauchen Sie nicht mehr mit der Erbſchaft zu rechnen. Urſula iſt bald ſiebzehn Jahre, ſie iſt hübſcher als je; Reiſen bildet die Jugend, und dieſe kleine Kokette wickelt ihren Onkel um den Finger. Sie bekommt wöchentlich fünf bis ſechs Pakete aus Paris, und Schneiderinnen und Näherinnen kommen eigens zu den Anproben hierher. Frau Dionis iſt wütend! Warten Sie nur, bis Urſula herauskommt, und ſehen Sie ſich ihren Schal an. Ein echtes Kaſchmirtuch zu zwölfhundert Franken."

Wenn der Blitz unter den Erben eingeſchlagen hätte, wäre die Wirkung keine größere geweſen, als die letzten Worte Goupils hervorriefen, der ſich die Hände rieb.

Der alte grüne Salon des Doktors wurde von einem Pariſer Tapezierer neu hergerichtet. Dem Luxus zufolge, den der Greis entfaltete, beſchuldigte man ihn bald, die Höhe ſeines Vermögens verheimlicht zu haben und ſechzigtauſend Franken Rente zu beſitzen, bald über ſeine Verhältniſſe zu leben, um Urſula zu gefallen. Abwechſelnd ſtempelte man ihn zu einem reichen Sonderling oder zum Verſchwen-

der; jedenfalls kennzeichnete das Wort: „Er iſt ein alter Narr!“ die allgemeine Meinung über ihn. Die ſo in falſche Richtung geleiteten Urteile der kleinen Stadt hatten den Vorteil, die Erben zu täuſchen, die nichts von Saviniens Liebe zu Urſula ahnten, der eigentlichen Urſache für die Ausgaben des Doktors. Er war glücklich, ſein Mündel an die Rolle einer Vicomteſſe zu gewöhnen, und als Beſitzer von über fünfzigtauſend Franken Rente bereitete es ihm ein Vergnügen, Urſula zu verwöhnen.
Im Februar des Jahres 1832 ſah Urſula am Morgen ihres ſiebzehnten Geburtstages, als ſie gerade aufſtehen wollte, Savinien in Fähnrichsuniform vor ihrem Fenſter ſtehen.
‚Wieſo habe ich davon nichts gewußt‘, fragte ſie ſich.
Seit der Einnahme Algiers, bei der Savinien ſich durch eine mutige Tat ausgezeichnet hatte, er erhielt dafür die Medaille, hatte die Korvette, auf der er diente, mehrere Monate auf See gekreuzt. Es war ihm daher ganz unmöglich geweſen, dem Doktor zu ſchreiben, ohne deſſen Rat er den Dienſt nicht verlaſſen wollte. Die neue Regierung, die eifrig darauf bedacht war, der Marine dieſen berühmten Namen zu erhalten, hatte die Juliunruhen dazu benutzt, Savinien den Fähnrichsgrad zu verleihen. Da er einen vierzehntägigen Urlaub erhalten hatte, reiſte der neuernannte Fähnrich mit der Poſt von Toulon nach Nemours zu Urſulas Geburtstag, um gleichzeitig den Rat des Doktors zu hören.
„Er iſt gekommen!“ rief das junge Mädchen und eilte in das Zimmer ihres Paten.
„Sehr gut“, erwiderte er. „Ich errate, warum er den Dienſt verlaſſen will. Jetzt kann er hier bleiben.“

„Ach, das iſt mein Geburtstag, alles iſt in dieſem Wort enthalten“, ſagte ſie und küßte den Doktor.
Auf ein Zeichen von ihr kam Savinien ſofort. Sie wollte ihn bewundern, denn er ſchien ihr zu ſeinem Vorteil verändert. Tatſächlich verleiht der militäriſche Dienſt den Bewegungen, der Haltung, dem Ausſehen des Menſchen eine mit Würde gemiſchte Beſtimmtheit, jene gewiſſe gerade Entſchloſſenheit, die dem oberflächlichen Beobachter den Soldaten auch in Zivilkleidung verrät. Nichts zeigt deutlicher, ob ein Mann zu befehlen verſteht. Urſula liebte Savinien darum noch mehr und empfand eine kindliche Freude, mit ihm Arm in Arm in dem kleinen Garten ſpazieren zu gehen und ſich von dem Anteil, den er in ſeiner Eigenſchaft als Aſpirant an der Einnahme von Algier hatte, erzählen zu laſſen. Sie glaube Blut fließen zu ſehen, wenn ſie Saviniens Auszeichnung betrachtete, ſagte ſie.
Der Doktor, der ſie von ſeinem Zimmer aus während des Ankleidens beobachtet hatte, geſellte ſich zu ihnen. Ohne ſich dem Vicomte gegenüber völlig auszuſprechen, ſagte er ihm, daß das Vermögen ſeines Mündels ſeinen weiteren Dienſt überflüſſig mache, wenn Frau von Portenduère in ſeine Heirat mit Urſula einwillige.
„Ach,“ ſagte Savinien, „es wird viel Zeit koſten, um den Widerſtand meiner Mutter zu brechen. Als ſie vor meiner Abreiſe vor der Alternative ſtand, in meine Heirat einzuwilligen und mich bei ſich zu behalten, oder mich nur in langen Abſtänden zu ſehen und den Gefahren meines Berufes mich ausgeſetzt zu wiſſen, ließ ſie mich fortfahren . . .“
„Aber Savinien,“ ſagte Urſula und faßte ſeine Hand, „wir werden beiſammen bleiben.“

Das Abſchiedsgeſuch wurde eingereicht, und Urſulas Geburtstag erhielt durch die Gegenwart ihres Verlobten ſeinen höchſten Glanz. Einige Monate ſpäter, gegen den Mai hin, nahm das Leben im Hauſe des Doktor Minoret wieder ſeinen gewohnten ruhigen Verlauf, nur mit dem Unterſchied, daß Savinien ſtändiger Gaſt war. Die häufigen Beſuche des jungen Vicomte gaben um ſo mehr Veranlaſſung, ihn als verlobt zu erklären, als Urſulas und ſein Verhalten während der Meſſe oder auf Spaziergängen, trotz aller Zurückhaltung, ihr Einverſtändnis verriet. Dionis machte die Erben darauf aufmerkſam, daß der Doktor ſeine Zinſen nicht einforderte, trotzdem die alte Dame ſie ihm ſchon für zwei Jahre ſchuldete.

„Sie wird gezwungen ſein, nachzugeben und in die Mesalliance ihres Sohnes einzuwilligen", ſagte der Notar. „Wenn das Unheil geſchieht, wird wahrſcheinlich ein großer Teil vom Vermögen ihres Onkels der unwiderſtehliche Anreiz ſein."

Die Erbitterung der Erben wurde allmählich ebenſo bedrohlich, wie ſie tief eingewurzelt war, als ſie merkten, daß ihr Onkel ihnen Urſula viel zu ſehr vorzog, um nicht deren Glück auf ihre Koſten zu ſichern.

Bei ihren ſeit der Julirevolution allabendlich ſtattfindenden Zuſammenkünften im Hauſe von Dionis verwünſchten ſie die beiden Liebenden, und es verging kaum ein Abend, an dem ſie nicht — wenn auch vergeblich — nach Mitteln geſucht hätten, um die Abſichten des Greiſes zu durchkreuzen. Zélie, die zweifellos genau wie der Doktor die Baiſſe benutzt hatte, um ihr ſehr beträchtliches Kapital vorteilhaft anzulegen, war am meiſten gegen die

Waiſe und die Portenduère aufgebracht. Eines Abends, als Goupil, der ſich ſonſt vor dieſen langweiligen Zuſammenkünften hütete, gekommen war, um ſich über die Angelegenheiten der Stadt, die dort beſprochen wurden, auf dem laufenden zu halten, hatte Zélie einen erneuten Ausbruch ihres Haſſes, denn ſie hatte am Morgen den Doktor mit Urſula und Savinien im Wagen von einer Spazierfahrt in die Umgegend heimkommen ſehen.
„Ich gäbe dreißigtauſend Franken, wenn Gott unſeren Onkel zu ſich nähme, bevor die Heirat des Portenduère mit dieſer Zierpuppe ſtattfände", ſagte ſie.
Goupil begleitete Herrn und Frau Minoret bis in die Mitte ihres großen Hofes und ſagte zu ihnen, während er vorſichtig umherſpähte, ob ſie allein wären: „Wenn Sie mir die Mittel geben, um die Praxis von Dionis zu kaufen, werde ich die Heirat Herrn von Portenduères mit Urſula verhindern."
„Wie?" fragte der Koloß.
„Halten Sie mich für ſo einfältig, daß ich Ihnen meinen Plan verrate?" fragte der Bureauvorſteher.
„Gut, mein Junge, bringe ſie auseinander, alles übrige wird ſich finden", ſagte Zélie.
„In ſchwierigen Fällen laſſe ich mich nicht auf vage Verſprechungen ein. Dieſer junge Mann iſt ein Hitzkopf; ich muß in allen Sätteln gerecht ſein und muß mich mit ihm auf Säbel und Piſtole meſſen können. Richten Sie mir ein Bureau ein, und ich halte mein Wort."
„Verhindere dieſe Heirat, und ich ſorge für deine Niederlaſſung."
„Seit neun Monaten überlegen Sie ſich ſchon, ob Sie mir die lumpigen fünfzehntauſend Franken, die

ich zum Ankauf des Bureaus vom Gerichtsvollzieher Lecœur brauche, leihen wollen. Und da ſoll ich mich auf Ihr Wort verlaſſen! Nun, Sie werden die Erbſchaft Ihres Onkels verlieren und verdienen es nicht beſſer."

„Wenn es ſich nur um fünfzehntauſend Franken und Lecoeurs Praxis handelte, wollte ich nichts ſagen," meinte Zélie, „aber eine Bürgſchaft von fünfzigtauſend Talern für Sie übernehmen . . ."

„Aber ich werde bezahlen", erwiderte Goupil und warf Zélie einen zwingenden Blick zu, den ſie mit herriſchem Augenwinke parierte. Es war, als ob Gift und Stahl zuſammenträfen.

‚Wir können warten', ſagte Zélie.

‚Hol euch der Teufel', dachte Goupil. ‚Wenn ich die jemals zu faſſen kriege, preſſe ich ſie aus wie Zitronen.'

Da Savinien ſeine Zeit ausſchließlich in der Geſellſchaft des Doktors, des Friedensrichters und des Pfarrers verbrachte, lernten dieſe ſeinen ausgezeichneten Charakter kennen. Seine unerſchütterliche und von jedem Eigennutz freie Liebe für Urſula beſchäftigte ſie ſo lebhaft, daß ſie die beiden Kinder in ihren Gedanken nicht mehr voneinander trennten. Die ruhige Gelaſſenheit dieſes patriarchaliſchen Lebens und die Gewißheit ihrer gemeinſamen Zukunft gaben ihrer Liebe allmählich den Anſchein eines geſchwiſterlichen Verhältniſſes. Der Doktor ließ Urſula und Savinien oft allein. Er hatte dieſen wohlerzogenen jungen Mann richtig erkannt, der Urſula beim Kommen die Hand küßte und dies nicht wagte, wenn er allein mit ihr war; ſolche Ehrfurcht hatte er vor der Unſchuld und Reinheit dieſes Kindes, deſſen oft bewieſene ungewöhnliche

Senſibilität er kannte. Er wußte, daß ein hartes Wort, eine kühle Miene oder der plötzliche Übergang von Zärtlichkeiten zur Schroffheit ſie töten könnte. Die großen Kühnheiten der beiden Liebenden wurden nur abends in Gegenwart der alten Herren gewagt.

So vergingen zwei Jahre voll heimlicher Freuden ohne andere Ereigniſſe als die fruchtloſen Verſuche, die der junge Mann unternahm, um die Einwilligung ſeiner Mutter zu erhalten. Er ſprach oft ganze Vormittage lang mit ihr. Sie hörte ihm zu, ohne auf ſeine Vorſtellungen und Bitten anders als durch bretoniſches Schweigen oder ein glattes Nein zu antworten.

Mit neunzehn Jahren hatte Urſula, die elegant, ſehr gebildet und eine ausgezeichnete Klavierſpielerin war, nichts mehr zu lernen. Sie war vollkommen. Der Ruf ihrer Schönheit, Anmut und Bildung war weitverbreitet. Erſt kürzlich mußte der Doktor der Marquiſe d'Aiglemont, die für ihren älteſten Sohn an Urſula dachte, eine abſchlägige Antwort geben. Sechs Monate ſpäter erfuhr Savinien dies zufällig, trotz des tiefen Schweigens, das Urſula, der Doktor und Frau d'Aiglemont darüber bewahrt hatten. Er war gerührt über ſo viel Zartgefühl und benutzte dieſen günſtigen Umſtand, um ſeine Mutter umzuſtimmen, die ihm antwortete: „Wenn die Aiglemonts unſtandesgemäße Ehen eingehen wollen, ſo iſt das doch kein Grund für uns."

Im Dezember 1834 wurde der fromme, gütige Greis ſichtlich ſchwächer. Wenn er aus der Kirche kam, mit gelbem, eingeſchrumpftem Geſicht und glanzloſen Augen, ſprach die ganze Stadt von dem nahen Tode des Doktors, der nun achtundachtzig Jahre alt war.

„Nun werden Sie endlich wiſſen, woran Sie ſind“, erklärte man den Erben. Der Tod des Greiſes war tatſächlich ein anziehendes Problem. Er ſelbſt fühlte ſich nicht krank; er gab ſich Illuſionen hin, und weder die arme Urſula noch Savinien, weder der Friedensrichter noch der Pfarrer brachten es übers Herz, offen mit ihm über ſeine Lage zu ſprechen. Der Arzt von Nemours, der ihn jeden Abend beſuchte, wagte nicht, ihm etwas zu verſchreiben. Der alte Mann hatte keinerlei Schmerzen, ſeine Lebenskräfte ſchwanden langſam dahin, aber ſein Geiſt blieb friſch und lebendig. Bei alten Leuten von ſeiner Konſtitution beherrſcht die Seele den Körper; ſie gibt ihnen die Kraft, aufrecht zu ſterben. Um das traurige Ereignis nicht noch zu beſchleunigen, dispenſierte der Pfarrer ihn vom Beſuch der Meſſe und gab ihm die Erlaubnis, ſeine Andacht zu Hauſe zu halten; denn er erfüllte ſeine religiöſen Pflichten mit peinlicher Strenge. Je mehr er ſich dem Grabe näherte, deſto inniger glaubte er an Gott. Die ewige Klarheit erleuchtete ihm mehr und mehr die Verworrenheit aller Dinge. Zu Anfang des neuen Jahres erlangte Urſula von ihm, daß er Pferde und Wagen verkaufte und Cabirolle entließ. Der Friedensrichter, der weit davon entfernt war, ſich über Urſulas Zukunft durch die halben Andeutungen des Greiſes zu beruhigen, berührte vorſichtig dieſe Frage, indem er ſeinem alten Freund eines Abends die Notwendigkeit auseinanderſetzte, Urſula mündig zu erklären. Sie würde dann ihre Vormundſchaftsabrechnung erhalten und ihr Vermögen ſelbſt verwalten können, wodurch man ihr Vorteile verſchaffen könnte. Trotz dieſer Einleitung vertraute der Greis dem Friedensrichter, den er ſonſt öfter um Rat gefragt hatte, ſeine im Geheimen für Urſula getroffenen Verfügungen nicht an, ſondern ging nur auf den Vorſchlag der Mündigkeitserklärung ein. Je dringlicher der Friedensrichter verſuchte, die Mittel kennenzulernen, durch die ſein alter Freund Urſula bereichern wollte, deſto mißtrauiſcher wurde der Doktor. Er fürchtete ſich tatſächlich davor, Bongrand von der auf den Inhaber lautenden Rente in Höhe von ſechsunddreißigtauſend Franken in Kenntnis zu ſetzen.

„Warum laſſen Sie es auf den Zufall ankommen?“ fragte Bongrand ihn.

„Von zwei Zufällen vermeidet man den gewagteren“, erwiderte der Doktor.

Bongrand betrieb die Mündigkeitserklärung ſo nachdrücklich, damit der Beſchluß des Familienrats vor Urſulas zwanzigſtem Gebutstag rechtskräftig erklärt würde.

Dieſer Geburtstag ſollte das letzte Feſt des alten Herrn ſein, der dieſen Tag beſonders feſtlich beging, zweifellos im Vorgefühl ſeines nahen Todes. Er gab einen kleinen Ball, zu dem er die jungen Leute der vier Familien Dionis, Crémière, Minoret und Massin einlud. Savinien, Bongrand, der Pfarrer mit ſeinen beiden Vikaren, der Arzt von Nemours und die Damen Zélie Minoret, Massin, Crémière ſowie der alte Schmucke nahmen an dem großen Diner teil, das dem Ball vorausging.

„Ich fühle mein Ende nahen“, ſagte der Greis gegen Ende des Abends zum Notar. „Ich bitte Sie daher, morgen zu mir zu kommen, um die Vormundſchaftsabrechnung aufzuſtellen, die ich Urſula ablegen muß, damit meine Hinterlaſſenſchaft nicht davon berührt wird. Gott ſei Dank habe ich meine

Erben nicht um einen Pfennig geſchädigt, ſondern habe nur über meine Einkünfte verfügt. Die Herren Massin, Crémière und mein Neffe Minoret ſind Mitglieder des für Urſula eingeſetzten Familienrats und werden dieſer Rechnungsablegung beiwohnen.“
Dieſe Worte, die Massin hörte, wurden ſofort im Ballsaal verbreitet und verurſachten dort eitel Freude unter den drei Familien, die ſeit vier Jahren in beſtändiger Aufregung lebten und ſich bald für reich hielten, bald enterbt glaubten. Als gegen zwei Uhr morgens niemand mehr außer Savinien, Bongrand und Chaperon im Salon war, ſagte der alte Doktor zu ihnen, indem er auf Urſula wies, die entzückend in ihrem Ballkleid ausſah und ſich gerade von den Fräulein Crémière und Massin verabſchiedete: „Euch, meine lieben Freunde, vertraue ich ſie an! In einigen Tagen werde ich nicht mehr da ſein, um ſie zu beſchützen. Stellt euch zwiſchen ſie und die Welt, bis ſie verheiratet iſt... Ich habe Angſt um ſie.“ Dieſe Worte riefen einen ſchmerzlichen Eindruck hervor.
Die Abrechnung, die einige Tage ſpäter im Familienrat ſtattfand, ergab, daß das von Doktor Minoret für ſein Mündel verwaltete Vermögen zehntauſendſechshundert Franken betrug. Es ſetzte ſich zuſammen aus der rückſtändigen Rente von vierzehnhundert Franken, die die Verſchreibung getragen hatte — deren Erwerb ſich von der Anlage des Jordyſchen Legates herſchrieb — und aus einem kleinen Kapital von fünftauſend Franken, das ſich aus den Geſchenken angeſammelt hatte, die der Doktor ſeit fünfzehn Jahren ſeinem Mündel zum Geburtstag oder Namensfeſt zu machen pflegte.
Dieſe urkundliche Rechnungsablegung hatte der

Friedensrichter empfohlen, der die Folgen, die der Tod des Doktors haben würde, fürchtete — leider mit Recht. Am Tage nach der Annahme der Vormundschaftsabrechnung, die Ursula in den Besitz eines Kapitals von zehntausendsechshundert Franken und einer Rente von vierzehnhundert Franken brachte, befiel den Greis eine Schwäche, die ihn zwang, das Bett zu hüten. Trotz der Verschwiegenheit, die das Haus des Doktors umgab, verbreitete sich das Gerücht von seinem Tode in der Stadt, wo die Erben umherschossen wie Perlen eines Rosenkranzes, dessen Schnur zerrißen ist. Massin, der kam sich zu erkundigen, erfuhr von Ursula selbst, daß der alte Herr zu Bett liege. Unglücklicherweise hatte der Arzt von Nemours erklärt, daß der Augenblick, in dem Minoret bettlägerig werde, sein Ende bedeute. Von da ab standen die Erben trotz der Kälte auf den Straßen, auf dem Platz und auf den Schwellen ihrer Häuser umher, nur beschäftigt, über dies so lang erwartete Ereignis zu schwatzen und den Augenblick abzupassen, wo der Pfarrer in vollem Ornat — wie dies in Provinzstädten üblich ist — dem Doktor die Sakramente bringen würde.

Als der Abbé Chaperon drei Tage später mit seinem Vikar und den Chorknaben, unter Vorantritt des Sakristans, der das Kreuz trug, durch die Hauptstraße ging, schlossen sich die Erben dem Zuge an, um das Haus in Beschlag zu nehmen, jegliche Veruntreuung zu verhindern und mit gierigen Händen die vermuteten Schätze an sich zu reißen. Als der Doktor hinter dem Geistlichen seine knienden Erben bemerkte, die — weit davon entfernt zu beten — ihn mit Blicken beobachteten, die wie die Lichter der Kerzen funkelten, konnte er ein ſpöttiſches Lächeln nicht unterdrücken. Der Abbé drehte ſich um, ſah ſie an und ſprach die Gebete ganz langſam. Der Poſtmeiſter verließ als erſter ſeine unbequeme Stellung, ſeine Frau folgte ihm. Massin, der fürchtete, Zélie und ihr Mann könnten irgendeine Kleinigkeit beiſeite bringen, geſellte ſich im Salon zu ihnen, wo ſich bald alle Erben einfanden.

„Er iſt zu ehrlich, um ſich etwa die letzte Ölung zu erſchleichen," ſagte Crémiére, „wir können alſo ganz ruhig ſein".

„Ja, wir werden jeder etwa zwanzigtauſend Franken Rente haben", erwiderte Frau Massin.

„Ich habe das Gefühl," ſagte Zélie, „daß er ſeit drei Jahren nichts mehr angelegt hat, ſondern ſeine Schätze in natura aufſtapelte ..."

„Vielleicht in ſeinem Keller", ſagte Massin zu Crémière.

„Hoffentlich finden wir etwas", antwortete Minoret-Levrault.

„Aber nach ſeinen Erklärungen auf dem Ball," rief Frau Massin, „iſt kein Zweifel möglich."

„Wie dem auch ſei", ſagte Crémière, „wie wollen wir uns einigen? Teilen wir? Verſteigern wir? Oder loſen wir? Schließlich ſind wir doch alle majorenn."

Eine Diskuſſion, die ſofort erbittert anhob, erging ſich über das Vorgehen bei der Erbteilung. Nach einer halben Stunde hörte man auf dem Hof und bis auf die Straße hinaus das Geräuſch verworrener Stimmen, aus denen ſich das kreiſchende Organ Zélies deutlich heraushob.

„Jetzt muß er tot ſein", ſagten die Neugierigen auf der Straße.

Der Lärm drang bis zu den Ohren des Doktors,

der folgende Worte unterſchied: „Aber das Haus! Das Haus iſt dreißigtauſend Franken wert! Ich nehme es für dreißigtauſend Franken!“ ſo rief oder vielmehr brüllte Crémière.

„Gut, wir zahlen, was es wert iſt“, ſagte Zélie mit ſchneidender Stimme.

„Herr Abbé,“ ſagte der Greis zu Chaperon, der bei ſeinem alten Freund geblieben war, nachdem er ihm die Sakramente gereicht hatte, „ſorgen Sie dafür, daß ich in Frieden ſterbe. Meine Erben ſind gleich denen des Kardinals Ximenes imſtande, mein Haus noch vor meinem Tod zu plündern. Sagen Sie ihnen, daß ich niemanden in meinem Hauſe haben will!“

Der Pfarrer und der Arzt gingen hinunter, um den Wunſch des Sterbenden auszuführen, und fügten voller Entrüſtung heftige Worte des Tadels hinzu.

„Schließen Sie die Gittertür und laſſen Sie niemanden herein, Frau Bougival“, ſagte der Arzt. „Man ſcheint nicht einmal ruhig ſterben zu können. Machen Sie dann einen Umſchlag aus Senfmehl zurecht, damit wir Ihrem Herrn ein Senfpflaſter auf die Füße legen können.“

„Ihr Onkel iſt noch nicht tot und kann noch lange leben“, ſagte der Abbé und drängte die Erben, die mit ihren Kindern gekommen waren, hinaus. „Er verlangt äußerſte Ruhe und will nur ſein Mündel bei ſich haben. Wie vorteilhaft unterſcheidet ſich das Benehmen dieſes jungen Mädchens von dem ihrigen!“

„Dieſer alte Scheinheilige!“ rief Crémière. „Ich werde Schildwache ſtehen. Möglicherweiſe iſt da etwas zu unſerem Schaden im Werke!“

Der Poſtmeiſter war im Garten verſchwunden und

gab vor, bei ſeinem Onkel mit Urſula gemeinſam zu wachen und zu ihrer Unterſtützung im Hauſe zu bleiben. Lautlos wie ein Wolf ſchlich er zurück, ohne mit ſeinen Stiefeln das leiſeſte Geräuſch zu machen, da auf Gängen und Treppen Teppiche lagen. Er konnte daher, ohne bemerkt zu werden, bis vor die Tür ſeines Onkels kommen. Der Pfarrer und der Arzt waren fortgegangen, die Bougival bereitete das Senfpflaſter.

„Sind wir auch ganz allein?" fragte der Greis ſein Mündel.

Sie ſtellte ſich auf die Zehenſpitzen, um auf den Hof ſehen zu können.

„Ja," ſagte ſie, „der Herr Pfarrer hat beim Fortgehen ſelbſt das Gitter ins Schloß gezogen."

„Mein geliebtes Kind", ſagte der Sterbende, „meine Stunden, ja meine Minuten ſind gezählt. Ich bin nicht umſonſt Arzt geweſen: trotz des Senfpflaſters, das der Doktor verordnet hat, werde ich dieſen Abend nicht mehr überleben. Weine nicht, Urſula," ſagte er, als er durch die Tränen ſeines Mündels unterbrochen wurde, „ſondern höre gut zu. Es handelt ſich um deine Heirat mit Savinien. Sowie die Bougival mit dem Senfpflaſter heraufkommt, gehe hinunter in den chineſiſchen Pavillon. Hier iſt der Schlüſſel. Hebe die Marmorplatte des Bouleſchrankes auf, du wirſt darunter einen an dich gerichteten Brief finden. Nimm ihn und bringe ihn hierher, denn ich kann nur ruhig ſterben, wenn ich ihn in deinen Händen ſehe. Wenn ich tot bin, wirſt du dieſe Nachricht nicht gleich verbreiten. Du wirſt Herrn von Portenduère kommen laſſen, ihr werdet zuſammen den Brief leſen, und du ſchwörſt mir in ſeinem und deinem Namen, daß ihr meinen letzten Willen erfüllt! Wenn er mir gehorcht hat, werdet ihr meinen Tod mitteilen und die Komödie der Erben kann beginnen. Gott gebe, daß ſie dich nicht mißhandeln!“

„Ja, lieber Pate.“

Der Poſtmeiſter wartete den Schluß der Unterhaltung nicht ab. Er ſchlich auf den Zehenſpitzen fort, indem er ſich erinnerte, daß ſich die Tür zum Pavillon auf der Bibliothekſeite befand. Er hatte ſeinerzeit dem Geſpräch des Architekten mit dem Schloſſer zugehört, der behauptete, wenn das auf den Fluß gehende Fenſter als Eingang zum Hauſe benutzt werden ſolle, müßte man klugerweiſe das Schloß zum Kabinett, das ein angenehmer Aufenthalt für den Sommer ſein ſollte, auf der Seite der Bibliothek anbringen. Von Gier geblendet, ſchraubte Minoret, dem das Blut in den Ohren ſauſte, ſchnell wie ein Dieb mit Hilfe eines Meſſers das Schloß ab und trat in das Kabinett ein. Er riß das Paket an ſich, ohne ſich damit aufzuhalten, es zu entſiegeln, ſchraubte das Schloß wieder feſt, brachte alles in Ordnung, ſetzte ſich ins Eßzimmer und wartete, bis die Bougival das Senfpflaſter hinauftrug, um dann das Haus unbemerkt zu verlaſſen.

Er konnte ſeine Flucht um ſo leichter bewerkſtelligen, als die arme Urſula es dringlicher fand, dem Auflegen des Pflaſters beizuwohnen als den Weiſungen ihres Paten zu folgen.

„Der Brief, der Brief“, rief der Greis mit brechender Stimme. „Gehorche mir, hier iſt der Schlüſſel. Ich will den Brief in deinen Händen ſehen.“

Dieſe Worte ſtieß er mit ſo verſtörtem Blick hervor, daß die Bougival zu Urſula ſagte: „Aber tun

Sie doch, was Ihr Pate verlangt, sonst werden Sie seinen Tod verursachen."
Sie küßte ihn auf die Stirn, nahm den Schlüssel und ging hinunter. Aber sogleich rief das durchdringende Geschrei der Bougival sie zurück, sie eilte wieder hinauf; der Greis verschlang sie mit einem Blick, sah ihre Hände leer, richtete sich in seinem Bett hoch auf, versuchte zu sprechen und verschied mit einem letzten furchtbaren Seufzer, die Augen vor Entsetzen weit offen. Das arme Kind, das zum erstenmal den Tod sah, fiel auf die Knie und brach in Tränen aus. Die Bougival schloß die Augen des Greises und legte ihn auf dem Bett zurecht. Nachdem die alte Dienerin, wie sie sagte, den Toten, geschmückt, hatte, lief sie zu Savinien, um ihn zu benachrichtigen. Aber die Erben, die sich am anderen Ende der Straße, von Neugierigen umringt, aufhielten — gleich Krähen, die das Begraben eines Pferdes abwarten, um die Erde wegzuscharren und mit ihren Krallen und Schnäbeln aufzuwühlen — eilten mit der Geschwindigkeit dieser Vögel herbei.

☆

WÄHREND DIESER EREIGNISSE WAR DER POSTmeister nach Hause gegangen, um den Inhalt des geheimnisvollen Paketes zu untersuchen und fand folgendes:
An meine geliebte Ursula Mirouet, Tochter meines natürlichen Schwagers, Joseph Minoret, und seiner Gattin Dinah Grollmann.

Nemours, 15. Januar 1830.

„Mein kleiner Engel, die Ursache meiner väterlichen Liebe zu Dir, die Du so ganz gerechtfertigt haſt, war nicht nur der Schwur, den ich Deinem armen Vater geleiſtet habe, ihn zu erſetzen, ſondern mehr noch Deine Ähnlichkeit mit meiner verſtorbenen Frau, Urſula Minoret, an deren Anmut, Geiſt, Reinheit und Liebreiz Du mich immer erinnert haſt. Da Du die Tochter eines unehelichen Sohnes meines Schwiegervaters biſt, ſind nach dem franzöſiſchen Geſetz alle teſtamentariſchen Verfügungen, die ich zu Deinen Gunſten treffen könnte, anfechtbar . . .

‚Dieſer alte Lump', rief der Poſtmeiſter.

Deine Adoption hätte einen langen Prozeß gekoſtet, und dem Gedanken, Dich zu heiraten, um Dir mein Vermögen zu hinterlaſſen, bin ich ſtets ausgewichen, denn ich kann vielleicht noch lange leben und Dir damit Dein zukünftiges Glück zerſtören, das nur durch das Leben der Frau von Portenduère hingehalten wird. Nachdem ich alle Schwierigkeiten reiflich überlegt habe, bin ich willens die Mittel zu einem ſorgloſen Daſein Dir zu hinterlaſſen . . .

‚Der Schurke! Er hat an alles gedacht!'

Ohne meine Erben irgendwie zu ſchädigen . . .

‚Solch ein Jeſuit!'

. . . habe ich Dir den Ertrag meiner Erſparniſſe beſtimmt, die ich in achtzehn Jahren gemacht und durch die Geſchicklichkeit meines Notars beſtändig vermehrt habe, um Dir die Glücksmöglichkeiten, die der Reichtum bietet, zu ſichern. Ohne Vermögen würden Deine Erziehung und kultivierte Bildung dein Unglück bedeuten. Außerdem mußt Du dem ſcharmanten jungen Mann, der Dich liebt, eine ſchöne Mitgift zubringen. Du wirſt alſo in der Mitte des dritten Foliobandes der in rotem

Maroquin gebundenen Pandekten, die über dem kleinen Tiſch der Bibliothek als letzter Band im letzten Fach der erſten Reihe auf der an den Salon grenzenden Seite ſteht, drei Verſchreibungen der auf den Inhaber lautenden dreiprozentigen Rente finden, jede über zwölftauſend Franken . . .
‚Welch Abgrund von Schlechtigkeit', rief der Poſtmeiſter, ‚aber Gott läßt nicht zu, daß ich ſo betrogen werde!'
Nimm ſie ſofort an Dich, ebenſo die paar Erſparniſſe, die im Augenblick meines Todes in bar da ſein werden und die im vorhergehenden Band liegen. Bedenke, mein angebetetes Kind, daß Du blindlings einem Gedanken gehorchen mußt, der das Glück meines Lebens war, und daß ich Gottes Hilfe erflehen müßte, wenn Du ungehorſam wäreſt. Aber da ich Skrupel Deines lieben Gewiſſens vorausſehe, das — wie ich weiß — erfinderiſch iſt, ſich zu quälen, findeſt du beigeſchloſſen ein Teſtament in gültiger Form zugunſten von Herrn Savinien von Portenduère über dieſe drei Verſchreibungen. Auf dieſe Weiſe werden ſie, ob Du ſie nun ſelbſt beſitzt oder ſie aus deſſen Händen empfängſt, den Du liebſt, Dein rechtmäßiges Eigentum ſein.

Dein Pate

Denis Minoret."

Bei dieſem Brief lag das folgende, auf einem Bogen Stempelpapier geſchriebene Dokument:

„Dies iſt mein Teſtament.

Ich, Denis Minoret, Doktor der Medizin, wohnhaft in Nemours, geſund an Geiſt und Körper, wie das Datum dieſes Teſtamentes beweiſt, überlaſſe Gott

meine Seele und bitte ihn, mir meine vielen Irrtümer um meiner aufrichtigen Reue willen zu verzeihen.
Ferner vermache ich dem Vicomte, Herrn Savinien von Portenduère, bei dem ich eine aufrichtige Zuneigung für mich gefunden habe, ſechsunddreißigtauſend Franken ſtändige Rente zu drei Prozent, unter Bevorzugung vor meinen ſämtlichen Erben.
Aufgeſetzt und von Anfang bis Ende eigenhändig geſchrieben zu Nemours am 11. Januar 1831.

Denis Minoret."

Ohne Zögern ſuchte der Poſtmeiſter, der ſich, um ungeſtört zu ſein, im Zimmer ſeiner Frau eingeſchloſſen hatte, das Phosphorfeuerzeug. Er erhielt zwei Zeichen des Himmels durch das Verlöſchen zweier Streichhölzer, die beide nicht brennen wollten. Erſt das dritte fing Feuer. Er verbrannte Brief und Teſtament im Kamin. Mit übertriebener Vorſicht vergrub er die Spuren des Papiers und des Siegellacks in der Aſche. Dann lief er im Sturmſchritt in das Haus ſeines Onkels zurück, verlockt durch die Ausſicht, ohne Wiſſen ſeiner Frau ſechsunddreißigtauſend Franken Renten zu beſitzen und nur von dieſem einen klaren und einfachen Gedanken getrieben, der einzig und allein ſeinen ſchwerfälligen Verſtand durchkreuzte. Als er das Haus von den drei Familien beſetzt fand, die ſich dort endlich als Herren fühlten, fürchtete er, ſeinen Plan nicht ausführen zu können. Zeit, ihn zu überlegen hatte er ſich nicht genommen, da er nur an die Hinderniſſe dachte.
„Was macht Ihr denn hier?" fragte er Massin und Crémière. „Wollen wir das Haus und die Wertſachen

der Plünderung ausſetzen? Wir ſind drei Erben; wir können hier nicht alle kampieren. Crémière, laufen Sie doch zu Dionis, er ſolle kommen, um den Tod des Doktors zu beſtätigen. Obgleich ich Beiſitzer bin, kann ich nicht den Totenſchein für meinen Onkel ausſtellen . . . Sie, Massin, gehen zum alten Bongrand und bitten ihn, die Siegel anzulegen. Und Sie, meine Damen," wandte er ſich an ſeine Frau und die Damen Massin und Crémière, „leiſten Sie doch Urſula Geſellſchaft. So kann nichts verloren gehen. Vor allem muß das Gitter geſchloſſen werden, damit niemand heraus kann."

Die Frauen fühlten die Richtigkeit dieser Bemerkungen und liefen in Urſulas Zimmer, wo ſie dieſes edle, ſo häßlich verdächtigte Geſchöpf mit tränenüberſtrömten Geſicht auf ihren Knien liegend, im Gebet fanden. Minoret, der annahm, daß die drei Frauen nicht lange bei Urſula bleiben würden, und der das Mißtrauen ſeiner Miterben fürchtete, eilte in die Bibliothek, zog den Band heraus, öffnete ihn, entnahm ihm die drei Verſchreibungen und fand in dem anderen Band etwa dreißig Banknoten. Trotz ſeiner Roheit glaubte der Koloß in beiden Ohren ein Klingeln zu hören, und das Blut hämmerte in ſeinen Schläfen, als er den Diebſtahl vollzog. Ungeachtet der kalten Jahreszeit war ſein Hemd am Rücken ſchweißgetränkt. Die Beine ſchlotterten ihm derartig, daß er im Salon auf einen Seſſel fiel, als hätte er einen Keulenſchlag auf den Kopf erhalten.

„Ha, wie eine Erbſchaft dem dicken Minoret die Zunge löſt", ſagte Massin, als er durch die Stadt eilte. „Haben Sie ihn gehört?" fragte er Crémière.

„Gehen Sie dahin! Gehen Sie dorthin! Wie genau er Beſcheid weiß!"

„Ja, für ſo ein dickes Vieh, wie er iſt, hatte er eine gewiſſe Haltung . . ."
„Halt," rief Massin beunruhigt, „ſeine Frau iſt dort, zu zweit ſind ſie zu gefährlich! Machen Sie die Beſorgungen, ich gehe zurück."
Daher bemerkte der Poſtmeiſter im ſelben Augenblick, als er ſich hinſetzte, das gerötete Geſicht des Gerichtsſchreibers, der mit der Haſt eines Marders ins Sterbehaus zurückgeeilt war.
„Nun, was gibt's denn?" fragte der Poſtmeiſter, als er ſeinem Miterben öffnen ging.
„Nichts," antwortete dieſer und warf ihm den Blick einer wilden Katze zu, „ich komme der Verſiegelung wegen zurück."
„Ich wollte, ſie wäre ſchon vorüber, und wir könnten alle nach Hauſe gehen", erwiderte Minoret.
„Meiner Treu, wir werden einen Wächter für die Siegel beſtellen", ſagte der Gerichtsschreiber. „Die Bougival iſt für ihren Zieraffen zu allem fähig. Wir werden Goupil hier laſſen."
„Den!" ſagte der Poſtmeiſter, „er würde mit dem Geld durchbrennen, und wir hätten das Nachſehen."
„Laſſen Sie uns überlegen", nahm Massin wieder das Wort. „Heute abend hält man die Totenwache. In einer Stunde ſind wir mit dem Anlegen der Siegel fertig, ſo werden unſere Frauen ſie ſelbſt beaufſichtigen. Morgen um zwölf iſt die Beerdigung. Die Inventaraufnahme wird man erſt in acht Tagen vornehmen können."
„Nun", bemerkte der Koloß grinſend, „werfen wir doch dieſen Zieraffen einfach hinaus und laſſen den Polizeidiener zur Bewachung des Hauſes und der Siegel kommen."
„Sehr gut," rief der Gerichtsſchreiber, „überneh-

men Sie die Angelegenheit, Sie ſind das Oberhaupt der Minorets."
„Meine Damen," ſagte Minoret, „bleiben Sie bitte alle im Salon. Es handelt ſich nicht um das Mittageſſen, ſondern darum, wie man am beſten beim Anlegen der Siegel vorgeht, um alle Intereſſen zuwahren."
Dann nahm er ſeine Frau beiſeite und teilte ihr ſeine Idee bezüglich Urſulas mit.
Sofort ergriffen die Frauen mit Begeiſterung den Plan, Urſula hinauszujagen, denn ſie waren voller Rachegedanken gegen den Zieraffen und freuten ſich auf eine Genugtuung. Bongrand erſchien und war entrüſtet über die Zumutung, die Zélie und Frau Maſſin ihm ſtellten. Als Freund des Verſtorbenen ſollte er Urſula bitten, das Haus zu verlaſſen.
„Gehen Sie doch ſelbſt, ſie aus dem Heim ihres Vaters fortzujagen, ihres Paten, ihres Onkels, ihres Wohltäters, ihres Vormunds! Gehen Sie! Sie, die dieſe Erbſchaft nur ihrer Seelengröße zu verdanken haben! Gehen Sie! Packen Sie ſie an den Schultern, um ſie vor den Augen der ganzen Stadt auf die Straße zu werfen! Sie halten Sie eines Diebſtahls fähig? Nun, dann beſtellen Sie einen Wächter für die Siegel. Das iſt Ihr Recht. Aber hören Sie zuvor, daß ich kein Siegel an ihr Zimmer legen werde. Dort iſt ihr Heim, und alle Sachen, die ſich darin befinden, ſind ihr Eigentum. Ich werde ſie über ihre Rechte aufklären und ihr empfehlen, alles, was ihr ſonſt im Hauſe gehört, dort zuſammenzutragen . . . Oh, in Ihrer Gegenwart", fügte er hinzu, als er die Erben murren hörte.
„Nun?" ſagte der Steuereinnehmer zum Poſtmeiſter und zu den über Bongrands choleriſchen Ausbruch verdutzten Frauen.

„Das ist mir ein feiner Beamter“, rief der Postmeister.

Ursula saß halb ohnmächtig mit zurückgeworfenem Kopf und aufgelösten Flechten auf einem kleinen Sofa und schluchzte von Zeit zu Zeit laut auf. Ihre Augen waren trübe, die Lider entzündet, kurz, sie befand sich in einem Zustand geistiger und körperlicher Erschöpfung, der den gefühllosesten Menschen gerührt hätte — nur keine Erben.

„Ach, Herr Bongrand, nach meinem Geburtstag Tod und Trauer“, sagte sie mit einer zarten Seelen eigenen Empfindung. „Sie wissen, was er für mich war! In zwanzig Jahren hörte ich kein einziges ungeduldiges Wort von ihm! Ich habe geglaubt, er würde hundert Jahre alt! Er war mir eine Mutter,“ rief sie, „was für eine gute Mutter!“

Diese wenigen ausgesprochenen Gedanken ließen sie wieder in einen Strom von Tränen ausbrechen. Heftiges Schluchzen erschütterte sie, und sie fiel wie leblos zusammen.

„Mein Kind,“ sagte der Friedensrichter, als er die Erben auf der Treppe hörte, „Sie haben das ganze Leben vor sich, um ihn zu beweinen, aber nur einen Augenblick, um Ihre Angelegenheiten zu regeln. Bringen Sie alles, was Ihnen im Hause gehört, hier in Ihr Zimmer. Die Erben zwingen mich, die Siegel anzulegen . . .“

„Ach, seine Erben können alles nehmen“, rief Ursula und richtete sich in einer Art wilder Empörung auf. „Hier trage ich alles, was er Kostbares hatte“, sagte sie und schlug auf ihre Brust.

„Was denn?“ fragte der Postmeister, der ebenso wie Massin sein gräßliches Gesicht zur Tür hereinsteckte.

„Das Andenken an ſeine Tugenden, an ſein Leben, an alle ſeine Worte, ein Bild ſeiner himmliſchen Seele“, ſagte ſie mit verklärtem Blick und einer wundervollen Handbewegung.
„Und Sie haben dort auch einen Schlüſſel“, ſchrie Massin, der wie eine Katze heranſchlich und einen Schlüſſel ergriff, der durch ihre Bewegung aus den Falten ihres Kleides gefallen waren.
„Das iſt der Schlüſſel zu ſeinem Kabinett“, ſagte ſie errötend. „Er ſchickte mich dorthin im Augenblick ſeines Todes.“
Die beiden Erben warfen nach einem gräßlichen Lächeln des Einverſtändniſſes dem Friedensrichter einen Blick zu, mit dem ſie einen ſchimpflichen Verdacht ausdrückten. Urſula, die dieſen berechneten Blick des Poſtmeiſters und den unfreiwilligen Massins auffing und erriet, wandte ſich um und wurde ſo bleich, als ob alles Blut aus ihren Adern wiche. Ihre Augen ſchleuderten einen jener Blitze, die vielleicht nur mit dem Leben bezahlt werden können, und mit erſtickter Stimme ſagte ſie: „Ach, Herr Bongrand, alles, was in dieſem Zimmer iſt, verdanke ich der Güte meines Paten! Nur meine Kleider gehören mir! Ich werde gehen!“
Sie ging in das Sterbezimmer ihres Vormunds, aus dem auch die demütigſten Bitten ſie nicht entfernen konnten, denn die Erben ſchämten ſich doch etwas über ihr Betragen. Sie befahl der Bougival, ihr im Gaſthof zur Alten Poſt zwei Zimmer zu beſtellen, bis ſie eine Wohnung in der Stadt finden würde, wo ſie beide leben könnten. Sie ging noch einmal in ihr Zimmer, um ihr Gebetbuch zu holen und verbrachte dann faſt die ganze Nacht, gemeinſam mit dem Pfarrer, dem Vikar und Savinien, mit

Beten und Weinen. Der junge Edelmann war, nachdem ſeine Mutter ſich ſchlafen gelegt hatte, herübergekommen und kniete wortlos neben Urſula nieder, die ihm mit traurigem Lächeln dafür dankte, daß er ſo treu einen Teil ihrer Schmerzen auf ſich nahm.

„Mein Kind," ſagte Bongrand und brachte Urſula ein umfangreiches Paket, „eine der Erbinnen hat aus Ihrer Kommode alles herausgenommen, was Sie notwendig brauchen, denn man wird die Siegel erſt in einigen Tagen löſen, und Sie werden dann alles wieder bekommen, was Ihnen gehört. In Ihrem Intereſſe habe ich Ihr Zimmer verſiegelt."

„Danke, Herr Bongrand", antwortete ſie und ging auf ihn zu, um ihm die Hand zu geben. „Sehen Sie ihn doch noch einmal an. Könnte man nicht meinen, er ſchläft?"

Der Greis lag gerade in der Blüte jener vorübergehenden Schönheit, die ſich über das Geſicht jener Toten legt, die ohne Schmerzen verſchieden ſind. Ein inneres Leuchten ſchien von ihm auszugehen.

„Hat er Ihnen nichts im Geheimen anvertraut", flüſterte der Friedensrichter Urſula ins Ohr.

„Nichts," ſagte ſie, „er hat zu mir nur von einem Brief geſprochen . . ."

„Gut, er wird ſich anfinden", erwiderte Bongrand. „Dann iſt es für Sie ſehr günſtig, daß die Erben die Verſiegelung verlangten."

Bei Tagesanbruch verließ Urſula das Haus, um in den Gaſthof zu gehen, begleitet von der Bougival, die ihr Paket trug, vom Friedensrichter, der ihr den Arm bot, und von Savinien, ihrem geliebten Beſchützer. So behielt alſo der mißtrauiſche Bongrand trotz der weiſeſten Vorſichtsmaßnahmen recht: er ſollte Urſula ohne Vermögen dem Streit mit den Erben ausgeliefert ſehen.

Am folgenden Abend wohnte die ganze Stadt dem Begräbnis des Doktor Minoret bei. Als man von dem Verhalten der Erben gegen die Adoptivtochter hörte, fand die weitaus größte Mehrheit es ganz in der Ordnung und notwendig, denn es handele ſich um eine Erbſchaft, der Biedermann ſei ein Geheimniskrämer geweſen, Urſula könne ſich Rechte anmaßen, die Erben verteidigten ihren Beſitz, und übrigens habe Urſula ſie zu Lebzeiten ihres Onkels genügend gedemütigt, der ſie — wie man zu ſagen pflegte — wie Hunde beim Kegelſpiel empfangen habe. Désiré Minoret, der, wie die Neider des Poſtmeiſters behaupteten, in ſeiner Stellung nichts Beſonderes leiſtete, kam zum Gottesdienſt. Urſula war außerſtande, der Leichenfeier beizuwohnen und lag im Bett, von einem nervöſen Fieber befallen, das zu größter Beſorgnis Anlaß gab.

„Sehen Sie doch, wie dieſer Heuchler weint!“ ſagten einige der Erben und wieſen auf Savinien, den der Tod des Doktors tief bekümmerte.

„Die Frage iſt, ob er Grund zum Weinen hat“, erwiderte Goupil. „Lachen Sie nicht zu früh, die Siegel ſind noch nicht gelöſt.“

„Ach was,“ ſagte Minoret, der wußte, was zu erwarten war, „Sie haben uns immer unnötig in Schrecken geſetzt.“

Der Augenblick, wo der Leichenzug aufbrach, um ſich nach dem Friedhof zu begeben, war für Goupil bitter. Er wollte Désirés Arm nehmen, aber der zukünftige Staatsanwalt verleugnete ſeinen ehemaligen Kameraden vor allen Leuten und wies ihn von ſich.

‚Ich will mich nicht mit ihm überwerfen, ſonſt könnte ich mich nicht rächen!‘ dachte der Bureauvorſteher, und ſein vertrocknetes Herz ſchwoll an vor Haß wie ein mit Waſſer vollgeſogener Schwamm.

☆

BEVOR MAN DIE SIEGEL ABNEHMEN UND ZUR Inventaraufnahme ſchreiten konnte, mußte der Staatsanwalt, als geſetzlicher Vormund der Waiſen, Bongrand mit ſeiner Vertretung betrauen. Dann wurde die Erbſchaft Minoret, von der man zehn Tage lang ſprach, eröffnet und mit der ganzen Strenge juriſtiſcher Formalitäten feſtgeſtellt. Dionis kam dabei auf ſeine Koſten, Goupil konnte genügend Unruhe ſtiften, und da das Geſchäft gut war, häuften ſich die Sitzungen. Faſt immer frühſtückte man nach der erſten Sitzung. Der Notar, der Bureauvorſteher, die Erben und die Zeugen tranken die beſten Weine des Kellers.

In der Provinz und beſonders in kleinen Städten, wo jeder ſein eigenes Haus beſitzt, findet man ziemlich ſchwer eine Wohnung. Daher gehört das Haus faſt immer zum Kauf, wenn man ein Anweſen irgend welcher Art erwirbt. Der Friedensrichter, dem der Staatsanwalt die Wahrung der Intereſſen der Waiſe anempfohlen hatte, ſah keine andere Möglichkeit, ihr das Verlaſſen des Gaſthofs zu ermöglichen, als für ſie ein kleines Haus in der Hauptſtraße zu kaufen, das an der Ecke der über den Loing führenden Brücke lag. Es hatte ein Halbtor, durch das man in den Korridor gelangte. Im Erdgeſchoß befand ſich nur ein nach der Straße zu gelegener zweifenſtriger Saal, hinter dem die Küche lag, deren Glastür auf einen Hof von etwa dreißig Quadratfuß führte. Eine kleine Treppe, von dürftigen Fenſterchen nach der Flußſeite erhellt, führte zum erſten Stockwerk, das aus drei Zimmern beſtand und über dem zwei Manſarden lagen. Der Friedensrichter nahm zweitauſend Franken von den Erſparniſſen der Bougival, um die erſte Rate des Kaufpreiſes, der ſechstauſend Franken betrug, zu bezahlen und erhielt Friſt für den Reſt.

Um Raum für die Bücher zu ſchaffen, die Urſula zurückkaufen wollte, ließ Bongrand die Scheidewand zwiſchen zwei Zimmern des erſten Stocks niederlegen, nachdem er ſich vergewiſſert hatte, daß die Tiefe des Hauſes der Länge der Bibliothek entſprach. Savinien und Bongrand trieben die Handwerker, die das Häuschen inſtand ſetzten, ſo zur Eile, daß die Waiſe Ende März den Gaſthof verlaſſen konnte. Sie fand in dieſem häßlichen Haus ein Zimmer wieder, das ganz dem glich, aus welchem die Erben ſie vertrieben hatten, denn es war mit ihren Möbeln, die der Friedensrichter nach dem Ablöſen der Siegel wieder an ſich genommen hatte, ausgeſtattet. Die Bougival, die oben wohnte, konnte durch ein Glöckchen herbeigerufen werden, das neben dem Kopfende von ihrer Herrin Bettſtatt angebracht war. Das für die Bibliothek beſtimmte Zimmer, der Saal im Erdgeſchoß und die Küche waren noch leer, nur geſtrichen, neu tapeziert und gemalt und ſollten alle Sachen aufnehmen, die das junge Mädchen beim Verkauf der Möbel ihres Paten erwerben wollte.

Obgleich der Friedensrichter und der Pfarrer Urſulas Charakter kannten, fürchteten ſie doch die Folgen dieſes plötzlichen Übergangs zu einem Leben, das aller Annehmlichkeiten und alles Luxus entbehrte, woran der verſtorbene Doktor ſie hatte gewöhnen wollen. Savinien war unglücklich darüber und hatte den Handwerkern und dem Tapezierer insgeheim manche Summe zugeſteckt, damit Urſula wenigſtens in bezug auf die innere Ausſtattung keinen Unterſchied zwiſchen ihrer früheren und ihrer jetzigen Wohnung empfinden ſollte. Aber das junge Mädchen, das ihr ganzes Glück in Saviniens Anblick fand, zeigte die ſanfteſte Ergebung. Sie entzückte hierdurch ihre beiden alten Freunde und bewies ihnen zum hundertſtenmal, daß ſie einzig und allein unter ſeeliſchem Kummer litt. Gegen den Schmerz, den ihr der Verluſt ihres Paten verurſachte, erſchien das Unglück des Vermögenswechſels ihr nur gering, trotzdem daraus neue Hinderniſſe für die Heirat erwuchſen. Saviniens Traurigkeit über ihre ärmliche Lage bekümmerte ſie ſo ſehr, daß ſie am Morgen ihres Einzugs in das neue Haus beim Verlaſſen der Meſſe ihm zuflüſterte: „Liebe kommt ohne Geduld nicht weiter. Wir müſſen warten."

Massin ließ ſich von Goupil beraten, der ſich aus innerem Haß gegen Minoret ihm zuwandte, da er ſich mehr von der Berechnung dieſes Wucherers verſprach als von Zélies Klugheit. Sobald das Inventar aufgenommen war, erließ Massin gegen Herrn und Frau von Portenduère einen Zahlungsbefehl, da der Rückzahlungstermin bereits überſchritten war. Die alte Dame war völlig betäubt von der Aufforderung, binnen vierundzwanzig Stunden den Erben die Summe von hundertneunundzwanzigtausendfünfhundertsiebzehn Franken und fünfundsiebzig Centimes zu zahlen nebst den Zinsen vom Tage der Klage ab oder die Pfändung zu gewärtigen. Die Aufnahme eines Darlehens, um zahlen zu können, war ein Ding der Unmöglichkeit. Savinien fuhr daher zu einem Advokaten nach Fontainebleau, um sich beraten zu lassen.

„Sie haben es mit üblen Leuten zu tun, die auf keinen Vergleich eingehen und es bis zum äußersten treiben wollen, um Les Bordières zu bekommen", sagte der Anwalt. „Das Beste wäre, die Versteigerung in einen freihändigen Verkauf zu verwandeln, um die Kosten zu vermeiden."

Diese traurige Auskunft warf die alte Bretonin nieder. Ihr Sohn ließ sie schonend wissen, daß Minoret dem Gatten Ursulas sein Vermögen vermacht hätte, wenn sie zu seinem Lebzeiten in die Heirat gewilligt hätte, so daß sie jetzt im Überfluß statt im Elend hätten leben können. Obgleich er dies ohne Vorwurf sagte, brach diese Erwägung die Kräfte der alten Dame ebenso wie der Gedanke an eine nahe und gewaltsame Beschlagnahme ihres Besitzes. Ursula hatte sich kaum von ihrem Fieber und dem harten Schlag, den die Erben ihr versetzt hatten, erholt, als sie von diesem Unheil hörte und in eine tiefe Niedergeschlagenheit verfiel. Lieben und sich außerstande sehen, dem Geliebten zu helfen, gehört zu den grausamsten Schmerzen, von denen eine groß angelegte, feinfühlige Frau heimgesucht werden kann.

„Ich wollte das Haus meines Onkels kaufen, aber ich werde das Haus Ihrer Mutter nehmen", sagte sie.

„Ist das möglich?" fragte Savinien. „Sie sind minderjährig und können Ihre Rentenverschreibung nicht ohne Zuſtimmung des Staatsanwalts verkaufen, der ſie verweigern wird. Wir werden gar keinen Widerſtand verſuchen. Die ganze Stadt freut ſich über den Verfall eines adligen Hauſes. Dieſe Kleinbürger ſind wie Hunde hinter einer Beute her! Glücklicherweiſe habe ich noch zehntauſend Franken, von denen meine Mutter bis zur Abwicklung dieſer jämmerlichen Angelegenheit leben kann. Außerdem iſt die Inventuraufnahme im Hauſe Ihres Paten noch nicht beendet. Herr Bongrand hofft immer noch, etwas für Sie zu finden. Er iſt ebenſo erſtaunt wie ich, Sie vermögenslos hinterblieben zu ſehen. Der Doktor hat ſich ſo oft uns beiden gegenüber über die ſchöne Zukunft ausgeſprochen, die er Ihnen bereitet habe, daß uns dieſer Ausgang ganz unverſtändlich iſt."

„Ach," ſagte ſie, „wenn ich nur die Bibliothek und die Möbel meines Paten kaufen kann, um ſie nicht verſtreut und in fremden Händen zu wiſſen, bin ich mit meinem Schickſal zufrieden."

„Aber wer weiß, was für Preiſe dieſe niederträchtigen Erben für die Sachen, die Sie haben wollen, verlangen werden!"

Von Montargis bis Fontainebleau ſprach man von nichts anderem als von den Erben Minoret und der Million, die ſie ſuchten. Aber die ſorgfältigſten Durchſuchungen, die man nach der Ablöſung der Siegel im Hauſe vornahm, führten zu keinem Erfolg. Die hundertneunundzwanzigtauſend Franken der Portenduèreſchen Schuld, die fünfzehntauſend Franken Rente aus der dreiprozentigen Staatsſchuldverſchreibung, die damals ſechsundſiebzig ſtand und ein Kapital von dreihundertachtzigtauſend Franken repräſentierte, das mit vierzigtauſend Franken bewertete Haus und das reiche Mobiliar ergaben eine Geſamtſumme von etwa ſechshundertauſend Franken, die jedem als recht annehmbarer Troſt erſchien. Minoret hatte zu der Zeit manche Qualen auszuſtehen. Die Bougival und Savinien, die ebenſo wie der Friedensrichter, nach wie vor an das Vorhandenſein eines Teſtaments glaubten, kamen nach jeder Sitzung, um von Bongrand das Reſultat der Nachforſchungen zu erfahren. Der Freund des Greiſes rief ein Mal über das andere, wenn die Gerichtsbeamten und die Erben gegangen waren: „Ich verſtehe das nicht." Da für oberflächliche Beobachter in der Provinz zweihunderttauſend Franken, wie ſie auf jeden Erben kamen, ein ſchönes Vermögen bedeuten, kam niemand auf den Gedanken zu fragen, wie der Doktor mit nur fünfzehntauſend Franken den Aufwand ſeines großen Haushalts hatte beſtreiten können, ohne die Zinſen der Portenduèreſchen Schuld zu gebrauchen. Nur Bongrand, Savinien und der Pfarrer ſtellten ſich dieſe Frage in Urſulas Intereſſe ſehr oft und machten, wenn ſie ſich darüber äußerten, den Poſtmeiſter mehr als einmal erbleichen.

„Dabei haben wir alles durchwühlt, ſie, um das Geld zu finden, ich, auf der Suche nach einem Teſtament zugunſten Herrn von Portenduères", ſagte der Friedensrichter am Tage des Inventarabſchluſſes. „Man hat in der Aſche herumgeſtochert, das Bettgeſtell angebohrt, die Matratzen entleert, Bezüge und Kiſſen durchſtochen, ſein Deckbett umgekehrt, alle Papiere Stück für Stück geprüft, alle Schubladen herausgezogen, den Kellerboden umgegraben, und ich habe ſie zu all dieſen Verwüſtungen angetrieben."

„Was halten Sie davon?“ fragte der Pfarrer.
„Das Teſtament iſt von einem der Erben geſtohlen worden.“
„Und die Wertpapiere!“
„Wie ſoll man da nachforſchen? Durchſchauen Sie einmal das Betragen von Leuten, die ſo hinterliſtig, ſo gerieben und geldgierig ſind wie die Massin und die Crémière. Verſuchen Sie, ſich über ein Vermögen wie das Minorets, Klarheit zu verſchaffen. Zweihunderttauſend Franken der Erbſchaft bezieht er ohne weiteres, für dreihunderttauſend Franken will er ſein Fuhrwerk, ſein Haus und ſeinen Anteil an der Poſt verkaufen! Was für Summen! Und dabei ſind ſeine Erſparniſſe der dreißigtauſend Frankrente aus dem Grundbeſitz nicht mitgerechnet. Armer Doktor!“
„Vielleicht war das Teſtament in der Bibliothek verſteckt“, meinte Savinien.
„Deshalb rate ich der Kleinen auch nicht davon ab, ſie zu kaufen. Wäre es ſonſt nicht eine Torheit zuzugeben, daß ſie ihr beſcheidenes Vermögen in Büchern anlegt, die ſie nie leſen wird?“
Die ganze Stadt glaubte die Pflegetochter des Doktors im Beſitz der unauffindbaren Kapitalien. Aber als man tatſächlich erfuhr, daß ihre vierzehnhundert Frankenrente und ihr Prioritätsanſpruch an der Erbmaſſe ihr ganzes Vermögen bedeuteten, erregten Haus und Mobiliar des Doktor Minoret die allgemeine Neugierde. Die einen glaubten, daß ſich in den Möbeln verborgene Banknoten anfinden müßten, die anderen, daß der Greis ſie in den Büchern verſteckt hätte. Daher trafen die Erben bei der Verſteigerung die ſonderbarſten Vorſichtsmaßregeln. Dionis, der als Auktionator fun-

gierte, erklärte bei jedem ausgebotenen Stück, daß die Erben nur den Gegenſtand an ſich, nicht etwa darin befindliche Wertpapiere verkauften. Dann unterwarfen ſie vor der Übergabe nochmals alles einer ſorgſamen Prüfung, ſchüttelten und unterſuchten jedes einzelne Möbel und folgten ihm mit den Blicken eines Vaters, der ſeinen einzigen Sohn nach Indien abreiſen ſieht.

„Ach, gnädiges Fräulein,“ ſagte die Bougival beſtürzt, als ſie nach der erſten Verſteigerung nach Hauſe kam, „ich kann nicht mehr hingehen. Herr Bongrand hat recht, Sie könnten dieſen Anblick nicht ertragen. Alles ſteht durcheinander. Man kommt und geht wie auf der Straße. Die ſchönſten Möbel werden zu allem benutzt. Man ſteigt auf ihnen herum, und es iſt ein Wirrwarr, in dem eine Henne ihre Küchlein verlieren würde. Man glaubt bei einer Feuersbrunſt zu ſein. Die Sachen ſtehen auf dem Hof, die Schränke ſind offen und leer. Ach, der gute alte Herr. Er hat recht getan zu ſterben; ſeine Verſteigerung würde ihn getötet haben.“

Bongrand, der für Urſula die Möbel erwarb, die der Verſtorbene am meiſten geliebt hatte und die in das kleine Haus paßten, kam nicht ſelbſt zur Verſteigerung der Bibliothek. Er hatte, noch ſchlauer als die Erben, deren Habſucht die Bücherpreiſe für ihn zu hoch getrieben hätte, einen Büchertrödler aus Melun mit dem Kauf beauftragt, der eigens zu dieſem Zweck nach Nemours gekommen war und ſchon mehreres erworben hatte. Dem Mißtrauen der Erben zufolge wurde die Bibliothek Band für Band verkauft. Dreitauſend Bücher wurden einzeln geprüft, durchblättert, an den beiden Decken des Einbands in die Höhe gehalten und geſchüttelt, damit etwa darin liegende Papiere herausfielen. Schließlich wurde jeder Einband und jedes Vorſatzpapier genau unterſucht. Die Totalſumme von Urſulas Erwerbungen belief ſich auf ſechstausendfünfhundert Franken, genau die Hälfte ihrer Erbſchaftsforderung. Die Bibliothekſchränke wurden erſt geliefert, nachdem ein für Geheimfächer berühmter Kunſttiſchler ſie ſorgfältig unterſucht hatte. Als der Friedensrichter anordnete, Schränke und Bücher zu Fräulein Mirouet zu bringen, wurden die Erben von einer ängſtlichen Unruhe befallen, die allerdings wieder ſchwand, als man Urſula ſo arm wie zuvor ſah. Minoret kaufte das Haus ſeines Onkels, das ſeine Miterben auf fünfzigtauſend Franken trieben, da ſie vermuteten, daß der Poſtmeiſter einen eingemauerten Schatz zu finden hoffte. Daher enthielten die Kaufakten für dieſen Fall vorgeſehene beſondere Klauſeln. Vierzehn Tage nach Erledigung der Erbſchaft zog Minoret, der die Poſt und ſein Anweſen dem reichen Sohn eines Pächters verkauft hatte, in das Haus ſeines Onkels, für deſſen Einrichtung und Erneuerung er beträchtliche Summen ausgab. So verurteilte Minoret ſich ſelbſt dazu, nur wenige Schritte von Urſula entfernt zu wohnen.

„Ich hoffe, daß wir jetzt von dieſem adligen Volk befreit werden“, hatte er zu Dionis an dem Tage geſagt, als der Zahlungsbefehl gegen Savinien und ſeine Mutter ausgefertigt wurde. „Die anderen jagen wir hinterdrein.“

„Die Alte mit ihren vierzehn Ahnen wird nicht Zeuge ihres Unglücks ſein wollen“, erwiderte Goupil. „Sie wird nach der Bretagne gehen, um dort zu ſterben, und wird dort zweifellos für ihren Sohn eine Frau finden.“

„Das glaube ich nicht“, antwortete der Notar, der am Morgen den Vertrag über den durch Bongrand abgeſchloſſenen Kauf aufgeſetzt hatte. „Urſula hat das Haus der Witwe Richard gekauft.“

„Dieſes verfluchte Vieh ſinnt nur darüber nach, wie es uns ärgern kann“, ſchrie der Poſtmeiſter höchſt unvorſichtigerweiſe.

„Was kümmert es Sie, wenn ſie in Nemours wohnt?“ fragte Goupil, den dieſer unerwartete Ausbruch des Ärgers, der dem dummen Koloß entfahren war, ſtutzig machte.

„Sie wiſſen nicht,“ antwortete Minoret und wurde rot wie eine Klatſchroſe, „daß mein Sohn ſo dumm iſt, in ſie verliebt zu ſein. Ich gäbe hundert Taler, wenn ſie Nemours verließe.“

Nach dieſer erſten Regung kann man urteilen, wie ſehr die arme, in ihr Schickſal ergebene Urſula den reichen Minoret durch ihr Daſein ſtörte. Die Scherereien mit der Verteilung der Erbſchaft, der Verkauf ſeiner Anweſen und die hiermit notwendigerweiſe zuſammenhängenden Laufereien, die Streitigkeiten mit ſeiner Frau wegen der geringſten Kleinigkeiten und wegen des Ankaufs des Hauſes, in dem Zélie im Intereſſe ihres Sohnes einfach bürgerlich leben wollte, alle dieſe neuen Umſtände, die der gewohnten Regelmäßigkeit ſeines bisherigen Lebens ſo ſehr entgegengeſetzt waren, verhinderten den dicken Minoret, an ſein Opfer zu denken.

Aber wenige Tage nach ſeinem Einzug in die Rue des Bourgeois hörte er Mitte Mai, als er gerade von einem Spaziergang zurückkam, in Urſulas Haus Klavier ſpielen und ſah die Bougival am Fenſter ſitzen gleich einem Drachen, der einen Schatz behütet. Da erwachte plötzlich eine läſtige Stimme in ihm.

Man müßte wohl eine lange Abhandlung über Moral ſchreiben, wollte man zu erklären ſuchen, warum einem Mann vom Schlage des alten Poſtmeiſters der Anblick Urſulas, die den zu ihrem Schaden begangenen Diebſtahl nicht im entfernteſten ahnte, allmählich unerträglich wurde, warum der Anblick dieſer Größe im Unglück in ihm den Wunſch wachrief, das junge Mädchen aus der Stadt zu vertreiben, und wie dieſer Wunſch nach und nach den Charakter eines leidenſchaftlichen Haſſes annahm. Vielleicht hielt er ſich ſo lange nicht für den rechtmäßigen Beſitzer der ſechsunddreißigtauſend Franken Rente, als diejenige, der ſie zukamen, zwei Schritte von ihm entfernt wohnte? Vielleicht flößte ihm das bloße Daſein der Beſtohlenen unbeſtimmte Furcht vor einem Zufall ein, der ſeinen Diebſtahl aufdecken konnte? Oder wurde dieſer in gewiſſer Hinſicht primitive, faſt unziviliſierte Menſch, der bis dahin niemals gegen Geſetz und Sitte gefehlt hatte, durch Urſulas Gegenwart von Gewiſſensbiſſen gepeinigt, die ihn um ſo mehr quälten, als er genügend ehrlich erworbenen Reichtum beſaß? Aber er ſchrieb die Regungen ſeines Gewiſſens einzig Urſulas Gegenwart zu und glaubte, dieſe läſtigen Mahner loszuwerden, ſobald das junge Mädchen aus ſeinem Geſichtskreis verſchwände. Vielleicht gibt es ſogar eine ſyſtematiſche Lehre über den Verlauf von Verbrechen? Das einmal begonnene Schlechte verlangt zu Ende geführt zu werden, wie eine erſte Wunde den Todesſtoß herbeiruft. Vielleicht führt Diebſtahl ſchickſalhaft zum Mord? Minoret hatte ſeinen Raub ohne die geringſte Überlegung ausgeführt. Zu ſchnell waren die Ereigniſſe einander gefolgt. Die Überlegung kam erſt hinterdrein. Wer die Phyſiognomie und die ganze äußere Erſcheinung dieſes Mannes richtig erfaßt hat, begreift auch die ungeheure Wirkung, die ein Gedanke in ihm hervorrufen mußte. Gewiſſensbiſſe ſind ſchwerwiegender als einfache Gedanken. Sie entſpringen einem Gefühl, das ſich ebenſowenig betäuben läßt wie die Liebe und das ſeine Herrſchaft gleichermaßen geltend macht. Aber wie Minoret ohne die geringſte Überlegung ſich des für Urſula beſtimmten Vermögens bemächtigt hatte, ebenſo unüberlegt wollte er ſie aus Nemours vertreiben, als er ſich von dem Anblick dieſer betrogenen Unſchuld bedrückt fühlte. Dumm wie er war, dachte er nicht an die Folgen. Durch ſeinen habgierigen Inſtinkt ließ er ſich von Gefahr zu Gefahr treiben, gleich einem wilden Tier, das nicht die Liſten des Jägers bedenkt, ſondern ſich nur auf ſeine Schnellfüßigkeit und ſeine Kräfte verläßt. Bald bemerkten auch die reichen Bürger, die bei Dionis zuſammenkamen, die Veränderung in Benehmen und Haltung des ehemals ſo ſorgloſen Mannes.

„Ich weiß nicht, was Minoret hat; er iſt ganz verdreht", ſagte ſeine Frau, der er ſeinen kühnen Handſtreich wohlweislich verborgen hielt.

Alle erklärten die Verdrießlichkeit Minorets, deſſen Geſicht durch das viele Grübeln tatſächlich einen mürriſchen Zug bekommen hatte, damit, daß er gar keine Beſchäftigung mehr hatte und ſo plötzlich ſein arbeitsreiches Leben mit dem eines Rentners vertauſcht hatte. Während Minoret darüber brütete, Urſulas Leben zu zerſtören, verging kein Tag, ohne daß die Bougival ihr Anſpielungen auf das Vermögen gemacht hätte, das ſie eigentlich beſitzen müßte, oder ihr trauriges Los mit dem verglich, das der ſelige Herr ihr hatte bereiten wollen, und von dem er ſo oft mit ihr, der Bougival, geſprochen hatte.

„Und ſchließlich," ſagte ſie, „es iſt nicht Eigennutz, daß ich davon ſpreche, aber daß der ſelige Herr, der immer ſo gut war, mir nicht eine Kleinigkeit hinterlaſſen haben ſollte . . ."

„Bin ich nicht da?" unterbrach Urſula ſie und verbot ihr, je wieder ein Wort hierüber zu verlieren. Sie wollte die zärtlichen, traurigen und zugleich ſüßen Erinnerungen, von denen die edle Geſtalt des alten Doktors umgeben war, nicht durch materielle Überlegungen entweihen. Ihr Zeichenlehrer hatte ein Porträt von ihm in ſchwarzer und weißer Kreide ausgeführt, das ihren kleinen Salon ſchmückte. Ihrer ungetrübten und ſchönen Vorſtellungskraft genügte dieſe Skizze, um ſich ihren Paten, an den ſie unaufhörlich dachte, ſtets gegenwärtig zu halten, namentlich da ſie von allem umgeben war, was er geliebt hatte. Da war ſein großer Lehnſtuhl, die Möbel ſeines Arbeitszimmers, ſein Trictracſpiel und das Klavier, das er ihr geſchenkt hatte. Die beiden alten Freunde, die ihr geblieben waren, der Abbé Chaperon und Herr Bongrand, die einzigen, die ſie bei ſich ſah, waren inmitten dieſer durch die Sehnſucht faſt beſeelten Dinge wie zwei lebendige Erinnerungen des vergangenen Lebens, das mit ihrem gegenwärtigen durch die von ihrem Paten geſegnete Liebe verknüpft war. Nach und nach ſänftigte ſich die Melancholie ihrer Erinnerungen unmerklich, verlieh ihrem Leben eine gewiſſe Farbe und hüllte alles in einen zarten Schleier von Harmonie. Peinlichſte Sauberkeit, die geſchmackvolle Anordnung der Möbel, Blumen von Savinien, zierliche Kleinigkeiten und beſonders der Friede, der von dem jungen Mädchen ausging und ſich ihrer Umgebung mitteilte, machte ihr Heim ſo anziehend.

Nach dem Frühſtück und nach der Meſſe ſtudierte und ſang ſie wieder. Dann ſetzte ſie ſich ans Fenſter und ſtickte. Um vier Uhr erſchien Savinien auf der Rückkehr von einem Spaziergang, den er bei jedem Wetter unternahm, vor dem halbgeöffneten Fenſter und ſetzte ſich auf den äußeren Fenſterſims, um eine halbe Stunde mit ihr zu verplaudern. Abends kamen der Pfarrer und der Friedensrichter zu Beſuch, aber ſie gab nie zu, daß Savinien ſie begleitete. Sie lehnte auch den Vorſchlag Frau von Portenduères ab, Urſula in ihrem Haus aufzunehmen, wozu Savinien ſeine Mutter überredet hatte. Das junge Mädchen und die Bougival lebten mit einer faſt kleinlichen Sparſamkeit. Sie brauchten alles in allem monatlich nicht mehr als ſechzig Franken. Die alte Dienerin war unermüdlich im Waſchen und Plätten. Sie kochte nur zweimal in der Woche und verwahrte das zubereitete Fleiſch, das ſie kalt aßen. Urſula wollte jährlich ſiebenhundert Franken ſparen, um ihr Haus abzuzahlen. Dieſe ſtrenge Lebensführung, ihre Beſcheidenheit und Ergebung in ein ärmliches und entbehrungsreiches Daſein nach einem an Luxus gewöhnten Leben, in dem alle ihre Wünſche vergöttert wurden, machten auf manche Leute Eindruck. Sie verſchaffte ſich dadurch Achtung und brach jedem Klatſch die Spitze ab. Auch die Erben ließen ihr, nachdem ſie befriedigt waren, Gerechtigkeit widerfahren. Savinien bewunderte dieſe Charakterſtärke bei einem ſo jungen Mädchen. Ab und zu richtete Frau von Portenduère nach der Meſſe einige wohlwollende Worte an Urſula, lud ſie zweimal zu Tiſch ein und holte ſie ſelbſt ab. Wenn dies alles auch noch nicht das Glück bedeutete, ſo war es wenigſtens ein Leben in Ruhe. Aber ein Erfolg, der den Friedensrichter in ſeinem alten Glanz als Anwalt zeigte, brachte die heimliche noch im Zuſtand des Wunſches befindliche Verfolgung, die Minoret gegen Urſula plante, zum Ausbruch. Als die Erbſchaftsangelegenheit vollſtändig erledigt war, nahm der Friedensrichter auf Urſulas inſtändiges Bitten die Angelegenheit der Portenduère in die Hand und verſprach ihr, jene aus ihrer peinlichen Lage zu befreien. Als er aber die alte Dame beſuchte, deren Widerſtand gegen Urſulas Glück ihn wütend machte, verhehlte er ihr keineswegs, daß er ſich nur Fräulein Mirouet zuliebe mit ihrer Angelegenheit befaſſe. Er betraute einen ſeiner früheren Schreiber mit der Verteidigung der Portenduère in Fontainebleau und leitete ſelbſt den Antrag auf Nichtigkeitserklärung des Zahlungsbefehls ein. Er wollte die Zeit, die zwiſchen der Annullierung und dem neuen Antrag Massins verſtreichen würde, dazu benutzen, um die Pacht des Gutes zu ſechstauſend Franken zu erneuern und von den Pächtern ein Kaufgeld von zweitauſend Franken und Vorauszahlung für zwei Jahre herauszuholen. Von da ab wurde die Whiſtpartie bei Frau von Portenduère wieder aufgenommen, an der ſie, der Pfarrer, Savinien und auch Urſula teilnahmen, die von Bongrand und Chaperon jeden Abend abgeholt und wieder nach Hauſe gebracht wurde. Im Juni ließ Bongrand die Nichtigkeitserklärung des von Massin gegen die Portenduère angeſtrengten Prozeſſes verkünden. Sofort unterzeichnete er den neuen Pachtvertrag, erhielt vom Pächter zweiunddreißigtauſend Franken und eine Pacht von ſechstauſend Franken auf fünfzehn Jahre. Am gleichen Abend, ehe ſein Vorgehen ſich herumſprach, ging er zu Zélie, da er wußte, daß ſie wegen anzulegender Kapitalien Rat ſuchte, und bot ihr Les Bordières für zweihundertzwanzigtauſend Franken zum Kauf an.

„Ich würde dieſes Geſchäft ſofort abſchließen," ſagte Minoret, „wenn ich wüßte, daß die Portenduères irgendwo anders als in Nemours leben würden."

„Aber warum denn?" fragte der Friedenrichter.

„Wir wollen die Adligen in Nemours los werden."

„Wenn ich mich recht erinnere. hat die alte Dame geſagt, daß ſie nach Abwicklung ihrer Angelegenheiten mit dem Reſt ihres Vermögens nirgends anders als in der Bretagne leben könnte. Sie denkt daran, ihr Haus zu verkaufen."

„Gut, verkaufen Sie es mir", ſagte Minoret.

„Du redeſt ja, als ob du alleiniger Herr wäreſt", ſagte Zélie. „Was willſt du denn mit zwei Häuſern?"

„Wenn ich heute abend mit Ihnen wegen Les Bordières nicht einig werde," nahm der Friedensrichter das Wort, „wird unſer Pachtvertrag bekannt. In drei Tagen wird Beſchlag darauf gelegt, und dieſe Liquidation, an der mir ſo viel gelegen iſt, wird verfehlt ſein. Daher gehe ich jetzt ohne Zeit zu verlieren nach Melun, wo ich Pächter kenne, die mir Les Bordières mit geſchloſſenen Augen abkaufen. Auf dieſe Weiſe entgeht Ihnen die Gelegenheit, in der Umgebung von Rouvre Grund und Boden zu drei Prozent zu erwerben."

„Warum kommen Sie denn eigentlich zu uns?“ fragte Zélie.
„Weil Sie Geld flüssig haben, während meine alten Klienten einige Tage brauchen würden, um die notwendigen hundertneunundzwanzigtausend Franken aufzutreiben. Und ich will keine Schwierigkeiten haben.“
„Sie soll Nemours verlassen, und ich gebe sie Ihnen,“ erklärte Minoret.
„Sie werden verstehen, daß ich die Portenduère in keiner Weise beeinflussen kann,“ erwiderte Bongrand, „aber ich bin ziemlich sicher, daß sie nicht in Nemours bleiben.“
Auf diese Versicherung hin versprach Minoret, dem Zélie einen leichten Stoß gab, die notwendigen Kapitalien, um die Schulden der Portenduère an der Minoretschen Erbschaft zu begleichen. Der Kaufvertrag wurde bei Dionis abgeschlossen, und der glückliche Friedensrichter veranlaßte Minoret zur Annahme der Bedingungen des neuen Pachtvertrages. Ein wenig zu spät bemerkten der Postmeister und seine Frau den Verlust der im voraus für zwei Jahre gezahlten Pacht.
Gegen Ende Juni brachte Bongrand Frau von Portenduère hundertneunundzwanzigtausend Franken und veranlaßte sie, dieses Geld und die zehntausend Franken Saviniens in fünfprozentiger Staatsanleihe anzulegen, wodurch sie sechstausend Franken Rente bezog. So verdiente die alte Dame bei ihrer Liquidation, statt ihre Einkünfte einzubüßen, noch zweitausend Franken Rente. Die Portenduère blieben also in Namours, und Minoret hielt sich für betrogen, als ob der Friedensrichter hätte ahnen können, daß Ursulas Gegenwart ihm unerträglich

war, er empfand hierüber lebhaften Groll, der den Haß gegen ſein Opfer noch ſteigerte.
Und ſo begann das verborgene in ſeinen Auswirkungen ſo entſetzliche Drama mit dem Kampf zweier Gefühle — demjenigen, das Minoret anſtachelte, Urſula aus Nemours zu vertreiben, und jenem, das Urſula die Kraft gab, Verfolgungen zu ertragen, deren Urſache längere Zeit unerforſchlich blieb. Eine eigentümliche bizarre Situation, auf die alle vorhergehenden Ereigniſſe vorbereitend hindrängten und der ſie als Vorſpiel dienten.

FRAU MINORET, DER IHR GATTE SILBERZEUG und ein vollſtändiges Tafelgeſchirr im Wert von etwa zwanzigtauſend Franken geſchenkt hatte, gab jeden Sonntag ein prächtiges Diner, zu dem ihr Sohn, der Subſtitut*, einige Freunde aus Fontainebleau mitbrachte. Für dieſe großartigen Tiſchgeſellſchaften ließ Zélie eigens Delikateſſen der Jahreszeit aus Paris kommen, womit ſie Dionis zwang, ihren Aufwand noch zu überbieten. Goupil, den die Minorets aus ihrer Geſellſchaft zu entfernen ſuchten, da er ein anrüchiger Menſch war, der ihren Glanz verdunkelte, wurde erſt gegen Ende Juli eingeladen, alſo einen vollen Monat, nachdem die früheren Poſtmeiſters ſich in das Privatleben zurückgezogen hatten. Der Bureauvorſteher, den dieſe beabſichtigte Vernachläſſigung ſchon empfindlich verletzt hatte, wurde genötigt, Désiré, der ſeit ſeinem Amtsantritt ein gemeſſenes und ſchroffes Weſen angenommen hatte, das er ſogar in der Familie zur Schau trug, mit Sie anzureden.

„Sie denken alſo nicht mehr an Eſther, da Sie Fräulein Mirouet ſo ſehr lieben?“ fragte Goupil ihn.

„Erſtens iſt Eſther tot, Herr Goupil, und zweitens habe ich noch nie an Urſula gedacht“, antwortete er.

„Was haben Sie mir denn da erzählt, Papa Minoret?“ rief Goupil in ſeiner unverſchämten Art.

Minoret, der ſich von einem ſo zweifelhaften Menſchen in flagranti bei einer Lüge ertappt ſah, würde alle Faſſung verloren haben, hätte er nicht einen Plan gehabt, deſſentwegen er Goupil überhaupt zu Tiſche gebeten hatte. Er erinnerte ſich nämlich des Vorſchlags, den der Bureauvorſteher ihm früher einmal gemacht hatte, Urſulas Heirat mit dem jungen Portenduère zu hintertreiben. Statt jeder Antwort führte er ihn daher ganz unvermittelt tiefer in den Garten hinein.

„Sie ſind jetzt bald achtundzwanzig Jahre alt, lieber Freund, und ich ſehe Sie noch nicht auf dem Wege zum Wohlſtand. Ich bin Ihnen wohlgeſinnt; denn Sie ſind ja ein Schulkamerad meines Jungen geweſen. Hören Sie alſo! Wenn Sie die kleine Mirouet, die übrigens vierzigtauſend Franken beſitzt, dazu bringen können, Ihre Frau zu werden, ſo wahr ich Minoret heiße — ich gebe Ihnen die Mittel, ein Anwaltsbureau in Orléans zu kaufen.“

„Nein,“ ſagte Goupil, „da wäre ich zu ſehr außer Sicht. Aber in Montargis . . .“

„Nein,“ widerſprach Minoret, „in Sens . . .“

„Meinetwegen in Sens,“ erwiderte der hämiſche Goupil. „Dort iſt ein Erzbiſchof; eine kirchlich geſinnte Gegend iſt mir nicht unangenehm. Mit etwas Heuchelei kommt man beſſer vorwärts. Außerdem iſt die Kleine fromm und wird gefallen.“

„Wohlverſtanden,“ begann Minoret wieder, „ich gebe die hunderttauſend Franken nur zur Hochzeit unſerer Verwandten, der ich im Andenken an meinen verſtorbenen Onkel ein ſchönes Los bereiten will.

„Warum mir nicht auch?“ fragte Goupil boshaft, der hinter Minorets Vorgehen ein Geheimnis ahnte. „Verdanken Sie nicht meinen Bemühungen, daß ſie aus einem ungeteilten Grundſtück rund um das Schloß Rouvre herum, das kein einziges Stück fremden Bodens einſchließt, vierundzwanzigtauſend Franken Rente beziehen? Ihre Wieſen und Ihre Mühle am anderen Ufer des Loing bringen Ihnen weitere ſechzehntauſend Franken. Hören Sie, dicker Papa, ſpielen Sie offenes Spiel mit mir!“

„Gewiß.“

„Gut, um Sie meine Zähne fühlen zu laſſen, werde ich Massin für die Erwerbung des Schloſſes Rouvre mit ſeinen Parks, Gärten, Jagdgründen und Wäldern erwärmen.“

„Wie kommſt du dazu?“ fuhr Zélie dazwiſchen.

„Wenn ich will,“ fuhr Goupil fort und warf ihr einen giftigen Blick zu, „hat Massin morgen das ganze Beſitztum für zweihunderttauſend Franken.“

„Laß uns allein, Frau,“ ſagte der Koloß, faßte Zélie beim Arm und ſchickte ſie fort. „Ich werde ſchon mit ihm einig werden ... Wir haben ſo viel zu tun gehabt,“ wandte er ſich wieder an Goupil, „daß wir nicht früher an Sie denken konnten. Aber ich zähle beſtimmt auf Ihre Freundſchaft. Sie werden uns das Schloß verſchaffen.“

„Dieſer alte Adelsſitz“, ſagte Goupil ſpöttiſch, „wird in Ihren Händen bald fünfzigtauſend Franken Rente abwerfen. Das iſt ein Wert von mehr als zwei

Millionen bei den heutigen Preiſen des Grundbeſitzes.“

„Und Désiré wird dann die Tochter eines franzöſiſchen Marſchalls oder die Erbin einer alten Familie heiraten, die ihm den Weg in die höchſten Pariſer Ämter ebnet.“

„Nun, wollen wir mit offenen Karten ſpielen?“ fragte Goupil und rieb ſich die Hände.

Minoret gab ihm die Hand und ſagte: „Auf Ehrenwort.“

Wie alle hinterliſtigen Menſchen glaubte Goupil zum Glück für Minoret, daß dieſer die Heirat mit Urſula nur als Vorwand benutzte, um ſich mit ihm gutzuſtellen, weil er mit Massin gedroht hatte.

‚Er iſt auf dieſe Flauſen nicht von ſelbſt gekommen,‘ dachte Goupil bei ſich. ‚Dahinter ſteckt Zélie. Sie hat ihm ſeine Rolle diktiert! Nun gut, laſſen wir Maſſin laufen. Ehe drei Jahre um ſind, bin ich Deputierter von Sens.‘ Da bemerkte er Bongrand, der über die Straße zu ſeiner Whiſtpartie ging, und lief eilig auf ihn zu.

„Sie intereſſieren ſich doch ſehr für Urſula Mirouet, lieber Herr Bongrand“, ſagte er zu ihm. „Ihre Zukunft wird Ihnen nicht gleichgültig ſein. Hören Sie das Programm. Sie ſoll den Notar eines Kreishauptortes heiraten, der zweifellos in drei Jahren Deputierter ſein wird und ihr hunderttauſend Franken Mitgift zuerkennen würde.“

„Sie hat Beſſeres in Ausſicht“, ſagte Bongrand trocken. „Frau von Portenduère geht es ſeit ihrem Unglück nicht gut. Noch geſtern war ſie unheimlich verändert. Der Kummer tötet ſie. Savinien bleiben ſechstauſend Franken Rente, und Urſula hat vierzigtauſend Franken Vermögen. Ich werde ihr

Kapital à la Maſſin vergrößern — aber auf ehrliche Weiſe!“

„Savinien würde eine ſchöne Dummheit begehen. Wenn er wollte, könnte er Fräulein du Rouvre heiraten, die Alleinerbin iſt und von ihren beiden Onkeln glänzende Erbſchaften zu erwarten hat.“

„Wenn wir der Liebe verfallen ſind, dann, Klugheit, lebe wohl, ſagt Lafontaine. Aber wer iſt denn Ihr Notar? Schließlich . . .“

„Ich“, antwortete Goupil, daß der Friedensrichter zuſammenſchrak.

„Sie!“ rief er, ohne ſeinen Abſcheu zu verbergen.

„Sehr wohl, Ihr Diener, mein Herr“, erwiderte Goupil mit einem Blick voller Bitterkeit, Haß und Herausforderung.

„Wollen Sie die Frau eines Notars werden, der Ihnen hunderttauſend Franken Mitgift verſchaffen würde?“ wandte ſich Bongrand an Urſula, die neben Frau von Portenduère ſaß.

Urſula und Savinien erzitterten beide unter einem gleichen Gefühl und ſahen ſich an, ſie lächelnd, er ohne zu wagen, ſeine Unruhe zu zeigen.

„Ich bin nicht alleinige Herrin meiner Handlungen“, erwiderte Urſula und reichte Savinien die Hand, ohne daß ſeine alte Mutter ihre Bewegung ſehen konnte.

„Daher habe ich auch abgelehnt, ohne Sie vorher zu fragen.“

„Warum das?“ fragte Frau von Portenduère. „Der Notarſtand iſt doch ein angeſehener und ſchöner Beruf, meine Kleine.“

„Mir iſt mein einfaches Leben in Armut lieber“, erwiderte ſie. „Wenn ich bedenke, was ich vom Leben zu erwarten hatte, ſcheint es mir immer noch üppig. Meine alte Amme nimmt mir ſo viele Sorgen ab, und ich will die Gegenwart, mit der ich zufrieden bin, nicht mit einer ungewiſſen Zukunft vertauſchen."

Am anderen Morgen brachte die Poſt zwei anonyme Briefe, die zwei Herzen vergifteten. Der eine war an Frau von Portenduère, der andere an Urſula gerichtet. Zunächſt der, den die alte Dame empfing:

„Sie lieben Ihren Sohn, Sie wünſchen ihn in den Verhältniſſen zu ſehen, die ſein Name erfordert, und Sie begünſtigen ſeine Laune für eine kleine, mittelloſe, ehrgeizige Intrigantin, indem Sie Urſula bei ſich empfangen, die Tochter eines Regimentsmuſikers. Dabei könnten Sie ihn mit Fräulein du Rouvre verheiraten, deren beide Onkel jeder dreißigtauſend Franken Rente beſitzen und ihres Vermögen ihrer Nichte hinterlaſſen wollen, damit es nicht dieſem alten Narren, dem Marquis du Rouvre zufällt, der alles vergeuden würde. Jemand, der Ihnen wohlgeſinnt iſt, glaubt zu wiſſen, daß Savinien nicht abgewieſen würde."

Dies der Brief an Urſula:

„Liebe Urſula, in Nemours lebt ein junger Mann, der Sie vergöttert. Er kann Sie nicht an Ihrem Fenſter arbeiten ſehen, ohne durch die heftigſte Gemütserregung zu fühlen, daß ſeine Liebe fürs ganze Leben iſt. Dieſer junge Mann beſitzt einen eiſernen Willen und eine durch nichts zu entmutigende Ausdauer. Nehmen Sie daher ſeine Liebe bereitwillig an, denn er hat die ehrlichſten Abſichten und bittet Sie demütig um Ihre Hand mit dem lebhaften Wunſch, Sie glücklich zu machen. Sein ſchon beträchtliches Vermögen iſt nichts im

Vergleich zu dem, das er erwerben wird, wenn Sie ſeine Frau werden. Eines Tages wird man Sie bei Hofe empfangen als Gattin eines Miniſters und als eine der erſten Perſönlichkeiten des Landes. Er ſieht Sie täglich, ohne daß Sie ihn gewahren können. Stellen Sie einen Nelkentopf der Bougival ans Fenſter als Zeichen, daß er ſich vorſtellen darf."

Urſula verbrannte dieſen Brief, ohne Savinien ein Wort davon zu ſagen. Zwei Tage ſpäter erhielt ſie einen ähnlichen Brief folgenden Inhalts:

„Sie taten Unrecht, liebe Urſula, demjenigen, der Sie mehr als ſein Leben liebt, nicht zu antworten. Sie hoffen, Savinien zu heiraten; Sie täuſchen ſich grauſam. Dieſe Heirat wird nicht ſtattfinden. Frau von Portenduère, die Sie nicht mehr bei ſich empfangen wird, geht heute morgen trotz ihres leidenden Zuſtandes zu Fuß nach Rouvre, um für Savinien um die Hand des Fräulein du Rouvre anzuhalten. Savinien wird ſchließlich einwilligen. Was kann er dagegen einwenden? Die Onkel der jungen Dame vermachen ihr teſtamentariſch ihre Beſitztümer die zuſammen ſechzigtauſend Franken Rente ausmachen."

Dieſer Brief zerriß Urſula das Herz und ließ ſie die Qualen der Eiferſucht kennenlernen, einen Schmerz, der ihr bisher unbekannt war, der aber bei ihrem tief veranlagten, dem Leiden ſo leicht zugänglichen Weſen die Gegenwart, die Zukunft und ſogar die Vergangenheit in düſtere Trauer hüllte. Von dem Augenblick an, wo ſie dieſen unſeligen Brief erhielt, blieb ſie in dem großen Lehnſtuhl des Doktors ſitzen, in ſchmerzliche Träumereien verſunken, den Blick ins Leere gerichtet.

In einem einzigen Augenblick fühlte ſie, daß die

Kälte des Todes mitten in der Wärme eines ſchönen Daſeins ſich findet! Ach, es war noch ſchlimmer! Es glich tatſächlich dem fürchterlichen Erwachen der Toten, die erfahren, daß es keinen Gott gibt, in jenem Meiſterwerk des ſeltſamen Genies Jean Paul.
Viermal verſuchte die Bougival Urſula zum Frühſtück zu nötigen. Sie ſah, wie ſie das Brot aufnahm und wieder hinlegte, ohne es zum Munde zu führen. Als ſie ihr ſchüchtern zuzureden wagte, antwortete Urſula durch eine Handbewegung und ein herriſches „Still". Ihre Stimme klang ſo herb, wie ſie bisher ſanft geweſen war. Die Bougival beobachtete ihre Herrin durch die Glasſcheibe der Verbindungstür und ſah ſie rot werden, als ob ſie vom Fieber befallen wäre, und wieder erbleichen, als ob dem Fieber ein Kälteſchauer folgte. Dieſer Zuſtand verſchlimmerte ſich um vier Uhr, wo Urſula jeden Augenblick aufſtand, um zu ſehen, ob Savinien käme. Aber Savinien kam nicht. Eiferſucht und Zweifel nehmen der Liebe alle Scheu. Urſula, die ſich bis dahin nicht eine Bewegung erlaubt hätte, die ihre Leidenſchaft hätte verraten können, ſetzte ihren Hut auf, nahm ihren kleinen Schal um und trat auf den Korridor, um Savinien entgegenzugehen. Aber ein Reſt von Schamhaftigkeit hielt ſie zurück. Sie ging wieder in den kleinen Saal, wo ſie in Tränen ausbrach. Als der Pfarrer am Abend kam, hielt ihn die arme Amme auf der Schwelle an.
„Ach, Herr Pfarrer, ich weiß nicht, was das Fräulein hat."
„Ich weiß es", ſagte der Prieſter traurig und ſchloß damit der erſchreckten Bougival den Mund.

Von Abbé Chaperon erfuhr Urſula dann, was ſie nicht zu glauben gewagt hatte, daß Frau von Portenduère nach Rouvre zum Eſſen gegangen wäre.
„Und Savinien?"
„Auch."
Urſula wurde von einem leichten nervöſen Zittern befallen, das den Abbé ſo erſchütterte, als ob er den Schlag einer Leydener Flaſche erhielte, und ſein Herz krampfte ſich immer mehr zuſammen.
„Daher werden wir auch heute abend nicht zu ihr gehen," ſagte der Pfarrer, „und mein liebes Kind, es wird klug ſein, dieſe Beſuche überhaupt aufzugeben. Die alte Dame würde Sie auf eine Weiſe empfangen, die Ihren Stolz verletzen müßte. Wir, die wir ſie ſchon dahin gebracht hatten, von Ihrer Heirat ſprechen zu hören, wiſſen nicht, woher der Wind weht, der ſie in einem Augenblick gänzlich verändert hat."
„Ich bin auf alles gefaßt. Nichts kann mich mehr in Erſtaunen ſetzen", ſagte Urſula mit erſtickter Stimme. „Wenn man ſolche harten Prüfungen erfährt, iſt es jedenfalls ein Troſt zu wiſſen, daß man Gott nicht erzürnt hat."
„Unterwerfen Sie ſich der Vorſehung, mein geliebtes Kind, ohne jemals ihre Wege ergründen zu wollen", ſagte der Pfarrer.
„Ich möchte den Charakter Herrn von Portenduères nicht ungerecht verdächtigen . . ."
„Warum nicht mehr Savinien?" fragte der Pfarrer, der in Urſulas Stimme eine leichte Schärfe hörte.
„Meines geliebten Savinien", verbeſſerte ſie ſich weinend. „Ja, mein guter Freund," fuhr ſie ſchluchzend fort, „eine innere Stimme ſagt mir, daß ſein Herz ebenſo vornehm iſt wie ſeine Abſtammung.

Er hat mir nicht nur mit Worten gesagt, daß er mich allein liebe, er hat es mir durch unzählige Zartheiten bewiesen, durch die Aufopferung, mit der er seine heftige Leidenschaft zurückhält. Als er neulich meine Hand nahm, die ich ihm reichte, als Herr Bongrand mir diesen Notar zum Gatten vorschlug, war es das erstemal, das schwöre ich Ihnen, daß ich sie ihm gab. Seit jenem ersten Scherz, da er mir über die Straße hinüber eine Kußhand zuwarf, ist unsere Liebe, das wissen Sie, immer in den engsten Grenzen geblieben. Aber Ihnen, der Sie in meiner ganzen Seele lesen, außer in dem kleinen Winkel, der nur den Engeln zugänglich ist, Ihnen kann ich es sagen: Ach, diese Liebe ist die Grundlage mancher Tugenden. Sie hat mir meine Entbehrungen erträglich gemacht, ja, sie hat sogar die Bitterkeit des unersetzlichen Verlustes in mir gemildert, so daß die Trauer mehr in meinen Kleidern als in meinem Herzen ist! Oh, ich habe unrecht gehabt. Ja, meine Liebe war stärker als die Dankbarkeit gegen meinen Vormund. Das hat Gott gerächt. Hören Sie mich an! Ich achtete in mir Saviniens Gattin. Ich bin zu stolz gewesen. Vielleicht hat Gott diesen Hochmut strafen wollen; denn er allein darf, wie Sie mich gelehrt haben, Ursprung und Ziel unserer Handlungen sein."

Der Pfarrer wurde gerührt, als er Tränen über dieses schon so bleiche Gesicht rinnen sah. So groß die Zuversichtlichkeit des jungen Mädchens gewesen war, ebenso tief war jetzt ihr Sturz.

„Aber", fuhr sie fort, „da ich nun wieder ganz und gar Waise bin, werde ich auch dieses Gefühl wieder zu ertragen wissen. Soll ich etwa dem, den ich liebe, ein Stein am Bein sein! Was will er hier? Wer bin ich, um auf ihn ein Anrecht zu haben? Liebe ich ihn nicht mit einer so göttlichen Freundschaft, um zu jedem Opfer meines Glückes und meiner Hoffnungen fähig zu sein?... Sie wissen ja, daß ich mir oft Vorwürfe gemacht habe, mein Glück auf einem Grabe aufzubauen, es dem Tod der alten Dame zu verdanken. Wenn Savinien durch eine andere Frau reich und glücklich wird, so reicht meine Mitgift gerade dazu, mich in ein Kloster einzukaufen, in das ich sofort eintreten werde. Wie es nur einen Beherrscher des Himmels gibt, kann das Herz einer Frau nur einmal von Liebe ergriffen werden. Das Klosterleben hat große Anziehung für mich."

„Er konnte seine Mutter nicht allein nach Rouvre gehen lassen", bemerkte der Priester sanft.

„Sprechen wir nicht mehr davon, lieber Abbé. Ich werde ihm heute abend schreiben und ihm seine Freiheit wiedergeben. Ich bin froh, die Fenster dieses Saales schließen zu können."

Sie setzte den Greis von den anonymen Briefen in Kenntnis und sagte ihm, daß sie keine Verfolgung ihres unbekannten Liebhabers veranlassen wolle.

„Ach, auch Frau von Portenduère ist durch einen anonymen Brief zu ihrem Besuch in Rouvre veranlaßt worden", rief der Pfarrer. „Zweifellos werden Sie von schlechten Menschen verfolgt."

„Aber warum? Weder Savinien noch ich haben irgend jemandem Böses zugefügt. Wir stören doch hier niemandes Interessen mehr."

„Auf jeden Fall, meine Kleine, werden wir diesen Wirbelwind, der unsere Gesellschaft auseinanderweht, dazu benutzen, um die Bibliothek unseres alten Freundes zu ordnen. Die Bücher liegen noch in Haufen zuſammen. Bongrand und ich werden ſie in Ordnung bringen, denn wir wollen Nachforſchungen vornehmen. Vertrauen Sie auf Gott, aber bedenken Sie auch, daß Sie in dem guten Friedensrichter und in mir zwei ergebene Freunde haben."

„Das iſt ſehr viel", ſagte ſie und begleitete den Pfarrer bis auf die Schwelle des Ganges, wo ſie den Hals reckte wie ein Vogel, der aus ſeinem Neſt ſpäht, in der Hoffnung, Savinien vielleicht zu ſehen.

In dieſem Augenblick blieben Minoret und Goupil, die von einem Gang durch die Felder zurückkamen, vor dem Haus ſtehen, und der Erbe des Doktor ſagte zu Urſula:

„Was fehlt Ihnen, liebe Couſine? Denn wir ſind doch immerhin Verwandte, nicht wahr? Sie ſcheinen verändert."

Goupil warf Urſula ſo glühende Blicke zu, daß ſie darüber erſchrack und ohne zu antworten in das Haus zurückging.

„Sie iſt ſcheu", ſagte Minoret zum Pfarrer.

„Fräulein Mirouet tut wohl daran, nicht auf der Türſchwelle mit Männern zu reden. Sie iſt zu jung..."

„Ach," erwiderte Goupil, „Sie werden wiſſen, daß es ihr nicht an Anbetern fehlt . . ."

Der Pfarrer grüßte ſchnell und bog mit eiligen Schritten in die Rue des Bourgeois.

„Nun", ſagte der Bureauvorſteher zu Minoret, „das wirkt. Sie iſt ſchon blaß wie eine Tote. Sie werden ſehen, ehe vierzehn Tage um ſind, hat ſie die Stadt verlaſſen."

„Es iſt beſſer, Sie zum Freund als zum Feind zu haben", ſagte Minoret, von dem gräßlichen Lächeln erſchreckt, durch das Goupils Züge den teufliſchen

Ausdruck erhielten, den Eugène Delacroix Goethes Mephiſtopheles verliehen hat.

„Das will ich meinen“, antwortete Goupil. „Wenn ſie mich nicht heiratet, werde ich ſie durch Kummer zugrunde richten.“

„Wenn du das fertig bringſt, Kleiner, ſchenke ich dir die Mittel, um Notar in Paris zu werden. Du kannſt dann eine reiche Frau heiraten ...“

„Armes Mädchen! Was hat ſie Ihnen nur getan?“ fragte der Schreiber überraſcht.

„Sie langweilt mich“, ſagte Minoret roh.

„Warten Sie bis Montag. Dann werden Sie ſehen, wie ich ſie klein kriege“, antwortete Goupil und beobachtete aufmerkſam den Geſichtsausdruck des früheren Poſtmeiſters.

Am anderen Morgen ging die Bougival zu Savinien und brachte ihm einen Brief.

„Ich weiß nicht, was Ihnen das gute Kind ſchreibt,“ ſagte ſie, „aber ſie iſt heute morgen wie eine Tote.“

Nach dieſem Brief kann man ſich die Leiden vorſtellen, die Urſula während der Nacht durchgekämpft hatte.

Herrn von Portenduère.

„Mein lieber Savinien, Ihre Mutter hat den lebhaften Wunſch, wie man mir geſagt hat, Sie mit Fräulein du Rouvre zu verheiraten. Vielleicht hat ſie recht. Sie ſtehen zwiſchen einem nahezu elenden Leben und einem Daſein voller Überfluß, zwiſchen der Verlobten Ihres Herzens und einer Frau nach dem Geſchmack der Welt, zwiſchen dem Gehorſam gegen Ihre Mutter und Ihrer Wahl. Denn ich glaube immer noch, daß Sie mich erwählt haben. Savinien, wenn Sie eine Entſcheidung treffen müſſen, will ich, daß Sie dies in völliger Freiheit tun. Ich gebe Ihnen Ihr Wort zurück, das Sie ſich ſelbſt und nicht mir in einem Augenblick gegeben haben, der meinem Gedächtnis nie entſchwinden wird, da er wie alle darauf folgenden Tage voll himmliſcher Reinheit und Süßigkeit war. Dieſe Erinnerung iſt für mein ganzes Leben genug. Wenn Sie auf Ihrem Schwur beſtehen, würde eine furchtbare, dunkle Idee meine Glückſeligkeit trüben. Inmitten unſerer Entbehrungen, die wir heute ſo heiter auf uns nehmen, könnten Sie ſpäter denken, wie anders Ihr Los ſich geſtaltet hätte, wenn Sie die Geſetze der Geſellſchaft befolgt hätten. Wenn Sie der Mann wären, dieſen Gedanken auszuſprechen, würde ich langſam daran zugrunde gehen, und wenn Sie ihn verſchwiegen, würden die leichteſten Wolken auf Ihrer Stirn ſchlimme Ahnungen in mir erwecken. Lieber Savinien, ich liebte Sie über alles auf dieſer Erde. Ich konnte das tun, denn mein Pate, obgleich er eiferſüchtig auf Sie war, hat mir geſagt: ‚Liebe ihn, meine Tochter, denn eines Tages werdet ihr ſicher einander gehören.‘ Als ich nach Paris fuhr, war meine Liebe für Sie ausſichtslos, aber das Gefühl allein machte mich glücklich. Es ſoll mir auch jetzt wieder genügen! Was ſind wir in dieſem Augenblick? Bruder und Schweſter. Bleiben wir es. Heiraten Sie dieſes glückliche Mädchen, dem es beſchieden ſein ſoll, Ihrem Namen den Glanz zu verleihen, der ihm gebührt, während ich ihn, nach den Worten Ihrer Mutter, nur beeinträchtigen würde. Sie werden nie mehr von mir ſprechen hören. Die Welt wird Ihren Schritt billigen. Ich werde Sie niemals tadeln, ſondern immer lieben. So leben Sie wohl!“

„Warten Sie,“ rief Savinien, als er den Brief gelesen hatte und bedeutete der Bougival, ſich zu ſetzen. Haſtig ſchrieb er die wenigen Worte:

„Meine teure Urſula, Ihr Brief bricht mir das Herz, da Sie ſich unnötigerweiſe vielen Kummer bereitet haben, und weil unſere Herzen zum erſtenmal nicht im Einklang waren. Daß Sie noch nicht meine Frau ſind, liegt daran, daß ich mich ohne Einwilligung meiner Mutter nicht verheiraten kann. Sind übrigens achttauſend Franken Rente in einem hübſchen Landhaus am Loing nicht ein Vermögen? Wir haben ausgerechnet, daß wir mit Hilfe der Bougival fünftauſend Franken jährlich ſparen können! Im Garten Ihres Onkels haben Sie mir eines Abends erlaubt, Sie als meine Braut zu betrachten. Sie können nicht eigenwillig Bande, die uns verknüpfen, zerreißen. Muß ich Ihnen wirklich erſt ſagen, das ich Herrn de Rouvre geſtern rundweg erklärt habe, ich wolle mein Vermögen, ſelbſt wenn ich frei wäre, nicht einem jungen Mädchen verdanken, das mir gänzlich unbekannt iſt? Meine Mutter will Sie nicht mehr ſehen, ich verliere alſo das Glück unſerer gemeinſamen Abende; aber verwehren Sie mir nicht den kurzen Augenblick, wo ich Sie an Ihrem Fenſter ſprechen darf . . . Auf heute abend alſo! Nichts kann uns trennen.“

„Schnell, gute Alte. Sie darf nicht einen Augenblick länger in Unruhe ſein.“

Als Savinien nachmittags um vier Uhr von ſeinem Spaziergang zurückkam, den er eigens täglich unternahm, um bei Urſula vorüberzugehen, fand er ſeine Auserwählte ein wenig bleich durch die einander auf den Fuß folgenden Umwälzungen.

„Es kommt mir vor, als hätte ich bis heute nicht

gewußt, was für ein Glück es für mich ist, Sie zu sehen", sagte sie.
„Sie haben mir einmal gesagt," erwiderte Savinien lächelnd, „denn ich erinnere mich jedes einzelnen Ihrer Worte: ‚Liebe kommt ohne Geduld nicht weiter, man muß abwarten.' Sie trennten also Liebe und Glauben, geliebtes Kind? . . . Das setzt unserm Streit ein Ende. Sie behaupten, mich mehr zu lieben, als ich Sie liebe. Habe ich jemals an Ihnen gezweifelt?" fragte er und reichte ihr einen Feldblumenstrauß, dessen Zusammenstellung seine Gedanken verriet.
„Sie haben keinen Grund dazu", antwortete sie. „Übrigens wissen Sie nicht alles", fügte sie mit bebender Stimme hinzu.
Sie hatte die Annahme aller für sie bestimmten Briefe verweigert. Aber wenige Augenblicke, nachdem Savinien fortgegangen war, dem sie nachgesehen hatte, bis er von der Rue des Bourgeois in die Grande Rue einbog, fand sie auf ihrem großen Lehnstuhl ein Papier, ohne die geringste Ahnung zu haben, durch welche Zauberkünste es dorthin gekommen wär. Es enthielt diese Worte: „Zittern Sie! Der verschmähte Liebhaber wird furchtbarer als ein Tiger." Trotz Saviniens Flehen wollte sie ihm aus Vorsicht nicht das unheimliche Geheimnis ihrer Angst anvertrauen. Nur die unaussprechliche Freude, Savinien wiederzusehen, nachdem sie ihn verloren geglaubt hatte, konnte sie die Todeskälte vergessen lassen, von der sie gepackt worden war. Jeder Mensch, der auf ein unbestimmtes Unglück gefaßt sein muß, leidet furchtbare Qualen. Der Schmerz erstreckt sich dann aufs Maß des Ungekannten, das der Unendlichkeit der Seele gleicht. Das wurde Ursulas

größter Jammer. Beim leiſeſten Geräuſch ſchreckte ſie ängſtlich zuſammen, ſie fürchtete ſich vor der Stille und verdächtigte die Wände als Mitſchuldige. Schließlich wurde auch ihr glücklicher Schlaf geſtört. Goupil hatte, ohne eine Ahnung von dieſer Konſtitution zu haben, die zart wie die einer Blume war, mit dem Inſtinkt des Böſen das Gift gefunden, an dem ſie dahinſiechen und ſterben mußte.

Der ganze nächſte Tag verging jedoch ohne Überraſchung. Urſula ſpielte noch ſehr ſpät Klavier und ging faſt beruhigt und von Müdigkeit überwältigt zu Bett. Etwa um die Mitternachtsſtunde wurde ſie von einem Konzert aufgeſchreckt, das von einer Klarinette, einer Oboe, einer Flöte, einem Klapphorn, einer Poſaune, einem Fagott, einem Flageolett und einem Triangel ausgeführt wurde. Alle Nachbarn waren an den Fenſtern. Das arme Kind, das ſchon außer ſich war, als es die Leute auf der Straße ſah, bekam heftiges Herzklopfen, als es eine heiſere, gewöhnliche Männerſtimme rufen hörte: „Für die ſchöne Urſula Mirouet von ihrem Liebhaber.“ Am folgenden Tag, der gerade ein Sonntag war, befand ſich die ganze Stadt in Aufruhr. Urſula ſah beim Betreten und Verlaſſen der Kirche zahlreiche Gruppen auf dem Platz beiſammen ſtehen, die ſich alle mit ihr beſchäftigten und eine entſetzliche Neugier bekundeten. Die Serenade ſetzte alle Zungen in Bewegung, denn jeder verlor ſich in Vermutungen. Urſula kam mehr tot als lebendig nach Hauſe und ging nicht mehr aus, da der Pfarrer ihr erlaubte, die Nachmittagsmeſſe für ſich allein zu leſen. Beim Nachhauſekommen fand ſie in dem mit Ziegelſteinen gepflaſterten Torweg, der von der Straße auf den

Hof führte, einen unter die Tür geſchobenen Brief. Sie hob ihn auf und las ihn, von dem Wunſch getrieben, eine Erklärung darin zu finden. Der unempfindlichſte Menſch wird ſich vorſtellen können, was ſie beim Leſen dieſer furchtbaren Zeilen fühlen mußte.

„Finden Sie ſich darein, meine Frau zu werden, reich und angebetet. Ich will Sie haben. Wenn ich Sie nicht lebend bekomme, werde ich Sie tot haben. Schreiben Sie Ihrer Weigerung alles Unglück, das nicht allein Sie treffen wird, zu.

Der welcher Sie liebt und eines Tages beſitzen wird.“

Sonderbar! In dem Augenblick, wo das zarte, ſanfte Opfer dieſer Anzettelungen wie eine abgemähte Blume erſchöpft niederſank, wurde ſie um ihr Schickſal von den Fräulein Maſſin, Dionis und Crémière beneidet.

„Sie iſt ſehr glücklich“, ſagten ſie. „Man beſchäftigt ſich mit ihr, ſchmeichelt ihrem Geſchmack und ſtreitet ſich um ſie! Die Serenade war allem Anſchein nach entzückend. Sogar ein Klapphorn war dabei!“

„Was iſt ein Klapphorn?“

„Ein neues Muſikinſtrument! Sieh, etwa ſo groß“, ſagte Angelika Crémière zu Pamela Massin.

Schon am frühen Morgen war Savinien nach Fontainebleau gegangen, um in Erfahrung zu bringen, wer die Muſiker des dortigen Regiments beſtellt hatte. Da aber jedes Inſtrument mit zwei Leuten beſetzt war, war es unmöglich, ausfindig zu machen, wer nach Nemours gegangen war. Der Oberſt verbot den Muſikern, ohne ſeine Erlaubnis bei Privatperſonen zu ſpielen. Der Vicomte hatte eine Unterredung mit dem Staatsanwalt, Urſulas Vormund, um ihm die Gefahren darzulegen, die derartige Szenen für ein ſo ſenſibles und zartes junges Mädchen haben mußten, und um ihn zu bitten, nach dem Urheber dieſer Serenade mit den dem Gericht zur Verfügung ſtehenden Mitteln zu forſchen. Drei Tage ſpäter brachten drei Geigen, eine Flöte, eine Gitarre und eine Oboe mitten in der Nacht ein zweites Ständchen. Diesmal entkamen die Muſiker in der Richtung nach Montargis, wo ſich gerade eine Schauſpielertruppe aufhielt. Zwiſchen zwei Stücken rief eine ſchrille betrunkene Stimme: „Für die Tochter des Tambourmajors Mirouet." So erfuhr ganz Nemours den Stand von Urſulas Vater, dieſes von dem alten Doktor ſo ſorgſam behütete Geheimnis.

Savinien ging diesmal nicht nach Montargis. Im Lauf des Tages erhielt er einen anonymen Brief aus Paris mit der folgenden furchtbaren Prophezeiung: „Du wirſt Urſula nicht heiraten. Wenn Du ſie am Leben erhalten willſt, überlaſſe ſie ſchleunigſt demjenigen, der ſie mehr liebt als Du; denn er iſt Muſiker und Künſtler geworden, um ihr zu gefallen, und ſähe ſie lieber tot als an Deiner Seite."

Der Arzt von Nemours beſuchte Urſula jetzt täglich dreimal, da dieſe geheimen Verfolgungen ſie in Todesgefahr brachten. Als dieſes liebreizende Mädchen ſich durch teufliſche Hand in eine Schmutzlache geworfen fühlte, nahm ſie die Haltung einer Märtyrerin an. Sie verharrte in dumpfem Schweigen, hob ihre Augen zum Himmel und hörte auf zu weinen. Sie erwartete den Schickſalsſchlag in inbrünſtigem Gebet und erflehte die Ankunft deſſen, der ihr den Tod bringen würde.

„Ich bin glücklich, daß ich nicht in den Saal hin-

untergehen kann", ſagte ſie zu Bongrand und Chaperon, die ſie ſo wenig wie möglich allein ließen. „Er würde kommen, und ich fühle mich der Blicke unwürdig, mit denen er mir ſeine Verehrung zu zeigen pflegt! Glauben Sie, daß er mich beargwöhnt?" „Aber nein. Wenn Savinien den Urheber dieſer Schurkereien nicht findet, wird er die Pariſer Polizei erſuchen, einzugreifen", ſagte Bongrand. „Die Unbekannten ſcheinen zu wiſſen, daß ich zu Tode getroffen bin," antwortete ſie, „denn ſie verhalten ſich ruhig."
Der Pfarrer, Bongrand und Savinien ergingen ſich in Vermutungen. Savinien, Tinette, die Bougival und zwei dem Pfarrer ergebene Leute taten Spionierdienſte und lauerten eine Woche lang auf ihren Poſten; aber keine Unvorſichtigkeit konnte Goupil verraten, da er alles ganz allein betrieb. Der Friedensrichter kam zuerſt auf den Gedanken, daß der Übeltäter über die Wirkung ſeines Tuns erſchreckt ſei. Urſula glich in ihrer Bläſſe und Schwäche einer ſchwindſüchtigen jungen Engländerin. Es gab weder Ständchen mehr noch neue Briefe. Den geheimen Nachforſchungen der Polizei, der er die an Urſula, ſeine Mutter und ihn ſelbſt gerichteten Briefe übergeben hatte, ſchrieb es Savinien zu, daß die Gehäſſigkeiten aufhörten. Dieſer Waffenſtillſtand dauerte nicht lange. Als der Arzt Urſula von ihrem nervöſen Fieber geheilt hatte, fand man eines Morgens, etwa Mitte Juli, als ſie gerade wieder etwas Mut geſchöpft hatte, au ihrem Fenſter eine Strickleiter befeſtigt. Der Poſtillion, der die Nachtpoſt führte, gab an, daß ein kleiner Mann im Begriff geweſen ſei, herabzuſteigen, als er vorbeifuhr. Aber trotzdem er anhalten wollte, entführten ihn ſeine

Pferde zu raſch aus Nemours, da ſie in vollem Trab den Abhang zur Brücke, an deren Ecke Urſulas Haus lag, herunterliefen. Ein Teil der Geſellſchaft des Salon Dionis ſchrieb all dieſe Machenſchaften dem Marquis du Rouvre zu, der ſich damals in äußerſter Verlegenheit befand, da Maſſin Wechſel auf ihn hatte. Wie man ſagte, hoffte er, durch eine ſchnelle Heirat ſeiner Tochter mit Savinien ſeinen Gläubigern das Schloß Rouvre zu entreißen. Auch Frau von Portenduère, hieß es, nähme mit Vergnügen alles wahr, was dazu angetan ſei, Urſula öffentlich bloßzuſtellen, ſie in Verruf zu bringen und zu entehren. Von dieſem jungen Hinſterben fühlte ſich die alte Dame jedoch faſt beſiegt. Der Abbé Chaperon wurde von dieſer neuen Bosheit ſo erſchüttert, daß er ernſtlich krank wurde und mehrere Tage nicht ausgehen konnte. Die arme Urſula, der dieſer gemeine Angriff einen Rückfall verurſacht hatte, erhielt mit der Poſt einen Brief des Pfarrers, den ſie nicht zurückwies, da ſie ſeine Schrift erkannte: „Liebes Kind, verlaſſen Sie Nemours und vereiteln Sie dadurch die Schändlichkeit Ihrer unbekannten Feinde. Vielleicht verſucht man, Saviniens Leben in Gefahr zu bringen. Sie hören mehr von mir, wenn ich Sie wieder beſuchen kann."

Dieſer Brief war unterzeichnet: „Ihr ergebener Chaperon."

Als Savinien, der beinahe toll wurde, den Pfarrer beſuchte, überlas der arme Prieſter immer wieder den Brief, ſo ſehr war er von der Vollkommenheit überwältigt, mit der ſeine Handſchrift und Unterſchrift nachgeahmt waren. Er hatte nämlich nichts geſchrieben, und wenn er es getan hätte, würde er ſich nicht der Poſt bedient haben, um Urſula einen

Brief zu ſchicken. Der lebensgefährliche Zuſtand, in den Urſula durch dieſe letzte Schändlichkeit verſetzt wurde, zwang Savinien, abermals den Staatsanwalt, dem er den gefälſchten Brief des Pfarrers mitbrachte, um Hilfe auzugehen.

„Durch Mittel, die von dem Geſetz nicht betroffen werden, wird ein Mord an einer Waiſe begangen, die von Geſetzes wegen Ihr Mündel iſt“, ſagte der Vicomte zu dem Beamten.

„Wenn Sie einen Weg zur Abhilfe wiſſen,“ antwortete der Staatsanwalt, „will ich ihn gern verfolgen. Ich kenne keinen. Dieſer niederträchtige Unbekannte hat den beſten Rat gegeben. Es bleibt nichts anderes übrig, als Fräulein Mirouet hierher zu den Schweſtern der ‚Anbetung des Heiligen Herzens‘ zu bringen. Indeſſen wird der Polizeikommiſſar von Fontainebleau Ihnen auf mein Anſuchen hin die Erlaubnis erteilen, Waffen zu Ihrer Verteidigung zu tragen. Ich bin ſelbſt nach Rouvre gefahren; der Marquis iſt voll gerechter Empörung über die Verdächtigungen, die man ihm nachſagt. Minoret, der Vater meines Subſtituts, ſteht mit ihm des Schloſſes wegen in Unterhandlung. Fräulein du Rouvre heiratet einen reichen polniſchen Grafen. Der Marquis hat ſich übrigens am ſelben Tage, als ich dort war, fortbegeben, um einer Schuldhaft aus dem Wege zu gehen.“

Désiré, der von ſeinem Chef befragt wurde, wagte nicht, ihm ſeine Gedanken mitzuteilen. Er erkannte Goupil. Kein anderer als er war fähig, eine derartige Sache zu betreiben, die hart an die Grenzen des Strafgeſetze ſtreifte, ohne jedoch unter einen einzigen Paragraphen zu fallen.

☆

DIE STRAFLOSIGKEIT, DAS GEHEIMNIS, DER Erfolg ſpornten Goupils Kühnheit noch an. Der gräßliche Schreiber veranlaßte Massin, der ſich von ihm an der Naſe herumführen ließ, den Marquis du Rouvre zu verfolgen, um ihn zum Verkauf ſeiner übrigen Ländereien an Minoret zu zwingen. Nachdem Goupil mit einem Notar in Sens in Geſchäftsverbindung getreten war, entſchied er ſich, zu einem letzten Schlag auszuholen, um Urſula zu beſitzen. Er wollte dem Beiſpiel einiger junger Pariſer folgen, die ihre Frauen und ihr Vermögen einer Entführung verdankten. Die Dienſte, die er Minoret, Massin und Crémière geleiſtet hatte, und die Protektion Dionis', des Bürgermeiſters von Nemours, machten es ihm möglich, die Sache ſpäter zu vertuſchen. Er war entſchloſſen, die Maske ſofort fallen zu laſſen, da er überzeugt war, Urſula könne ſich ihm in dem Schwächezuſtand, in den er ſie gebracht hatte, nicht widerſetzen. Immerhin hielt er, ehe er den letzten Streich ſeiner elenden Tat ausführte, eine Unterredung in Rouvre für notwendig, wohin er Minoret begleitete, der zum erſtenmal ſeit Unterzeichnung des Kaufvertrages hinausging. Minoret erhielt einen vertraulichen Brief ſeines Sohnes, worin dieſer ihn um Nachrichten über die Vorkommniſſe mit Urſula bat, bevor er ſie ſelbſt mit dem Staatsanwalt abholen würde, um ſie zum Schutz gegen neue Schändlichkeiten in einem Kloſter unterzubringen. Désiré veranlaßte ſeinen Vater, falls dieſe Verfolgung das Werk eines ihrer Freunde ſei, dieſen zu warnen. Wenn das Gericht auch nicht immer ſtrafen könne, ermittelte es ſchließlich doch alles, um es in gutem Gedächtnis zu behalten.

Minoret hatte ein großes Ziel erreicht. Er war von jetzt ab unantaſtbarer Beſitzer von Rouvre, einem der ſchönſten Schlöſſer des Gâtinais und vereinigte in ſchönem, reichem Landbeſitz rings um den Park herum Einkünfte von vierzigtauſend und etlichen Franken. Jetzt konnte ſich der Koloß über Goupil luſtig machen; er konnte auf dem Lande leben, wo Urſulas Anbliek ihn nicht mehr behelligte.

„Kleiner, laß meine Couſine in Ruhe“, ſagte er zu Goupil, als ſie auf der Terraſſe hin- und hergingen.

„Bah!“ antwortete der Schreiber, der aus dieſem bizarren Benehmen nichts erraten konnte, denn auch die Dummheit hat ihre Tiefe. „Oh, ich bin nicht undankbar. Du haſt mir für zweihundertachtzigtauſend Franken dieſes ſchöne Schloß aus Ziegel- und Quaderſteinen verſchafft, das man heute nicht für zweihunderttauſend Taler bauen könnte, und dazu den zum Schloß gehörenden Pachthof, die Jagd, den Park, die Gärten und Wälder . . . Alſo! . . . Ja, wahrhaftig, ich gebe dir zehn Prozent, das ſind zwanzigtauſend Franken, für die du das Bureau eines Gerichtsvollziehers in Nemours kaufen kannſt. Du ſollſt ſogar eine der kleinen Crémière heiraten, die Ältere!“

„Iſt das die, die vom ‚Klapphorn‘ redet?“ fragte Goupil.

„Nun, meine Couſine gibt ihr dreißigtauſend Franken mit“, entgegnete Minoret. „Sieh mal, Kleiner, du biſt zum Gerichtsvollzieher geboren, wie ich zum Poſtmeiſter. Man ſoll immer ſeiner Beſtimmung folgen.“

„Gut,“ erwiderte Goupil, der aus allen Himmeln ſtürzte, „hier ſind Stempelmarken. Geben Sie mir

Akzepte für zwanzigtausend Franken, damit ich für die Unterhandlungen Geld in der Hand habe."
Minoret hatte die Halbjahrszinsen der Verschreibungen, von denen seine Frau nichts wußte, in Höhe von achtzehntausend Franken ausstehen. Er glaubte, Goupil auf diese Weise los zu werden, und unterschrieb. Als der Bureauvorsteher den dicken und einfältigen Macchiavelli aus der Rue des Bourgeois in einem Machtrausch sah, warf er ihm beim Abschied ein „Auf Wiedersehen" und einen Blick zu, vor dem jeder andere, als dieser einfältige Parvenü, zusammengeschauert wäre, der von einer Terrasse aus die Gärten und herrlichen Dächer eines im Louis-XIII.-Stil erbauten Schlosses überschaute.
„Wartest du nicht auf mich?" rief er, als er Goupil zu Fuß fortgehen sah.
„Sie werden mich auf Ihrem Weg wieder treffen, Papa!" antwortete der zukünftige Gerichtsvollzieher, der vor Rachgier außer sich war und die Lösung des Rätsels suchte, das seinem Verstand durch die sonderbaren Zickzackzüge im Benehmen des dicken Minoret aufgegeben wurde.
Seit dem Tage, an dem die gemeinste Verleumdung Ursulas Leben besudelt hatte, schritt sie einem raschen Tod entgegen als Opfer einer jener unerklärlichen Krankheiten, deren Ursprung seelische Leiden sind. Sie war totenbleich, und alles an ihr, selbst ihre Stirn, verriet ein zehrendes Nachdenken, während sie von Zeit zu Zeit langsam kaum hörbare Worte sagte, die ihre sanften, matten Blicke begleiteten. Sie glaubte, jene unsichtbare Krone aus keuschen Blumen, mit der die Völker aller Zeiten ihre Jungfrauen geschmückt sehen wollten, falle von ihrem Haupte. In der Leere und Stille, die

ſie umgab, hörte ſie das entehrende Gerede, die boshaften Kommentare und das Gelächter der kleinen Stadt. Dieſe Laſt war zu drückend für ſie und ihre Unſchuld zu zartfühlend, um eine ſolche Marter zu überleben. Sie klagte nicht mehr. Auf ihren Lippen lag ein ſchmerzliches Lächeln, und oft erhob ſie ihre Augen zum Himmel, als wollte ſie dem Herrn der Engelſcharen die Ungerechtigkeit der Menſchen kundtun. Als Goupil nach Nemours zurückkam, war Urſula, auf die Bougival und den Arzt geſtützt, ins Erdgeſchoß hinuntergegangen. Es handelte ſich um ein ungeheures Ereignis. Als Frau von Portenduère gehört hatte, daß das junge Mädchen vor Kummer ſtürbe, obgleich ihre Ehre unberührter war als die Clarissa Harlowes, kam ſie, um Urſula zu beſuchen und zu tröſten. Der Anblick ihres Sohnes, der die ganze vorhergehende Nacht von Selbſtmord geſprochen hatte, bezwang die alte Bretonin. Frau von Portenduère glaubte es übrigens ihrer Würde ſchuldig zu ſein, einem ſo unſchuldigen jungen Mädchen Mut zuzuſprechen, und ſah in ihrem Beſuch ein Gegengewicht zu allem Urſula von der kleinen Stadt zugefügten Leid. Ihre Meinung, die zweifellos ſchwerwiegender war als die der Menge, würde die Überlegenheit des Adels beſtätigen. Dieſes vom Abbé Chaperon angekündigte Ereignis hatte in Urſulas Befinden eine Umwälzung verurſacht und gab dem verzweifelten Arzt neue Hoffnung, der davon ſprach, einige der berühmten Pariſer Ärzte zu konſultieren. Urſula wurde auf den Lehnſtuhl ihres Paten geſetzt. So groß war ihre Schönheit, daß ſie trotz ihres Schmerzes und ihrer Leiden ſchöner ſchien, als je in ihrer glücklichſten Zeit. Als Savinien, der

ſeiner Mutter den Arm geboten hatte, eintrat, gewann die junge Kranke ihre ſchönen Farben wieder. „Stehen Sie nicht auf, liebes Kind“, ſagte die alte Dame in befehlendem Ton. „So krank und ſchwach ich auch ſelbſt bin, wollte ich Sie doch beſuchen, um Ihnen meine Anſicht über alles Geſchehene zu ſagen. Ich achte Sie als das reinſte, frömmſte und reizendſte Mädchen des Gâtinais und halte Sie für würdig, einen Edelmann glücklich zu machen.“
Urſula konnte nicht gleich antworten. Sie ergriff die welken Hände von Saviniens Mutter und küßte ſie, während ihre Tränen darauf fielen.
„Ach gnädige Frau,“ antwortete ſie mit ſchwacher Stimme, „niemals hätte ich die Kühnheit gehabt, mich über meinen Stand erheben zu wollen, hätten mich nicht Verſprechungen dazu ermutigt. Meine einzige Berechtigung dazu war eine grenzenloſe Liebe. Aber man hat Mittel gefunden, mich für immer von dem zu trennen, den ich liebe. Man hat mich ſeiner unwürdig gemacht . . . Niemals,“ ſagte ſie mit einem Ausdruck, der alle Zuhörer ſchmerzlich berührte, „niemals werde ich einwilligen, — wem es auch ſei — eine entwürdigte Hand, einen zerſtörten Ruf darzubieten. Ich habe zu ſehr geliebt . . . In dem Zuſtand, in dem ich mich befinde, kann ich es ſagen. Ich habe einen Menſchen faſt ſo ſehr geliebt, wie ich Gott liebe. Daher hat Gott . . .“
„Halten Sie ein, Kleine, verleumden Sie Gott nicht. Kommen Sie, meine Tochter,“ ſagte, nicht ohne Überwindung, die alte Dame, „übertreiben Sie nicht die Bedeutung eines ſehr ſchlechten Scherzes, an deſſen Wahrheit niemand glaubt. Ich prophezeie Ihnen, Sie werden leben und glücklich ſein.“

„Du wirſt glücklich ſein," ſagte Savinien, kniete vor Urſula nieder und küßte ihre Hände, „meine Mutter hat dich ihre Tochter genannt."

„Genug," ſagte der Arzt und faßte den Puls ſeiner Patientin, „töten Sie ſie nicht vor Freude!"

In dieſem Augenblick ſtieß Goupil, der das Eingangstor angelehnt gefunden hatte, die Tür zum kleinen Salon auf und zeigte ſein ſchreckliches Geſicht, das Rachegedanken widerſpiegelte, die er unterwegs ausgebrütet hatte.

„Herr von Portenduère" ſagte er mit einer Stimme, die dem Ziſchen einer in ihrem Loch aufgeſtöberten Viper glich.

„Was wollen Sie?" fragte Savinien und ſtand auf.

„Ich habe Ihnen zwei Worte zu ſagen."

Savinien ging auf den Gang hinaus, und Goupil führte ihn auf den kleinen Hof.

„Schwören Sie mir bei dem Leben Urſulas, die Sie lieben, und bei Ihrer ritterlichen Ehre, auf die Sie halten, daß es zwiſchen uns ſein ſoll, als hätte ich Ihnen nichts von dem geſagt, was ich Ihnen jetzt berichten will. Dann werde ich Sie über die gegen Fräulein Mirouet betriebenen Verfolgungen aufklären."

„Kann ich ſie dadurch beenden?"

„Ja."

„Kann ich mich rächen?"

„An dem Urheber — ja! An ſeinem Werkzeug — nein!"

„Warum?"

„Weil . . . Das Werkzeug bin ich . . ."

Savinien erbleichte.

„Ich habe Urſula eben flüchtig geſehen . . .", begann der Schreiber wieder.

„Urſula?“ wiederholte der Vicomte und ſah Goupil an.
„Fräulein Mirouet,“ ſagte Goupil, dem Saviniens Tonfall Reſpekt einflößte. „Ich möchte mit meinem Blut wieder gutmachen, was geſchehen iſt. Ich bereue . . . Wenn Sie mich im Duell oder bei einer anderen Gelegenheit töten würden, was würde Ihnen mein Blut nützen? Würden Sie es trinken? Es würde Sie im Augenblick vergiften.“
Die kalte Überlegung dieſes Menſchen und die Neugierde dämpften Saviniens kochendes Blut. Er ſah ihn ſo ſcharf an, daß dieſer mißgeſtaltete Bucklige die Augen niederſchlagen mußte.
„Wer hat dich alſo ans Werk gehetzt?“ fragte der junge Mann.
„Schwören Sie?“
„Du willſt, daß dir nichts geſchieht?“
„Ich will, daß Sie und Fräulein Mirouet mir verzeihen.“
„Sie wird es tun; ich niemals.“
„Schließlich werden Sie vergeſſen.“
Welch furchtbare Gewalt hat die auf den Eigennutz geſtützte Vernunft! Zwei Männer, von denen einer den anderen hätte zerfleiſchen mögen, ſtanden da, auf zwei Fingerlängen voneinander entfernt, auf einem engen Hof und waren gezwungen, miteinander zu ſprechen, da ein gleiches Gefühl ſie verband.
„Ich verzeihe dir, aber ich kann nicht vergeſſen.“
„Das macht nichts“, ſagte Goupil kühl.
Savinien verlor die Geduld. Er verſetzte dieſem Geſicht eine Orfeige, die im Hof widerhallte, Goupil hinwarf und ihn ſelbſt aus dem Gleichgewicht brachte.

„Ich habe, was ich verdiene", ſagte Goupil. „Ich habe eine Dummheit begangen. Ich hielt Sie für vornehmer, als Sie ſind. Sie haben den Vorteil, den ich Ihnen gab, mißbraucht . . . Jetzt ſind Sie in meiner Gewalt", ſagte er und warf Savinien einen haßerfüllten Blick zu.

„Sie ſind ein Mörder!" rief der Vicomte.

„Nicht anderes als das Meſſer der Mörder iſt", erwiderte Goupil.

„Ich bitte um Verzeihung", ſagte Savinien.

„Haben Sie ſich genügend gerächt?" fragte Goupil mit grimmiger Ironie. „Werden Sie dabei bleiben?"

„Gegenſeitiges Verzeihen und Vergeſſen", antwortete Savinien.

„Ihre Hand?" ſagte der Schreiber und reichte dem Vicomte die ſeine hin.

„Hier iſt ſie", erwideste Savinien und würgte dieſe Schmach aus Liebe zu Urſula hinunter. „Aber ſprechen Sie. Wer trieb Sie dazu?"

Goupil betrachtete ſozuſagen die beiden Wagſchalen. Auf der einen lag Saviniens Ohrfeige, auf der anderen ſein Haß gegen Minoret. Zwei Sekunden blieb er unentſchloſſen, aber eine innere Stimme ſagte ihm ſchließlich: „Du wirſt Notar werden." Und er antwortete:

„Verzeihen und vergeſſen? Ja, von beiden Seiten, Herr Vicomte", und er drückte Saviniens Hand.

„Wer verfolgt alſo Urſula?" fragte Savinien.

„Minoret! Er hätte ſie gern ins Grab gebracht . . . Warum? Ich weiß es nicht. Aber wir werden nach der Urſache forſchen. Bringen Sie mich mit dem allem nicht mehr in Verbindung. Ich könnte nichts mehr für Sie tun, wenn man mir mißtraute. Anſtatt Urſula anzugreifen, werde ich ſie verteidigen.

Statt Minoret zu dienen, werde ich verſuchen, ſeine Pläne zu durchkreuzen. Ich lebe nur noch, um ihn zugrunde zu richten, ihn zu vernichten. Und ich werde ihn unter meinen Füßen zertreten, ich werde auf ſeinem Kadaver herumtanzen, ich werde mir aus ſeinen Knochen ein Dominoſpiel machen. Morgen wird man auf allen Mauern von Nemours, Fontainebleau und Rouvre mit roter Kreide leſen: Minoret iſt ein Dieb! Oh, zum Teufel! Ich werde ihn wie eine Rakete zerſpringen laſſen. Jetzt ſind wir durch einen Vertrauensbruch Verbündete. Nun, wenn Sie wollen, werde ich mich vor Fräulein Mirouet auf die Knie werfen und ihr ſagen, daß ich die unſinnige Leidenſchaft verfluche, die mich antrieb, ſie zu töten. Ich werde ſie anflehen, mir zu vergeben. Das wird ihr guttun. Der Friedensrichter und der Pfarrer ſind dort; dieſe beiden Zeugen genügen. Aber Herr Bongrand ſoll ſich auf ſeine Ehre verpflichten, mir nicht in meiner Karriere zu ſchaden. Denn ich habe jetzt eine Karriere!“
„Warten Sie eine Augenblick!“ antwortete Savinien, den dieſe Enthüllung ganz verwirrte.
„Urſula, liebes Kind,“ ſagte er, als er den Salon betrat, „der Urheber aller Ihrer Leiden iſt entſetzt über ſein Werk. Er bereut und möchte Sie in Gegenwart dieſer Herren um Verzeihung bitten, unter der Bedingung, daß alles vergeſſen wird.“
„Wie! Goupil?“ fragten der Pfarrer, der Friedensrichter und der Arzt wie aus einem Munde.
„Bewahren Sie ſein Geheimnis“, ſagte Urſula und legte den Finger auf die Lippen.
Goupil hörte dieſe Worte, ſah Urſulas Bewegung und war ergriffen.
„Gnädiges Fräulein,“ ſagte er mit gerührter Stimme,

„ich wünſchte, ganz Nemours könnte hören, wie ich Ihnen jetzt geſtehe, daß eine ſchlimme Leidenſchaft mir den Kopf verwirrt hat und mich Verbrechen begehen ließ, die den Tadel aller ehrlichen Leute verdienen. Was ich hier ſage, werde ich überall wiederholen und die Wirkung beklagen, die meine ſchlechten Späße hervorgerufen haben, die aber vielleicht zur Beſchleunigung Ihres Glückes geführt haben, da ich Frau von Portenduère hier ſehe", ſagte er ein wenig boshaft und erhob ſich wieder.

„Das iſt ſehr recht, Goupil", ſagte der Pfarrer. „Das gnädige Fräulein verzeiht Ihnen, aber Sie dürfen nie vergeſſen, daß wenig gefehlt hat, um Sie zum Mörder zu machen."

„Herr Bongrand," nahm Goupil das Wort und wandte ſich zu dem Friedensrichter, „ich will heute abend mit Lecœur über ſein Bureau verhandeln. Ich hoffe, daß dieſe Buße mir in Ihrer Achtung nicht ſchadet, und daß Sie mein Geſuch beim Gericht und beim Miniſterium befürworten."

Der Friedensrichter ſtimmte, nachdenklich mit dem Kopf nickend, zu, und Goupil ging fort, um wegen des beſſern der beiden Gerichtsvollzieherbureaus in Nemours zu verhandeln. Alle blieben bei Urſula und verſuchten an dieſem Abend, wieder Ruhe und Frieden in ihre Seele zu tragen. Die Genugtuung, die ihr von Goupil zuteil geworden war, hatte ſchon eine Veränderung bewirkt.

„Ganz Nemours wird das erfahren", ſagte Bongrand.

„Sie ſehen, liebes Kind, daß Gott Ihnen nicht grollte", ſagte der Pfarrer.

Minoret kam ziemlich ſpät von Rouvre zurück und aß ſpät zu Abend. Gegen neun Uhr, bei Anbruch der Nacht, ſaß er im chineſiſchen Pavillon neben ſeiner Frau, verdaute ſein Abendeſſen und ſchmiedete mit ihr Pläne für Déſirés Zukunft. Déſiré hielt ſich ſehr gut, ſeitdem er dem Richterſtand angehörte. Er arbeitete und hatte Ausſicht, Nachfolger des Staatsanwalts von Fontainebleau zu werden, der, wie man ſagte, nach Melun verſetzt werden ſollte. Jetzt galt es, eine Frau für ihn zu finden, ein vermögensloſes Mädchen aus einer alten adligen Familie. Das würde ihm die Pariſer Beamtenlaufbahn eröffnen. Vielleicht ließ es ſich bewerkſtelligen, daß er Deputierter von Fontainebleau wurde, wo Zélie im Winter zu wohnen geneigt war, nachdem ſie die warme Jahreszeit in Rouvre verbracht hatten. Während Minoret ſich im ſtillen Beifall zollte, daß er alles aufs beſte geordnet hatte, vergaß er Urſula völlig in dem Augenblick, wo das Drama, das er ſo einfältig begonnen hatte, ſich in einer furchtbaren Weiſe abrollen ſollte.

„Herr von Portenduère iſt da und möchte Sie ſprechen“, meldete Cabirolle.

„Führe ihn herein“, antwortete Zélie.

Die Schatten der Dämmerung verhinderten, daß Frau Minoret das jähe Erblaſſen ihres Gatten bemerkte, der erbebte beim Geräuſch, das Saviniens Stiefel auf dem Parkett der Galerie, in der ſich ehemals die Bibliothek des Doktors befunden hatte, verurſachten. Eine unbeſtimmte Ahnung kommenden Unheils durchrieſelte die Adern des Diebs. Savinien trat ein und blieb regungslos vor den Ehegatten ſtehen, ohne den Hut abzunehmen. Er behielt den Stock in der Hand und verſchränkte die Arme über der Bruſt.

„Ich komme, Herr und Frau Minoret, um von Ihnen

die Gründe zu erfahren, die Sie bewogen haben, ein junges Mädchen auf die niederträchtigſte Weiſe zu quälen, das, wie ganz Nemours weiß, meine zukünftige Gattin iſt; warum Sie verſucht haben, Ihre Ehre zu beſudeln, warum Sie ihren Tod wünſchten, und weswegen Sie ſie den Beleidigungen eines Goupil preisgegeben haben . . . Antworten Sie!“

„Sie ſind aber komiſch, Herr Savinien!“ ſagte Zélie, „daß Sie herkommen und von uns Aufklärung über eine Sache verlangen, die uns ſelber unerklärlich iſt. Ich kümmere mich nicht im geringſten um Urſula. Seit dem Tode des Onkels Minoret habe ich nicht mehr an ſie gedacht als an mein erſtes Hemd! Ich habe nicht ein Wort über ſie an Goupil geſagt und würde auch dieſem durchtriebenen Schelm nicht einmal die Angelegenheiten meines Hundes anvertrauen. Na, vielleicht antworteſt du, Minoret? Willſt du dich vom Herrn Vicomte verdächtigen und derartiger Gemeinheiten anklagen laſſen, die unter deiner Würde ſind? Als ob ein Mann, der vierzigtauſend Franken Rente aus Grundbeſitz rund um ein Schloß herum hat, das eines Prinzen würdig wäre, ſich zu derartigen Dummheiten herabließe! So ſteh doch auf! Was ſitzt du da wie ein Waſchlappen?“

„Ich weiß nicht, was der Herr Vicomte meint“, antwortete Minoret mit dünner Stimme, deren Zittern durch den grellen Klang noch deutlicher bemerkbar war. „Welchen Grund ſollte ich haben, die Kleine zu verfolgen? Vielleicht habe ich Goupil geſagt, wie ärgerlich ich über ihren Aufenthalt in Nemours wäre, da mein Sohn derart vernarrt in ſie iſt, und ich ſie keineswegs als ſeine Frau wiſſen wollte! Das iſt alles.“

„Goupil hat mir alles geſtanden, Herr Minoret.“ Einen Augenblick lang herrſchte ein furchtbares Schweigen, während deſſen ſich die drei Menſchen beobachteten. Zélie hatte in dem groben Geſicht ihres Dicken ein nervöſes Zucken geſehen.

„Obgleich Sie nur Ungeziefer ſind, will ich fürchterliche Rache an Ihnen nehmen, und ich werde die Gelegenheit dazu zu finden wiſſen“, ſagte der Vicomte. „Nicht von Ihnen, einem Mann von ſiebenundſechzig Jahren, werde ich Genugtuung verlangen wegen der Fräulein Mirouet zugefügten Beleidigungen, ſondern von Ihrem Sohn. Bei der erſten Gelegenheit, wo Herr Minoret junior ſeinen Fuß nach Nemours ſetzt, werden wir uns duellieren. Ich werde ihn zwingen, ſich mit mir zu ſchlagen, und er wird es auch tun. Sonſt würde er ſo entehrt ſein, daß er ſich nirgends mehr zeigen könnte. Wenn er nicht nach Nemours kommt, dann werde ich nach Fontainebleau gehen. Ich muß Genugtuung haben. Es ſoll nicht heißen, daß Sie ein armes junges Mädchen auf feige Art entehren konnten, ohne daß ſie verteidigt würde.“

„Aber die Verleumdungen eines Goupil . . . ſind doch nicht . . .“, ſagte Minoret.

„Wollen Sie, daß ich Sie beide gegenüberſtelle?“ unterbrach Savinien ihn. „Ich rate Ihnen, laſſen Sie die Sache nicht in die Öffentlichkeit kommen. Sie bleibt zwiſchen Ihnen, Goupil und mir. Laſſen Sie es dabei. Gott wird in dem Duell die Entſcheidung fällen, zu welchem ich Ihren Sohn die Ehre erweiſen will, ihn aufzufordern.“

„Aber das wird nicht ſo ohne weiteres geſchehen“, rief Zélie. „Ach, Sie glauben, ich werde zugeben, daß Désiré ſich mit Ihnen ſchlägt, einem ehemaligen

Marinesoldaten, dessen Beruf es ist, Säbel und Pistole zu führen? Wenn Sie sich über Minoret zu beklagen haben, da ist er, halten Sie sich an ihn, schlagen Sie sich mit ihm! Aber mein Junge soll sich der Gefahr aussetzen, der, wie Sie selber zugeben, an allem unschuldig ist? . . . Eher werde ich einen Hund meiner Hündin auf Sie hetzen, mein junger Herr! Na nun, Minoret, du sitzest vollkommen stumpfsinnig da wie ein Einfaltspinsel. In deinem eigenen Hause läßt du zu, daß der Herr vor deiner Frau den Hut aufbehält! Machen Sie, daß Sie fortkommen, junger Mann. Jeder ist Herr in seinem Hause. Ich weiß nicht, was Sie mit Ihrem Geschwätz wollen; aber ich werde Ihnen zeigen, wo der Zimmermann das Loch gelassen hat! Und wenn Sie Désiré anrühren, bekommen Sie es mit mir zu tun — Sie und Ihre Ursula, dieser Zieraffe!"

Sie klingelte stürmisch und rief ihre Leute.

„Denken Sie daran, was ich Ihnen gesagt habe", wiederholte Savinien, ohne sich um Zélies Redeschwall zu kümmern. Dann ging er fort und ließ das Damoklesschwert über den Häuptern des Paares schwebend zurück.

„Also Minoret," sagte Zélie zu ihrem Gatten, „willst du mir vielleicht erklären, was das bedeutet? Ohne Grund kommt ein junger Mann nicht in ein gut bürgerliches Haus, führt dort einen solchen Tanz auf und verlangt das Blut des Sohnes."

„Das ist irgendein Streich von diesem greulichen Affen Goupil, dem ich versprochen hatte, ihm zum Notariat zu verhelfen, wenn er mir Rouvre billig verschaffte. Ich habe ihm zehn Prozent, also zwanzigtausend Franken in Wechseln, gegeben, und er ist zweifellos nicht zufrieden damit."

„Gut. Aber welchen Grund ſollte er vorher gehabt haben, als er die Serenaden veranſtaltete und ſeine Gemeinheiten gegen Urſula ins Werk ſetzte?"
„Er wollte ſie zur Frau!"
„Der ein Mädchen ohne einen Pfennig Geld? Solch ein Geſchwätz! Höre, Minoret, du redeſt mir Dummheiten vor und biſt natürlich zu ungeſchickt, ſie glaubhaft zu machen, mein Junge. Dahinter ſteckt etwas, und du wirſt es mir ſagen."
„Es iſt nichts."
„Nichts? Und ich ſage dir, daß du lügſt. Nun, wir werden ja ſehen."
„Willſt du mich in Ruhe laſſen?"
„Ich werde ſchon den Hahn dieſes Giftſchlauchs Goupil, den du nicht berühren willſt, zu öffnen wiſſen, und das wird dir nicht gut bekommen."
„Wie du willſt."
„Ich weiß ſelbſt, daß alles gehen wird, wie ich will. Und was ich vor allem will, iſt, daß man Désiré in Frieden läßt! Höre, wenn ihm ein Unglück zuſtieße, wäre ich zu Dingen fähig, die mich aufs Schafott brächten ... Aber .. Und du rührſt dich überhaupt nicht!"
Ein ſo heftig begonnener Streit zwiſchen Minoret und ſeiner Frau endete immer mit langwierigen häuslichen Zerwürfniſſen. Der einfältige Dieb ſah den Kampf mit ſich ſelbſt und mit Urſula alſo durch ſeine eigene Schuld wachſen und um einen neuen, ſchrecklichen Gegner vermehrt. Als er am nächſten Morgen ausging, um Goupil aufzuſuchen, den er mit Geld zu beſänftigen dachte, las er an allen Mauern: ‚Minoret iſt ein Dieb!' Alle, die er traf, bedauerten ihn und fragten, wer denn der Urheber dieſer anonymen Angriffe ſei, und jedermann ver-

zieh ihm ſeine verworrenen Antworten, da man ſeine Unfähigkeit kannte. Die Dummen ziehen aus ihrer Hohlköpfigkeit mehr Vorteil als Leute mit Verſtand aus ihrer geiſtigen Überlegenheit. Man ſieht dem Kampf eines bedeutenden Mannes gegen das Schickſal müßig zu, während man einen vor dem Konkurs ſtehenden Spießbürgar unterſtützt. Und warum? Weil man ſich einem Dummen, den man beſchützt, überlegen fühlt, und weil man ärgerlich iſt, einem Mann von Geiſt nicht gleichgeſtellt zu ſein. Ein intelligenter Mann wäre verloren geweſen, wenn er wie Minoret mit beſtürztem Geſicht ungereimtes Zeug geſtammelt hätte.

Zélie und ihre Dienſtboten wiſchten dieſe Rache fordernde Inſchrift überall ab, wo ſie zu finden war; aber in Minorets Gewiſſen blieb ſie geſchrieben. Obgleich Goupil am vorhergehenden Abend mit dem Gerichtsvollzieher abgeſchloſſen hatte, weigerte er ſich, unbekümmert wie er war, ſeinen Vertrag einzuhalten.

„Sehen Sie, mein lieber Lecœur, ich habe die Praxis von Herrn Dionis kaufen können und bin in der Lage, den Verkauf Ihres Bureaus an andere zu vermitteln. Machen Sie den Vertrag rückgängig; es iſt nur ein Verluſt von zwei Bogen Stempelpapier. Hier haben Sie ſiebzig Centimes."

Lecœur fürchtete Goupil zu ſehr, als daß er ſich beklagt hätte. Sogleich erfuhr ganz Nemours, daß Minoret Dionis eine Garantie gegeben hatte, um Goupil den Ankauf des Notariats zu erleichtern. Der zukünftige Notar ſchrieb Savinien einen Brief, in dem er ſeine Angaben in bezug auf Minoret widerrief. Gleichzeitig teilte er dem jungen Adligen mit, daß ſeine neue Stellung, die vom oberſten Gerichtshof anerkannten Beſtimmungen und ſeine Ehrfurcht vor der Gerichtsbarkeit ihm verböten, ſich zu ſchlagen. Im übrigen riet er dem Edelmann, ſich ferner gut mit ihm zu ſtellen, da er ſich vorzüglich auſ das Fußboxen verſtände, und verhieß, ihm beim ersten Angriff ein Bein zu zerſchmettern.

Die Mauern von Nemours ſprachen nicht mehr, aber der Streit zwiſchen Minoret und ſeiner Frau dauerte fort, und Savinien hüllte ſich in grollendes Schweigen. Zehn Tage nach dieſen Ereigniſſen verbreitete ſich das Gerücht von der Hochzeit des älteren Fräuleins Massin mit dem zukünftigen Notar. Fräulein Massin beſaß achtzigtauſend Franken Mitgift und ihre Häßlichkeit, Goupil ſein Notariat und ſein mißgeſtaltetes Äußere. Dieſe Verbindung erſchien aber allen möglich und angemeſſen.

Gerade als Goupil nachts um zwölf Uhr Massins Haus verließ, überfielen ihn zwei maskierte Unbekannte, verprügelten ihn mit Stöcken und verſchwanden. Über dieſen nächtlichen Vorfall bewahrte Goupil tiefſtes Schweigen und ſtrafte eine alte Frau Lügen, die aus ihrem Fenſter ſpähend ihn erkannt haben wollte.

Dieſe bedeutſamen kleinen Ereigniſſe wurden vom Friedensrichter genau beobachtet, der Goupils geheimnisvolle Macht über Minoret bemerkte und deren Urſache zu ergründen beſchloß.

☆

OBGLEICH DIE ÖFFENTLICHE MEINUNG DER kleinen Stadt Urſulas vollſtändige Unſchuld anerkannt hatte, erholte dieſe ſich nur langſam. In dieſem Zuſtand körperlicher Erſchöpfung, in der ſie die Herrſchaft über Seele und Geiſt verlor, wurde ſie der Schauplatz von kataleptiſchen Phänomenen, deren Wirkungen furchtbar waren und wohl die Wiſſenſchaft beſchäftigt hätten, wenn ihr davon vertrauliche Mitteilung gemacht worden wäre. Zehn Tage nach dem Beſuch Frau von Portenduères verfiel Urſula in einen Traum, der ſowohl in bezug auf die geiſtigen wie auch auf die phyſiſchen Umſtände völlig den Charakter einer übernatürlichen Viſion hatte. Der verſtorbene Minoret, ihr Pate, erſchien und bedeutete ihr, zu folgen. Sie kleidete ſich an und ging ihm durch die Finſternis in das Haus der Rue des Bourgeois nach, wo ſie die kleinſten Einzelheiten genau ſo vorfand, wie ſie am Todestag ihres Paten geweſen waren. Der Greis trug die Kleider, die er am Vorabend ſeines Todes getragen hatte, ſein Geſicht war bleich, und ſeine Bewegungen verurſachten keinerlei Geräuſch. Trotzdem vernahm Urſula deutlich ſeine Stimme, die allerdings ſchwach wie ein fernes Echo klang. Der Doktor führte ſein Mündel in das Kabinett des chineſiſchen Pavillons, wo er ſie die Marmorplatte des kleinen Bouleſchränkchens aufheben ließ, wie ſie es an ſeinem Sterbetag getan hatte; aber anſtatt wie damals nichts zu finden, ſah ſie den Brief, den ihr Pate ihr zu holen befohlen hatte. Sie öffnete und las ihn, ebenſo das zugunſten Saviniens abgefaßte Teſtament. „Die Schriftzüge leuchteten, als wären ſie mit Sonnenſtrahlen geſchrieben“, erzählte ſie dem Pfarrer, „und meine Augen waren geblendet“. Als ſie ihren Onkel anſah, um ihm zu danken, bemerkte ſie, wie ſeine farbloſen Lippen wohlwollend lächelten. Dann wies die Erſcheinung ſie mit ihrer

ſchwachen aber deutlich wahrnehmbaren Stimme auf Minoret, wie er im Korridor das Geheimnis belauſchte, das Schloß abſchraubte und das Paket mit den Papieren ſtahl. Darauf berührte der Tote mit ſeiner rechten Hand ſein Mündel und nötigte ſie, im Geiſterſchritt Minoret bis zur Poſt zu folgen. Urſula ging durch die Stadt, trat in die Poſt ein und ging in Zélies früheres Zimmer, wo der Geiſt ihr den Dieb zeigte, wie er die Briefe öffnete, las und verbrannte. „Erſt das dritte Streichholz“, ſagte Urſula, „fing Feuer, ſo daß er die Papiere verbrennen konnte. Die Überbleibſel hat er in der Aſche vergraben. Dann hat mich mein Pate in unſer Haus zurückgeführt, wo ich geſehen habe, wie Herr Minoret-Levrault in die Bibliothek ſchlich, und dort aus dem dritten Band der Pandekten die drei Schuldverſchreibungen über je zwölftauſend Franken Rente ſowie die im Augenblick vorrätigen Banknoten herausnahm. ‚Er iſt der Urheber aller Qualen, die dich an den Rand des Grabes gebracht haben‘, hat der Pate darauf geſagt. ‚Aber Gott will, daß du glücklich ſein ſollſt. Du wirſt noch nicht ſterben, ſondern Savinien heiraten! Wenn du mich liebſt, wenn du Savinien liebſt, wirſt du dein Vermögen von meinem Neffen zurückfordern. Schwöre mir das!‘
Minorets Geiſt, der wie der Erlöſer in der Glorie erſtrahlte, übte infolge der Bedrücktheit, in der Urſula ſich befand, eine ſolche Gewalt auf ihre Seele aus, daß ſie ihrem Onkel alles verſprach, was er verlangte, nur um ſich von dem Alpdruck zu befreien. Als ſie aufwachte, ſtand ſie in der Mitte ihres Zimmers, das Geſicht zum Bild ihres Paten gewandt, das ſie ſeit ihrer Erkrankung dorthin gehängt hatte. Sie legte ſich wieder zu Bett, ſchlief

ein, nachdem ihre Unruhe ſich gelegt hatte, und erinnerte ſich ſofort beim Erwachen dieſer ſeltſamen Erſcheinung. Darüber zu ſprechen wagte ſie nicht. Ihr hervorragender Verſtand und ihr Zartgefühl wehrten ſich dagegen, einen Traum zu erzählen, deſſen Inhalt und Urſache ihren pekuniären Nutzen betraf. Sie ſchrieb ihn ganz einfach dem Geſchwätz der Bougival zu, mit dem dieſe ſie eingeſchläfert hatte. Es war von der Freigebigkeit ihres Paten gegen die Amme die Rede geweſen und von der Gewißheit, welche jene in dieſer Hinſicht ſich wahrte. Der Traum kam aber wieder, ſogar in verſchlimmerter Form, und wurde ihr unerträglich und fürchterlich. Beim zweitenmal legte ſich die eiſige Hand ihres Paten auf ihre Schulter und verurſachte ihr grauſame Schmerzen und einen unerklärlichen Schauer. „Den Toten muß man gehorchen!“ ſagte er mit Grabesſtimme.
„Und Tränen rollten aus ſeinen glanzloſen, leeren Augen“, ſagte ſie.
Beim drittenmal ergriff der Tote ſie bei ihren langen Zöpfen und ließ ſie Minoret im Geſpräch mit Goupil ſehen, wie er ihm Geld verſprach, wenn er Urſula nach Sens brächte. Daraufhin entſchloß Urſula ſich, dem Abbé Chaperon die drei Träume anzuvertrauen.
„Herr Pfarrer,“ fragte ſie ihn eines Abends, „glauben ſie an das Erſcheinen Toter?“
„Mein Kind, die heilige Überlieferung, die alte und die neue Geſchichte enthalten alle beglaubigte Mitteilungen über derartige Tatſachen, aber die Kirche hat niemals einen Glaubensartikel daraus gemacht; und, was die Wiſſenſchaft angeht, ſie ſpottet darüber, wenigſtens in Frankreich.“
„Aber was glauben Sie?“

„Die Allmacht Gottes ist unendlich, mein Kind.“
„Hat mein Pate mit Ihnen über derartige Dinge gesprochen?“
„Ja, oft! Seine Ansicht über diese Sache hatte sich völlig verändert. Seine Bekehrung datiert von dem Tage — das hat er mir zwanzigmal gesagt — an dem in Paris eine Frau gehört hat, wie Sie in Nemours für ihn beteten, und den roten Punkt gesehen hat, den Sie vor den Tag des Heiligen Savinien in Ihrem Kalender vermerkt hatten.“
Ursula stieß einen durchdringenden Schrei aus, vor dem der Priester erschrak. Sie erinnerte sich des Umstandes, wie der Pate bei seiner Heimkehr nach Nemours in ihrer Seele gelesen und ihren Kalender an sich genommen hatte.
„Wenn dem so ist,“ sagte sie, „dann sind auch meine Visionen möglich. Mein Pate ist mir erschienen wie Jesus seinen Jüngern. Ein gelbes Licht umhüllt ihn, und er spricht mit mir! Ich wollte Sie bitten, eine Messe für die Ruhe seiner Seele zu lesen und Gottes Hilfe zu erflehen, damit er diesen Erscheinungen, die mich aufreiben, ein Ende bereitet.“
Sie erzählte ihre drei Träume bis auf die geringsten Einzelheiten und betonte vor allem die vollkommene Wahrheit der Fakten, die Freiheit ihrer Bewegungen und die Hellsichtigkeit ihres inneren Wesens, das, wie sie sagte, mit einer außergewöhnlichen Leichtigkeit den Platz wechseln könne, wenn der Geist ihres Onkels sie führe. Was den Priester, der Ursulas strenge Wahrhaftigkeit kannte, besonders überraschte, war die genaue Beschreibung des von Zélie Minoret früher bewohnten Zimmers in dem Postgebäude, das Ursula niemals betreten, von dem sie nicht einmal reden gehört hatte.

„Auf welche Weiſe können dieſe ſeltſamen Erſcheinungen ſtattfinden?“ fragte Urſula. „Was dachte mein Pate darüber?“
„Ihr Pate, mein Kind, ging mit Hypotheſen zu Werke. Er war zu der Erkenntnis gekommen, daß das Vorhandenſein einer rein geiſtigen Welt, einer Ideenwelt, möglich wäre. Wenn die Gedanken eine dem Menſchen verliehene Gabe ſind, wenn ſie vorhanden ſind und ein eigenes Leben für ſich leben, müſſen ſie Formen beſitzen, die zwar für unſere äußeren Sinne nicht faßbar ſind, wohl aber von unſeren inneren Sinnen unter gewiſſen Bedingungen wahrgenommen werden. So iſt es möglich, daß die Gedanken Ihres Paten Sie umgeben, und Sie haben ihnen vielleicht ſeine Geſtalt verliehen. Wenn Minoret ferner dieſe Handlungen begangen hat, löſen ſie ſich in Gedankenformen auf; denn jede Handlung iſt das Ergebnis einer Reihe von Gedanken. Wenn die Gedanken ſich nun in der geiſtigen Welt bewegen, hat Ihr Verſtand dort eindringen und ſie wahrnehmen können. Dieſe Phänomene ſind nicht merkwürdiger als die des Gedächtniſſes, und die des Gedächtniſſes ſind ebenſo erſtaunlich und unerklärlich wie der Duft der Pflanzen, der vielleicht die Gedanken der Pflanzen darſtellt.“
„Mein Gott! Wie Sie die Welt erweitern! Aber einen Toten ſprechen hören, ihn gehen und handeln ſehen ... iſt das wohl möglich?“
„Der Schwede Swedenborg“, antwortete der Abbé, „hat offenkundig erwieſen, daß er mit den Toten verkehrte. Kommen Sie übrigens in die Bibliothek, und leſen Sie in der Lebensgeſchichte des berühmten Herzogs von Montmorency, der in Toulouſe enthauptet worden iſt und beſtimmt kein müßiger

Schwätzer war, ein Abenteuer, das dem Ihren ganz ähnlich ist und sich vor hundert Jahren in Cardan zugetragen hat."

Ursula ging mit dem Pfarrer in den ersten Stock, wo der gute Mann für sie die kleine in Paris 1666 gedruckte Duodezausgabe der ‚Lebensgeschichte des Henri de Montmorency' heraussuchte, die von einem zeitgenössischen Geistlichen, der den Prinzen gekannt hat, verfaßt war.

„Lesen Sie das", sagte der Pfarrer und schlug ihr den Band auf den Seiten 175 und 176 auf. „Ihr Pate hat diese Stelle wiederholt gelesen. Sehen Sie, da liegt noch ein wenig Tabak von ihm."

„Und er ist nicht mehr!" sagte Ursula und nahm das Buch, um die folgende Stelle zu lesen:

„Die Belagerung von Privas war durch den Verlust mehrerer Befehlshaber bemerkenswert. Wie man weiß, starben dort zwei Marschälle, der Marquis von Uxelles an einer Wunde, die er in den Laufgräben erhielt, und der Marquis von Portes durch einen Musketenschuß in den Kopf. An dem Tage, an dem er getötet wurde, sollte er zum Marschall von Frankreich ernannt werden. Ungefähr im Augenblick, als der Marquis starb, wurde der Herzog von Montmorency, der in seinem Zelt schlief, durch eine Stimme geweckt, die der des Marquis glich und ihm Lebewohl sagte. Die Zuneigung, die er für diese ihm so nahestehende Persönlichkeit hatte, ließ ihn glauben, daß die Traumerscheinung seiner Einbildungskraft zuzuschreiben sei, und ermüdet von der Anstrengung der Nacht, die er wie gewöhnlich auf den Wällen zugebracht hatte, schlief er unbesorgt wieder ein. Aber noch einmal weckte ihn die gleiche Stimme, das Phantom, das er bisher nur ſchlafend geſehen hatte, zwang ihn, ſich völlig zu ermuntern, und er hörte ganz deutlich dieſelben Worte, die es ausgeſprochen hatte, ehe es verſchwunden war. Der Herzog erinnerte ſich nun, daß ſie ſich eines Tages, als er den Philoſophen Pitra über die Trennung von Leib und Seele hatte ſprechen hören, das Verſprechen gegeben hatten, einander Lebewohl zu ſagen, wenn dies demjenigen, der zuerſt ſtürbe, möglich wäre. Daraufhin ſchickte er ſofort einen Bedienten in das Zelt des Marquis, das von dem ſeinen entfernt lag, da er wohl oder übel fürchten mußte, eine Beſtätigung dieſer Nachricht zu erhalten. Aber noch ehe der Mann zurückkam, ſchickte der König eine Botſchaft, die ihm die Nachricht von dem unglücklichen Ereignis, vor dem er zitterte, überbringen und ihn tröſten ſollte. Ich überlaſſe es den Gelehrten, über eine verſtandesmäßige Erklärung dieſes Ereigniſſes zu disputieren, das ich vom Herzog vom Montmorency öfters erzählen hörte, und es erſchien mir bei all ſeiner Wahrheit Wunder genug zu enthalten, um es des Berichtes würdig zu finden."

„Aber was ſoll ich jetzt tun?" fragte Urſula.

„Mein Kind," antwortete der Pfarrer, „es handelt ſich hier um ſo ernſte und für Sie ſo gewichtige Dinge, daß Sie abſolutes Schweigen darüber bewahren müſſen. Da Sie mir jetzt das Geheimnis dieſer Erſcheinung anvertraut haben, wird ſie vielleicht nicht wiederkommen. Außerdem ſind Sie wieder kräftig genug, um zur Kirche zu gehen. Kommen Sie alſo morgen hin, um Gott zu danken und ihn zu bitten, Ihren Paten die Ruhe zu ſchenken. Sie wiſſen: Sie haben Ihr Geheimnis in vorſichtige Hände gelegt."

„Wenn Sie wüßten, mit welcher Angſt ich ſchlafen gehe! Was für Blicke der Pate mir zuwirft! Das letztemal klammerte er ſich an mein Kleid, um mich länger zu ſehen. Ich war in Tränen gebadet, als ich aufwachte."

„Schlafen Sie in Frieden, er wird nicht wiederkommen", ſagte der Pfarrer.

Ohne einen Augenblick zu verlieren, begab ſich der Abbé zu Minoret und bat ihn um eine kurze Unterredung im chineſiſchen Pavillon, falls ſie dort ganz allein wären.

„Kann uns niemand hören?" fragte der Abbé.

„Niemand", antwortete Minoret.

„Herr Minoret, meine Perſon iſt Ihnen bekannt", ſagte der Pfarrer und ſah Minoret mit ſanften aber aufmerkſamen Blicken an. „Ich muß mit Ihnen über ernſte, ungewöhnliche Dinge ſprechen, die nur Sie allein angehen; Sie können gewiß ſein, daß ich tiefſtes Stillſchweigen über ſie bewahren werde, aber ſie Ihnen zu verſchweigen, iſt mir unmöglich. Zu Lebzeiten ihres Onkels ſtand dort", ſagte der Pfarrer und zeigte mit der Hand auf die Stelle, „ein kleines Bouleſchränkchen mit einer Marmorplatte (Minoret wurde fahl), und unter dieſen Marmor hatte Ihr Onkel einen Brief für ſein Mündel gelegt..."

Der Pfarrer erzählte Minoret, ohne die geringſten Einzelheiten auszulaſſen, Minorets eigene Tat. Als der ehemalige Poſtmeiſter die Begebenheit mit den zwei Streichhölzern hörte, die ſofort erloſchen, ohne zu zünden, fühlte er, wie ſich ſeine Haarwurzeln bewegten.

„Wer hat denn ſolch ungereimtes Zeug aufgebracht?" fragte er den Pfarrer mit erſtickter Stimme, als die Erzählung zu Ende war.

„Der Tote ſelbſt."
Dieſe Antwort ließ Minoret leicht zuſammenzucken, denn auch er ſah den Doktor im Traum.
„Gott iſt ſehr gütig, Herr Pfarrer, daß er um meinetwillen Wunder geſchehen läßt", antwortete Minoret, dem die Gefahr den einzigen Scherz abpreßte, den er in ſeinem ganzen Leben machte.
„Alles was Gott tut, iſt natürlich", erwiderte der Prieſter.
„Ihr Phantaſiegebilde ſchreckt mich nicht", ſagte der Koloß, der wieder einige Kaltblütigkeit gewann.
„Ich komme nicht, um Sie zu erſchrecken, lieber Herr Minoret, denn niemals werde ich zu irgend jemand — wer es auch ſei — hierüber ſprechen", ſagte der Pfarrer. „Sie allein wiſſen die Wahrheit, Sie müſſen dieſe Angelegenheit mit Gott abmachen."
„Hören Sie, Herr Pfarrer, halten Sie mich eines ſolchen Vertrauensbruches für fähig?"
„Ich glaube nur an die Verbrechen, die man mir beichtet und die man bereut", ſagte der Prieſter mit dem Ton eines Apoſtels.
„Ein Verbrechen . . ." rief Minoret.
„. . . das in ſeinen Folgen ſchrecklich iſt."
„Wieſo?"
„Weil es ſich der irdiſchen Gerechtigkeit entzieht. Die Verbrechen, die auf Erden nicht geſühnt werden, finden im Jenſeits ihre Strafe. Gott ſelbſt rächt die Unſchuld."
„Sie glauben, daß Gott ſich um ſolche Lappalien kümmert?"
„Er wäre nicht Gott, wenn er nicht alle Einzelheiten der Welt mit einem Blick überſähe wie Sie eine Landſchaft."

„Herr Pfarrer, geben Sie mir Ihr Wort, daß Sie dieſe Sachen nur von meinem Onkel erfahren haben."

„Ihr Onkel iſt Urſula dreimal erſchienen, um ſie ihr mitzuteilen. Da ſie von dieſen Träumen erſchöpft war, hat ſie mir dieſe Enthüllungen unter dem Siegel der Verſchwiegenheit mitgeteilt. Sie findet ſie ſo ſehr aller Vernunft bar, daß ſie niemals darüber ſprechen wird. In dieſer Beziehung können Sie ruhig ſein!"

„Aber ich bin in jeder Beziehung ruhig, Herr Abbé."

„Ich wünſche es Ihnen", ſagte der alte Prieſter. „Selbſt wenn ich ſolche im Traum erhaltenen Nachrichten für abſurd hielte, würde ich es doch für notwendig halten, Ihnen wegen der Eigentümlichkeit aller Einzelheiten davon Mitteilung zu machen. Sie ſind ein ehrlicher Mann, und Sie haben Ihr ſchönes Vermögen auf einem zu geraden Wege erworben, als daß Sie es durch einen Diebſtahl vergrößern würden. Außerdem ſind Sie ein faſt primitiver Menſch. Sie würden zu ſehr von Gewiſſensbiſſen gequält werden. Wir haben alle — der höchſt ziviliſierte Menſch ebenſo wie der ganz wilde — ein Gefühl für das Rechte in uns, das uns nicht erlaubt, einen Beſitz in Frieden zu genießen, den wir nach den Geſetzen der Geſellſchaft, in der wir leben, durch ein Unrecht erworben haben; denn die Inſtitution der menſchlichen Geſellſchaft gründet ſich auf die Gebote, die Gott den Menſchen gab. Hierin iſt die Geſellſchaft göttlichen Urſprungs. Der Menſch erfindet keine Ideen, keine Form; er ahmt die ewigen Zuſammenhänge nach, die ihn von allen Seiten umgeben. Hören Sie, was daraus folgt! Kein Verbrecher, der das Schafott besteigt, kann das Geheimnis seines Verbrechens mitnehmen; er läßt sich seinen Kopf nicht abhauen, ohne durch eine geheimnisvolle Macht zum Geständnis seiner Tat getrieben zu werden. So gehe ich glücklich von ihnen fort, lieber Herr Minoret, wenn Sie sich ruhig fühlen."

Minoret war so verdutzt, daß er den Pfarrer nicht hinausgeleitete. Als er sich allein glaubte, ließ er sich von einem Wutanfall hinreißen, wie er Sanguinikern eigen ist. Er stieß die greulichsten Gotteslästerungen aus und belegte Ursula mit gemeinsten Schimpfnamen.

„Na nu, was hat sie dir denn getan?" fragte ihn seine Frau, die auf Zehenspitzen herbeigeschlichen war, nachdem sie den Pfarrer verabschiedet hatte. Zum ersten und einzigen Mal in seinem Leben schlug Minoret, vom Zorn überwältigt und durch Zélies hartnäckige Fragen auf äußerste gereizt, seine Frau so heftig, daß er genötigt war, sie selbst in seine Arme zu nehmen und ganz beschämt auf ihr Bett zu tragen, als sie braun und blau geschlagen umsank. Er wurde ein wenig krank. Der Arzt sah sich gezwungen, ihn zweimal zur Ader zu lassen. Als er wieder auf war, fiel jedem nach einer gewissen Zeit eine Veränderung an ihm auf. Minoret ging allein spazieren, und oft lief er durch die Straßen wie ein irgendwie beunruhigter Mensch. Er, der niemals zwei Gedanken im Kopf hatte, schien beim Zuhören zerstreut. Endlich hielt er eines Abends in der Grand'Rue den Friedensrichter an, der zweifellos Ursula abholte, um sie zu Frau von Portenduère zu bringen, wo die Whistpartie wieder aufgenommen worden war.

„Herr Bongrand, ich habe meiner Cousine etwas Wichtiges mitzuteilen“, sagte er und nahm den Arm des Friedensrichters. „Ich bin sehr froh, daß sie bei ihr sind, um sie zu beraten.“

Sie trafen Ursula beim Üben. Beim Anblick Minorets erhob sie sich mit abweisender und kalter Miene. „Liebes Kind, Herr Minoret will geschäftlich mit Ihnen sprechen“, sagte der Friedensrichter. „Was ich noch sagen wollte: vergessen Sie nicht, mir Ihre Rentenverschreibung zu geben. Ich gehe nach Paris und werde Ihre Zinsen und die der Bougival abheben.“

„Liebe Cousine,“ sagte Minoret, „unser Onkel hatte Sie an größere Behaglichkeit gewöhnt, als Sie hier haben.“

„Man kann mit wenig Geld sehr glücklich sein“, sagte sie.

„Ich glaube, Geld würde Ihr Glück vergrößern,“ erwiderte Minoret, „und ich möchte Ihnen welches anbieten, um das Andenken meines Onkels zu ehren.“

„Sie hätten dies auf einfachere Art tun können“, sagte Ursula streng. „Sie hätten sein Haus im alten Zustand lassen und mir verkaufen können, denn Sie haben es nur auf diesen hohen Preis getrieben, weil Sie hofften, dort Schätze zu finden . . .“

„Kurz,“ sagt Minoret sichtlich beklommen, „wenn Sie zwölftausend Franken Rente hätten, wären Sie in der Lage, sich vorteilhaft zu verheiraten.“

„Ich habe sie nicht.“

„Aber wenn ich sie Ihnen gäbe unter der Bedingung, daß Sie in der Bretagne ein Gut kaufen, in der Heimat der Frau von Portenduère, die alsdann in Ihre Heirat mit ihrem Sohn einwilligen würde . . . ?“

„Herr Minoret,“ ſagte Urſula, „ich habe keinerlei Anrecht auf eine ſo bedeutende Summe, und ich wüßte nicht, aus welchem Grunde ich ſie von Ihnen annehmen ſollte. Wir ſind kaum verwandt und noch weniger befreundet. Ich habe ſchon zu viel Unglück durch Verleumdungen erlitten, als daß ich übler Nachrede Nahrung geben möchte. Was habe ich getan, um dieſes Geld zu verdienen? Worauf begründen Sie ein ſolches Geſchenk? Dieſe Fragen, die ich berechtigt bin, an Sie zu ſtellen, würde jeder auf ſeine Art beantworten. Man würde eine Vergütung für eine Schädigung darin ſehen, und ich will keine ſolche erlitten haben. Ihr Onkel hat mich nicht in kleinlichen Anſchauungen erzogen. Nur von ſeinen Freunden darf man etwas annehmen. Ich könnte keine Zuneigung für Sie empfinden und würde infolgedeſſen undankbar gegen Sie ſein. Ich will mich nicht einem Mangel an Dankbarkeit ausſetzen.“

„Sie weiſen es zurück?“ rief der Koloß, dem der Gedanke, daß man ein Vermögen ausſchlagen könnte, nie in den Sinn gekommen wäre.

„Ich weiſe es zurück“, wiederholte Urſula.

„Aber aus welchem Grunde bieten Sie Fräulein Minoret ein ſolches Vermögen an?“ fragte der ehemalige Anwalt und ſah Minoret ſcharf an. „Sie haben dabei etwas im Sinn? Iſt es ſo?“

„Nun ja, ich will ſie aus Nemours fortſchicken, damit mein Sohn mich in Ruhe läßt. Er iſt in ſie verliebt und will ſie heiraten.“

„Nun, wir werden ſehen“, antwortete der Friedensrichter und klappte ſeine Brille zuſammen. „Laſſen Sie uns Zeit zum Überlegen.“

Er begleitete Minoret nach Haus, lobte dabei ſeine

Fürſorge für Désirés Zukunft, tadelte ein wenig Urſulas Übereilung und verſprach, ihr vernünftig zuzureden. Sobald Minoret ins Haus gegangen war, eilte Bongrand zum Poſtmeiſter, um Pferd und Wagen von ihm zu leihen, fuhr nach Fontainebleau, fragte nach Désiré und hörte, daß er auf einer Geſellſchaft beim Unterpräfekten ſei. Höchſt erfreut begab der Friedensrichter ſich dorthin. Désiré ſpielte mit der Frau des Staatsanwalts, mit der Frau des Unterpräfekten und dem Oberſt des dort in Garniſon liegenden Regiments eine Partie Whiſt.

„Ich komme, um Ihnen eine frohe Botſchaft zu bringen", ſagte Bongrand zu Désiré. „Sie lieben Ihre Couſine Urſula Mirouet. Ihr Vater widerſetzt ſich nicht länger Ihrer Heirat."

„Ich liebe Urſula Mirouet?" rief Désiré lachend. „Wie kommen Sie auf Urſula Mirouet? Ich entſinne mich, beim verſtorbenen Minoret, meinem Großonkel, die Kleine manchmal geſehen zu haben. Sie iſt ſicher hervorragend ſchön, aber auch unſinnig fromm, und wenn ich, wie jedermann, Ihrem Liebreiz Gerechtigkeit widerfahren ließ, ſo hat mich dieſe etwas fade Blondine doch nie meine Ruhe gekoſtet", ſagte er und lächelte der Unterpräfektin zu (die eine pikante Brünette war, wie man im vorigen Jahrhundert geſagt hätte). „Was iſt Ihnen beigefallen, lieber Herr Bongrand? Jedermann weiß, daß mein Vater Großgrundbeſitzer iſt und achtundvierzigtauſend Franken Rente aus ſeinen, um das Schloß Rouvre herumliegenden Ländereien bezieht, und jedermann geſteht mir auch achtundvierzigtauſend gute Gründe zu, die ich habe, um nicht ein Gerichtsmündel zu lieben. Dieſe Damen würden mich für einen ſchönen Trottel halten, wenn ich ein Mädel ohne Vermögen heiratete."

„Sie haben Ihren Vater niemals Urſulas wegen gequält?"

„Niemals."

„Haben Sie gehört, Herr Staatsanwalt?" fragte der Friedensrichter den Beamten, der zuhörte. Er führte ihn in eine Niſche, wo ſie etwa eine Viertelſtunde im Geſpräch blieben.

Eine Stunde ſpäter war der Friedensrichter wieder in Nemours bei Urſula und ſchickte die Bougival fort, um Minoret zu holen, der ſofort kam.

„Fräulein Mirouet . . .", ſagte Bongrand zu dem eintretenden Minoret.

„Nimmt an?" unterbrach ihn dieſer.

„Nein, noch nicht", antwortete der Richter und rückte an ſeiner Brille. „Sie macht ſich über den Zuſtand Ihres Sohnes Sorgen, denn ſie hat durch eine ähnliche Leidenſchaft zu ſehr gelitten und kennt den Preis der Ruhe. Können Sie ihr ſchwören, daß Ihr Sohn vor Liebe toll iſt, und daß Sie keine andere Abſicht haben als die, unſere teure Urſula vor neuen Bübereien zu bewahren?"

„Oh, das ſchwöre ich", ſagte Minoret.

„Nicht weiter, Papa Minoret", ſagte der Friedensrichter und zog eine Hand aus ſeiner Hoſentaſche, um Minoret, der zitterte, auf die Schulter zu klopfen. „Leiſten Sie nicht ſo leichthin einen Meineid."

„Einen Meineid?"

„Entweder Sie oder Ihr Sohn leiſten ihn, der ſoeben beim Unterpräfekten in Fontainebleau in Gegenwart des Staatsanwalts und vier anderer Leute geſchworen hat, daß er niemals an ſeine Couſine Urſula Mirouet gedacht hat. Sie haben alſo andere

Gründe, um ihr ein ſo bedeutendes Kapital anzubieten? Ich habe bemerkt, daß Sie gewagte Dinge vorgaben, deshalb bin ich ſelbſt nach Fontainebleau gegangen."

Minoret war über ſeine eigene Dummheit wie aus den Wolken gefallen.

„Aber es iſt nichts Schlimmes, Herr Bongrand, wenn man einer Verwandten eine Heirat ermöglichen will, die ihr Glück zu bedeuten ſcheint, und wenn man nach Gründen ſucht, die ihre Beſcheidenheit beſiegen."

Minoret, dem ſeine Angſt mit einer faſt annehmbaren Entſchuldigung zu Hilfe kam, trocknete ſich die Stirn, auf der große Schweißtropfen ſtanden.

„Sie kennen die Gründe meiner Zurückweiſung," antwortete Urſula, „ich bitte Sie, nicht wieder hierherzukommen. Herr von Portenduère hegt gegen Sie eine Abneigung, ja ein Gefühl des Haſſes, deren Gründe er mir nicht anvertraut, die mir aber verbieten, Sie zu empfangen. Mein Glück iſt mein ganzes Vermögen, und ich ſchäme mich nicht, dies zu geſtehen. Ich will es nicht bloßſtellen, denn Herr von Portenduère wartet nur noch meine Volljährigkeit ab, um mich zu heiraten."

„Der Satz: ‚Für Geld kann man alles haben' iſt recht trügeriſch", ſagte der dicke, ſchwerfällige Minoret, und ſah den Friedensrichter an, deſſen forſchende Augen ihm ſehr unbequem waren.

Er ſtand auf und ging fort; aber draußen erſchien ihm die Luft ebenſo dumpf wie in dem kleinen Saal.

‚Und doch muß dies ein Ende haben', ſagte er zu ſich ſelbſt, als er wieder zu Haus war.

„Ihre Verſchreibung, Kleine?" fragte der Friedensrichter, der über Urſulas Ruhe nach einem ſo wunderlichen Auftritt etwas erſtaunt war.

Als Urſula mit ihrer Verſchreibung und der der Bougival zurückkam, fand ſie den Friedensrichter mit großen Schritten auf und abgehend.

„Sie haben keine Ahnung, was dieſen dicken Tölpel zu ſeinem Vorgehen bewogen hat?“ fragte er.

„Keine, die ich ſagen könnte“, erwiderte ſie.

Bongrand ſah ſie überraſcht an.

„Dann haben wir den gleichen Gedanken“, antwortete er. „Hier, behalten Sie die Nummern Ihrer beiden Verſchreibungen, falls ich ſie verlieren ſollte. Dieſe Vorſichtsmaßnahme muß man immer treffen.“

Darauf ſchrieb er ſelbſt die Nummer von Urſulas und der Amme Verſchreibung auf eine Karte.

„Auf Wiederſehen, liebes Kind. Ich werde zwei Tage fortbleiben und am dritten zu meiner Sitzung zurückkommen.“

In dieſer Nacht hatte Urſula eine Erſcheinung, mit der es eine ſeltſame Bewandtnis hatte. Es war ihr, als befände ſich ihr Bett auf dem Friedhof von Nemours, und als ob am Fußende ihres Bettes der Grabſtein ihres Onkels ſtände. Mit unſäglichem Entſetzen ſah ſie, wie ſich der weiße Stein, deſſen Inſchrift ſie leſen konnte, gleich einem länglichen Buchdeckel aufhob. Sie ſchrie verzweifelt auf, aber der Geiſt des Doktors ſtieg langſam auf. Zuerſt ſah ſie das gelbe Haupt mit den weißen Haaren, die wie von einem Heiligenſchein umleuchtet waren. Die Augen ſtanden unter der nackten Stirn wie zwei Brennpunkte, und er glitt herauf, als ob eine höhere Macht ihn anzöge. Urſula zitterte furchtbar in ihrer Haut, und ihr Fleiſch war wie ein brennendes Kleid. Wie ſie ſpäter ſagte, war es, als ob ein zweites Ich ſich in ihr bewegt hätte. „Gnade, Pate“, ſagte ſie. „Gnade! Dazu iſt es zu ſpät“, ſprach er mit Grabesſtimme. Dieſen unerklärlichen Ausdruck wiederholte die arme Kleine wörtlich, als ſie dem Pfarrer dieſen neuen Traum erzählte. „Er iſt gemahnt worden! Er hat den Mahnungen kein Gehör geſchenkt! Die Tage ſeines Sohnes ſind gezählt. Wenn er nicht in kurzer Zeit alles geſteht und alles zurückerſtattet, wird er ſeinen Sohn beweinen, der grauſam eines gewaltſamen Todes ſterben wird. Das ſoll er wiſſen!“ Der Geiſt zeigte eine Reihe von Ziffern, die auf der Wand funkelten, als wären ſie mit Feuer geſchrieben. „Das iſt der Tag, an dem ſein Leben endet“, ſagte er. Als ihr Onkel wieder ins Grab zurückkehrte, hörte Urſula das Geräuſch des zufallenden Steines und dann in weiter Ferne einen ſonderbaren Lärm von Pferden und den Schrei eines Mannes.

Am folgenden Morgen war Urſula völlig entkräftet. Sie konnte nicht aufſtehen, ſo ſehr hatte dieſer Traum ſie angegriffen. Sie bat ihre Amme ſofort, den Abbé Chaperon zu holen. Der Gute kam gleich nach Beendigung der Meſſe. Er war über Urſulas Erzählung nicht im geringſten überraſcht. Er hielt den Diebſtahl für wahr und ſuchte keine Erklärung mehr für das überſinnliche Leben ſeiner teuren „kleinen Träumerin“. Er verließ Urſula ſogleich und eilte zu Minoret.

„Mein Gott, Herr Pfarrer,“ ſagte Zélie zum Prieſter, „mein Mann iſt ſo reizbar geworden, ich weiß nichts mehr, was er hat. Bis jetzt war er ein Kind, aber ſeit zwei Monaten iſt er nicht wieder zu erkennen. Daß er dahin kommen konnte, mich zu ſchlagen — mich, die ſo ſanft iſt —, dazu mußte ſich dieſer Mann von Grund auf ändern. Sie finden ihn in den Felſen, dort verbringt er ſeine Tage! Was ſoll ich nur tun?“

Trotz der Hitze (es war im September 1836) überſchritt der Abbé den Kanal und folgte einem Fußweg, als er Minoret am Fuß eines Felſen bemerkte.

„Sie ſind recht geplagt, Herr Minoret“, ſagte der Prieſter und näherte ſich dem Schuldigen. „Sie gehören mir, da ſie leiden. Leider muß ich Ihre Beklemmung noch vergrößern. Urſula hat heute Nacht einen furchtbaren Traum gehabt! Ihr Onkel hat den Stein von ſeinem Grab abgehoben, um Ihrer Familie Unglück zu prophezeien. Ich komme gewiß nicht, um Ihnen Furcht einzuflößen, aber Sie müſſen hören, was er geſagt hat . . .“

„Man läßt mir wahrhaftig nirgends Ruhe, Herr Pfarrer, nicht einmal auf dieſem Felſen . . . Ich will von dem, was ſich im Jenſeits zuträgt, nichts wiſſen.“

„Ich gehe, Herr Minoret; ich habe dieſen Weg bei der Hitze nicht zu meinem Vergnügen gemacht“, ſagte der Prieſter und trocknete ſich die Stirn.

„Alſo, was hat das Männchen geſagt?“ fragte Minoret.

„Der Verluſt Ihres Sohnes droht Ihnen. Hat er zuerſt Dinge erzählt, die Sie allein wußten, ſo zittert man, wenn er nun Dinge ſagt, die niemand von uns weiß. Geben Sie alles zurück, lieber Herr Minoret, geben Sie es zurück! Stürzen Sie ſich nicht weniger Goldſtücke wegen ins Verderben.“

„Was ſoll ich denn zurückgeben?“

„Das Vermögen, das der Doktor Urſula beſtimmt hat. Sie haben die drei Verſchreibungen geſtohlen, ich weiß es jetzt. Begonnen haben Sie mit der Verfolgung des armen Mädchens und enden damit, ihr ein Vermögen anzubieten. Sie verſtricken ſich in Lügen, Sie verirren ſich in dieſem Labyrinth und begehen jeden Augenblick Mißgriffe. Sie ſind ungeſchickt, und Sie ſind von Ihrem Komplizen Goupil, der ſich über Sie luſtig macht, ſchlecht beraten worden. Beeilen Sie ſich, denn Sie werden von klugen, ſcharfblickenden Leuten, die Urſulas Freunde ſind, beobachtet. Geben Sie alles zurück! Und wenn Sie auch nicht Ihren Sohn retten, der vielleicht gar nicht bedroht iſt, ſo retten Sie Ihre Seele! Retten Sie Ihre Ehre! Können Sie in eine Geſellſchaft, wie es die unſrige iſt, können Sie in einer kleinen Stadt, wo aller Augen auf Sie gerichtet ſind und wo man errät, was man nicht weiß, ein zu Unrecht erworbenes Vermögen verbergen? Kommen Sie, mein liebes Beichtkind, denn ein Unſchuldiger hätte mich nicht ſo lange reden laſſen.“

„Gehen Sie zum Teufel,“ rief Minoret, „ich weiß nicht, was ihr alle von mir wollt. Dieſe Steine ſind mir lieber, denn ſie laſſen mich in Ruhe.

„Leben Sie wohl! Sie ſind von mir gewarnt worden, lieber Herr Minoret, ohne daß ich oder das arme Kind mit irgendeinem Menſchen auf der Welt darüber geſprochen hätten. Aber hüten Sie ſich! Es gibt jemanden, der ein Auge auf Sie hat! Gott erbarme ſich Ihrer!“

Der Pfarrer entfernte ſich, wandte ſich aber nach wenigen Schritten zurück, um Minoret noch einmal anzuſehen. Minoret hielt ſeinen Kopf, der ihn ſchmerzte, mit beiden Händen. Er war ein wenig verrückt geworden. Zunächſt hatte er die drei Verſchreibungen behalten, denn er wußte nicht, was er damit machen ſollte. Er wagte nicht, die Rente ſelbſt abzuheben, da er fürchtete, man könne ihn bemerken. Er wollte ſie nicht verkaufen und ſuchte einen Weg, um ſie jemandem zu überſchreiben. Er dachte ſich förmliche Romane aus, die immer mit der Übertragung der verfluchten Verſchreibungen endeten. In dieſer gräßlichen Lage dachte er doch daran, ſeiner Frau alles zu geſtehen, um ſich Rat zu holen. Zélie, die ihr Schiff immer ſo gut geſteuert hatte, würde einen Ausweg aus dieſen Schwierigkeiten finden. Die dreiprozentige Rente ſtand damals auf achtzig Franken; es handelte ſich mit den Zinſen um die Rückgabe von faſt einer Million! Eine Million zurückgeben, wenn kein Beweis vorliegt, daß man ſie geſtohlen hat? . . . Das war keine Kleinigkeit. Daher blieb Minoret den ganzen September lang und während eines Teiles des Oktober ein Opfer ſeiner Gewiſſensbiſſe und ſeiner Unentſchloſſenheit. Zum Erſtaunen der ganzen Stadt magerte er ab.

☆

EIN ENTSETZLICHER UMSTAND BESCHLEUNIGTE das Geſtändnis, das Minoret Zélie machen wollte. Das Damoklesſchwert ſenkte ſich immer tiefer auf ihre Häupter herab. Etwa Mitte Oktober erhielten Herr und Frau Minoret folgenden Brief Désirés:

„Meine liebe Mutter, wenn ich euch in den Ferien nicht beſucht habe, ſo liegt das zunächſt daran, daß ich in Abweſenheit des Herrn Staatsanwalts im Dienſt bleiben mußte. Ferner wußte ich aber, daß Herr von Portenduère nur meinen Aufenhalt in Nemours abwartete, um Streit mit mir zu ſuchen. Vielleicht war der Vicomte es müde, eine Rache, die er an unſerer Familie nehmen will, immer hinausgeſchoben zu ſehen; jedenfalls iſt er nach Fontainebleau gekommen, wohin er einen ſeiner Pariſer Freunde beſtellt hatte, nachdem er ſich als zweiten Beiſtand den Vicomte de Soulanges geſichert hat, der Eskadronchef bei den hier in Garniſon liegenden Huſaren iſt. Er hat ſich in Begleitung dieſer beiden Herren in ſehr höflicher Form bei mir vorgeſtellt und mir auseinandergeſetzt, daß mein Vater unzweifelhaft der Urheber aller gegen ſeine Braut, Urſula Mirouet, unternommenen ſchändlichen Verfolgungen ſei. Er hat mir die Beweiſe dafür erbracht, indem er mir Goupils vor Zeugen gemachte Ausſagen mitteilte und auf das Benehmen meines Vaters hinwies, der ſich erſt weigerte, die Goupil für ſeine erfinderiſchen Quälereien gemachten Verſprechungen einzuhalten, ſchließlich aber aus Angſt Herrn Dionis gegenüber die Bürgſchaft für den Kaufpreis ſeiner Praxis übernahm, um Goupils Niederlaſſung zu bewirken, nachdem er ihm vorher nur die zum Ankauf des Gerichtsvollzieherbureaus in Nemours erforderlichen Mittel zur Verfügung geſtellt hatte.

Da der Vicomte ſich nicht mit einem ſiebenundſechzigjährigen Mann ſchlagen kann, aber die Urſula zugefügten Kränkungen durchaus rächen will, forderte er auf dieſem formellen Weg Genugtuung von mir. Sein in der Stille erwogener und gefaßter Entſchluß war unerſchütterlich. Hätte ich das Duell abgelehnt, ſo wäre er feſt entſchloſſen geweſen, mir in einem Salon entgegenzutreten und mich im Beiſein von Leuten, an deren Achtung mir ſehr viel liegt, ſo ſchwer zu beleidigen, daß ich mich ſchlagen oder meine Karriere hätte aufgeben müſſen. In Frankreich fällt ein Feigling allgemeiner Verachtung heim. Außerdem wären ſeine Gründe für dieſes Vorgehen von angeſehenen Männern veröffentlicht worden. Er ſchien ſehr erregt, zu dieſen äußerſten Mitteln greifen zu müſſen. Nach Anſicht der Zeugen wäre es für mich das klügſte, die Forderung anzunehmen, wie es unter Männern von Ehre üblich iſt, damit Urſula Mirouet nicht als Urſache des Kampfes bekannt wird. Um ſchließlich jedes Aufſehen in Frankreich zu vermeiden, müßten wir mit unſeren Zeugen eine Reiſe an die nächſtgelegene Grenze machen. Auf dieſe Weiſe würde ſich die Angelegenheit am beſten erledigen laſſen. Nach ſeinem Wort wöge ſein Name mein Vermögen zehnmal auf, und ſein zukünftiges Glück ließe ihn bei dieſem Kampf, der tödlich ausgehen werde, mehr aufs Spiel ſetzen, als ich es tue. Er hat mich aufgefordert, meine Zeugen zu wählen, damit dieſe Fragen entſchieden werden können. Unſere Zeugen ſind geſtern zuſammen angekommen und haben einſtimmig beſchloſſen, daß ich ihm Genugtuung ſchuldig wäre. Ich werde alſo in acht Tagen mit zwei Freunden nach Genf reiſen, wohin Herr von Portenduère mit Herrn von Soulanges und Herrn de Trailles gleichfalls kommen wird. Wir ſchlagen uns auf Piſtolen, alle Beſtimmungen des Duells ſind feſtgeſetzt. Dreimaliger Kugelwechſel findet ſtatt, worauf, was auch geſchehe, alles beendet iſt. Um dieſe ſchmutzige Angelegenheit nicht breit zu treten — denn ich kann das Vorgehen meines Vaters unmöglich gutheißen — ſchreibe ich euch im letzten Augenblick. Ich will euch nicht beſuchen wegen der heftigen Ausbrüche, denen ihr euch hingeben würdet und die durchaus nicht am Platze wären. Um meinen Weg in der Welt zu machen, muß ich mich ihren Geſetzen fügen, und wo der

Sohn eines Vicomte zehn Gründe hat, um ſich zu ſchlagen, gibt es hundert für den Sohn eines Poſtmeiſters. Ich komme nachts durch Nemours und werde Abſchied von euch nehmen."

Nach der Lektüre dieſes Briefes kam es zwiſchen Zélie und Minoret zu einem Auftritt, der mit dem Geſtändnis des Diebſtahls, aller Begleitumſtände, ſowie der ſonderbaren Ereigniſſe endete, die er ſelbſt in der Welt der Träume im Gefolge hatte. Die Million blendete Zélie ebenſo ſehr, wie ſie Minoret geblendet hatte.

„Halte dich hier ruhig," ſagte ſie zu ihrem Gatten, ohne ihm den geringſten Vorwurf wegen ſeiner Dummheiten zu machen, „ich nehme alles in die Hand. Wir werden das Geld behalten und Désiré wird ſich nicht ſchlagen."

Frau Minoret nahm Schal und Hut und eilte mit dem Brief ihres Sohnes zu Urſula, die ſie allein traf, da es um die Mittagszeit war. Trotz ihrer Zuverſichtlichkeit wurde Zélie Minoret von dem kalten Blick betroffen, den die Waiſe ihr zuwarf. Aber ſie tadelte ſich ſozuſagen wegen ihrer Feigheit und ſchlug einen ungezwungenen Ton an.

„Hier, Fräulein Mirouet, tuen Sie mir den Gefallen, dieſen Brief zu leſen, und ſagen Sie mir, was Sie davon halten", ſagte ſie und reichte Urſula Désirés Brief.

Urſula las unter tauſend widerſtreitenden Gefühlen dieſen Brief, der ihr bewies, wie ſehr ſie geliebt wurde und wie Savinien für die Ehre derjenigen beſorgt war, die er zu ſeiner Frau machen wollte. Aber ſie war gleichzeitig zu religiös und zu mitleidig, als daß ſie die Urſache des Todes oder der Leiden ihres ärgſten Feindes ſein wollte.

„Ich verſpreche Ihnen, dieſes Duell zu verhindern, Frau Minoret. Sie können ganz ruhig ſein. Ich bitte Sie nur, mir dieſen Brief zu laſſen."

„Glauben Sie nicht, mein kleiner Engel, daß wir das noch ſchlauer einrichten könnten? Hören Sie gut zu! Wir ziehen aus unſeren Ländereien um Rouvres herum, dieſem wahrhaft königlichen Schloß, achtundvierzigtauſend Franken Rente. Außerdem können wir Désiré vierundzwanzigtauſend Franken Rente auf das Staatsſchuldbuch geben, das macht im ganzen zweiundſiebzigtauſend Franken jährlich. Sie müſſen zugeben, daß nicht viele Partien eine Konkurrenz mit ihm aufnehmen können. Sie ſind eine kleine Ehrgeizige, und Sie haben recht," ſagte Zélie, als ſie eine heftig abweiſende Gebärde Urſulas bemerkte. „Ich komme, Sie für Désiré um Ihre Hand zu bitten. Sie werden, Ihrem Paten zu Ehren, ſeinen Namen tragen. Désiré iſt, wie Sie ſelbſt wiſſen, ein hübſcher Junge. Er iſt in Fontainebleau ſehr wohl gelitten und wird dort bald Staatsanwalt ſein. Sie verſtehen es, ſich beliebt zu machen, Sie werden ihn nach Paris bringen. Dort werden wir Ihnen ein ſchönes Haus ſchenken. Sie werden in der Geſellſchaft glänzen und eine große Rolle ſpielen, denn mit zweiundſiebzigtauſend Franken Rente und dem Gehalt ſeines Poſtens werden Sie und Désiré zu den höchſten Kreiſen gehören. Fragen Sie Ihre Freunde um Rat, und Sie werden hören, was ſie Ihnen ſagen."

„Ich brauche nur mein Herz zu fragen, Frau Minoret."

„Ta, ta, ta, Sie wollen mir von Savinien, dieſem kleinen Herzensbrecher reden. Meiner Seel, Sie werden ſeinen Namen, ſein gewichſtes Schnurrbärtchen und ſeine ſchwarzen Haare recht teuer erkaufen.

Ein hübſcher, aber grüner Junge! Sie werden weit kommen mit einer Wirtſchaft von ſiebentauſend Franken Rente und einem Mann, der in zwei Jahren hunderttauſend Franken Schulden in Paris gemacht hat! Sie wiſſen das noch nicht, mein Kind. Die Männer ſind einer wie der andere. Aber ohne mir zu ſchmeicheln, mein Désiré wiegt den Sohn eines Königs auf.“

„Frau Minoret, Sie vergeſſen die Gefahr, in der Ihr Herr Sohn in dieſem Augenblick ſchwebt, und die nur durch den Wunſch Herrn von Portenduères, mir gefällig zu ſein, abgewendet werden kann. Vor dieſer Gefahr gäbe es keine Rettung, wenn er die entehrenden Vorſchläge erführe, die Sie mir machen... Seien Sie gewiß, Frau Minoret, daß ich trotz der beſcheidenen Mittel, auf die Sie anſpielen, glücklicher ſein werde, als inmitten des Überfluſſes, mit dem Sie mich betören wollen. Aus bisher unbekannten Gründen – aber einmal kommt alles an den Tag, Frau Minoret – hat Herr Minoret mich in gehäſſigſter Weiſe verfolgt. Er hat damit das Geheimnis unſerer Liebe aufgedeckt, die wir ruhig geſtehen können, da ſeine Mutter zweifellos ihren Segen dazu geben wird. Dazu will ich Ihnen ſagen: dieſe erlaubte und geſetzliche Liebe bedeutet mein ganzes Lebensglück. Keine noch ſo glänzenden Ausſichten auf eine großartige Lebensſtellung können mein Gefühl ändern. Ich liebe, ohne daß ein Umſchlagen oder Wechſel meiner Liebe möglich wäre. Es wäre ja ein ſtrafbares Verbrechen, einen Mann zu heiraten, dem ich eine Seele darbieten müßte, die einzig und allein Savinien gehört. Da Sie mich dazu zwingen, Frau Minoret, muß ich noch mehr ſagen: ſelbſt wenn ich Herrn von Portenduère nicht liebte, könnte ich mich trotzdem nicht entſchließen, die Leiden und Freuden des Lebens gemeinſchaftlich mit Ihrem Sohne zu teilen. Wenn Herr Savinien Schulden gemacht hat, — nun, Sie haben oft die von Herrn Désiré bezahlt. Unſere Charaktere ſind weder ähnlich noch verſchieden genug, um ein Zuſammenleben ohne verborgene Bitterkeit zu verbürgen. Ich würde ihm gegenüber vielleicht nicht die Duldſamkeit beſitzen, die jede Frau ihrem Gatten ſchuldig iſt. Ich würde ihm daher bald zur Laſt fallen. Denken Sie alſo nicht mehr an eine Verbindung, deren ich unwürdig bin, und die ich ablehnen kann, ohne Ihnen den geringſten Kummer zu bereiten, da Sie bei den Vorteilen, die Sie bieten können, mit Leichtigkeit junge Mädchen finden werden, die ſchöner, reicher und vornehmeren Standes ſind als ich."

„Schwören Sie mir, Kleine, die Reiſe und das Duell der beiden jungen Leute zu verhindern?" fragte Zélie.

„Wie ich vorausſehe, wird dies das größte Opfer ſein, daß Herr von Portenduère mir bringen kann. Aber mein Brautkranz ſoll nicht von blutbefleckten Händen ergriffen werden."

„Ich danke Ihnen alſo, liebe Couſine, und wünſche Ihnen, daß Sie glücklich werden."

„Und ich wünſche Ihnen, Frau Minoret, daß Sie die ſchöne Zukunft Ihres Sohnes verwirklicht ſehen mögen", erwiderte Urſula.

Dieſe Antwort traf Désirés Mutter ins Herz, denn ſie erinnerte ſich der Prophezeiungen in Urſulas letztem Traum. Sie blieb ſtehen und heftete ihre kleinen Augen auf Urſulas Geſicht, die ſo weiß und rein und ſchön in ihrem Halbtrauerkleide vor ihr ſtand, denn Urſula hatte ſich erhoben, um ihre ſogenannte Couſine zu verabſchieden.

„Sie glauben alſo an Träume?“ fragte ſie.
„Ich leide zu ſehr unter ihnen, um nicht an ſie zu glauben.“
„Aber dann ...“ meinte Zélie.
„Auf Wiederſehen, Frau Minoret“, ſagte Urſula. Sie verabſchiedete ſich, da ſie die Schritte des Pfarrers hörte.
Der Abbé Chaperon war überraſcht, Frau Minoret bei Urſula zu treffen. Die Unruhe, die ſich auf dem hageren und durchfurchten Geſicht der ehemaligen Poſtmeiſterin verriet, veranlaßte natürlich den Prieſter, die beiden Frauen abwechſelnd zu betrachten.
„Glauben Sie an Erſcheinungen?“ fragte Zélie den Pfarrer.
„Glauben Sie an Geldſcheine?“ gab der Prieſter lächelnd zur Antwort.
‚Das ſind Schlauberger, dieſe ganze Geſellſchaft‘, dachte Zélie. ‚Sie wollen uns kleinkriegen. Dieſer alte Pfaffe, der alte Friedensrichter und Savinien, dieſer kleine Pfiffikus, ſtehen im Bunde miteinander. Es gibt ſo wenig Träume, wie ich Haare auf meiner Handfläche habe.‘
Sie verabſchiedete ſich mit zwei kurzen, trockenen Neigungen des Hauptes und ging.
„Ich weiß, warum Savinien nach Fontainebleau gefahren iſt“, ſagte Urſula zum Abbé. Sie ſetzte ihn von dem Duell in Kenntnis und bat ihn, es durch ſeinen Einfluß zu verhindern.
„Und Frau Minoret hat für ihren Sohn um Sie angehalten?“ fragte der Prieſter.
„Ja.“
„Wahrſcheinlich hat Minoret ſeiner Frau ſein Verbrechen geſtanden“, bemerkte der Pfarrer.

In dieſem Augenblick kam der Friedensrichter und erfuhr Zélies Maßnahmen und ihr ſoeben gemachtes Anerbieten. Er kannte Zélies Haß gegen Urſula und ſah den Abbé mit einem Blick an, der beſagte: „Gehen wir, ich möchte Sie ſprechen, ohne daß Urſula uns hört.“

„Savinien wird erfahren, daß Sie achtzigtauſend Franken Rente und den Hahn von Nemours ausgeſchlagen haben“, ſagte er.

„Iſt das denn ein Opfer?“ fragte ſie. „Gibt es da Opfer, wo man aufrichtig liebt? Iſt es wirklich ein Verdienſt, wenn ich den Sohn eines Mannes zurückweiſe, den wir verachten? Mögen andere aus ihrem Widerwillen ein Verdienſt ableiten, aber die Moral eines jungen Mädchens, daß von Jordy, dem Abbé und unſerem teuren Doktor erzogen iſt, darf das nicht“, ſagte ſie und ſah zu dem Bilde auf.

Bongrand nahm Urſulas Hand und küßte ſie.

„Wiſſen Sie, was Frau Minoret eben wollte?“ fragte der Friedensrichter den Pfarrer, als ſie auf die Straße traten.

„Was denn?“ fragte der Prieſter und ſah den Richter mit einer Miene an, die reinſte Neugier zu verkörpern ſchien.

„Sie wollte einen Akt des Ausgleichs begehen.“

„Sie glauben alſo . . .?“ fragte der Abbé.

„Ich glaube nicht, ich weiß: Da — ſehen Sie!“ Der Friedensrichter wies auf Minoret, der ihnen auf ſeinem Heimweg entgegen kam; die beiden Freunde ſchlenderten nämlich auf ihrem Weg von Urſulas Haus die Grand' Rue von Nemours herauf.

„Da ich oft Gelegenheit hatte, vor dem Schwurgericht zu plädieren, habe ich natürlich genaue

Studien über Selbstvorwürfe machen können, aber etwas Derartiges habe ich noch nie erlebt! Was hat wohl die Schlaffheit und Blässe dieses Mannes hervorrufen können, dessen Haut straff wie die eines Tambours war und von blühender, derber Gesundheit strotzte, wie sie sorglosen Leuten eigen ist? Woher kommen diese blauen Ringe um die Augen, und was hat ihnen ihre bäurische Lebhaftigkeit genommen? Haben Sie jemals geglaubt, daß diese Stirn sich furchen könne, und daß das Hirn dieses Kolosses je erregt sein könnte? Endlich hört er eine innere Stimme. Ich kenne die Gewissensbisse so gründlich, wie Sie die Reue kennen, lieber Pfarrer. Die Selbstankläger, die ich bisher beobachtet hatte, erwarteten ihre Strafe oder schickten sich an, sie zu erleiden, um der Welt Genüge zu leisten. Sie waren in ihr Schicksal ergeben oder lechzten nach Rache. Aber hier haben wir es mit der Gewissensqual ohne Sühne zu tun, mit der ganz reinen Qual, die sich gierig auf ihr Opfer stürzt, um es zu vernichten."

„Sie wissen noch nicht, daß Fräulein Ursula soeben die Hand Ihres Sohnes ausgeschlagen hat?" sagte der Friedensrichter und hielt Minoret an.

„Aber seien Sie ganz ruhig," sagte der Pfarrer, „sie wird sein Duell mit Herrn von Portenduère verhindern."

„Ach! meine Frau hat also Erfolg gehabt", sagte Minoret. „Wie froh bin ich darüber, ich hätte nicht mehr leben können."

„Sie sind tatsächlich so verändert, daß Sie sich selbst nicht mehr ähnlich sehen", sagte der Richter.

Minoret sah abwechselnd Bongrand und den Pfarrer an, um zu ergründen, ob der Geistliche sein Geheimnis verraten hätte. Aber das Gesicht des Abbé bewahrte ſeine Undurchdringlichkeit und eine ſtille Traurigkeit, die den Schuldigen beruhigte.

„Und das iſt um ſo erſtaunlicher", ließ der Friedensrichter nicht locker, „als Sie doch eigentlich nur Grund zur Zufriedenheit hätten. Endlich ſind Sie Herr auf Schloß Rouvre, Sie haben Les Bordières, alle Ihre Pachtgüter, Ihre Mühlen, Ihre Wieſen dort vereinigt . . . Sie haben hunderttauſend Franken Rente mit Ihren Eintragungen in das Staatsſchuldbuch.

„Ich habe nichts im Staatsſchuldbuch ſtehen", ſagte Minoret übereilt.

„Ach," verſetzte der Friedensrichter, „ſehen Sie, damit iſt es genau wie mit der Liebe Ihres Sohnes zu Urſula, der einmal Pfui dazu ſagt und ein anderes mal um ihre Hand bittet. Nachdem Sie verſucht haben, Urſula durch Kummer zu töten, wollen Sie ſie nun zur Schwiegertochter! Lieber Herr Minoret, dahinter ſteckt etwas . . ."

Minoret verſuchte zu antworten. Er ſuchte nach Worten, konnte aber nur ſtammeln:

„Sie ſind komiſch, Herr Friedensrichter, auf Wiederſehen, meine Herren." Und er bog mit langſamen Schritten in die Rue des Bourgeois ein.

„Er hat das Vermögen unſerer armen Urſula geſtohlen, aber wo Beweiſe herbekommen?"

„So Gott will . . .!" ſagte der Pfarrer.

„Gott hat in den Menſchen ein Gefühl gelegt, das ſich dieſem Mann bereits vernehmbar macht," bemerkte der Friedensrichter, „wir nennen das Vermutungen, aber die menſchliche Juſtiz verlangt etwas mehr als das."

Der Abbé Chaperon bewahrte das Schweigen des Prieſters.

☆

WIE ES BEI SOLCHEN UMSTÄNDEN DER FALL iſt, dachte der Abbé öfters, als er wollte, an Minorets faſt eingeſtandenen Diebſtahl und an das Glück Saviniens, das augenſcheinlich nur durch das geringfügige Vermögen Urſulas verzögert wurde. Die alte Dame hatte nämlich unter vier Augen ihrem Beichtvater geſtanden, wie Unrecht es von ihr geweſen war, daß ſie nicht bei Lebzeiten des Doktors in die Heirat ihres Sohnes eingewilligt habe.

Als der Abbé am nächſten Morgen nach der Meſſe die Stufen des Altars herabſtieg, durchfuhr ihn ein Gedanke, der ihn mit der Macht einer inneren Stimme gefangen nahm. Er machte Urſula ein Zeichen, ihn zu erwarten und begab ſich zu ihr, ohne gefrühſtückt zu haben.

„Mein Kind," ſagte der Pfarrer, „ich möchte gern die beiden Bände ſehen, in die der Pate, als er Ihnen im Traum erſchien, ſeine Verſchreibungen und Banknoten hineingelegt zu haben behauptete."

Urſula und der Pfarrer gingen in die Bibliothek hinauf und nahmen dort den dritten Band der Pandekten heraus. Als der Greis ihn öffnete, bemerkte er nicht ohne Staunen die Spuren verſchiedener Papiere auf den Blättern, die noch den Abdruck der Verſchreibungen bewahrt hatten, da ſie weniger widerſtandsfähig waren als der Einband. Dann fand er im anderen Band jene Lockerung, die durch längeres Aufbewahren eines Paketes verurſacht ſein mußte und ſeine Spuren zwiſchen zwei Seiten des Folianten.

„Kommen Sie ſchnell herauf", rief die Bougival dem Friedensrichter zu, der vorbeiging.

Bongrand betrat gerade in dem Augenblick das Zimmer, als der Pfarrer ſeine Brille aufſetzte, um drei Nummern zu lesen, die von der Hand des verstorbenen Minoret auf das Vorsatzblatt aus farbigem Velinpapier geschrieben standen, mit dem die Innenseite der Einbanddecke versehen war. Ursula hatte sie bemerkt.

„Was bedeutet dies? Unser lieber Doktor war ein zu großer Bücherfreund, um das Vorsatzpapier eines Einbandes zu beschädigen“, sagte der Abbé. „Hier stehen drei Nummern verzeichnet zwischen einer ersten Ziffer, vor der ein M. und einer zweiten, vor der ein U. steht.“

„Was sagen Sie?“ fragte Bongrand. „Lassen Sie mich das sehen.“

„Mein Gott,“ schrie der Friedensrichter auf, „müßte das nicht selbst einem Atheisten die göttliche Vorsehung vor Augen führen? Ich glaube, die menschliche Justiz ist die Entwicklung eines göttlichen Gedankens, der über der Welt schwebt.“ Er umarmte Ursula und küßte sie auf die Stirn.

„Ach, liebes Kind, mit meiner Hilfe werden Sie reich und glücklich sein.“

„Was haben Sie?“ fragte der Pfarrer.

„Lieber Herr Bongrand“, rief die Bougival und packte den Richter an seinen blauen Überrock. „Ich muß Sie umarmen für das, was Sie eben gesagt haben.“

„Erklären Sie sich doch, damit die Freude nicht enttäuscht wird“, sagte der Pfarrer.

„Wenn ich jemandem ein Leid zufügen müßte, um reich zu werden,“ sagte Ursula, die einen Kriminalprozeß voraussah, „so ...“

„Aber denken Sie doch an die Freude, die Sie unserem lieben Savinien bereiten werden“, unterbrach der Friedensrichter Ursula.

„Aber ſind Sie toll?“ rief der Pfarrer.

„Nein, lieber Pfarrer,“ erwiderte der Friedensrichter, „hören Sie zu. Die Eintragungen ins Staatsſchuldbuch ſind in ebenſo viele Serien eingeteilt, als es Buchſtaben im Alphabet gibt, und jede Nummer trägt den Buchſtaben ihrer Serie. Deswegen können die auf den Inhaber lautenden Verſchreibungen keine Buchſtaben haben, da ſie auf den Namen ausgeſtellt ſind. Was Sie alſo hier ſehen, beweiſt, daß der alte Herr an dem Tage, als er ſein Kapital in Staatspapieren anlegte, die Nummer ſeiner Verſchreibung über fünfzehntauſend Franken Rente notiert hat, die den Buchſtaben M. (Minoret) trägt, ferner die Nummern von drei auf den Inhaber lautenden Verſchreibungen ohne Buchſtaben und ſchließlich diejenige von Urſula, deren Nummer 23 534, wie Sie ſehen, ſich unmittelbar an die der Verſchreibung über fünfzehntauſend Franken anſchließt. Das Aufeinanderfolgen dieſer Nummern beweiſt, daß es ſich um an ein und demſelben Tage erworbene Verſchreibungen handelt, die vom Doktor für den Fall des Verlorengehens hier notiert wurden. Ich hatte ihm geraten, Urſulas Vermögen in auf den Inhaber lautende Verſchreibungen anzulegen, und er muß ſeine Kapitalien — die, welche er Urſula beſtimmt hat und die, welche ihm ſchon gehörten — an demſelben Tage angelegt haben. Ich werde zu Dionis gehen, um dort die Bücher einzuſehen. Wenn die Nummer ſeiner Verſchreibung 23 533 Buchſtabe U. iſt, können wir ſicher ſein, daß er am ſelben Tage durch die Vermittlung des gleichen Wechſelmaklers angelegt hat: primo ſeine Kapitalien auf eine einzige Verſchreibung, secundo ſeine Erſparniſſe in drei ohne Serienbuchſtaben numerierte, auf den

Inhaber lautende Verſchreibungen, tertio das Kapital ſeines Mündels, worüber uns das Urkundenbuch unumſtößliche Beweiſe geben wird. Ach, Minoret, du Schleicher, dich habe ich erwiſcht! Wartet nur, Kinder!"

Der Friedensrichter überließ dem Pfarrer, die Bougival und Urſula ihrer tiefen Bewunderung für die Wege, auf denen Gott die Unſchuld zum Triumph führt.

„Das iſt ein Fingerzeig Gottes", rief der Abbé.

„Wird ihm etwas geſchehen?" fragte Urſula.

„Ach, gnädiges Fräulein," ſagte die Bougival, „ich würde gern einen Strick geben, damit er gehängt wird."

Der Friedensrichter war ſchon bei Goupil, der zum Nachfolger von Dionis ernannt war, und trat mit recht gleichgültiger Miene in das Bureau ein.

„Ich brauche eine kurze Auskunſt über die Erbſchaft Minoret", ſagte er zu Goupil.

„Und welche?" fragte Goupil.

„Hat der alte Herr eine oder mehrere dreiprozentige Rentenverſchreibungen hinterlaſſen?"

„Er hat fünfzehntauſend Franken dreiprozentige Rente auf eine einzige Verſchreibung hinterlaſſen," ſagte Goupil, „ich habe ſie ſelbſt ausgeſchrieben."

„Sehen Sie doch im Verzeichnis nach", ſagte der Richter.

Goupil nahm eine Mappe heraus, wühlte darin herum, ſuchte, fand das Geſuchte und las:

„Item, eine Verſchreibung . . . Hier, leſen Sie unter Nr. 23 533 Buchſtabe U."

„Haben Sie die Güte, mir binnen einer Stunde einen Auszug dieſes Artikels aus dem Verzeichnis zu machen. Ich warte darauf."

„Wozu kann Ihnen das dienen?“ fragte Goupil.
„Sie wollen Notar ſein?“ gab der Friedensrichter zur Antwort und ſah den Nachfolger Dionis’ streng an.
„Das will ich meinen“, rief Goupil. „Ich habe genug Demütigungen herunterſchlucken müſſen, um endlich ſelbſt Chef zu werden. Glauben Sie mir, Herr Friedensrichter, der erbärmliche Bureauvorſteher namens Goupil hat nichts gemein mit dem Chef Jean Sebaſtian Marie Goupil, Notar von Nemours und Gatte von Fräulein Massin. Dieſe beiden Weſen wiſſen nichts voneinander, ſie ähneln ſich nicht einmal mehr, wie Sie ſehen.“
Bongrand wurde jetzt auf Goupils Anzug aufmerkſam. Er trug eine weiße Krawatte, ein blendend weißes Hemd mit Rubinknöpfchen, eine rote Samtweſte und Rock und Hoſe aus gutem ſchwarzen Tuch, die in Paris angefertigt waren. Er hatte hübſche Stiefel an, und ſeine Haare waren ſorgfältig zurückgekämmt und gut parfümiert; kurz, er ſchien völlig umgewandelt.
„Sie ſind in der Tat ein anderer Menſch“, ſagte Bongrand.
„Moraliſch und phyſiſch, Herr Bongrand. Mit dem Amt kommt auch der Verſtand und mit dem Vermögen die Reinlichkeit . . .“
„Moraliſch und phyſiſch“, ſagte der Friedensrichter und klappte ſeine Brille zuſammen.
„Nun, Herr Bongrand, haben Sie je gehört, daß ein Mann mit hunderttauſend Talern Rente ein Demokrat iſt? Betrachten Sie mich alſo als anſtändigen Menſchen, der Zartgefühl beſitzt und entſchloſſen iſt, ſeine Frau zu lieben“, fügte er hinzu, als er Frau Goupil hereinkommen ſah. „. . . Sie ſehen

alſo, ich bin ein ganz neuer Menſch und würde einen Klienten daran hindern, unſaubere Geſchäfte zu machen.“

„Beeilen Sie ſich nur,“ ſagte Bongrand darauf, „damit ich die Abſchrift in einer Stunde habe, und der Notar Goupil wird einige Untaten des Schreibers gutgemacht haben.“

Nachdem der Friedensrichter den Arzt von Nemours gebeten hatte, ihm Pferd und Wagen zu leihen, fuhr er mit den beiden verräteriſchen Bänden, Urſulas Verſchreibung und dem Inventarauszug, zum Staatsanwalt nach Fontainebleau. Es fiel ihm leicht, die Unterſchlagung der drei Verſchreibungen durch einen der Erben und Minorets Schuld zu beweiſen.

„Sein Verhalten verrät ihn“, ſagte der Staatsanwalt.

Sogleich erließ der Beamte aus Vorſicht einen Befehl an das Schatzamt, die drei Verſchreibungen zu ſperren, und beauftragte den Friedensrichter mit der Nachforſchung über den Kartenbeſtand der Papiere und über ihren etwaigen Verkauf.

Während der Friedensrichter in Paris Unterſuchungen anſtellte, forderte der Staatsanwalt Frau Minoret in einem Brief höflich auf, bei Gericht zu erſcheinen. Zélie, die wegen des Duells ihres Sohnes unruhig war, kleidete ſich an, ließ anſpannen und erſchien in höchſtem Putz in Fontainebleau. Der Plan des Staatsanwalts war einfach und furchtbar. Durch die Trennung der Gatten dachte er die Wahrheit zu erfahren, wobei ihn der Schrecken, den das Gericht immer einflößt, unterſtützen ſollte. Zélie traf den Beamten in ſeinem Bureau und wurde durch die folgenden Worte, die er ohne Umſchweife ſagte, wie vom Blitz getroffen:

„Gnädige Frau, ich glaube nicht, daß Sie an der Unterſchlagung beteiligt ſind, die an der Erbſchaft Minorets begangen worden iſt und deren Spuren das Gericht im Augenblick verfolgt. Aber Sie können Ihrem Mann das Schwurgericht erſparen, wenn Sie alles geſtehen, was Sie darüber wiſſen. Die Beſtrafung, die Ihres Mannes wartet, iſt übrigens nicht das einzige, was Sie zu gewärtigen haben. Es gilt, die Verabſchiedung Ihres Sohnes zu vermeiden und ihm nicht den Hals zu brechen. In wenigen Augenblicken iſt es dazu zu ſpät, denn die Polizei iſt im Sattel und der Haftbefehl ſoll nach Nemours abgehen."

Zélie ſchwindelte es vor den Augen. Als ſie wieder zu ſich kam, geſtand ſie alles. Nachdem der Beamte ihr mit Leichtigkeit bewieſen hatte, daß ſie Mitſchuldige ſei, ſagte er ihr, daß man behutſam vorgehen müſſe, damit ſie weder ihren Sohn noch ihren Gatten verliere.

„Sie haben mit dem Menſchen und nicht mit dem Beamten zu tun", ſagte er. „Es liegt weder eine Klage des Opfers vor, noch iſt der Diebſtahl öffentlich bekannt gegeben. Aber Ihr Gatte, gnädige Frau, hat ſchwere Verbrechen begangen, die vor einen ſtrengeren Richter kommen müßten, als ich es bin. Bei dem augenblicklichen Stand dieſer Angelegenheit bin ich gezwungen, Sie als Gefangene hier zu behalten . . . Oh, in meinem Hauſe und auf Ihr Wort", fügte er hinzu, als er Zélie faſt ohnmächtig werden ſah. „Bedenken Sie, daß meine Pflicht als Beamter es eigentlich erheiſchte, zu Verhaftungen zu ſchreiten und eine Unterſuchung einzuleiten; aber ich handle hier als Vormund von Fräulein Urſula Minoret, deren Intereſſen, wenn ſie richtig wahrgenommen werden, einen Vergleich verlangen."

„Ach", ſagte Zélie.

„Schreiben Sie folgendes an Ihren Gatten . . ."

Und er diktierte Zélie, die er an ſeinem Schreibtiſch Platz nehmen ließ, folgenden Brief:

„Mein Vreunt, ich bin arethirt und habe ales geſahgt. Gieb die Ferſchreihbungen zurük, die unſer Onkel Herrn von Portenduère durch das Thesdament hinderlaſen hatt daß du ferbrant haſt, denn der Herr Stahtsanwald hat Oboſizion beim Schadsamth eingelekt."

„Hierdurch erſparen Sie ihm etwaiges Leugnen, das ihm verhängnisvoll ſein könnte", ſagte der Staatsanwalt mit einem Lächeln über die Orthographie. „Nun werden wir ſehen, wie die Rückerſtattung am bequemſten erfolgen kann. Meine Frau wird Ihnen Ihren Aufenthalt bei uns ſo angenehm wie möglich geſtalten, und ich verpflichte Sie, kein Wort zu verlieren und nicht beſtürzt zu erſcheinen."

Als die Mutter ſeines Subſtituts geſtanden hatte und eingeſperrt war, ließ der Staatsanwalt Désiré kommen. Er erzählte ihm Punkt für Punkt von dem Diebſtahl ſeines Vaters, den dieſer heimlich zum Schaden Urſulas, offenkundig zum Schaden ſeiner Miterben begangen hatte, und zeigte ihm den von Zélie geſchriebenen Brief. Désiré bat zu allererſt um die Erlaubnis, nach Nemours zu fahren, um die Rückerſtattung einzuleiten.

„Der Fall iſt ernſt", ſagte der Beamte. „Da das Teſtament vernichtet worden iſt, können Ihre Verwandten Massin und Crémière als Erben intervenieren, wenn die Sache bekannt wird. Ich habe jetzt genug Beweiſe gegen Ihren Vater. Ich vertraue Ihnen Ihre Mutter wieder an, die durch dieſe kleine Zeremonie in ausreichendem Maße auf ihre Pflicht hingewieſen worden iſt. Ihr gegenüber werde ich tun, als hätten mich Ihre dringenden Bitten veranlaßt, ſie zu entlaſſen. Fahren Sie mit ihr nach Nemours und regeln Sie alle dieſe Schwierigkeiten. Sie brauchen von niemandem etwas zu befürchten. Herr Bongrand liebt Fräulein Mirouet zu ſehr, als daß er je eine Indiskretion beginge."

Zélie und Déſiré fuhren ſogleich nach Nemours. Drei Stunden nach der Abfahrt ſeines Beamten erhielt der Staatsanwalt durch einen reitenden Boten den folgenden Brief, deſſen Orthographie berichtigt wiedergegeben wird, um einen vom Unglück betroffenen Mann nicht lächerlich zu machen.

„An den Herrn Staatsanwalt am Gericht
von Fontainebleau.

Sehr geehrter Herr,

Gott iſt nicht ſo nachſichtig mit uns geweſen wie Sie; wir ſind von einem Unglück betroffen worden, das nicht wieder gutzumachen iſt. Als der Wagen über die Brücke von Nemours fahren wollte, hat ſich ein Strang gelockert. Da meine Frau ohne Diener hinten im Wagen ſaß und die Pferde den Stall witterten, wollte mein Sohn, der ihre Unruhe fürchtete, nicht, daß der Kutſcher abſtiege, ſondern iſt ſelbſt ausgeſtiegen, um den Strang zu befeſtigen. In dem Augenblick, da er ſich umwandte, um zu ſeiner Mutter einzuſteigen, haben die Pferde angezogen. Déſiré konnte ſich nicht mehr zur rechten Zeit an das Geländer drücken; das Trittbrett hat ihm die Beine zerſchmettert; er ſtürzte hin und die Hinterräder ſind über ſeinen Leib hinweggefahren. Der Bote, der nach Paris eilt, um die beſten Chirurgen zu holen, überbringt Ihnen dieſen Brief. Mein Sohn hat mir inmitten ſeiner Schmerzen befohlen, Ihnen zu ſchreiben, um Ihnen unſere völlige Ergebenheit in die Entſcheidung mitzuteilen, die Sie in der Angelegenheit, die ihn zu uns führte, zu treffen gedenken.

Bis zum letzten Atemzug werde ich Ihnen für die Art Ihres Vorgehens dankbar ſein und Ihr Vertrauen rechtfertigen.

François Minoret."

Dieſes grauenvolle Ereignis brachte ganz Nemours in Aufruhr. Durch die Menge, die aufgeregt vor Minorets Gitter ſtand, erfuhr Savinien, daß ſeine Rache von einem Höheren in die Hand genommen worden war. Der Vicomte ging ſofort zu Urſula, wo der Pfarrer ebenſo wie das junge Mädchen mehr Entſetzen als Überraſchung empfanden. Am nächſten Morgen gaben die Pariſer Ärzte und Chirurgen, nachdem die erſten Verbände angelegt waren, einſtimmig ihr Urteil ab, daß es nötig wäre, beide Beine abzunehmen. Minoret kam in Begleitung des Pfarrers erſchöpft, bleich und verſtört zu Urſula, wo ſich Bongrand und Savinien befanden.

„Gnädiges Fräulein," ſagte er, „ich bin Ihnen gegenüber ſehr ſchuldbeladen. Wenn auch all mein Unrecht nicht reſtlos wieder gutzumachen iſt, ſo kann ich doch dafür büßen. Meine Frau und ich haben das Gelübde getan, Ihnen als alleinige Eigentümerin unſere Beſitzung Rouvre zu übergeben, ob wir nun unſeren Sohn behalten oder ob uns das entsetzliche Unglück beschieden sein soll, ihn zu verlieren."

Am Schluß dieser Rede brach der Mann in Tränen aus.

„Ich kann Ihnen versichern, meine liebe Ursula," sagte der Pfarrer, „daß Sie einen Teil dieser Schenkung nicht nur annehmen dürfen, sondern sogar müssen."

„Vergeben Sie uns?" fragte der Koloß demütig und fiel vor dem erstaunten jungen Mädchen auf die Knie. „In wenigen Stunden wird die Operation von dem ersten Chirurgen des Krankenhauses vorgenommen; aber ich habe kein Vertrauen zur menschlichen Wissenschaft; ich glaube einzig an die Allmacht Gottes! Wenn Sie uns verzeihen könnten, wenn Sie Gott bitten würden, uns unseren Sohn zu erhalten, so wird er die Kraft haben, diese Qualen zu ertragen, und uns wird das Glück zuteil, ihn zu behalten."

„Gehen wir alle zur Kirche", sagte Ursula und erhob sich.

Kaum war sie aufgestanden, als sie einen gellenden Schrei ausstieß und ohnmächtig auf ihren Sessel zurückfiel. Als sie wieder zu sich kam, sah sie ihre Freunde um sich, außer Minoret, der fortgestürzt war, um einen Arzt zu holen. Aller Augen waren besorgt auf sie gerichtet und schienen ein Wort von ihr zu erwarten. Und dieses Wort erfüllte alle mit tiefen Schrecken.

„Ich habe meinen Paten an der Tür stehen sehen," sagte sie, „er hat mir ein Zeichen gemacht, daß keine Hoffnung ist."

Désiré starb tatsächlich am Tage nach der Operation; er erlag ihren Folgen, dem Fieber und der

Zerſetzung der Säfte. Frau Minoret, deren Herz kein anderes Gefühl als das der Mutterliebe kannte, wurde nach dem Begräbnis ihres Sohnes wahnſinnig und mußte von ihrem Gatten in die Anſtalt des Dr. Blanche gebracht werden, wo ſie 1841 ſtarb.

☆

DREI MONATE NACH DIESEN EREIGNISSEN, IM Januar 1837, heiratete Urſula Savinien mit Zuſtimmung Frau von Portenduères. Minoret beteiligte ſich an dem Heiratsvertrag, indem er Fräulein Mirouet ſeine Beſitzung Rouvre und achtzigtauſend Franken Rente auf das Staatsſchuldbuch zuerkannte. Er ſelbſt behielt von ſeinem Vermögen nur das Haus ſeines Onkels und ſechstauſend Franken Rente. Er iſt der barmherzigſte und frömmſte Mann in Nemours geworden. Er bekleidet das Amt eines Kirchenvorſtehers in der Gemeinde und iſt die gütige Vorſehung für die Unglücklichen geworden. „Die Armen müſſen mir mein Kind erſetzen“, ſagt er.

Manchmal erblickt man am Wegrand, in Gegenden, wo die Eichen gekappt werden, einen alten, welken, wie vom Blitz getroffenen Baum, der noch junge Triebe anſetzt, aber mit aufgeriſſenem Stamm die Axt um Erlöſung anzuflehen ſcheint — dies iſt das Bild des ehemaligen Poſtmeiſters mit ſeinen weißen Haaren und ſeiner gebeugten, mageren Geſtalt, an der ſelbſt die alten Leute durch nichts mehr an den glücklichen Narren erinnert werden, den wir bei Beginn dieſer Geſchichte trafen, wie er ſeinen Sohn erwartete. Sogar ſeinen Tabak raucht er nicht mehr in der früheren Weiſe. Er ſchleppt noch eine andere Laſt mit ſich herum als nur ſeinen Körper. Kurz, man fühlt bei ihm in allen Dingen, daß Gottes Hand ſchwer auf dieſem Haupt gelaſtet hat, um ein furchtbares Beiſpiel zu geben. Dieſer Greis, der das Mündel ſeines Onkels ſo grenzenlos gehaßt hat, häuft jetzt, gleich dem verſtorbenen Doktor, all ſeine Zärtlichkeit auf Urſula und iſt ihr Vermögensverwalter in Nemours geworden.

Herr und Frau von Portenduère verbringen fünf Monate des Jahres in Paris, wo ſie im Faubourg Saint-Germain ein wundervolles Haus gekauft haben. Die alte Frau von Portenduère hat ihr Haus in Nemours den Barmherzigen Schweſtern geſchenkt, die dort eine Armenſchule halten, und lebt auf dem Schloß Rouvre, deſſen erſte Schaffnerin die Bougival iſt. Der Vater von Cabirolle, der ehemalige Fahrer des Ducler, hat die Bougival geheiratet, die außer den reichen Erträgniſſen ihrer Stelle zwölfhundert Franken Rente beſitzt. Der junge Cabirolle iſt der Kutſcher von Herrn von Portenduère.

Häufig ſieht man in den Champs-Elysées einen jener reizenden kleinen Wagen vorüberfahren, die Escargots genannt werden. Er iſt mit perlgrauer Seide und blauen Verzierungen ausgeſchlagen, und darin kann man eine hübſche blonde junge Frau bewundern, deren Geſicht von tauſend Löckchen, gleich grünem Laubwerk umrahmt iſt, deren von Liebe ſtrahlende Augen leuchtenden Immergrünblüten ähneln, und die ſich leicht an einen ſchönen jungen Mann lehnt. Wen ein Gefühl des Neides bei dieſem Anblick beſchleicht, der bedenke, daß dieſes ſchöne Paar, das von Gott geliebt wird, im voraus ſeinen Zoll an die Leiden dieſes Lebens entrichtet hat. Diese beiden verheirateten Liebenden sind wirklich der Vicomte von Portenduère und seine Frau, und es gibt nicht zwei Häuslichlichkeiten in Paris, die der ihren gleichen.

„Das ist das reizendste Glück, das ich je gesehen habe“, sagte neulich die Gräfin de l'Estorade von ihnen.

So segne man diese glücklichen Kinder anstatt sie zu beneiden und suche eine zweite Ursula Mirouet, die von drei Greisen erzogen wurde und der besten aller Mütter: der Not.

Goupil, der aller Welt dienstbar ist und mit Recht als der klügste Mann von Nemours gilt, steht in Ansehen bei seiner kleinen Stadt; aber er ist in seinen Kindern bestraft, die entsetzlich sind, rhachitisch und wasserköpfig. Sein Vorgänger Dionis tritt in der Abgeordnetenkammer rühmlich hervor, zu deren schönsten Zierden er gehört, zur großen Zufriedenheit des Königs von Frankreich, auf dessen sämtlichen Bällen Frau Dionis zu sehen ist. Frau Dionis erzählt der ganzen Stadt alle Einzelheiten über die Empfänge in den Tuilerien und über den Glanz des königlichen Hofes. So thront sie in Nemours vom Thron angeleuchtet, der dort sicherlich populär wird.

Bongrand ist Gerichtspräsident in Melun, und sein Sohn ist auf dem besten Wege, ein sehr tüchtiger Staatsanwalt zu werden.

Frau Crémière sagt immer noch die entzückendsten Dummheiten der Welt. Sie fügt ein g an Tambour, angeblich, weil ihre Feder spritzt. Am Tage vor der Hochzeit ihrer Tochter beendete sie ihre Belehrungen damit, daß eine Frau überall im Hause ihre Sphinxaugen haben müsse. Goupil stellt übrigens eine Sammlung allen Unſinns ſeiner Couſine zuſammen als „Crémièriana“.

„Wir haben den Schmerz gehabt, unſeren guten Abbé Chaperon zu verlieren“, ſagte dieſen Winter die Frau Vicomteſſe von Portenduère, die ihn während ſeiner Krankheit gepflegt hatte. Der ganze Bezirk kam zu ſeinem Begräbnis. Nemours hat Glück, denn der Nachfolger dieſes heiligen Mannes iſt der ehrwürdige Pfarrer von Saint-Lange.

✡